那不勒斯四部曲

STORIA DEL NUOVO COGNOME

Elena Ferrante

新名字的故事

〔意大利〕埃莱娜·费兰特/著
陈英/译

人民文学出版社
PEOPLE'S LITERATURE PUBLISHING HOUSE

著作权合同登记：图字 01-2024-3957 号

STORIA DEL NUOVO COGNOME

图书在版编目(CIP)数据

新名字的故事/(意)埃莱娜·费兰特著;陈英译.
—北京:人民文学出版社,2017(2025.1重印)
(那不勒斯四部曲)
ISBN 978-7-02-012526-5

Ⅰ.①新…　Ⅱ.①埃…　②陈…　Ⅲ.①长篇小说-意大利-现代　Ⅳ.①I546.45

中国版本图书馆 CIP 数据核字(2017)第 041865 号

责任编辑：卜艳冰　潘爱娟
封面设计：吉　洋

出版发行　人民文学出版社
社　　址　北京市朝内大街 166 号
邮政编码　100705
印　　制　凸版艺彩(东莞)印刷有限公司
经　　销　全国新华书店等
字　　数　290 千字
开　　本　889 毫米×1194 毫米　1/32
印　　张　15.375
版　　次　2017 年 5 月北京第 1 版
印　　次　2025 年 1 月第 28 次印刷
书　　号　978-7-02-012526-5
定　　价　79.00 元

如有印装质量问题,请与本社图书销售中心调换。电话:010-65233595

目　录

人物表

◆ 赛鲁罗一家（鞋匠的家人）

费尔南多·赛鲁罗：鞋匠，莉拉的父亲。莉拉小学毕业之后，没有继续供她读书。

农齐亚·赛鲁罗：莉拉的母亲，她支持女儿，但是没有足够的权威对抗自己的丈夫。

拉法埃拉·赛鲁罗：所有人都叫她莉娜，只有埃莱娜叫她莉拉。她出生于1944年8月，小学时，她就是个非常聪明、有天分的女生，十岁时写了一篇名为《蓝色仙女》的故事。小学毕业后，她开始学做鞋子。六十六岁时，她从那不勒斯消失，没有留下任何痕迹。

里诺·赛鲁罗：莉拉的大哥，也是鞋匠。因为莉拉设计的鞋子，也因为斯特凡诺·卡拉奇的投资，他和父亲费尔南多创办了“赛鲁罗”皮鞋品牌，他和斯特凡诺的妹妹——皮诺奇娅·卡拉奇订婚。莉拉的第一个孩子名字和他一样，也叫里诺。

其他孩子。

◆ 格雷科一家（看门人的家人）

埃莱娜·格雷科：也叫莱农奇娅，或者莱农。她出生于1944年8月，是我们正在阅读的这本小说的作者。当埃莱娜得知她小时候的朋友——被她称为“莉拉”的莉娜·赛鲁罗消失之后，她开始写发生在她们身上的故事。在小学毕业之后，埃莱娜继续学习，学业一帆风顺。她从小就爱着尼诺·萨拉托雷，但一直没有表白。

佩佩、詹尼和埃莉莎：埃莱娜的弟弟、妹妹。

埃莱娜的父亲：市政府门房。

埃莱娜的母亲：家庭主妇，她走路一瘸一拐的，这让埃莱娜无法忍受。

◆ 卡拉奇一家（堂·阿奇勒的家人）

堂·阿奇勒·卡拉奇：童话中吃人的怪兽，黑帮成员，放高利贷的，后来被人杀死。

玛丽亚·卡拉奇：堂·阿奇勒的妻子，是斯特凡诺、皮诺奇娅和阿方索的母亲，在家里开的肉食店里工作。

斯特凡诺·卡拉奇：已故的堂·阿奇勒的儿子，莉拉的丈夫，管理着他父亲积累的财产，和他的妹妹皮诺奇娅、弟弟阿方索、母亲玛丽亚一起经营一家生意兴隆的肉食店。

皮诺奇娅：堂·阿奇勒的女儿，在肉食店里工作，她和莉拉的哥哥里诺订婚了。

阿方索：堂·阿奇勒的儿子，埃莱娜的同桌，和玛丽莎·萨拉托雷订婚了。

♦ 佩卢索一家（木匠的家人）

阿尔佛雷多·佩卢索：木匠，共产党员，被控是杀死堂·阿奇勒的凶手，后来被关在监狱里。

朱塞平娜·佩卢索：阿尔佛雷多的妻子，烟草厂女工，她在自己的孩子，还有关在监狱里的丈夫身上投入了全部精力。

帕斯卡莱·佩卢索：阿尔佛雷多和朱塞平娜的长子，泥瓦匠，共产党积极分子。是他第一个发现了莉拉的美貌，并且向她示爱。他痛恨索拉拉兄弟，后来和艾达·卡普乔订婚。

卡梅拉·佩卢索：也叫卡门，帕斯卡莱的妹妹，杂货店售货员，后来被莉拉雇用，在斯特凡诺的新肉食店里做售货员，她和恩佐·斯坎诺订婚了。

其他孩子。

♦ 卡普乔一家（疯寡妇的家人）

梅丽娜：寡妇，莉拉母亲农齐亚的一个亲戚，她在老城区里清洗楼梯，曾是多纳托·萨拉托雷——尼诺父亲的情人，因为这段感情，梅丽娜几乎丧失了理智，萨拉托雷全家人也不得不离开城区。

梅丽娜的丈夫：菜市场卸货工，死因不明。

艾达·卡普乔：梅丽娜的女儿，从小就帮助母亲清洗楼梯。在莉拉的帮助下，她成为老城区肉食店的售货员，是帕斯卡莱·佩卢索的女朋友。

安东尼奥·卡普乔：艾达的哥哥，技工，是埃莱娜的男朋友，他非常嫉妒尼诺·萨拉托雷。

其他孩子。

♦ 萨拉托雷一家（铁路职工兼诗人的家人）

多纳托·萨拉托雷：检票员、诗人兼记者，情场老手，行为不检点，他是梅丽娜·卡普乔的情人。埃莱娜去伊斯基亚岛度假时，她和多纳托全家人住在同一所房子里，为了避免多纳托的骚扰，不得不很快离开那个岛屿。

莉迪亚·萨拉托雷：多纳托的妻子。

尼诺·萨拉托雷：多纳托和莉迪亚五个孩子中的老大，他非常痛恨自己的父亲，是一个非常出色的学生。

玛丽莎·萨拉托雷：尼诺的妹妹，在一所学校里学习文秘专业，但学无所成，是阿方索·卡拉奇的女朋友。

皮诺、克莱利亚以及西罗：多纳托和莉迪亚的孩子。

◆ 斯坎诺一家（卖水果的一家人）

尼科拉·斯坎诺：卖水果的男人。
阿孙塔·斯坎诺：尼科拉的妻子。
恩佐·斯坎诺：尼科拉和阿孙塔的儿子，也是卖水果的，莉拉从小就对他有好感。他们的缘分开始于小学时的一次竞赛，恩佐在数学方面表现出惊人的天分。他后来成为卡门·佩卢索的男朋友。
其他孩子。

◆ 索拉拉一家（他们家有一家酒吧兼点心房）

西尔维奥·索拉拉：索拉拉酒吧和点心房的主人，法西斯分子，独裁主义者，克莫拉黑社会组织成员，在城区从事各种非法交易，他试图阻挠“赛鲁罗”鞋作坊的建立。
曼努埃拉·索拉拉：西尔维奥的妻子，放高利贷的，整个城区的人都害怕她手里的一个红本子。
马尔切洛和米凯莱：西尔维奥和曼努埃拉的儿子，非常嚣张霸道，但是城区里的姑娘都很喜欢他们，当然，除了莉拉。马尔切洛爱上了莉拉，遭到拒绝。弟弟米凯莱和他年龄相差不大，但更加冷酷、聪明和暴力，他和点心师傅的女儿吉耀拉订婚了。

◆ 斯帕纽洛一家（糕点师傅的家人）

斯帕纽洛先生：索拉拉酒吧和点心房的糕点师傅。
罗莎·斯帕纽洛：糕点师傅的妻子。
吉耀拉·斯帕纽洛：糕点师傅的女儿，是米凯莱·索拉拉的女朋友。
其他孩子。

◆ 艾罗塔一家

艾罗塔：古希腊文学教授。
阿黛尔：艾罗塔教授的妻子。
马丽娅罗莎·艾罗塔：艾罗塔教授的大女儿，在米兰的大学教艺术史。
彼得罗·艾罗塔：大学生。

♦ 几位老师

费拉罗：小学老师，他兼任图书馆管理员，在莉拉和埃莱娜很小的时候，就一直表扬她们热爱读书。

奥利维耶罗：小学女老师，她是第一个发现莉拉和埃莱娜潜力的人。莉拉十岁时，写了一篇名为《蓝色仙女》的故事。埃莱娜非常喜欢这个故事，把它拿给奥利维耶罗老师看，但是老师当时很生气，因为莉拉的父母决定不供她上中学，所以老师对这个故事没有发表任何看法。不仅如此，她还不再关心莉拉，只侧重于支持埃莱娜的学业。

杰拉切：中学老师。

加利亚尼：中学老师。一个文化素养非常高的老师，共产党员，她很快被埃莱娜的聪明所打动，她借书给埃莱娜，在学校里保护她，使她免受宗教老师的批评。

♦ 其他人物

吉诺：药剂师的儿子，埃莱娜的第一个男朋友。

内拉·因卡尔多：奥利维耶罗老师的表姐，住在伊斯基亚岛的巴拉诺。有一年夏天，埃莱娜在伊斯基亚岛海边度假，就住在她那里。

阿尔曼多：医学专业的大学生，加利亚尼老师的儿子。

娜迪雅：女学生，加利亚尼老师的女儿。

布鲁诺·索卡沃：尼诺·萨拉托雷的朋友，是圣约翰·特杜奇奥地区一个富商的儿子。

弗朗科·马里：大学生。

青　年

- 1 -

一九六六年春天，莉拉交给我一个金属盒子，里面有八本笔记本。她当时非常紧张，说她不能再把盒子留在家里了，她害怕丈夫有一天会偷看她写的东西。我二话没说就拿走了盒子，只用开玩笑的语气说盒子上捆了太多绳子。那段时期我们的关系很糟糕，但似乎只有我这样认为。我们见面次数极少，见面时她没有一丁点的尴尬，还是对我充满感情，从不说一句带刺的话。

她要求我发誓：在任何时候都绝不打开盒子。我发了誓，但一上火车我就解开了绳子，把笔记本拿出来看。笔记里详细描述了发生在她生活中的事情，从小学的最后几年开始，一直到她把盒子交给我为止，但那并不是日记。我觉得这些笔记特别像是一个热衷于写作的人的自我训练留下的痕迹。笔记里有大量丰富、细致的描写：一根树枝、一洼池塘、一块石头、一片有着白色叶脉的叶子、家里的锅、咖啡壶的每个部分、炭火盆、煤块、煤渣、庭院的详细布局、大路、池塘边上生锈的铁架、小花园和教堂，还有铁路边上被砍伐的树木、新楼房、父母的房子、她父亲和哥哥用于修鞋的工具、他们工作时的动作，尤其是对色彩的描写，在一天的不同时刻，每种东西的颜色。但笔记里不仅有描述性的文字，也出现了一些方言和书面词汇，有时候是被圈出来的，但没有解释；还有拉丁语和希腊语的翻译练习；此外还有大段的用英语描写的城区里的作坊、货物，以及恩佐·斯卡诺每天都驾着驴拉车走街串巷，装满蔬菜和水果的小推车，也有许多她对自己读过的书的评价、在教堂影院看过的电影的影评、她和帕斯卡莱的对话、她和我聊天时坚持的想法，虽然文字的内容并不是很连贯，但任何事在莉拉笔下都变得栩栩如生，她十一二岁时所写下的文字，丝毫不让人觉得幼稚。

大体上讲，她的句子很缜密，非常注意标点符号的使用，书写也很优美，就像奥利维耶罗老师曾教给我们的那样。但有时候，莉拉就像血液里充满了某种毒品，让人感觉失去了分寸——一切都变得很仓促，语句的节奏变得非常紧张，标点符号也消失了，但她很快就能恢复轻松明快的笔法。有时候她的文字会突然中断，在一些页面里，她画满了扭曲的树木、云雾笼罩的起伏的山脉，还有狰狞的面孔。无论是清晰有序的语言，还是混乱的文字，我都被她深深地吸引。我越读就越觉得自己被骗了，几年前我在伊斯基亚时，她寄给我的那封信肯定是经过长期写作训练的结果：所以才写得非常好！我把那些笔记本都重新放回盒子里，告诉自己：不要再窥探了！

但很快我又无法抵抗那些笔记本的诱惑力，那就像莉拉从小就散发出的魅力一样吸引着我。她谈到了城区里的人、她的家人、索拉拉兄弟、斯特凡诺，她描写每件事、每个人时，用的都是一种精确、无情的笔触，比如说她非常直率地描述了她对我——对我所说的、对我所想的、对我所爱的，还有对我的外貌——的看法。那些对于她来说决定性的时刻，她都一一记录下来，丝毫不顾虑其他人和事。我看到她十岁那年写《蓝色仙女》时感受到的最纯粹的快乐；她遭受的痛苦和她体味的快乐一样强烈，对她写的故事，奥利维耶罗老师不但不屑于发表看法，而且完全无视它；我看到她的痛楚和愤怒，我上了初中，不再关心她，疏远了她；我看到她对做鞋的热情，是强烈的报复心推动她设计了那些新鞋，当她和哥哥里诺一起完成了第一双鞋时，我看到她的喜悦之情，当她的父亲费尔南多说他们做的鞋子不好时，她感受到的痛苦。在这些本子里，她记下了所有事情，特别是对索拉拉兄弟的厌恶之情。她坚决地回绝了马尔切洛的求爱，马尔切洛是索拉拉兄弟中的老大。她也记下了自己的决心，还有她与温和的斯特凡诺·卡拉奇订婚的那一刻。斯特凡诺是一个肉食店老板，为了追求莉拉，他买了她做的第一双鞋子，并发誓说会一辈子好好保存。她记下了她十五岁时那段美好的时光，那时候，她觉得自己就像一个贵妇，在未婚夫的呵护下生活，富裕而高贵。出于对她的爱，斯特凡诺投资了莉拉父亲和哥哥修鞋的铺子，把铺子扩建成了“赛鲁罗”鞋作坊。莉拉当时多么满足啊！她关于鞋子的梦想基本已经实现了。她十六岁结了婚，在新城区有一套房子，那场婚礼十分奢华排场，她非常幸福。然而这时候，马尔切洛·索拉拉和他的弟弟米凯莱一起出现在了婚礼上，马尔切洛脚上穿着的正是她丈夫斯特凡诺说要一生珍爱的那双鞋。她到底嫁给了一个什么样的人？！但木已成舟，能撕破脸皮，把他可憎的真面目揭示出来吗？问题和真相都是赤裸裸的，她可悲的处境一目了然。有很多天，甚至是很多个星期，我都沉迷在她的文字里，我钻研这些笔记，甚至背下了我喜欢的段落，那些能激发我、让我沉醉或者让我感到羞愧的段落。在这些看似真实自然的文字背后，一定也有虚假之处，只是我没有察觉到。

在十一月的一个晚上，我无法控制自己，我拿起盒子出了门。那时候我已经离开了那不勒斯，成了一个受人尊敬的大学生，我再也受不了莉拉对我的影响了。我在索尔费利诺桥上停了下来，凝视着从寒冷的薄雾里渗透出的光芒。我将盒子放在栏杆上，用手慢慢地把铁盒向前推，直到盒子落入河里。我感觉那就像是莉拉本人带着她的思想、语言，还有那种与任何人都会针锋相对的恶毒态度一起落入河里；她影响我的方式，她拥有的每个人、每样东西和知识都落入了河里；那些和她相关的任何事情——书和鞋子，温柔和暴力，婚礼和新婚之夜，以拉法埃拉·卡拉奇夫人这个新身份回到城区——所有这些似乎都被我推入了河里。

- 2 -

斯特凡诺看起来如此善良，如此深爱莉拉，我不能相信他把莉拉小时候辛辛苦苦做出来的那双鞋，那双沾满莉拉的手印，也包含着她所有心血的鞋子送给了马尔切洛·索拉拉。

当时在婚礼现场，我忘记了阿方索和玛丽莎的存在，他们眼眸闪烁，神采飞扬，坐在桌边交谈着；我也没注意我母亲那带着醉意的笑声；音乐、歌声、起舞的人，一切都黯然失色；安东尼出现在阳台上，他醋意大发，站在玻璃窗边望着紫色的城市和大海；尼诺如同大天使，一言不发默默离开了大堂的画面也都渐渐模糊了。我只看到莉拉很激动，在和斯特凡诺耳语。她穿着婚纱，脸色非常苍白，斯特凡诺脸上没有笑容，他满脸困窘，他的额头和眼睛上方那块有些发白，就像通红的脸上戴着一张面具。发生了什么事情？还会发生什么事情？我的朋友用两只手把她丈夫的手臂拉了过来，她用了很大的力气。我很了解她，我觉得如果可以的话，她会把他的手臂撕下来，她会将撕下的手臂高举过头顶，穿过大厅，手臂会不断滴血，她会把这滴血的手臂当成一根棍棒，或是驴腮骨，狠狠劈在马尔切洛的脸上，瞄准他打下去。是啊！她本应该这样做，一想到这个情景我就心跳加速，喉咙发干。她本该将两个男人的眼珠都挖出来，撕咬他们，将他们脸上的肉从骨头上撕下来。是的，是的，我想看到这样的情景，我希望会发生这样的事情。让他们的爱情收场，让这场令人无法忍受的婚礼中断。在阿玛尔菲海滩那张蜜月的床上，不会再有拥抱，让城区里的每件事、每个人突然间都粉碎。让一切都毁灭吧！我会和莉拉逃走，去远方生活，就我们俩，我们带着那种破坏性的快乐，在那些陌生的城市堕落下去。我认为那天这样结束才是最合适的。假如没有什么能够拯救我们——金钱不行，男人不行，学业也不行，那还不如马上毁掉所有一切。她的怒火在我的胸中燃烧，一种属于我的力量，或者说不属于我的力量，自我迷失的快感将我淹没了。我希望这种力量能得到蔓延，但我又意识到我对这种力量的恐惧。后来，我才慢慢明白，我只能无声无息地体味不幸，因为我没有能力让怒火爆发，我害怕暴力，我对那些暴力反应感到害怕。我更愿意一动不动，让憎恨不断滋生。但莉拉却不是这样，她离开座位时，动作非常果断。她站了起来，桌子在晃动，脏盘子里的餐具也在晃动，一个玻璃杯被碰倒了。斯特凡诺动作有些机械，他急忙伸手扶住酒杯，防止酒洒向索拉拉太太的衣服。莉拉快步从侧门出去了，每次婚纱被什么东西挂住，她都会奋力扯开。

我想过追上她，抓住她的手，低声告诉她：离开，我们离开这里！但我没有动。斯特凡诺犹豫了一下，从那些跳舞的人中间穿过，去追莉拉了。

我看着周围，人们也意识到新娘在抗议着什么。马尔切洛依然若无其事，亲切地和里诺聊天，就好像他穿着那双鞋很正常。那个古董商的祝酒词继续进行着，而且越来越不堪入耳。那些等级最低的宾客，只能继续强颜欢笑。除了我，没有任何人意识到刚刚才举行的婚礼已经结束了。这场婚姻本应该持续到这对夫妇去世，直到他们子孙满堂，一起经历快乐和痛苦，银婚和金婚，但对莉拉来说，不论丈夫怎么乞求她的原谅都无济于事了，这场婚姻，这时候，结束了！

- 3 -

当时发生的事情让我很失望，我坐在阿方索和玛丽莎旁边，但我并没有听他们在说什么。我等待着莉拉的反抗，但什么也没发生，像往常一样，我猜不出莉拉的脑子里在想什么，我没有听到她的叫喊，没有听到她说威胁的话。半小时后，斯特凡诺再次出现了，他看起来很平静，换了衣服，眼睛和额头周围的那层灰白也消失了，他在亲戚朋友中间周旋，等待着新娘的到来。莉拉再次回到大厅时，身上穿的不再是婚纱，而是一身浅蓝色的旅行套装，头上戴了一顶蓝帽子。她用银勺子从一个水晶罐子里舀出糖果，发给孩子们，然后走到每张桌子前发喜糖。她先给她的父母发了喜糖，接着是斯特凡诺的父母，她无视索拉拉一家，甚至无视了她哥哥里诺。哥哥面带苦笑，问道："我得罪你了吗？"她没有回答，把喜糖包发给坐在她哥哥身边的皮诺奇娅。莉拉目光茫然，两腮泛红。轮到我了，她心不在焉地递给我一个陶瓷做的篮子，里面装满了包裹着白色薄纱的喜糖，我拿喜糖时，她并没给我一个会心的微笑。

因为莉拉的无礼，索拉拉兄弟很难堪，斯特凡诺逐一拥抱了他们表示补偿，他表情平静，低声嘀咕了一句：

"她累了，请对她耐心一点。"

他亲吻了里诺的脸颊，大舅子满脸不高兴地说：

“她不是累了，斯特！我很抱歉，她生来就是这个脾气。”

斯特凡诺认真地回答说：

“所有问题都会解决的。”

这时候，莉拉已经走到门口了，我看到斯特凡诺跑过去追上他的妻子，乐队演奏着乱哄哄的音乐，许多人挤在一起，相互告别。

他们的关系没有破裂，因此莉拉和我不会从这里逃走，我们不会浪迹天涯。我想象着，新娘和新郎坐上敞篷车，漂亮而优雅，过不了多久他们就会到达阿玛尔菲海岸，在一个豪华的宾馆里，之前所有残忍的冒犯，都会变成一个容易消去的不悦。莉拉彻底脱离了我，没有任何懊悔。我突然感觉到：她和我之间的距离比我想象的还要遥远，不仅仅是因为她结婚了，也不仅仅是因为每天晚上她都会恪守婚姻规则，和一个男人睡觉。当时我觉得，有一件之前不明白的事情忽然变得很清楚：莉拉小时候辛辛苦苦做出来的鞋子，被她丈夫拿去和马尔切洛做了一个交易。莉拉不得不接受这个事实，她不得不承认：对于她来说，她丈夫比任何人、任何东西都要重要。莉拉已经做出了让步，她已经原谅了那种冒犯，这意味着她和斯特凡诺之前的关系非常坚固。她爱他，就像照片小说里的姑娘一样爱着他，她会为了斯特凡诺牺牲自己的一生，而他根本不会在意这种牺牲，他将占有她丰富的情感、智慧和想象力，但却不知道如何回应，他会白白浪费她。我觉得自己不可能像她那样爱上任何人，甚至是尼诺，我只知道看书打发时间。在那一刻，我感觉自己就像一只有缺口的碗——那是我妹妹埃莉莎用来喂猫的碗，后来那只猫再也没有出现，那只空碗落满灰尘，被遗忘在楼梯间。我感觉到一种强烈的焦虑，我觉得自己有些夸张了，我走得太远了。我告诉自己，我要向后退，我应该像卡梅拉、艾达、吉耀拉或者莉拉那样，抹去傲慢，惩罚自己的自负，不再羞辱那个爱我的人。阿方索和玛丽莎离开了，他们和尼诺在说好的地方汇合，我避过我母亲的目光，绕了一个大圈子来到露台上和我的男朋友碰面。

太阳已经落山了，我穿得很薄，觉得很冷。安东尼奥看到我，点了根烟，假装在看海。

“我们走吧。”我说。

“你和萨拉托雷纳的儿子一起走吧！”

“我想和你一起走。”

“你别撒谎了。”

“为什么？”

“因为那家伙要你的话，你就会把我丢在这里，连一声再见都不会对我说。”

他这样毫不留情、没有一点遮掩地对我说话，让我真的很生气。我气呼呼地对他说：

“我母亲随时都可能过来，为了你，我有可能会挨她的耳光。如果你不明白我来这里冒的风险，这意味着你只想着你自己，根本就不在乎我。”

他听到我说的句子很长，没用方言，而且还用了虚拟式，这让他失去了耐心。他扔掉香烟，抓住了我的手腕，根本就没有控制所用的力度，他对我吼道——是嗓子眼里发出的那种吼声，他在那里，只是为了我，因为是我告诉他，让他一直待在我身边，在教堂里，在吃饭的地方。是的，是我。“你让我发誓，”他喘了一口气说，“你说，你要发誓，你永远不会留下我一个人。我做了衣服，欠了索拉拉太太很多钱，我这么做就是为了让你高兴，照你说的去做，甚至没和我母亲、弟弟妹妹在一起待上一分钟，但我得到的回报是什么？我得到的报偿就是：你像对待白痴一样对待我！你一直在和那个诗人的儿子说话，你当着所有朋友的面，让我没面子，让我丢脸，因为对于你来说，我什么都不是。你受过教育，而我没有，我听不懂你说的话，这是真的，我真的不懂！但是，真该死！莱农！你看着我，你看着我的眼睛。你觉得你可以玩弄我，你觉得我不会说‘不’！你错了，你知道所有的事，但你不知道，如果我们现在从这扇门出去，如果现在我说‘可以’，说我们一起走，但如果我发现你在学校里或者在别的什么地方，再和尼诺那个混蛋见面，我会杀了你！莱农，我会杀了你！因此你要好好想想，在这里马上离开我——”他有些绝望地说，“这对你是最好的选择。”他红着眼睛，眼睛瞪得大大的，看着我，大张着嘴巴，说了许多话，他没有叫喊，却像是在叫喊一样，他的鼻翼也大张着，鼻孔显得黑洞洞的，他脸上的表情非常痛苦，我感觉到他的内心一定更痛。他说的那些话都是通过喉咙，发自肺腑的话，那些话像是在空气中爆破了，如一块铁片割伤了他的喉咙和肺。

混乱中，我感觉我需要他的侵犯，我需要他钳住我的手，需要那种害怕被他打的感觉。那些滔滔不绝、痛苦的话甚至带给我安慰，我知道，他至少是在乎我的。

“你弄疼我了！”我说。

他慢慢松开了手，但还是张着嘴，瞪着我。我决定在意他，顺从他，依靠他，我的手腕已经发紫。

“你的决定是什么？”他问我。

“我想和你在一起。”我噘着嘴回答说。

他闭上了嘴巴，眼里充满了泪水，然后他望向大海，极力想咽下眼泪。

后来，我们俩单独走在路上，我们没有等帕斯卡莱、恩佐和其他女孩，也没有跟任何人打招呼。最重要的是，不要让我母亲发现，因此我们是步行离开的。天已经黑了，起初，我们彼此并没有身体接触，后来他犹豫了一下，把一条胳膊搭在了我的肩膀上。他想让我明白，他希望得到我的宽恕，就好像犯错误的人是他。因为他爱我，他决定把自己几个小时前亲眼看到的那些情景——我和尼诺勾搭的事情，当成一种幻觉。

“我把你的手弄青了？”他拉住我的手腕问。

我没有回答，他用他的大手握了一下我的肩膀，我做了一个推开他的动作，这让他放慢了节奏。他等着，我也等着。当他又一次做出妥协的表示，我伸出一只手臂，搂住了他的腰。

- 4 -

在树后面，在大楼的门房下面，在黑暗的街道上，我们不停地接吻。后来我们坐上了公共汽车，中间换了一趟车，到了火车站，我们沿着铁路旁那条人迹罕至的路步行，向池塘走去，一路上我们还在不停地接吻。

尽管我的裙子很轻薄，夜晚的冷风吹得我直打寒颤，我却觉得自己在发热。在暗处，安东尼奥有时会贴着我，激烈的拥抱会弄疼我。他的嘴唇滚烫，那种温度点燃了我的幻想。我想，也许莉拉和斯特凡诺已经在酒店了，他们也许正在准备吃饭，也许他们正在为夜晚做准备。啊，被一个男人拥抱着入睡，就不会感到冷了。我感觉到安东尼奥的舌头在我的嘴里游走，手隔着衣服摸索着我的胸，我隔着他的裤子口袋，抚摸着他的下面。

黑色的天空中散落着一些黯淡的星星，池塘腐败的泥土气息和苔藓的味道，被春天甜丝丝的气味掩盖着，草湿漉漉的，水忽然荡漾起来了，好像有一颗橡子、一块石头，或者是一只青蛙落了进去。我们沿着一条熟悉的路慢慢地走，这条道路通往一排干巴巴的树，树干很细，树枝被剪得乱七八糟，几米远的地方有一家破败的罐头厂，有一座屋顶已经塌了的房子，只剩屋脊和一些铁皮板。就像有一根绒线在我身体里拉扯着我，我的欲望在涌动，我迫切地期待着欲望能得到满足，以粉碎那天所有的一切。我的腹部下方有一种快感刺激着我，比其他时候更强烈。对着我的嘴，对着我的脖子，安东尼奥用方言对我说着情话，语气热烈而迫切。我一句话也不说，在和他私会时，我总是不说话，我只是在喘息。

"告诉我，你爱我。"他恳求说。

"是的。"

"告诉我。"

"是的。"

我没说其他的，我抱着他，我紧紧地用尽全力地抱着他。我渴望他亲吻和爱抚我身体的每一个角落，我需要被撕咬，被碾碎，我渴望喘不上气来。他把我推开了一点，依然在吻着我，一只手伸进了我的文胸里，但是我觉得还不够。那天晚上，对我来说这些还远远不够。在那之前，我们所有的接触，都是他非常谨慎地提出来的，而我也谨慎地接受了，但那一次我觉得不够，不舒服的感觉迅速占据了我的身体。然而我不知道该怎样告诉他我想要更多，我不知道该怎么说。每次我们幽会，都会进行一场无声的仪式，一场又一场。他抚摸我的乳房，撩起我的裙子，抚摸我的双腿之间，这时候，他就示意我抚摸他那里柔软敏感的皮肤。但那一次我迟疑着，没有抚摸他的下身，我知道我只要那么做了，他就会忽略我，不再关注我的感受，停止抚摸我，放开我的胸部、腰肢和下身，只会专注于我的手，而且他很快会握住我的手，让我按照正确的节奏移动，然后他会拿出手帕，为那一刻做准备。他嘴里会发出轻轻的呻吟，下体会流出危险的液体，他会有些晕头转向。可能是因为害羞，然后我们就回家了。我迫切需要改变这个一贯的结尾：我不在乎未婚先孕！苍天有眼，但我不在乎在神灵的眼皮底下犯下罪行，圣灵还有其他神，我都不管了。安东尼奥感觉到我的渴望，他有些不知所措，吻我的时候，他越来越激动了，他一次又一次地把我的手向下推，但我一再把手抽出来，用我的耻骨对着他抚摸我的手指，我一次次紧紧贴着他，发出长长的喘息。这时候他把一只手抽出来，想解开裤子。

“等一会儿。”我说。

我把他带到了那个破败废弃的罐头厂里，那里要黑暗一些，更僻静一些，但是里面到处是老鼠，我听见老鼠窸窸窣窣跑来跑去的声音。我的心开始狂跳，我害怕那个地方，我害怕我自己，我害怕我的狂热。就是在几个小时前，我发现了自己和这个城区的疏离感，现在我想抹去那种感觉、那种方式、那种声音。我想回到我的城区里，深陷进去，就像一直以来那样。我想放弃学业，扔掉我写满作业的笔记本。做作业？为什么要做作业？在莉拉的影子和影响之外，我做的所有事情一点儿都不重要。她穿着婚纱，在敞篷车里，戴着蓝色的帽子，穿着浅蓝色的套装，和她相比我算得了什么？在生锈的废铁中间，在老鼠的沙沙声里，我和安东尼奥偷偷幽会，把裙子提到腰上面，怀着迫切、痛苦而内疚的情感；而莉拉和斯特凡诺躺在亚麻床单上，赤裸相对，慵懒地待在一个面朝大海的房间里，斯特凡诺会侵犯她，进入她身体的深处，在她的身体里留下种子，他们是合法的，没有任何恐惧。而我，算什么呢？安东尼奥在调整他的裤子，我在他的双腿之间，男性巨大的肉身摩擦着我的下身，他一边移动，一边喘息。那时候我不知道该怎么办，我只知道那不是我想要的。他只是蹭着我，这还不够，我想要被刺穿，我想要在莉拉回来的时候告诉她：我不是处女了，你做什么，我就会做什么，我不会落后于你。因此我搂着安东尼奥的脖子，吻着他，我踮着脚尖，用我的身体在迎合他的身体，但我什么也没有说，只是在尝试。他也意识到这一点，就用手扶了一下我，我感觉到他的身体进去了一点点，带着好奇和害怕。我感觉到他在努力地克制自己，阻止自己全力推进，那是他整个下午所积累起来的力量，那个时候，那种劲头还没有消散。他就要放弃了，我意识到这一点，就紧紧地贴过去，想让他继续。但安东尼奥长出一口气，他把我推开，用方言说：

“不，莱农，我们成为夫妻才能做这事儿，这样不行。”

带着一种压抑的喘息，他抓住我的右手放到他那里，我用手抚慰了他。

最后我们从池塘那里出来，他有些尴尬地对我说，他尊重我，他不希望在那个肮脏的地方，用那种不体面、随随便便的方式，做一件让我后悔的事情。他说这些的时候，就好像是他想越雷池一步，也许他真的以为事情就是这样的。一路上，我什么话都没有说。直到我说了再见，我才松了一口气。我敲了家门，是我母亲开的门，她并没有叫喊，也没有一句责备的话，尽管我弟弟拉着她，她劈头盖脸的耳光还是扇在了我脸上。我的眼镜一下就飞到了地上，我马上用一种幸灾乐祸的语气大喊起来，一丝方言的痕迹都没有，我用纯粹的意大利语喊道：

“你看你做了什么？你打碎了我的眼镜，因为你的缘故，我不能再学习了，我再也不去学校了。”

我母亲一下子僵住了，她正在打我的手，也像一把斧头一样停在空中，我的小妹妹埃莉莎捡起了眼镜，轻轻说：

“拿着吧，莱农，你的眼镜没摔坏。”

- 5 -

我觉得精疲力竭，无论我怎么休息，总是缓不过来。我第一次逃学了，没去学校。我记得我有十五天都没去上学，就连和安东尼奥我也没说，我没告诉他我的书读不下去了，我想退学。我还是像往常一样出门，整个早上都在城市里转悠，这段时间，我对那不勒斯更加熟悉了。我在阿尔巴门的旧书摊上翻阅旧书，我不由自主地记住那些书名和作者的名字，我接着往前走，走到托雷多，走到海边，我顺着萨尔瓦多·罗莎路，走上沃美罗，走到圣马蒂诺，然后经过佩特拉里奥回来。我在多哥内拉路摸索，一直走到公墓，我一个人静静地走在林荫小路上，读着石碑上死者的名字。有时候我会遇到一些游手好闲的年轻人、行动迟缓的老人，甚至看似文质彬彬的中年绅士，他们用猥亵的语言调戏我，感觉危险在逼近，我低着头，加快脚步，急忙逃开。但我并没有就此打住，而且变本加厉。那些在外面晃荡的早上，让我越来越不顾忌学校的规章制度，那些从六岁起就开始禁锢我的规章制度。我按时回家，没有人怀疑我——怀疑我没有去上学。下午我读小说，稍晚些时候，我就去池塘那里和安东尼奥私会，因为我总是有空和他见面，安东尼奥现在很高兴。他本来想问我有没有见萨拉托雷的儿子。我从他的眼睛里看到了这个问题，但他不敢问我，怕引起争吵，他怕我会生气，也怕会失去那短短几分钟的愉悦。他拥抱着我，我的身体顺从他，他的怀疑就消除了。在那些时刻，他也排除了我见那个男生给他戴绿帽子的可能。

他错了！实际上，尽管我觉得有负罪感，但我一直在想着尼诺，我渴望遇见他，和他说话。可是从另一方面来说，我又有些害怕，我怕他的优越感会让我感到屈辱，我怕他聊着聊着，就会说到那篇记载我和宗教老师冲突的文章没发表的原因，我怕他会告诉我编辑那些无情的批评，这都是我所不能接受的。无论是在城市漫步，还是晚上毫无睡意地躺在床上，我都清楚地感觉到自己的欠缺，我宁愿相信那篇文章被扔到了废纸篓里是因为杂志没有版面了，安插不进去了。我希望慢慢淡忘这件事，让它渐渐褪色，但那并不容易。我没有尼诺的才华，因此我不配出现在他身边，对他讲我的思想，让他聆听我。我有什么思想？我根本没有任何思想。我最好知趣一点，不要再读书了，不要再热衷于分数和表扬了，知难而退吧。我希望自己能渐渐淡忘掉那一切——那些整日盘踞在我脑海的想法、那些死的或者活的语言、那些就连我和几个弟弟说话时，也会冒出来的意大利语。我想，我之所以会这样，那也是莉拉的错，我应该忘掉她。莉拉一直知道她想要什么，而且总是能得到她想要的；而我什么都不想要，我自己本身也没有价值，我只希望自己早上醒来时，没有任何期望。当我清空我的脑子时，我会做进一步打算：安东尼奥对我的感情、我对他的感情，这就够了。

有一天我回家时，遇到了斯特凡诺的妹妹皮诺奇娅，我从她那里得知莉拉刚度完蜜月回来了，并且准备了一顿大餐来庆祝哥哥和嫂子订婚。

“你和里诺订婚了？”我假装自己很惊讶。

“是啊。”她满心欢喜地告诉我，还向我展示了她的订婚戒指。

我记得皮诺奇娅说这些的时候，我的内心极度不舒服——莉拉在她的新家里搞了一场聚会，却没邀请我。但我想，这样也好，我很高兴，我再也不必和她进行比较了，我再也不想看到她了。皮诺奇娅讲完了订婚仪式的每个环节，我才慎重地问了一下我的朋友莉拉的情况。皮诺奇娅干笑了一声，用方言回答我说：“她正在学呢。”我没问学什么。那天我一回到家里就开始睡觉，睡了整整一下午。

第二天，我像往常一样早上七点钟走出家门，我去学校，确切地说是假装去学校。我刚穿过大路就看到莉拉从敞篷车里出来，她头也没回就钻进了我家的院子，并没有转身和坐在方向盘前的斯特凡诺打招呼。她穿着考究，虽然没有太阳，她还是戴了一副深色的大墨镜。那条蓝色纱巾更是让我觉得不同寻常，她把纱巾打了一个结，盖住了嘴巴。我有些愤愤地想道，那应该是她的新风格吧，不再像杰奎琳·肯尼迪，更像我们从小都想成为的那种神秘的女士。我径直向前走去，没有理她。

走了几步之后，我又返回去了，并不是为了什么，只是有些不由自主。我的心跳得很快，脑子很乱，也许我想听她当面告诉我，我们的友情已经结束了，也许我想大声告诉她，我不想上学了，我也想结婚，住在安东尼奥家里，和他妈妈以及弟弟妹妹生活在一起，和疯寡妇梅丽娜一起打扫楼梯。我快步穿过院子，看到她进了她婆婆住的那栋楼里。我走上楼梯，就是我们小时候去找堂·阿奇勒让他把洋娃娃还给我们那次一起走的那些楼梯。我叫了她一声，她回头了。

“你回来了？”我说。

“是啊。”

“那你为什么没来找我？”

“我不想让你看到我。”

“其他人都可以见到你，就我不能吗？”

“我不在乎其他人，但你不一样。”

我犹疑地看着她，她有什么不能让我看到的呢？我向上走了几级台阶，走到她跟前，我小心地揭开了她的纱巾，还有墨镜。

- 6 -

我现在又想象着我揭开她的面纱和墨镜时的情景：我开始讲述她的蜜月旅行，但这次我讲述她的蜜月，不是她在楼梯口告诉我的那些，而是后来我在她的笔记本里读到的。我对她是不公平的，之前为了贬低她，我认为她轻易让步了，就像尼诺把我一个人留在宴席大厅时我所感受到的挫败感，我要使她变得低微，以减轻我自己的挫败感。事实是，那场宴席结束的时候，她坐在敞篷车里，身上穿着一套蓝色的衣服，头上戴着一顶蓝帽子，她的眼睛因为愤怒而发红，斯特凡诺启动车子之后，她用我们这个城区最肮脏、最让人难以忍受的话语辱骂他。

像往常一样，他忍受着她的谩骂，勉强笑了一下，什么话也没说，莉拉最后也闭嘴了。但沉默并没有持续多久，莉拉又开始攻击他，这次是不紧不慢，不急不躁。她说她再也不想待在那辆车上了，一分钟也受不了了，她讨厌呼吸他呼出的气息，她想马上就下车。斯特凡诺在她脸上看到了厌恶，然而他继续开车，什么也没有说。莉拉提高嗓门，让他停下来。这时候斯特凡诺停了车，当莉拉真去打开车门时，斯特凡诺紧紧拉住了她的一条胳膊。

“现在，你给我听着。”他慢慢地说，“发生这些事，有着非常严肃的理由。”

他平静地向莉拉解释了这件事是怎么发生的：为了避免鞋厂在正式开张之前就倒闭，就需要西尔维奥·索拉拉和他的两个儿子入股，只有他们才能保证生产的鞋子进入这个城市最好的鞋店，甚至让他们能在马尔蒂里广场上开一家鞋店，在秋天之前，就会有一家专门经营“赛鲁罗”鞋子的鞋店开张。

“你的需求关我屁事！”莉拉打断他，想挣脱他的手。

“我的需求就是你的需求，你是我的妻子啊！”

“我？对你来说我什么都不是，你对于我来说也一样，放开我！”

斯特凡诺放开了她。

“那你父亲跟哥哥也都什么都不是吗？”

“提到他们时，你最好先漱一下口，你根本不配谈论他们。”

斯特凡诺却对他们指名道姓，他说跟西尔维奥·索拉拉协商的事情是费尔南多亲自提出来的，他说最大的障碍是马尔切洛，马尔切洛很生莉拉的气，他对赛鲁罗全家人都很不满，尤其是对帕斯卡莱、安东尼奥和恩佐，因为他们把他的汽车砸了，还打了他一顿。他说是里诺让马尔切洛平息下来的，总之他们费了好多心思。马尔切洛说他想要莉拉做的那双鞋子，里诺答应了他，就把鞋子给了他。

那真是一个非常糟糕的时刻，莉拉感到胸口一阵剧痛。但她仍然喊道：

“那你就把鞋子给他了？”

斯特凡诺一时有些尴尬。

“我能做什么呢？跟你哥哥吵一架？毁掉你的家庭？让马尔切洛开始报复你的朋友？让我失去我投的所有钱？”

对莉拉来说，他的每句话、他的语气都是一种虚伪的掩饰。莉拉没有让他说完，她用拳头捶着斯特凡诺的肩膀，叫喊着：

“所以你就说可以？你就去把那双鞋子拿给他了？”

斯特凡诺任凭她捶打叫喊，直到莉拉试图打开车门，要逃出去的时候，才冷冰冰地说：“你冷静点。”莉拉忽然转过身，叫喊着说他把错误都推卸到了她父亲和哥哥身上，她怎么冷静得下来，他们三个人像对待一块擦地板的抹布那样对待她，她冷静得下来吗？“我不想冷静下来！”莉拉尖叫着，“混蛋！马上送我回去！你刚刚对我说的那些事情，你要回去当着另外那两个狗屎男人再说一遍。”当她用方言说“狗屎男人”的时候，她意识到这越过了丈夫的底线，他没法再保持心平气和，斯特凡诺的耳光顷刻间狠狠地掴向了莉拉，那么响亮，就像一个真相的昭示。莉拉的脸火辣辣地疼，她用难以置信的眼光看着斯特凡诺，他重新启动汽车，第一次失去了平静的语气——这是他自追求莉拉以来第一次失控，他用有些颤抖的声音说：

“看到了吧，是你逼我这样做的，你有没有意识到你太过分了？”

“我们都错了。”她咕哝着说。

斯特凡诺果断地否定了她，就像他从来都很肯定一样，他说了一大串话，有点威胁，也有些说教，还用了一种带着痛苦和悲怆的语气。他的话大体是这样的：

“我们一点儿都没错，莉娜，我们只需要澄清一些事实。你再也不是赛鲁罗家的人了，你现在是卡拉奇太太，你应该照着我跟你说的去做。我知道，你不是一个世俗的人，你不知道什么是商业，你觉得钱是我从地上捡的，但其实不然，钱每天都要去挣，要把钱放到那些能生钱的地方去。你设计了鞋子，你父亲和哥哥特别能吃苦，但你们三个一起还是没办法赚到钱。索拉拉家却能做到——好了，你现在听我讲，我才不在乎你喜不喜欢那个人呢。我也很讨厌马尔切洛，当他用眼睛瞄你的时候，当我想到他说的关于你的那些话，我真想拿一把刀捅到他肚子里，但当我想到要赚钱的时候，他又成为了我最好的朋友。你知道为什么吗？因为如果不去赚钱的话，那么这辆车就不再是我们的了，我也不能给你买这件衣服了，我们甚至会失去我们的房子以及家里的一切东西，你就不再是一位阔太太了，我们的孩子也会像叫花子一样长大。所以，如果以后你再像今晚那样对我说话，那你这张漂亮的脸蛋就会被我打得不能出去见人。你听明白了吗？回答我。”

莉拉的眼睛眯着，她的脸颊已经变紫了，而其他地方非常苍白。她没有回答他。

- 7 -

当晚，他们来到阿玛尔菲，他们俩以前都没住过旅馆，所以表现得很不自在。前台接待员带着一丝讥讽的语调让斯特凡诺尤为羞怯，他不由自主地表现得有些低三下四。当他意识到这一点时，马上用生硬的方式去掩盖尴尬。前台接待员让他出示证件，他的耳朵变得通红。与此同时，一个行李员出现了，留着短胡须，是一个五十岁上下的男人，但斯特凡诺推开了他，好像他是个贼一样，但是他又想了想，在没有享用服务的情况下，给了他一笔丰厚的小费。他扛着行李走在莉拉前面上楼梯。莉拉跟我说，每级台阶都让她感觉到，在路上她已经失去了早上和她结婚的那个男人，现在和她在一起的是一个陌生人。斯特凡诺真的是眼前这个长着粗短的腿、长长的胳膊，手指白皙的人吗？这个和她结合的人到底是谁呢？在旅途中那些难以抑制的愤怒现在变成了不折不扣的焦虑。

一进到房间里，他努力让自己变得温和，但他也很疲惫，给了莉拉一耳光之后，他心里很不安。他用一种虚伪的语气称赞房间的宽敞，打开落地窗走到阳台上，唤她来感受空气的芬芳，欣赏波光粼粼的大海。但她心里一直想着摆脱困境的办法，于是只心不在焉地摇摇头，她很冷。斯特凡诺马上关上窗子，提议出去散散步，还要在外面吃饭，最好多穿一点。他说："要不你给我带件西服背心吧。"那语气就好像他们已经在一起生活了多年，她会熟练地从行李箱里给他找一件背心，就如同给自己找件毛衣一样。莉拉显得很听话，但实际上她并没有打开行李，既没有拿毛衣，也没有拿出西服背心。她马上到了走廊上，她一分钟也不想再待在房间里。他跟在后面，嘟囔着说："我这样无所谓，但我是担心你，怕你会感冒。"

他们在阿玛尔菲闲逛，一直走到大教堂，他们走上台阶，走到喷泉前。斯特凡诺试着讨她开心，但逗乐向来都不是他的强项，他更擅于悲怆的话语，或是一个知道自己想要什么的成熟男人会说的那种简洁如警句的话。莉拉几乎没有回应，最后丈夫给她指指这个，指指那个，惊呼着："快看啊！"然而对她来说，在过去她可能会关注这里的一草一木，每一块石头，可现在不管是街边靓丽的风景、花园的芬芳，还是阿玛尔菲的历史和艺术，她都不感兴趣，尤其是斯特凡诺的声音让她很厌烦，他不停地说："很美，不是吗？"

莉拉很快开始打颤，不是因为天特别冷，而是因为她非常紧张、焦虑。他察觉到了这一点，建议她回旅馆，他还大着胆子说了一句：我们抱在一起就暖和了。但她还想一直走下去，直到疲惫不堪。尽管一点也不饿，她还是径直走进了一家餐厅，并没有征求斯特凡诺的意见，斯特凡诺耐心地跟着她。

他们点了很多菜，但基本没怎么吃，只是喝了很多酒。有那么一刻，他忍不住问她是否还在生气。听到这个问题，莉拉摇摇头，她确实没生气。让她感到吃惊的是，对索拉拉兄弟、她的父亲和哥哥以及斯特凡诺，她内心没有一丝憎恨，所有一切都烟消云散了。她脑子里的一切都发生了变化，突然间，鞋子的事情对她来说变得不值一提，她甚至不明白，在看到马尔切洛脚上穿着那双鞋子时，她为什么会那么生气。现在让她觉得恐惧的是无名指上那枚沉甸甸、亮闪闪的婚戒。她又重新回顾了那一天发生的事情，觉得一切都难以置信：教堂、宗教婚礼仪式和宴会。她喝了酒之后晕乎乎地思考着，我做了些什么啊？这枚金戒指是什么东西？这枚我戴在手上的发亮的圆环到底是什么？斯特凡诺也有一只，在他那多毛的手指上，在黑色的汗毛间闪闪发亮。她记得他穿泳衣的样子，就好像在海边看到的一样：宽阔的胸膛，硕大的头颅就像倒过来的碗。她回想过去，他没有任何一个细节能对她产生吸引力。他只是一个生物，她感觉无法与其共享任何东西，而他却穿着西装，打着领带，嚅动着厚嘴唇，用手挠着硕大的耳垂，他常用叉子叉她盘中的食物，想尝一下。他和之前那个吸引她的卖香肠的小伙子，那个充满抱负、非常自信且有教养的小伙子，那个早上在教堂和她结婚的新郎没有一点儿关系。斯特凡诺张大嘴巴露出白生生的牙齿，嘴巴里吐出红红的舌头，他身体里和围绕着他的一切都在破裂。莉拉坐在桌前，周围来来往往的服务员，还有导致她来到阿玛尔菲的一切，缺少任何关联和逻辑性，但又是无法忍受的事实。因此当眼前那个陌生的生物——斯特凡诺眼前一亮，以为暴风雨已经过去了，以为她已经理解了他那么做的原因，并且接受了他的解释，他终于可以对她讲述那些伟大计划了。莉拉想到从桌子上偷偷拿一把餐刀，想着回到房间的时候，如果斯特凡诺敢碰她的话，她就会用这把刀刺向他的喉咙。

最终，莉拉没有那么做，因为在那个餐厅，在那张桌子前，她喝得晕乎乎的。整个婚礼，从婚纱到婚戒，让她觉得没有任何意义，她觉得斯特凡诺的性要求没有任何意义，那对于他来说也是荒谬的。如果真要那么做的话，首先要考虑的是如何把餐刀带走（把膝盖上的餐巾拿下来，包住餐刀，把餐刀和餐巾都放在怀里，把手提包拿过来，让餐刀顺势滑入包里，最后将餐巾放回桌子），但是她最后放弃了。那个把妻子的新身份、餐厅和阿玛尔菲固定在一起的“铆钉”是那么松弛。在晚饭最后，她甚至听不到斯特凡诺的声音，她耳朵里充斥着喧闹声，陌生的人群还有他们的心思，都让她恍惚。

在路上，斯特凡诺开始谈论索拉拉一家的好处。斯特凡诺对她说，他们认识市政府的重要人物，他们和各个党派、保皇派还有新法西斯党都有关联。他谈论这些，喜欢装作自己很在行的样子，好像他真的知道索拉拉家在干什么，他强调说：“政治是很丑陋的，但对于赚钱很重要。”莉拉想起之前她和帕斯卡莱做的分析，还有订婚之后他们谈论的事情、他们的计划——要摆脱父母那一代的滥用权力、虚伪和残暴。她嘴上说是的，但其实心不在焉，她心里正想着其他事情——我在和谁谈论了这些事情呢？我不认识眼前这个人，我不知道他是谁。

斯特凡诺拉着莉拉的手，在她耳边说着爱她，她没有后退。也许莉拉打算让他相信，一切都很正常，他们的确是正在度蜜月的新婚夫妻，她想等待时机，告诉他自己内心有多厌恶他、反感他，让他伤得更深。她会说，不管是和旅馆的行李员还是和你上床，都没什么两样。你们的手指都因为抽烟而发黄，都让我恶心。对我而言，最有可能的理由也许是：她太害怕了，试图把每一种反应都向后推。

他们刚一进房间，斯特凡诺就试图去吻她，但她躲开了，她神情严肃地打开行李箱，拿出睡衣，然后把睡衣递给她丈夫，对于她的贴心，丈夫露出满意的笑容，他再一次想抓住她，但她迅速将自己锁在了浴室里。

莉拉一个人待在洗手间里，为了醒酒，也为了摆脱那种挥之不去的支离破碎感。她花了很长时间洗脸，但是她无法摆脱那种感觉，她越来越觉得自己的行动缺乏连贯性。她心想，我该怎么办？难道整个晚上都把自己关在这儿？然后怎么办？

她后悔没拿餐刀，有那么一瞬间她以为自己拿了，最后她不得不承认自己确实没拿。她坐在浴缸边上，把旅馆的浴缸和新家的浴缸进行对比，她认为她家里的更美，家里的浴巾也要比这里的好。是她的，还是他的？浴巾、浴缸，所有的这一切都属于谁？一想到这些崭新美好的东西都属于外面正等她的那个人，只有跟他姓，她才能拥有这些，她就觉得很厌烦。那些好东西都是卡拉奇家的，包括她自己也是卡拉奇家的。斯特凡诺敲了敲门。

“你在做什么？你还好吗？”

没有回应。

斯特凡诺又等了一会儿，又敲了门，还是没有任何回应，他紧张地拉了拉门把手，用一种故意开玩笑的语调说：

“我要破门而入了哦！”

莉拉毫不怀疑他会这么做，这个在外面等她的陌生人什么事都干得出来。她想，我也是，我也什么都干得出来。她脱衣，洗漱，穿上睡衣，她带着鄙夷想到了几个月前她选这件睡衣时的用心。斯特凡诺现在变成了一个纯粹的名字，他和几个小时之前的那些情感和习惯已经联系不到一起，他现在穿着睡衣坐在床边，一看见她就马上站了起来：

“你洗得真久啊。”

“是得花些时间。”

“你真美啊！”

“我累了，想睡了。”

“等会儿我们一起睡。”

“现在你睡你那边，我睡我这边。”

“好吧，来吧。”

“我不是开玩笑。”

“我也没开玩笑。”

斯特凡诺微笑了一下，试图牵她的手。她躲开了，他沉下脸来。

“你怎么了？”

莉拉犹豫着。她想找到一种恰当的表达，慢吞吞地说：

“我不想要你。”

斯特凡诺有些疑惑地摇摇头，好像她说的是外语。他低声说，他等这一刻已经等了很久了，朝思暮想。“求你了。”他央求道，几乎一脸悲伤的样子。他指着自己绛红色的睡裤，歪着嘴笑了一下说：“你看！单是看到你这里就会发生什么事情。”她不情愿地看着他，做了一个厌烦的表情，马上移开了目光。

那一刻，斯特凡诺明白：她又想把自己关在浴室里，他就像动物一样机敏地冲了过去，握住了她的腰，他把她抱起来摔在床上。正在发生什么？很明显，他不想知道。他以为在餐厅他们已经重归于好了，他不理解为什么莉拉现在会这样，太小姑娘气了。他笑着压在她身上，试图让她安静。

“那是件美好的事。”他说，“你不必害怕，我爱你，超过爱我母亲和妹妹。”

但是没用，她站了起来，避开了他。这个女孩的心思真难揣摩啊！她说“是”表示“不是”，说“不”但又表示“是”。斯特凡诺低声说：“别再耍小性子了。”他又一次抓住她，骑在她身上，把她的手摁在了床单上。

“你说我们要等，我们就一直等到这一天，”他说，“就在你的身边，但我不能碰你，这件事有多难受！我也忍了。但现在我们是夫妻了，你乖乖的，不要担心。”

他俯身去亲她，她躲开了，脸左右摆动，不断地挣扎，身子扭曲着，坚决地重复说：

“放开我！我不想要你！我不要你！我不要你！”

那一刻，斯特凡诺不由自主地抬高了嗓门，他吼道：

“莉娜，我他妈受不了了！”

他重复了两三遍，声音越来越大，好像是为了模仿一个古老的咒语——他出生前就有的一个准则。这个准则就是：你得成为一个男人，斯特！要么现在就让她屈服，要么她永远都不会屈服；要让你的妻子明白她是女人，而你是男人，因此她应该顺从你。莉拉只听见他说，我他妈受不了了！我他妈受不了了！我他妈受不了了！看看他，他压在她纤细的腰上，身体宽大而笨重，他的生殖器将睡衣顶起来，像撑起的帐篷。

她记得几年前，他用手夹住她的舌头，想用针戳它，因为她在学校比赛中赢了他的弟弟阿方索，她让他弟弟丢脸了。她突然意识到：他一直都是堂·阿奇勒的长子！那个想法让她觉得丈夫年轻的面庞上突然浮现了一些特征，出于慎重，这些特征被默默地隐藏起来了，但它们一直潜藏在斯特凡诺的血液里，等待着在合适的时机显现出来。是的，为了在城区赢得人心，为了讨她欢心，斯特凡诺一直在努力扮演另一个人。因为他的客气，他脸上的轮廓也变得柔和，他的目光也变得温顺，他的声音里也流露出讨好的语气，他的手指、手以及整个身体，都在努力地控制着自己。但现在他的面部轮廓正在变形。莉拉的内心充满了恐惧，那是我们小时候经受过的那种恐惧，比我们下到地窖里找布娃娃的那次更令人害怕。堂·阿奇勒正从这个城区的泥潭里复活，附到了他儿子身上。堂·阿奇勒正在从斯特凡诺的皮肤里冒出来，正在改变他的目光，正从他的身体里爆发出来。实际上他已经来了！

斯特凡诺扯下莉拉的睡衣，她的胸部暴露出来，他猛地抓紧她的胸脯，低下头去轻咬她的乳头。而她就像往常一样，克制住自己的恐惧，尝试推开他，去撕扯他的头发，挣扎着用嘴把他咬出血。他躲开了，紧拽着她的手臂，用腿把她的手压住，轻蔑地对她说："你干什么？老实点，你就是一根小树枝，我随便一下就可以把你弄断。"但莉拉并没有安静下来，她继续撕咬着，弓起腰摆脱他的重压。但没有用，他现在空出手来，俯下身子用手指轻轻地扇着她耳光，反复逼近她说："你看看，它有多大，嗯，你说是的，是的。"他从睡裤里掏出粗大的生殖器，对着她，她感觉那东西就像一个无手无脚的洋娃娃，因为哭不出来，满脸扭曲，想从另外一个更大的娃娃手里挣脱出来。他用沙哑的声音说："现在我让你感受一下，莉娜，看看这多美啊！它独一无二，别人没有的。"她还是非常激动不安，又挨了两记耳光，他先用手掌，然后手背，他所用的力度让她明白，假如她再抵抗，他会毫不犹豫把她杀死——或者说，附在他身上的堂·阿奇勒会这么做。堂·阿奇勒让整个城区的人都很害怕，是因为大家都知道，他的力气可以把你举起来，扔向一堵墙或者一棵树。她打消了反抗的念头，陷入了一种无声无息的恐惧。最后，他从莉拉的身上下去，给她拉上睡衣，在她耳边说："你不知道我多爱你，你会发现的，到明天你自己也会恳求我比现在更爱你，你会跪着恳求我。我会告诉你，只要你乖乖听话，我就答应，你会乖乖听我的话。"

几次生硬的尝试后，他用一种残酷的激情撕裂了她的身体，莉拉始终心不在焉。夜晚、卧室、房间、床、他的吻、他的手放在她身上，每一份感受都融为一种情感：她痛恨斯特凡诺·卡拉奇，恨他的蛮横，恨压在她身上的躯体，也痛恨他的名字和姓氏。

- 8 -

四天后，他们回到了城区。当天晚上，斯特凡诺把岳父岳母和大舅子请到家里，用一种比平时更谦和的语气，让费尔南多告诉莉拉他们和西尔维奥·索拉拉之间的事情。费尔南多用一种不悦的口吻，用断断续续的句子，向女儿复述了斯特凡诺说过的事。斯特凡诺很快让里诺说明把鞋子给马尔切洛的原因，说他们很矛盾，但只能答应马尔切洛，把他想得到的那双鞋子给他。里诺做出一副很世故的样子，义正辞言地说："在很多情况下，我们不得不做出一些牺牲。"他还提起了帕斯卡莱、安东尼奥和恩佐惹上的麻烦——他们打了索拉拉兄弟，还砸了他们的车。

"你知道谁的风险更大吗？"他慢慢提高嗓门，对着妹妹说，"就是他们——你的朋友们，你的那些圣殿骑士，马尔切洛认出他们来了，他确信是你让他们干的。我和斯特凡诺该怎么办呢？难道你想让他们遭到报复？他们打了人，是要付出双倍的代价的，你想毁了他们吗？又能怎样呢？就是为了一双你丈夫穿不了，一下雨就进水的四十三码的鞋子吗？马尔切洛很在意那双鞋子，我们为了让他不再追究，就把鞋子送给他了。"

同样的话，人们可以这样说，也可以那样说。莉拉从小到大都非常擅长说话，但出人意料的是，那次她没有开口。里诺松了一口气，他用一种略带责怪的语气，说从小她就一直缠着他，说要发财。现在他笑着说："让我们发财吧，生活已经太复杂了，不要让它变得更复杂。"

这时候门铃响了——对于莉拉来说是一个惊喜，但对其他人显然不是，皮诺奇娅、阿方索和他们的母亲玛丽亚来了，还端着一盘索拉拉家的糕点师傅斯帕纽洛亲手做的点心。

起初，他们似乎是为了庆祝新婚夫妻蜜月归来。于是斯特凡诺让大家传看婚礼的照片，那是他刚从摄影师那取来的（至于录像，他说还要一段时间才拿得到）。但很快大家就明白了，在他们眼里斯特凡诺和莉拉的婚礼已经是过去的事儿了，糕点是为另一对新人——里诺和皮诺奇娅准备的，所有紧张的气氛顿时烟消云散了。几分钟前，里诺还在用粗鲁的语气说话，现在一下子变得柔和了，他说着一些夸张的甜言蜜语，说要在妹妹漂亮的房子里举办他们的订婚仪式，他用戏剧性的动作从口袋里掏出一个小包，从里面拿出一个黑色的首饰盒，打开盒子，一枚钻戒出现了。

莉拉注意到，那枚钻戒和她戴在婚戒旁边的那枚没什么不同，她思忖着哥哥是从哪儿搞到的钱。拥抱接吻之后，他们都在畅谈未来，索拉拉兄弟准备秋天在马尔蒂里广场上开一家“赛鲁罗”鞋店，他们在猜测谁会去经营。里诺说可能皮诺奇娅会去管理，可能一个人，也可能和吉耀拉——现在她和米凯莱已经正式订婚了，她一定会提出这要求的。这次家庭聚会变得非常愉快，而且充满希望。

莉拉几乎一直站着，坐着身上会很疼。没有任何人提到了她发肿发黑的右眼、破裂的下嘴唇以及淤青的胳膊，包括莉拉一直沉默不语的母亲。

- 9 -

莉拉走在通往她婆婆家的楼梯上，我摘下了她的眼镜，揭开了她的丝巾，她就是那副样子——眼睛周围的皮肤有些泛黄，下嘴唇上有一块紫色的淤痕，还带着血丝。

她对亲戚和朋友说，在一个明媚的早晨，她和丈夫乘着小船去发黄的峭壁下的沙滩，撞在了阿玛尔菲海滩的礁石上才弄成这样的。在她哥哥和皮诺奇娅的订婚宴会上，在说这谎言的时候，她用了一种嘲讽的语气，所有人都面带嘲讽地相信了她，尤其是女人，她们总是很清楚：当男人爱她们的时候该说什么，当男人想打她们的时候又该说些什么。再说，城区的所有人，特别是女人，都觉得她早就该被修理修理了。所以她脸上的伤并没有激起人们对斯特凡诺的谴责，周围的人反而对他又增添了一份仰慕和敬意，觉得他知道怎样做个男人。

看到莉拉这副狼狈不堪的样子，我的心都快跳到嗓子眼了，我抱住了她。她告诉我，她没有来找我是因为不想让我看到她这副样子，我的眼中充满了泪水。她的蜜月旅行就像照片小说中讲述的一样：干巴巴的，近乎冰冷。这让我很生气，也让我很痛苦，但我得接受这个现实，我甚至感觉到一丝快意。让我高兴的是，我发现莉拉现在也需要帮助，或者说是保护。她在整个城区的人面前都没有表现出脆弱的一面，只是在我面前才这样，这出乎我的意料，使我非常感动，我觉得我们之间的距离再次拉近了。我很想马上告诉她，我决定不上学了，因为学习也没什么用，我没有天分。我想这个消息可能会给她带来慰藉。

但这时她婆婆从顶楼的护栏上伸出头来叫她上去。莉拉匆匆忙忙结束了谈话，她说斯特凡诺欺骗了她，其实他和他父亲是一样的人。

“你还记得那次堂·阿奇勒没给我们布娃娃，给了我们一些钱吗？”她问我。

“记得。”

“我们不该拿那些钱。”

“我们拿去买了一本《小妇人》。”

“我们错了。从那时开始，我一直在犯错。”

她不激动，但是很悲伤，她戴上眼镜，重新围好丝巾。我觉得高兴，因为她说“我们”(“我们”不该拿那些钱，“我们”错了)，但让我不舒服的是她忽然改了人称，从“我们”变成了“我一直在犯错”，是“我们”——我本想纠正她——应该说“我们一直在犯错”，但我没有那么说。我感觉她正尝试着搞清楚自己的新处境，为了摆脱这种处境，她要找到一个依托。走上楼梯台阶之前，她问我：

“你想到我家来学习吗？”

“什么时候？”

“今天下午，明天，什么时候都可以。”

“斯特凡诺会很烦的。”

“如果他是主人，那我就是主人的妻子。”

“我不知道这样行不行，莉拉。”

“我给你一个房间，你可以自己在里面学习，把门关上。”

“这有什么用？”

她耸耸肩。

“知道你在就好。”

我没说我去，也没说我不去。我离开了，像往常那样在城里闲逛。莉拉坚信我永远也不会放弃学业，对她来说，我就是那个戴着眼镜、脸上长着粉刺的朋友，永远埋头读书，在学校里成绩非常优秀，她根本不会想到我会发生改变。我再也不想扮演那个角色了，那篇并没有发表成功的文章，让我觉得受到了羞辱，我意识到自己根本不适合这个角色。尼诺和我、莉拉一样，尽管他也生长在这个贫穷、悲惨的城区，但他会通过自己的学业摆脱这里，而我不行。所以，我决定不再心存幻想，不再徒劳了，应该接受命运的安排，就像卡梅拉、艾达、吉耀拉和莉拉那样，从某种程度上来说，莉拉不是也顺从了吗？那天下午以及接下来的那几天，我没到她家去，而是继续逃学，我内心很挣扎。

一天上午，我在离学校不远的植物园后面晃悠，想着最近和安东尼奥的谈话：他母亲是寡妇，他是家里的唯一支柱，他想逃避兵役，想让汽修厂给他加工资，还想存点钱，承包大路上的一个加油站；他希望我们结婚之后，我也可以在加油站给他帮忙，选择一种简单的生活，我母亲一定会很赞同。我脑中却始终无法挥去学习的巨大诱惑，但又不想事事都顺着莉拉的意思。这时候学校已经放学了，我不由自主往学校走去，在学校附近徘徊。我害怕被学校老师撞见，但又希望被他们看见。我希望他们看到我不再是个模范生，我耽搁的时间永远也无法弥补了；同时又希望能在上课时间碰到他们，期待他们要求我重新开始学习。

一些学生已经从学校出来了，我听到有人在叫我，是阿方索，他正在等玛丽莎，不过她迟到了。

“你们在一起了？”我调侃他说。

“没有，是她一直在坚持。”

“撒谎。”

“你才撒谎，你跟我说你生病了，可我看你好得不得了。加利亚尼老师总是问起你，我跟她说你在发高烧。”

“我就是发烧了。”

“看起来一点也不像。”

阿方索用胳膊夹着书，书用橡皮筋捆得紧紧的，上了一天的课，他的脸色有些憔悴。我注意到阿方索看起来很柔和，难道他也小心翼翼地把父亲堂·阿奇勒藏在心里了？难道父母永远都不会死，每个孩子都会无法避免地把他们隐藏于心吗？所以我母亲的影子一定会突然在我身上出现？她跛着的腿也会出现在我身上？或许这就是我的命运？

我问他：

“你看到你哥对莉拉做了什么吗？”

阿方索显得有点窘迫。

“看到了。”

“你什么都没说吗？”

“那得看莉拉对他做了什么。”

“你也会这样对玛丽莎吗？”

他腼腆地笑笑。

“不会。”

“你确定？”

“确定。”

“为什么？”

“因为我认识你，我们一起聊天，一起上学。”

一时间我没明白过来这话是什么意思。我看到玛丽莎出现在街道尽头，她奔跑着，因为她已经迟到了。

“你女朋友来了。”我说。

他没转身，耸了耸肩，小声说：

“回学校来吧，拜托。”

“我不太舒服。”我又说了一遍，就走了。

我一点也不想跟尼诺的妹妹打招呼，我回想起的每一件事都让我难受。走在路上，阿方索的话又反复浮现在我的脑海里，他的话暧昧不清，却让我觉得好受一些了。他说他不会殴打他将来的妻子以显示自己的权威——因为他认识了我，因为我们之间的交谈，因为我们是同桌。他毫无保留地说出了自己的想法，虽然用了一种暧昧不清的方式，但是很真诚，他把这一切都归因于我，因为我能够影响他，能改变他作为男人的行为方式。我很感激他对我说的话，就算有些混乱，还是让我感到安慰。我开始反思一个问题，一个已经很脆弱的信念，只需要再轻轻一击，就能使它完全崩溃。第二天我模仿了我母亲的签名，又回到了学校。那天晚上，在池塘边，我紧紧抱着安东尼奥，想要驱散寒冷，我答应他：等我念完那一学年，我们就结婚。

- 10 -

我每天都很累，因为要把以前缺的课都补回来，特别是理科，为了集中精力看书，我想要减少和安东尼奥见面的时间，但这真的很难。每当我因为学习提出取消约会时，他的脸色都很阴沉，惶恐地问：

"发生了什么事？"

"我有好多作业要写。"

"为什么作业突然就多起来了？"

"一直都很多啊。"

"之前都没有那么多。"

"那只是碰巧而已。"

"你有什么事儿瞒着我吗，莱农？"

"当然没有！"

"你还爱我吗？"

我让他尽管放心。但时间过得飞快，每次我回到家里都非常生自己的气，因为我还有很多功课要补。

安东尼奥纠结的事情永远只有一个：萨拉托雷的儿子。他怕我跟他说话，也怕我见到他。我很无奈，为了不让他痛苦，就算偶然在上学和放学时，或在走廊上遇到尼诺，我也都瞒着安东尼奥。其实我和尼诺之间从没发生过什么特别的事情，彼此最多点个头，打个招呼，然后就快步走开。如果安东尼奥是一个理性的人，我会告诉他我跟尼诺见面的情况，然而他并不是，其实我也不是。尽管尼诺一直都没有搭理我，但只要看他一眼，接下来的几节课我都神思恍惚。我们之间就隔着几间教室，他真实、活跃，比我们有些老师更有文化，他勇敢又桀骜不驯，他从我脑海里抹去了老师讲的话、教材上的字、结婚计划，还有大路边上的加油站。

在家里我没法学习，关于安东尼奥、尼诺以及未来的混乱思绪时刻困扰着我，加上我母亲神经衰弱，事事都跟我大吵大闹，弟弟们一个个都把作业扔给我。这样没完没了的干扰也不是现在才开始，我一直都是在混乱中学习的，我曾经的决心和自制力让我在这样的条件下也能学得很好，但那种精神已经慢慢被消磨殆尽了。现在我做不到了，或者说，我不想做到了。通常，整个下午我都在帮母亲做家务，帮弟弟们写作业，我自己几乎没有时间学习。以前我还会牺牲睡觉时间来念书，但我已经筋疲力尽，只有睡眠能带给我片刻安宁了，于是我常常丢下没有写完的作业，就上床睡觉了。

就这样，在课堂上我开始心不在焉，我毫无准备地去上课。我担心老师会提问我，我的担心很快就变成了现实。有一次在同一天，我化学得了两分，艺术史得了四分，哲学得了三分，我脆弱的神经一直紧绷着，就在我拿到最后一科糟糕的分数时，我终于当着所有人的面哭了起来。那真是一段可怕的时光，我堕落了，迷失了自我，这让我既恐怖又享受，既害怕又自豪。

在学校门口，阿方索告诉我，他嫂子让我去她家找她。去吧去吧，他有些担心，一直鼓动我去，他说我在那儿一定比在家里学得好。那天下午我就朝着那片新小区走去，我去莉拉家，并不是要解决我在学校遇到的困扰，我肯定我们会一直聊天，让她知道从前作为模范生的我，也会学习越来越糟糕。我告诉自己：即便是跟莉拉聊天，堕落下去，也好过在家听我母亲嚷嚷，应付我弟弟们蛮不讲理的要求，或在对尼诺的狂热思念和对安东尼奥的埋怨中挣扎；至少我能学会一些婚姻生活中会遇到的事情——那时候我已经把这视为理所当然了，我觉得我迟早都会结婚。

看到我去，莉拉非常开心，她的眼睛已经消肿了，嘴唇也在慢慢愈合。她穿得很漂亮，头发梳得一丝不苟，还抹了口红，她在自己家里走来走去，却像个外人，好像在别人家做客一样。进门的玄关那里还堆着结婚礼物，房子里有一股石灰和油漆味，还混合着饭厅崭新的家具散发出的隐约的酒精味，餐厅里有桌子，还有镶着镜子的餐具架，镜子周围嵌着黑色木头雕成的叶子，玻璃橱柜里放满了银器、盘子、杯子和五颜六色的玻璃酒瓶。

莉拉给我煮了一杯咖啡，我和她坐在宽敞的厨房里，感觉很开心，像两位阔太太，就像我们小时候在地下室通风口那里玩的那些游戏。我感到无比放松，觉得自己之前不来真是一个错误——我有一个年龄和我一样大的朋友，她有自己的房子，干净整洁，里面还有许多奢华的摆设，这个朋友整天没什么事可做，她很高兴能有我的陪伴，即使我们都变了，而且会继续改变下去，但我们之间的友情永远都不会减退。为什么我不坦然接受呢？自她婚礼那天以来，我第一次感到和她在一起很自在。

“你和斯特凡诺怎么样了？”我问。

“挺好的。”

“你们都说清楚了？”

她开心地笑起来。

“嗯，都说清楚了。”

“所以呢？”

“还是觉得很恶心。”

“和在阿玛尔菲一样吗？”

“对。”

“他又打你吗？”

她碰了碰脸。

“没有，这都是以前的伤。”

“那他现在呢？”

“羞辱我。”

“那你怎么办？”

“他想要怎样，我就怎样。”

我想了一会儿，才隐晦地问她：

“至少你们在一起睡觉的时候，还是挺好的吧？”

她严肃起来，表情有点不自然。她开始谈论起丈夫，她很排斥他，但却又只能接受这个人，那不是一种敌意，并不需要报复，甚至也没有厌恶，那只是一种平静的蔑视，对她丈夫整个人的鄙视，仿佛他是地上的脏水。

我似懂非懂地听着。莉拉曾经把刀架在马尔切洛的脖子上，威胁他，只是因为他抓着我的手腕，弄断了我的手镯。从那时开始，我就相信，只要马尔切洛敢碰她一下，她一定会杀了他。但现在她对斯特凡诺却没有任何明显的敌意。当然，理由很简单：我们从小就看着父亲打母亲。在成长的过程中，我们都认为其他人绝对不能碰我们，但是父母、未婚夫和丈夫，只要他们想，随时都可以给我们一巴掌，这是出于爱，或是为了教育我们，不断地教育我们。斯特凡诺并不是可恨的马尔切洛，而是她说过她很爱的人，她嫁给了斯特凡诺，并决定和他永远生活在一起，这就是她为自己的选择承担的后果。然而有些事情还是说不通，在我的眼里，莉拉就是莉拉，不是这个城区里任何一个普通女人。我们的母亲被丈夫扇了巴掌后，都不可能表示出冷静轻蔑的样子，她们总是很绝望，不断哭喊，对她们的男人拉着脸，在背后骂他们，然后多多少少，她们还是像以前那样尊重他们（比如说我母亲，总是没有底线地欣赏我那倒卖东西的父亲）。可莉拉是一副顺从的样子，却毫无敬意。我对她说：

“即使我不爱安东尼奥，我和他在一起还是很自在。”

我希望按照我们之前的习惯，她可以抓住这句话里隐藏的所有意思：即使我爱尼诺——我虽然没有明说——可是只要想到安东尼奥，想到我们的亲吻拥抱、在池塘边的亲密，我也会很兴奋激动。对于我来说，爱情并不一定要带来快乐，也并不需要尊重。或许“恶心”“羞辱”都会从“以后”开始，当一个男人凭自己心情随意驱使你、强迫你，只是因为你已经成了他的人，还会有爱情吗？还会有尊重吗？当女人躺在一张床上，被男人压在身下的时候，又会发生什么？这一切她都已经经历过了，我希望她能跟我说一说。而她只是用有些讽刺的语气对我说：“你能觉得自在？真不错。”然后，她把我带到一个面朝铁轨的小房间，房间里空荡荡的，只有一张书桌、一把椅子和一张折叠小床，墙上什么装饰也没有。

“你喜欢这儿吗？”

“喜欢。”

“那你就在这儿学习吧。”

说完，她转身关上门出去了。

房间里的墙壁散发出一股潮湿的味道，比其他房间味道都重。我望向窗外，其实我更想和她继续聊会儿。我很快就明白了，阿方索一定跟她说了我旷课的事，可能还有我那几科糟糕的分数，她希望我能回到以前，一如既往地聪明优秀，她甚至是强迫我回到之前。我听到她在家里走来走去，打了一个电话。让我震惊的是，她没有说“喂，我是莉娜”，或像我知道的“我是莉娜·赛鲁罗”，她竟然说，“喂，我是卡拉奇太太”。我坐在书桌前，打开历史书，强迫自己学习。

- 11 -

那学期的最后一个阶段，我可以说非常倒霉。高中的校舍很破败，教室漏雨，距离我们学校几米远的一段路，在一次强烈的暴风雨之后塌陷了，随之而来的是一段轮流上学的时期，家庭作业变得比上课更加重要，老师们给我们布置了很多作业，让我们难以承受。虽然我母亲很不情愿，我还是养成了放学后直接去莉拉家的习惯。

我通常下午两点到那里，把课本放下。她会给我准备一个三明治，里面夹着火腿、奶酪和香肠，总之都是我想吃的东西。那是在我父母的家里从未见过的丰富食物：新鲜面包的味道多么美妙，还有夹在面包里的美味，尤其是生火腿，中间是鲜红色的瘦肉，边缘是白色的肥肉。我总是配着莉拉给我煮的咖啡，狼吞虎咽地把三明治吃完。我们热烈地聊一会儿天之后，她就把我关在小房间里让我学习。她很少进房间打扰我，进来也只是为了给我带些好吃的，和我一起吃点儿喝点儿。斯特凡诺通常晚上八点左右从肉食店回来，我不想遇到他，所以总是七点整准时离开。

我对那套房子熟悉起来，它的光线以及来自铁路的声音，房子里每寸空间、每样东西都是崭新而干净的，尤其是卫生间，里面有洗脸池、浴盆和净身池。有一天下午，我特别不想学习，就问莉拉我是否可以洗个澡。到那时候为止，我都还是在水龙头下或是在铜盆里洗澡。她说我在她家做什么都可以，就跑去给我拿毛巾。我开始放水，水龙头里放出来的水是热水。我脱了衣服泡在水里，只露出脑袋。

多么温暖啊！那种享受出乎我的预料。过了一会儿，浴缸每个角落里都全是泡泡，这些泡沫围绕着我，好像快要溢出来了。啊，莉拉拥有多少神奇的东西啊！这浴缸不仅仅可以清洁身体，还是一种放松的方式，像游戏。我发现了口红、化妆品、吹风机，还有一面大镜子，照出来的影像不会变形的大镜子。我发现我的皮肤变得前所未有的光滑，头发蓬松发亮，更加金黄。我们从小就想拥有的财富可能就是这些，财富不是一只装着金币和钻石的保险箱，而是一个浴缸，每天可以在里面泡澡；吃着面包、香肠和火腿；卫生间很宽敞；有电话；有装满美味食物的冰箱；橱柜上放着女主人穿着婚纱的照片，照片镶在银色相框里；拥有这个家里所有一切——厨房、卧室、餐厅、两个阳台，还有一个小房间（就是我学习的地方）。即使莉拉从没跟我说过，我也知道将来这个房间里会睡着一个小宝宝。

晚上我跑到池塘边上去，迫不及待地想让安东尼奥抚摸我，嗅到我身体的气息，想让他也觉得惊异，享受这清洁的身体，芬芳凸显了我的美丽，这是我想给他的一个礼物。但他却忧心忡忡，他说："我永远也给不了你这些。"我回答他说："谁说我想要这些了。"他反驳我说："莉拉做什么，你就做什么。"我非常生气，和他吵了起来。我是一个独立的人，我做我自己想做的事情，我做的事情是他和莉拉没有做过、将来也不会做的事情，我埋头苦学，眼睛都用坏了。我叫喊着说他不理解我，总是贬低我，让我生气，然后就跑开了。

但事实上安东尼奥太了解我了。我对莉拉家一天比一天着迷，那里变成了一个神奇的地方，有所有我想要的东西，和那栋我们生长的房子全然不同。那些死气沉沉、黯淡的老楼房墙皮脱落，门上全是划痕，日常用的东西破损陈旧而且恒久不变。莉拉一直都小心翼翼，不想打扰我，都是我在叫她：我有点渴了，我有点饿了，我们把电视打开吧，我们可以看看这个，我们可以看看那个。我对学习感到很厌烦，也很吃力。有时我高声复述书里的内容，我让她听着，她坐在小折叠床上，我坐在书桌旁。我给她指出要复述的那一页，我复述，让她一行行核对。

在这时候，我更加感觉到她和书的关系发生了变化。她变得羞怯了，她不再命令我，把她的节奏强加给我。之前她总是能够驾驭所读的内容，三言两语就能总结出核心所在，然后信心十足地对我说："这就是最核心的内容，你从这儿开始。"而现在，当她看着课本，听我的复述时，如果她感觉我错了，会用各种委婉的方法来纠正我："可能是我没理解对，你再检查检查或许好一些。"她似乎没有意识到，她不需要费太大力气就可以理解书本，这种能力还像以前一样，总之我注意到了这一点。举个例子，对我来说化学非常乏味，她敏锐的目光扫了几眼，几句简单的分析就能让我从昏沉中振奋起来。我看到她只翻阅了哲学课本中的半页内容，就能把古希腊哲学家阿那克萨哥拉①、俄国化学家门捷列夫的周期表，以及人的智力赋予混乱事物的秩序非常神奇地联系到一起。但更多时候，她意识到自己没有理论根据，觉得她的分析很天真，只是一些建议。一旦意识到自己太过于投入，她就会马上抽身而出，就像前面是个圈套，低声抱怨说："你能明白这些，真是幸运，我都不知道在说些什么。"

有一次她很厌烦地合上书，烦躁地说：

"够了！"

"为什么？"

"因为我烦了，总是同样的事情：在小东西里面还会冒出来一些更小的东西，在大的东西外面，还有更大的东西束缚着它。我还是去做饭吧。"

尽管我学习的内容和东西的大小没什么关系，很明显，这些内容让她很烦躁，或许还让她恐惧，可能她的学习能力让自己都感到害怕，她退缩了。

退缩到哪里去了？

准备晚餐、打扫房子、看电视……为了不打扰我，她总是轻手轻脚的。铁轨上来往的火车、维苏威火山模糊的轮廓、还没有树木和商店的新城区、车辆稀少的街道、挎着购物袋的女人和紧紧拉着她们裙子的小孩，都让我着迷。莉拉很少出去，除非是斯特凡诺要求她，或是请求她陪他一会儿，她也只是走到商店那里——距离她家还不到五百米的地方。有一次我陪她去了那里即将新开的一家肉食店，她用木匠用的尺子丈量尺寸，要设计货架和店内的装修。

---

① 阿那克萨哥拉（Anaxagoras，前500—前428），古希腊哲学家，原子唯物论的思想先驱。

除了这些，她没有别的事情可以做。我开始意识到，她结婚之后比单身时更加孤独。有时候，我会和卡梅拉、艾达，甚至和吉耀拉一起出去；在学校里，我有同班的女同学，还会和其他班的女生成为朋友，有时候我们一起上街吃冰激凌。而她，除了她的小姑子皮诺奇娅，她不再和任何人来往。之前那些朋友，在她订婚期间还会停下来和她交谈几句，在她结婚之后，即便在路上碰到了，最多也就是点头打个招呼。她那个阶段可真漂亮，穿得就像畅销杂志上的模特一样，她买了许多这类杂志。但妻子这个身份好像让她被关在了玻璃容器中，就像是一条帆船在一个没人靠近的海域中航行，甚至可以说在没有海的地方扬帆。帕斯卡莱、恩佐和安东尼奥也没有鼓起勇气来到新小区，这些白色的街道上一棵树都没有，没人到她家里闲聊上几句，或是邀请她一起去散步——这真让人无法想象。还有那部电话——挂在厨房墙上的黑色设备，像是一件毫无用处的装饰品，我在她家里学习的时间里，电话铃很少响起，即便响了，通常也是斯特凡诺打来的，为了接收客户的订单，他在肉食店也装了部电话。这对新婚夫妇的对话很短，她常常只心不在焉地回复是或者不是。

电话的主要用处是买东西。这段时间，为了等脸上的伤痕消失，她很少出门，但一直在疯狂购物。比如说，我兴高采烈地洗完澡，正激动地发现我的头发变得非常漂亮，我听见她在订购一个新的吹风机，收货的时候，她说想送给我。她说的话——“喂，我是卡拉奇太太”，就像一个有魔法的句子，她讨价还价，拒绝或者购买，但她并不付钱。所有的店主都是这个城区的人，都很了解斯特凡诺，她只需要签一个名：莉娜·卡拉奇，名字和姓氏，就像奥利维耶罗老师教过的那样。她签名的时候就像在习字，脸上带着专注的微笑，甚至连货都不验，好像她在纸上写的字要比正交付的物品还要重要。

她买了一个大相册，绿色的封面，上面装饰着花朵，里面放着他们婚礼上的照片。她还特意给我洗了一些：我的、我父母的、我弟弟妹妹的，甚至连安东尼奥的照片都洗了，我也不记得有多少张。莉拉给摄影师打电话，下订单。有一次我在一张照片上面隐约看见了尼诺，那张照片上有阿方索和玛丽莎，尼诺出现在右边，可惜照片没有照全，只照到了刘海、鼻子和嘴巴。

“我能要这张照片吗？”我鼓起勇气问了一句，但不是很确信。

“照片上看不到你呀。”

“我在这里，只有后背。”

“好吧，你想要的话，我就给你洗一张。”

我忽然改变了主意。

“不，算了吧。”

“不要客气。”

“我不要了。”

她买的那些东西中，我印象最深的是那台放映机。他们婚礼上的录像最后终于做好了，有一天晚上，摄影师来家里给这对新人和亲戚们放映。莉拉打听了那设备的价格，她让人送到家里，然后请我去看那段录像。莉拉把放映机放在餐厅桌子上，取下墙上一幅描绘海上暴风雨的画，很熟练地装好胶片，她放下百叶窗，白色的墙壁上开始出现了画面。真是一件神奇的东西：影像是彩色的，只有短短几分钟，我惊得张大了嘴巴。我又重新看到了她结婚的场景：她挽着父亲费尔南多的手臂走进教堂，她和斯特凡诺一起来到教堂前面的空地上，他们欢快地在公园里散步，最后接了一个长长的吻。后来他们走进饭店大厅，接下来是跳舞，亲戚们或吃东西或跳舞，切蛋糕，分发喜糖，对着镜头打招呼。两个人穿着旅行的服装，斯特凡诺很开心，她却闷闷不乐。

看第一遍的时候，让我最震撼的是我自己。我被拍到了两次，第一次是在教堂前面的空地上，挨着安东尼奥，我看起来又笨拙又紧张，脸被眼镜遮挡住了；第二次是我和尼诺坐在桌边，我几乎认不出来自己了：我笑着，优雅地挥舞着手和胳膊，打理头发，摆弄我母亲的手镯，我看起来又精致又美丽。事实上，莉拉也感叹说：

“看呐，你多上镜。”

“什么啊！”我在撒谎。

“你高兴的时候就是这个样子。”

看第二遍的时候（我让她回放，她也很乐意再放一遍），让我印象最深刻的是索拉拉兄弟进入画面时的情景。摄影师捕捉到了这个令我印象深刻的时刻：尼诺离开大厅，马尔切洛和米凯莱闯了进来，兄弟俩穿着礼服，一个挨着一个，个子都很高，还有他们在健身房举铁练出来的肌肉；这个时候尼诺低着头溜走了，出去的时候撞了一下马尔切洛的胳膊，马尔切洛忽然转过身，一副横行霸道者的表情，但是尼诺毫不在意，头也不回地消失了。

在我眼里，那种反差非常大，并不是尼诺寒酸的衣着和索拉拉兄弟阔气的衣服，还有他们脖子、手腕和手指上的金饰产生的反差。尼诺很瘦弱，所以显得尤其高，至少比那兄弟俩高五厘米——他们已经够高了，尼诺的弱不禁风和索拉拉兄弟自信、强壮、充满男子气概的表现，给人感觉反差很大。但让我印象最深的不是这些，确切地说，最让我震撼的是尼诺对他们的视而不见。索拉拉兄弟的傲慢和不可一世是很正常的，但尼诺心不在焉的高傲，撞到马尔切洛却毫不在意，这一点不正常，甚至有点儿过分了。帕斯卡莱、恩佐和安东尼奥也讨厌那兄弟俩，但无论如何都会在意他们。尼诺呢，非但没有道歉，他连看都没看马尔切洛一眼。

这一幕在我看来就是证据，证实了当时在场的我凭直觉感受到的东西。通过那一系列的动作，萨拉托雷的儿子——他像我们一样在老城区的小楼房里长大，他在数学竞赛中赢了阿方索的时候，他看起来有点害怕，他完全无视我们这个城区的最重要的人物——索拉拉兄弟。很明显，他对这种等级已经失去兴趣，也可能他已经不在意这些了。

我充满敬意地看着他，他就像一个苦修的王子，他用目光轻易就能把马尔切洛和米凯莱震慑住，虽然他根本就没正眼看他们。那时候我希望，在录像里他能做他在现实中没做过的事情：带我离开。

只有在这时候，莉拉才注意到了尼诺，她好奇地问：

"这就是和你、阿方索坐在一张桌子上的那个人吗？"

"是的，你认不出他了吗？他是萨拉托雷的大儿子。"

"就是你在伊斯基亚时，亲了你的那个人吗？"

"那真是件傻事。"

"还好你意识到了。"

"为什么这么说？"

"他都不知道自己是谁了。"

为了改变她的这一印象，我说：

"今年他就要高中毕业了，他是学校里成绩最好的学生。"

"你因为这个喜欢他？"

"才不是！"

"别理他啦，莱农，安东尼奥比他好多了。"

"你这么认为？"

“我说，这个人干巴巴的，又不好看，还那么傲慢。”

我听到这三个形容词，我感觉那是一种冒犯，差不多要脱口而出：才不是这样，他很帅！眼睛里充满了火花，你没有看到这一点，我觉得很遗憾。像他这样的男生，即使是在电影里，在电视剧里，甚至是小说里也找不到，我很高兴我在小时候就爱上了他。即使他难以接近，即使我以后会和安东尼奥结婚，在加油站度过此生，我也会爱他胜过爱自己，我会永远爱他。

我只是闷闷不乐地说：

“在我们上小学的时候，我曾经很喜欢他，现在我不喜欢他了。”

- 12 -

接下来的几个月里发生了很多小事，给我带来了很多痛苦，至今我还没办法厘清。我尽量用一种从容的态度，并且给自己设定了铁一样的纪律，但我还是经常崩溃。痛苦和不幸的感觉像浪潮一样侵袭我，所有事情都像是在跟我作对。在学校里，尽管我又重新投入学习，但我再也没法取得之前的成绩。日子一天天过去，没有一刻让我感到自己还活着，通往学校的路，去往莉拉家的路，去池塘的路，统统都成了褪色了的背景。我很焦虑，对未来丧失了信心，但我不知道症结所在，我把遇到的大部分困难归结到了安东尼奥身上。

那段时期安东尼奥也非常不安，他不断地想和我见面，有时候我发现他抛下工作，在学校大门前的人行道上等我，表情有些窘迫。他很担心他发疯的母亲梅丽娜，也害怕自己不能躲避兵役。那段时间他给区里递交了很多文件，证明他父亲去世的事实以及母亲目前的健康状况，他是家里唯一的支柱，但部队好像有太多文件要处理，没给他任何回复。但他知道恩佐秋天就要离开去当兵了，他担心接下来就轮到他了。“我不能离开我妈妈、艾达还有几个弟弟，他们既没有钱，也没有人保护他们。”他非常绝望。

有一次他来到学校下面，气喘吁吁地对我说，宪兵已经来收集他的信息了。

“你去问问莉拉，”我焦急地说，“斯特凡诺不用去服兵役，是不是因为他是寡妇的孩子，或是其他什么原因，你问问她吧。”

我安抚他，尽量让他转移注意力。一天晚上，我特意为他组织了一场聚会，我叫上了帕斯卡莱、恩佐还有他们各自的女朋友——艾达和卡梅拉。我希望通过和朋友交流，能让他平静下来，但事情并没有按照我想象的来。恩佐像往常一样，对去当兵这件事没有流露出多少激情，唯一让他感觉到操心的事情是在他参军的那段时间，他那身体并不怎么好的父亲不得不架着车子沿街叫卖。至于帕斯卡莱，他有些阴郁，因为他小时候得过肺结核，区里把他排除在外，没让他服兵役，但他说他为此感到惋惜，他觉得男人应该去当兵，不仅仅是为了服务祖国，他嘀咕了一句：“像我们这些人应该学会使用武器，因为那个日子很快就要到来了，那些该偿还的人该付出代价。”这时候话题转到了政治上，其实只有帕斯卡莱一个人在说话，他用一种痛心疾首的语气在谈论政治。他说在天主教民主党[①]的帮助下，法西斯要夺回政权，机动队警察和

① 意大利天主教民主党（Democrazia Cristina），又译作基督教民主党，前意大利执政党，1919 年 6 月 14 日成立，前身是意大利人民党（1926 年被墨索里尼取缔），1943 年天主教若干团体重建该党，“二战”后是国会第一大党和主要执政党。1992 年，该党因贪污等政治丑闻解体。

军队都站在他们那边；他说应该有所准备，这些话尤其是针对恩佐，恩佐一直在点头，他通常都是很沉默的，但那次他面带微笑，说了一句：“你不要担心，等我回来会告诉你怎么射击。”

对于他们的谈话，艾达和卡梅拉都表现得很兴奋，她们的男朋友是非常危险的人物，这似乎让她们非常满意。我也想参与他们的讨论，但我对于法西斯党、天主教民主党和机动警察队之间的同盟一无所知，我的脑子里一点概念也没有。每次我看向安东尼奥，都希望他能对这些问题产生一些热情，但他并没什么反应，只是尝试把话题拉回他所忧虑的那些事上。有好几次他都问：在部队会怎样呢？帕斯卡莱虽然从来都没当过兵，但他回答说：部队真是狗屎一样的地方，有人不服从的话，会被打到服从为止。恩佐像往常一样保持沉默，就像这些事情跟他无关一样。安东尼奥吃不下东西，他把盘里的半块披萨搅得乱七八糟，有几次，他说出了类似这样的话：那些人不知道自己面对的是谁，他们要敢对我动手的话，我会让他们知道我是谁。

我们单独待在一起的时候，他突然沮丧地对我说：“我知道如果我走了，你不会等我的，你会和别人在一起。”

这一刻我才明白问题不在于梅丽娜身上，也不在艾达身上，也不是因为几个弟弟会失去靠山，更不是因为军营里军官的欺凌，我，才是问题所在。他一分钟也不想离开我，我觉得无论我说什么，或者做什么，他都不会相信我，所以我只能假装生气。我拿恩佐的例子来跟他说，他应该相信自己的女朋友。我一字一句地对他说：“恩佐该出发就出发，才不会磨磨蹭蹭，哼哼唧唧，即使他刚和卡梅拉订婚，你却无缘无故地抱怨。是的，你就是无缘无故地抱怨，安东！更何况你不用参军，如果斯特凡诺·卡拉奇没有去参军，因为他是寡妇的儿子，你肯定也不用去。”

我的语气有些强硬，混合着温情，软硬兼施，这让他平静下来了。但在跟我告别之前，他又尴尬地对我说：

“你去莉拉那里打听一下吧。”

“她也是你的朋友。”

“是的，可还是你去问比较好。”

第二天我和莉拉说起了这件事，但她对丈夫服兵役的事一无所知，她很不情愿地跟我保证说，她会帮我问问。

但她并没有像我希望的那样，马上打听这件事。她和斯特凡诺，以及斯特凡诺家人的关系还是有些紧张——玛丽亚曾经跟儿子说，儿媳花钱太多了；皮诺奇娅在新开的肉食店的问题上，一直在制造事端，她说她不会管新店铺的事情，也该轮着她嫂子干活了。斯特凡诺让他母亲和妹妹不要嚷嚷，最后他斥责了妻子乱买东西，并且想弄明白她愿不愿意去新店铺当收银员。

在这段时间里，莉拉变得让人难以捉摸，至少在我看来也是这样。她说她会少花一点钱，愿意听从丈夫的安排去新店铺上班。但事实上她花的钱比从前更多了；以前也许是出于好奇和义务，她会去新店铺看一眼，但现在她再也不去店里了。她脸上的青肿已经消了，她似乎非常狂热地喜欢在外面闲逛，尤其是在早上，在我上学的时候。

她和皮诺奇娅一起去逛，比赛谁打扮得更好，比赛谁更能花钱买没用的东西。通常都是皮诺奇娅能赢，因为她总是做出一副无辜的表情，让里诺给她钱，里诺觉得自己有必要表现得比妹夫更慷慨一些。

“我每天都累死累活，”里诺对他的未婚妻说，“你也替我开心开心。”

他带着一种满不在乎的自豪，在几个学徒和他父亲的眼皮底下，从裤子口袋里掏出揉成一团的纸币和硬币递给皮诺奇娅，很快又做了一个开玩笑的动作，假装要给妹妹钱。

莉拉觉得这种行为非常让人生厌，就像是风把门吹得噼啪作响，把架子上的东西弄到地上一样。但她看到这也是鞋厂终于进入正轨的标志，她很满意，因为“赛鲁罗”鞋已经陈列在许多商店中，春天的款式卖得很好，有越来越多的订单涌来，这使得斯特凡诺不得不把鞋店下面的地下室改造了一下，既做仓库，又当作坊，费尔南多和里诺匆忙寻找了另一个帮工，有时候他们晚上也要加班。

当然也存在一些问题。索拉拉兄弟在马尔蒂里广场上开的那家鞋店，应该是由斯特凡诺出钱装修，但是斯特凡诺觉得，他们从来没有签订书面合同，他很不放心，所以总是和马尔切洛、米凯莱产生争执。现在总算有了一个书面的东西，白纸黑字写下了卡拉奇在装修上投入的数额（有点夸大）。总之，里诺对这个结果是很满意的：他妹夫出钱，他做出主人的样子，就像钱是他出的一样。

“如果继续这样发展下去，我们明年就结婚吧。”里诺向未婚妻承诺说。然后，在一个早上，皮诺奇娅就去找了那个给莉拉做婚纱的女裁缝，说想先看看婚纱。

女裁缝非常亲切地接待了莉拉和皮诺奇娅，她非常喜欢莉拉，就让她们详细地讲述了婚礼的情况，并坚持要了一张莉拉的婚纱照。莉拉特意冲洗了一张，在她和皮诺奇娅一起出去逛街的一个早上，把照片带给了女裁缝。

就是那一次，她们俩在雷蒂费洛区散步时，莉拉问她的小姑子，斯特凡诺是怎样不用去服兵役的，是不是有宪兵来证实他是寡妇的儿子这一情况，免除兵役的通知是通过邮局寄给他的还是区里的人亲自通知他的。

皮诺奇娅满脸讽刺地看着她。

“寡妇的儿子？”

“是啊，安东尼奥说如果是这种情况，就不用服兵役。”

“就我所知，唯一不用服兵役的方法就是掏钱。”

“付钱给谁？”

“区里的人。”

“斯特凡诺也付了钱吗？”

“是的，但你不要告诉其他人。”

“他付了多少？”

“这个我就不知道了，全都是索拉拉兄弟办的。”

莉拉的语气变得冰冷。

“也就是说？”

“你知道的，不是吗？马尔切洛和米凯莱都没有去当兵。他们是因为身体条件不好，说是心肺功能不够，免除了兵役。”

“那兄弟俩？这怎么可能呢？”

“他们有熟人。”

“那斯特凡诺呢？”

“他也去找了马尔切洛和米凯莱的熟人，出钱让他帮忙。”

在同一天下午，莉拉把所有事情都告诉了我，好像并没有意识到这些消息对于安东尼奥来说都是噩耗。让莉拉感到震惊的是——是的，她是非常震惊——她发现丈夫和索拉拉兄弟的关系并不是开始于做生意的需要，而是更早的时候——是他们订婚之前的事情了。

“他从开始就欺骗了我。”她几乎是用一种心满意足的语气说，好像兵役的事情能彻底证明斯特凡诺的本性，现在她觉得自己解脱了。我等了一下，才找到机会问她：

“你觉得，如果区里没给安东尼奥免去兵役的话，索拉拉兄弟会帮他这个忙吗？”

她用一种恶狠狠的目光看着我，就像我说了一件让她厌恶的事儿，她只是简单地说了一句：

“安东尼奥永远也不会向索拉拉兄弟求助。”

- 13 -

莉拉对我说的这些事情，我一个字都没有对安东尼奥透露，我避免和他见面，我对他说我有很多作业要写，有很多功课要准备，因为老师要提问。

这并不是借口，学校确实是个地狱。教育局给校长施压，校长压榨老师，老师压榨学生，学生们互相折磨。老师留很多很多作业，我们之中大部分人都承受不了，但很多人都对隔天上课很满意。少数人则相反，他们因为教学楼失修漏雨而恼怒，因为学校不能正常上课而愤愤不平，希望马上能恢复秩序。这一小部分人里，为首的便是尼诺·萨拉托雷，正是他让我的生活变得更加复杂。

我看见他和加利亚尼老师在走廊上说话，我从他们身旁经过，希望老师可以叫住我，可惜她从来都没有叫我。我还希望尼诺转过身来对我说句话，但这种情况也没有发生。我感到很狼狈。我现在的成绩没有以前好了，我想我在很短的时间里就失去了之前赢得的关注。另一方面，我非常苦闷，但我能指望什么呢？如果加利亚尼老师和尼诺问我，关于那些不能上课的教室，还有那么多作业的事，我能说些什么呢？我意识到，其实我根本没什么思想，也没有自己的观点。有一天早上，尼诺忽然出现在我面前，他把一张用打字机打出来的纸摊在我面前，直截了当地问：

“你能不能帮我看一下？”

我的心忽然跳得很快，只是问了一句：

“现在吗？”

“不着急，放学时给我吧。”

我克制住内心的冲动，跑进卫生间里，非常激动地看完了那篇文章。这张纸上全是数字，谈论着一些我完全不懂的东西：城市规划、学校建设、意大利宪法的基本条文。唯一一件我明白的事情就是我已知道的：尼诺要求学生马上恢复正常上课。

我一进入到教室里，就把这张纸传给阿方索看。

“别搞那些了，”他看都没看就建议我说，“咱们这学年快结束了，只剩最后几次课堂考试，那会给你惹麻烦的。”

可我就像疯了一样，感觉自己的太阳穴突突直跳，喉头发哽。在学校里，没有任何一个学生像尼诺那样敢于冒险，他不害怕老师，也不害怕校长，他不仅仅每门科目的成绩是最好的，还知道老师在课上从没讲过的东西——是其他学生，即便是优秀的学生也不知道的那些事情。他有个性，长得又帅。我觉得每分每秒都是煎熬，我想快点儿把这张纸还给他，夸赞他，告诉他我认同他所有观点，我愿意支持他。

在楼梯上，在拥挤的学生中，在路上，我都没有找到他。他随着最后一拨人走了出来，比平时更加闷闷不乐。我兴高采烈地向他走去，挥舞着手里的纸，我有些迷乱，有些前言不搭后语地跟他说了很多，都是很夸张的话。他皱着眉头站在那里听我说，然后他拿过我手里的纸，揉成一团丢开了。

“加利亚尼老师说这篇文章不行。”他嘟囔着说。

我有点不明白：

“是哪儿不好了？”

他做了一个不高兴的表情，又做了个手势，意思是别管它了，那不值一提。

“不管怎么说，谢谢你。”他说得有些勉强，他突然弯下腰，在我的脸颊上亲了一下。

在伊斯基亚的那个吻之后，我们没有任何其他接触，甚至连手都没有握过，这种告别方式对于他来说很不正常，更让我目瞪口呆。他没有问我要不要跟他一起走，也没有跟我说再见，一切就这样结束了。我呆若木鸡，没有力气，也说不出话来，眼睁睁地看着他走远。

这时候接连发生了两件不愉快的事。第一件事是突然从胡同里走出来一个女孩，明显比我小，顶多十五岁，她清纯美丽，给我的印象很深：她体态匀称，长长的黑发垂在背后，一举一动都优雅得体，她身上穿的每件春装都是精心搭配的。她跑到尼诺跟前，尼诺把一只胳膊放在她的肩膀上，她仰起脸来把嘴唇迎向他，他们接吻了，那个吻跟之前尼诺给我的吻全然不同。第二件事，是这时候我还发现安东尼奥就在角落里安静地看着我，他本应该在上班，但他却跑来接我。不知道他已经在那儿站了多久。

- 14 -

我想让安东尼奥相信，他亲眼所见的事并非他多日来一直想象的，我说那个举动单纯只是朋友间友好的表示，并不掺杂任何其他东西，但要说服他显然有些困难。我对他说："他已经有女朋友了，你自己也看见了。"他应该从我的话里听出了我的痛苦，他的下唇和双手顿时颤抖了起来，开始威胁我。我低声告诉他，他让我很厌烦，我想离开他。他做出了让步，我们又一次重归于好了。但从这时候开始，他更加不信任我了，同时他更害怕，如果他参军了，我就会和尼诺在一起。他时常放下手头要做的工作，说是为了过来看我一下，其实是为了抓住我不忠的事实以证实自己的猜测。至于接下来要做什么，他也不知道。

一天下午，他妹妹艾达看见我经过肉食店——她在那家店铺里的工作让她很满意，老板斯特凡诺也对她非常满意——她跑到了我跟前，身上穿着一件及膝的白大褂，但她看起来还是很漂亮，她涂了口红，画了眼影，头上别了发卡，白大褂下边的衣服穿得也很华丽，打扮得像是要参加宴会一样。她说她想和我谈一谈，我们约好晚饭前在院子里见面。晚饭前，她气喘吁吁地从肉食店赶过来，是帕斯卡莱去接的她，陪她一起过来的。

我们谈了一会儿，她和帕斯卡莱轮番上阵，你一句我一句，让我很尴尬。我明白他们很担心，安东尼奥总是无缘无故发脾气，对母亲梅丽娜也缺少耐心，还老是不去上班，也不通知老板，修理厂的老板加莱斯也觉得很奇怪，因为他在安东尼奥很小的时候就认识他，这种表现是他从来没有过的。

"他害怕去参军。"我说。

"他是很害怕，一旦征兵通知下来他就得去，"帕斯卡莱说，"要不然，他就成了逃兵。"

"你和他在一起，他就没什么事儿。"艾达说。

"可我时间也不多。"我说。

“人比学业更重要。”帕斯卡莱说。

“你少跟莉娜在一起，就有时间了。”艾达说。

“我尽力而为。”我有些生气。

“他的神经有些脆弱。”帕斯卡莱说。

艾达突然总结说：

“我从小就要照顾一个疯子，要应付两个疯子我可受不了，莱农！”

我又恼怒又害怕，同时也感到很内疚。于是，尽管我并不情愿，尽管我还要学习，我还是经常和安东尼奥见面。但这远远不够！有天晚上在池塘边，安东尼奥哭着给我看一张通知，他要在秋天和恩佐一起去服兵役。忽然间，他做了一件让我非常震惊的事情：他猛地趴在地上，疯了似的往嘴里塞土。我抱住他，低声告诉他我爱他，然后用手指抠出他嘴里的土。

我卷入了这场灾难中，我躺在床上辗转反侧，想了又想，怎么也睡不着了。我突然发现我退学的愿望变得不再那么强烈，我不再想听天由命，嫁给安东尼奥，生活在他母亲家里，和他的几个弟弟妹妹生活在一起，在加油站给汽车加油。我决定采取行动，先帮助他恢复正常，然后摆脱这段关系。

第二天我去莉拉家，我心事重重，但她看上去很是开心，不过这段时间里我们俩都有些喜怒无常。我和她说了安东尼奥还有那则通知的事，然后跟她讲了我的决定：我要瞒着安东尼奥——因为他一定会不同意，我要去找马尔切洛或者米凯莱，问问他们能不能让他躲避这场灾难。

我夸大了自己的决心，事实上我很矛盾，一方面我觉得自己有义务这么做，因为我是安东尼奥痛苦的根源，另一方面，我同莉拉商量主要是因为我预料到她会阻止我。但在那个阶段，我的状态非常糟糕，我没有考虑到她的情感。

她的反应有些让人费解，一开始，她说我撒谎，说我是爱着安东尼奥的，否则绝不会忍辱负重去求索拉拉兄弟帮助他，因为我明明知道过去发生的一切，即便是举手之劳，索拉拉也不会帮助安东尼奥的。紧接着，她变得有些神经质，开始围绕这个话题开玩笑，但随后又变得十分严肃，后来又笑了起来。最后她说：

“行啊！那你去吧，我们看看会发生什么事情。”又说，“总之，莱农，我哥哥和米凯莱·索拉拉有什么差别吗？或者说，斯特凡诺和马尔切洛有什么不同吗？”

“你想说什么？”

“我想说，也许我应该嫁给马尔切洛。”

“我不明白。”

“至少马尔切洛谁都不靠，他想做什么就做什么。”

“你是认真的吗？”

很快她笑着否定了自己的话。她在重新考虑马尔切洛？我想这是不可能的。她刚才一定是在开玩笑，只是因为她心情不好，和丈夫闹矛盾时的胡思乱想，并不是真的。

我的猜想马上得到了证实。她严肃了起来，眼睛眯成一道缝儿，对我说：

“我陪你去。”

“去哪儿？”

“去找索拉拉兄弟。”

“做什么？”

“看看他们能不能帮安东尼奥。”

“还是别去了。”

“为什么？”

“这样的话，斯特凡诺会发火的。”

“谁他妈在乎！假如他和索拉拉兄弟来往，我作为他的妻子，当然也可以去找他们！”

- 15 -

我没能阻止她，她硬把我拉到了索拉拉酒吧。星期天，通常斯特凡诺睡到中午才起床，我和莉拉一起出去散步。她出现在灰白色的新路上时，我目瞪口呆——她的打扮非常惹眼，既不像曾经那个不修边幅的莉拉，也不像时尚杂志里的杰奎琳·肯尼迪，倒有点像当时那些备受推崇的电影里的人物，像是《太阳浴血记》里的詹妮弗·琼斯，又像《太阳照样升起》里的艾娃·加德纳。

走在她旁边，我感到有些尴尬，甚至有一种危险的感觉。在我看来，她现在的这身打扮除了让人家说闲话，还可能被别人嘲笑，这两种东西同样会映射到我身上，我就像是一只忠心耿耿的小狗，黯淡无光，陪伴着她。她所有的一切，从发型、耳环、紧身衬衣、束身短裙到她走路的方式，都和这个城区灰暗的街道极度不协调。男人们注视着她，他们都很震惊，像受到冒犯一样；而女人们，尤其是上了年纪的女人，不仅露出不解的神情，有些人甚至停下来，站在人行道上面带微笑看着她，那是一种介乎于不适和愉快之间的表情，就像她们看到梅丽娜犯病时的表情。

我们走进索拉拉酒吧，那里挤满了人，大家都在买星期天吃的甜点。人们看到她，也只是带着敬意扫了一眼而已，有几个人很礼貌地和她打了招呼，唯一真正用羡慕的目光看着莉拉的是吧台后面的吉耀拉。米凯莱在收银台前和她打招呼，他说了一声“早上好”，声音非常夸张，就像一声欢呼。接着他们全用方言进行交谈，就像当时的紧张气氛让他没办法分神去想意大利语标准的发音、词汇和句法。

“您要些什么？”

“一打点心。”

米凯莱冲着吉耀拉喊，这次他的语气很轻，带着一丝讽刺：

“给卡拉奇太太包十二块点心。”

听到这个名字，后面作坊的帘子被掀了起来，马尔切洛探出头来。当看到莉拉站在甜食店里，他脸色变得苍白，头缩了回去，但是几秒后他又露出头来跟我们打招呼。他对我的朋友小声嘀咕说：

“听到有人叫你卡拉奇太太，我觉得很奇怪。”

“我也是。”莉拉笑着说，完全没有敌意的样子，这不仅使我感到惊讶，更让那两兄弟感到惊奇。

米凯莱头歪向一边，就像在看一幅画似的，又欣赏了一遍莉拉。

“我们看到你了，”他说，然后冲着吉耀拉喊，“真的，我们昨天下午是看到她了吧？”

吉耀拉点了点头，但并没有表现极大的热情。马尔切洛也说看到了——是的，是看到了——但不是米凯莱的那种带着嘲讽的语气，有点像魔术师表演节目时的催眠状态。

“昨天下午？”莉拉问。

“昨天下午，”米凯莱确信地说，“在雷蒂费洛。”

马尔切洛有点儿烦他弟弟的语气，马上说：

“你的照片陈列在裁缝店的橱窗里，是一张你穿婚纱的照片。”

他又说了些关于那张照片的话，马尔切洛的语气很真诚，而米凯莱则满是嘲讽。他俩通过不同的方式都表示：莉拉结婚那天穿婚纱的样子很漂亮，那张照片捕获了她最漂亮的时刻。莉拉说没那回事儿，但她说得很风情，她说裁缝店老板娘没有告诉她会把那张照片摆在橱窗里，否则她绝对不会给她。

“我也想把我的照片放在橱窗里。”吉耀拉在柜台后面，模仿着任性小女孩的声音说。

“假如有人娶你的话。”米凯莱说。

“你娶我啊！”她闷闷不乐地回答，后来她一直是这种表情，直到莉拉认真地说：

“莱农也想结婚呢。”

索拉拉兄弟的注意力很不情愿地转移到我身上，在这之前我一直感觉自己是隐形的，我还没有说一个字。

“才不是！”我羞得满脸通红。

“怎么不是，即使你是个四眼，我也愿意娶你。”米凯莱说，吉耀拉又白了他一眼。

“太迟了，她已经有男朋友了。”莉拉说。慢慢地，她把话题引到了安东尼奥身上，提到了他的家庭状况，通过一种打动人心、栩栩如生的方式，说明他如果去参军，他家里的境况会进一步恶化。打动我的不仅仅是她的表达能力，这一点我之前就知道，尤其让我觉得震撼的是她所采用的新语气——恰到好处，介于厚颜无耻和一本正经之间。她就在那里谈论这些事情，嘴唇上是火一样鲜艳的口红。她让马尔切洛相信，过去的事情已经过去了，她不再计较，她让米凯莱认为她很享受他的油滑和傲慢。让我更加惊异的是，在这两兄弟的面前，她表现出她很了解男人，在对付男人这个方面她已经出神入化了。她在做这件事时，并不像我们小时候玩过的游戏，模仿那些迷失的贵妇，而是表现出一种真正的在行，并不让她脸红。忽然间她变得很难缠，发出拒绝的信号，就好像在说：我知道你们想要我，但我不想要你们。她让两兄弟变得不知所措，马尔切洛变得窘迫，米凯莱也有些不确信，他的眼神在闪烁，就好像在说：你要小心，不管你是不是卡拉奇太太，小心我扇你，婊子！这时候她又调整了一下语气，又对他们表示出亲近，显得很开心，也让他们开心。结果是什么呢？米凯莱变得谨慎，马尔切洛说：

“安东尼奥不值得我们为他做什么，但莱农是个好姑娘，我可以问问我朋友，看看能不能帮上忙。”

我感到很高兴，对他表示感谢。

莉拉挑选了甜点，她对吉耀拉还有她做糕点的父亲很客气，点心师傅从糕点房探出头来，对她说：“向斯特凡诺问好。”莉拉要付钱，马尔切洛断然拒绝了，他弟弟也拒绝了，虽然态度不是很坚定，最后她还是顺从了他们的意思。我们正要离开时，米凯莱用缓慢的语调，就好像他要什么东西时一样不容置否，严肃地说：

“你在那张照片里非常漂亮。”

“谢谢。”

“鞋子看得非常清楚。”

“我不记得了。”

“但我记得，我想请求你一件事情。”

“你想要一张照片摆在这个酒吧里？”

米凯莱冷笑着摇了摇头。

“不，但你知道，我们正在布置马尔蒂里广场那家店。”

“你们正在做什么，我一点儿也不知道。”

“好吧，你应该打听打听这件事，因为这事很重要，而且我们知道你不蠢。我认为，你的那张照片既然能为裁缝店的婚纱做广告，我们就能更充分地用它，为‘赛鲁罗’鞋子做宣传。”

莉拉忽然大笑起来，说：

“你想把照片放在马尔蒂里广场的橱窗里？”

“不，我想把它放大，放在鞋店里。”

她想了一会儿，做了一个无所谓的表情。

“你们不该问我，应该去问斯特凡诺，只有他才能做决定。”

我看到兄弟俩交换了一个眼神，他们很迷惑。我明白，他们已经商量了这件事情，而且他们认为莉拉肯定不会接受，他们简直无法相信，莉拉居然没有暴怒，没有直接拒绝他们的要求，而是把决定权交给了丈夫。那时候他们简直不知道她是谁了，就连我也在那一刻都不知道她是谁了。

马尔切洛陪我们到门口，脸色苍白，用庄严的语气说：

“经过那么长时间，这是我们第一次说话，莉拉，我非常激动。我们虽然没在一起，没关系，就这样吧。但我不想我们之间有什么误会，尤其是我不想承担一些不属于我的过错。你丈夫说我要那双鞋子是要羞辱你。当着莱农的面，我向你发誓：鞋子是他和你哥哥给我的，是为了表示我们之间已经没有什么恩怨了，和我一点关系也没有。”

莉拉站着听着，没有打断他的话，脸上露出友好的表情。当他说完了，她再次变得和往常一样，用轻蔑的语气说：

“你们就像小孩一样，相互推卸责任。”

“你不相信我？”

“不，马尔切洛，我相信你，但你说的话，还有他们说的话，我他妈根本就不在乎了！”

- 16 -

我把莉拉拖到我们的老院子里，我迫不及待地想告诉安东尼奥我为他做的事情。我非常激动地对莉拉说：等他平静下来一点，我就会和他分手。但她没有发表意见，似乎有些心不在焉。

我在楼下叫了一声，安东尼奥很快就出来了，但他看起来很严肃。他跟莉拉打了一个招呼，并没有注意她的穿着打扮，他尽可能不看她，也许是怕她察觉到他作为男人的不安吧。我告诉他我不能待很久，我只是要告诉他一个好消息。他站着听我说，但我在说话的时候，注意到他在退缩，就好像正面对着一个刀尖。

“索拉拉兄弟答应会帮助你，”我非常激动地强调，并且想让莉拉也确认这件事，“马尔切洛是这样说的，对吧？”

莉拉只是点了点头。安东尼奥的脸色变得非常苍白，眼睛低垂着。小声嘀咕了一句，声音有些哽咽.

“我从来没有让你去找索拉拉兄弟。”

莉拉马上撒谎说：

“这是我的主意。”

安东尼奥没有看她，回答说：“谢谢，没那个必要。”

他跟莉拉打了个招呼——跟她打招呼，而不是跟我——然后转身离开了，消失在门里。

我感觉胃里一阵抽搐。我到底做错了什么？为什么安东尼奥会那样对我？在路上我向莉拉抱怨说安东尼奥的情况比他母亲梅丽娜还要糟糕，精神很不稳定，我实在受不了了。她一直在听我说话，我陪她一直走到他们家楼下，她让我陪她上去。

“斯特凡诺在呢。”我不想上去，但不是这个原因，我非常担心安东尼奥的反应，我希望一个人待着，想一想我到底哪里做错了。

“就待五分钟，之后你就可以走了。”

我上楼了。斯特凡诺穿着睡衣，头发凌乱，胡子拉碴的。他很客气地和我打招呼，看了他妻子一眼，还有她手上的点心盒子。

“你去索拉拉酒吧了？”

“是。”

“穿成这样？”

“不好看吗？”

斯特凡诺摇了摇头，满脸不悦，他打开纸包。

“你要一块点心吗？莱农。”

“不了，谢谢，我该回家吃饭了。”

他咬了一口奶酪卷，转向他妻子说：

“你们在酒吧看见谁了？”

“你的朋友们，”莉拉说，“他们说了很多恭维我的话，是吧，莱农？”

莉拉告诉了斯特凡诺他们在索拉拉酒吧说的每句话，除了安东尼奥的事情——我们去酒吧的真正原因，也就是我认为她陪我去的原因。最后，她用一种假装的洋洋得意的语气总结说：

“米凯莱想把照片放大，放在马尔蒂里广场的商店里。”

“你答应他了吗？”

“我让他跟你谈。”

斯特凡诺一口吃完一个奶酪卷，舔了舔手指。就像在谈论一件非常困扰他的事情，他说：

“你是逼我这么做的吧？因为你的缘故，明天我要花时间去雷蒂费洛区的裁缝店走一趟。”他叹了一口气，转向我说：“莱农，你是个稳重的姑娘，你试着和你的朋友解释解释，我要在这个区做生意，让她别丢我的脸！祝你周末愉快，代我向你爸爸妈妈问好。”

他走进浴室。

莉拉耸了耸肩膀，做了个鬼脸，陪我到了门口。

“你愿意的话，我可以留下来。”

“你别担心，那个混蛋！”

她模仿男人低沉的声音重复说着这些话：“你试着和你的朋友解释解释，我要在这个区做生意，让她别丢我的脸！”像是讲一个笑料，她眼睛里透出快乐。

“假如他要打你呢？”

“假如他要打我？过一段时间，我会比以前更好。”

在楼梯平台上，她仍然这样说，又重复一遍那个男人说的话：“莱农，你试着和你的朋友解释解释，我要在这个区做生意，让她别丢我的脸！”这时候我觉得自己有必要模仿一下安东尼奥，就嘀咕了一句：“谢谢，没那个必要。”突然间我们就好像置身于事外，看着我们自己和男人的关系陷入麻烦，我们停在门口扮演女性的角色，最后我们都笑了。我告诉她：无论我们做什么事情都是错的，男人真是难以捉摸，啊！真是麻烦，我紧紧地拥抱了她，然后走了。但我还没有走到楼梯尽头，就听到斯特凡诺在大声叫喊，骂着很难听的话，他的声音很像一个怪兽，和他父亲的声音一模一样。

- 17 -

在回家的路上，我开始担心她，也为我自己担心。要是斯特凡诺杀了她呢？如果安东尼奥杀了我呢？我内心充满了焦虑，快步走过尘土飞扬的酷热的街面，那是星期日午饭时间，街上的人越来越稀少了。做女人真的很难，真的很难不触犯男人的那些细致的规则。莉拉或许是出于心机，或许只是出于恶意，她在众人面前羞辱了她的丈夫。她——卡拉奇太太，在大庭广众下和她之前的追求者马尔切洛·索拉拉调情。而我呢，我并不是故意的，我确信自己是在做一件好事儿，我为了安东尼奥去恳求那些在几年前凌辱过他妹妹、痛打过他的人，他也狠狠地报复了的人。我走进院子，听到有人叫我，我吓了一跳，原来是安东尼奥站在窗户边等我回来。

他走过来，我有些害怕，我在想可能他拿着刀，然而在他和我说话的整个过程中，他的两只手一直都插在口袋里，好像在控制自己，他神色平静，目光飘忽。他告诉我，我在他最痛恨的人面前羞辱了他。他说我的做法，就好像是他派遣自己的女人去祈求帮助。他还说他不会在任何人面前卑躬屈膝，他宁可服一百次兵役，甚至是死在战场上，也不愿意吻马尔切洛的手。他说如果帕斯卡莱和恩佐知道这件事情，他们会在他脸上吐唾沫。他还说他要和我分手，因为他最终证实了一件事情，那就是：我根本不在意他，还有他的感情。他说我可以和萨拉托雷的儿子在一起，想说什么就说什么，想干什么就干什么，他再也不想看见我了。

我没有回答。他忽然间把手抽出口袋，将我拉进门，用力亲吻我的嘴唇，舌头绝望地与我纠缠，最后他放开了我，转身离开了。

我思绪混乱地走上楼梯。我想，我比莉拉幸运很多，因为安东尼奥不像斯特凡诺，他从不会伤害我，他只会伤害他自己。

- 18 -

第二天我没有见到莉拉，却意外地见到了她的丈夫。

早上我意志消沉地到了学校，天气很热，我没有学习，前一天晚上也基本没睡着，在学校里简直度日如年。我在教室楼下找尼诺，想和他一起走上楼梯，交流几句，但我没看见他。或许他和女朋友在城里闲逛，或许他在某个早晨开放的电影院里，在黑暗中亲吻她，又或许他们在卡波迪蒙特的树林里做男女间的那些事——这几个月以来我和安东尼奥做过的事。

第一节课是化学课，我被老师提问了，我回答得乱七八糟，谁知道老师给我了多少分！但我来不及弥补了，我有可能要在九月参加补考。我在走廊里遇到了加利亚尼老师，她心平气和地对我说了一段话，中心意思是：发生了什么事情，格雷科？你为什么不好好学习了？我不知道说什么，只能说：老师，我在学习，我在很努力地学习，我向您发誓。她听我说了一会儿，突然丢下我走进了教工办公室。

我在厕所里哭了很久，为自己的时运不济痛哭，我已经一无所有，不再拥有优异的成绩。我一直想离开安东尼奥，最后却是他离开了我，而我已经开始想念他了。莉拉自从变成卡拉奇太太之后，越来越像另一个人。我头很疼，就走路回家了，在路上我一直想着她，觉得她利用了我——是的，利用了我——去勾引索拉拉兄弟，报复她丈夫，然后她向我展示那个受伤男人的悲惨状况。一路上我都在问自己：她是不是真的变成那副样子了？这样的话，她就和吉耀拉就没什么差别了。

回到家里，迎接我的是一个惊喜，我母亲没有骂我。因为我平时回家晚了，她总会骂我，怀疑我去见了安东尼奥，或者忽略了繁杂家务中的某一项。我母亲没有像平常那样骂我，她板着脸，平静地告诉我：

“斯特凡诺问我，今天下午你能不能陪他去一趟雷蒂费洛区的裁缝店。”

当时我没听明白，疲累和沮丧弄得我头昏脑涨。斯特凡诺？斯特凡诺·卡拉奇？他想让我陪他去雷蒂费洛？

“为什么他不和他妻子一起去？”我父亲在另一个房间里开玩笑问。我父亲名义上生着病，但实际上在忙于贩卖东西，都是一些说不清楚的东西。“他们俩在一起怎么打发时间？打牌吗？”

我母亲做了一个厌烦的手势，她说莉拉可能有事儿，说我们要对卡拉奇一家热情一些，还说有的人永远都不知足。事实上我父亲十分高兴：和肉食店老板搞好关系，意味着可以赊欠食物，可以延期付款。他之前只是在说笑，已经有一段时间了，他只要一有机会就会含沙射影，暗示斯特凡诺在性事上的懈怠。有时在吃饭的时候，他会问：“卡拉奇做什么呢，他只喜欢看电视吗？”然后他自己笑起来了，很容易推测，他的意思是，为什么他们俩还没有孩子？斯特凡诺到底行不行？在这个方面我母亲心有灵犀，就严肃地说：“还早呢，让他们慢慢来吧，还能指望什么呢。”事实上，在谈论这件事情时，也就是卡拉奇到底行不行的问题上，她比我父亲更加享受，她觉得尽管他们家有钱，又能怎么样呢。

餐桌上已经摆好了饭菜，他们在等我吃饭。我父亲坐了下来，笑容狡黠，继续跟我母亲开玩笑：

“我从来没有跟你说过：‘抱歉，今晚上我累了，我们打牌吧？’”

“是啊，因为你不是个正经人。”

“你希望我变成一个正经人吗？”

“正经一点就好，别太夸张了。”

“那么今晚上我就做一个正经人，像斯特凡诺一样。”

“我跟你说了，别太夸张。”

我特别讨厌他们这样一唱一和，他们这么说着，好像确信我和弟弟妹妹们都听不懂，或者他们肯定我们能理解其中的深意，但他们觉得这是一种正确的方式，可以教会我们如何做男人和女人。

我被自己的那些问题弄得很崩溃，我想大喊大叫，想把盘子扔出窗外，想逃之夭夭，再也不用见到我的家人，不用看见天花板潮湿的角落、剥落掉漆的墙壁、食物的味道和所有的一切。失去安东尼奥是多么愚蠢的一件事！我早已追悔莫及，我希望他能原谅我。如果我要在九月补考，我告诉自己我不会去参加补考，如果考不及格，我就和他结婚。然后，莉拉出现在我的脑海里，她现在成了什么样子了呀，和索拉拉兄弟说话，她用的是什么语气，她心里想的是什么，屈辱和痛苦的生活让她变得多糟糕啊！我整个下午都在胡思乱想，脑袋里都是这些支离破碎的想法。斯特凡诺的请求让我很焦虑，我怎么才能通知我的朋友呢，她丈夫想让我做什么呢？在新房子浴缸里泡过的澡、化学课、哲学家恩培多克勒，上学还有退学，最后我心如死灰，无法逃脱。是的，我和莉拉永远都成不了那个在学校外面等尼诺的女孩，我们俩都缺少某种难以描述但至关重要的东西，即使远远看到她，也能从她身上看出来的一种东西，那种气质，要么有，要么没有，靠学习拉丁文、希腊语或者哲学是不能获得的，甚至卖香肠和鞋子赚钱也没用。

斯特凡诺在院子里叫我，我跑下去看到他满脸沮丧。他请求我陪他一起去裁缝店，把展示在橱窗里的那张照片要回来，那是没有经过许可就摆在那里的。“拜托你陪我去吧！”他用一种甜蜜的口吻说。然后他一言不发，让我坐上了他的敞篷车，我们在热风里疾驰而去。

刚一出城区，他就开始和我讲话，喋喋不休，一直说到裁缝店跟前。他讲方言时，语气温和，不讲脏话，也不带嘲讽。他要我帮他一个忙，但他没有立刻告诉我是什么忙。他只是吞吞吐吐地说，如果我帮了他，那就是帮了我的朋友。于是他和我说起莉拉，她是多么聪明，又是多么漂亮，但她天性叛逆。他还说，事情要么按着她的意思来，要么她就会折磨你。莱农，你不知道我正在遭受多大的痛苦。也许你知道，但你也只知道她告诉你的那些事，现在你也听听我说的。莉拉认定我只想着钱——或许事情的确如此，但我所做的都是为了这个家，为了她哥哥、她父亲和她全家人。我做错了吗？你上了很多年学，你告诉我，我是否错了。她到底想要我做什么，要让她和之前一样，过一种贫穷的生活？只有索拉拉兄弟才能赚钱吗？我们要把城区交到他们手上？如果你说我错了，我不会和你争辩，我会马上承认错误。但是我不得不和她争辩。她不想要我，她已经告诉我了，并且反复地告诉我，她不想要我。要让她知道我是她丈夫，这真是一场战争，自从结婚之后，我的生活就变得难以忍受。早晨看见她，晚上看到她，睡在她旁边，却不能让她感觉到我多么爱她，让她感受到我的力量，这真是一件非常糟糕的事情。

我看着他扶着方向盘的那双大手、他的脸。他的眼睛变得亮晶晶的，眼里充满了泪水，他承认新婚之夜他打了她，他是被迫这么做的，她日日夜夜都逼着他出手，让他变得残暴，逼他成为自己永远不想成为的人。说到这里，他流露出一种近乎害怕的语气：我是被逼的，我又打了她，她不应该穿成那样去索拉拉酒吧，但她内心有一股力量，使她不会屈服于我。那是一种非常邪恶的力量，让你根本就没有办法心平气和地面对她，那是一剂毒药。她没怀孕，你看见了吧？已经过去了好几个月，什么事儿也没有发生。亲戚朋友，还有顾客们都一脸笑意地问我：有没有好消息啊？我不得不说：什么好消息？我装出不明白的样子。我如果明白的话，就要回答这个问题。我能回答些什么呢？有些事儿你知道，但又不能说。就是那股子劲儿，杀死了她肚子里的孩子，莱农，她故意这样做，为了使人相信我不知道怎么当一个男人，为了让我在所有人面前出丑。你觉得呢？我太夸张了吗？你不知道现在你能听我说这些，对我是多么大的帮助。

我不知道怎么回答他。我惊呆了，我从来没听过一个男人这样讲话。他一直在讲方言，即使在讲述自己的暴力行径时，话语中饱含感情，毫无防备，就像有些歌曲中表达的情感。我仍然不明白他为什么要表现出那副样子。之后他向我解释了他想要我做什么。为了莉拉好，他希望我和他联合起来，说服她。他说莉拉需要帮助，要让她明白，她要做一个妻子，而不是一个敌人，这非常必要。他求我说服她，让她去新开的肉食店里帮忙收银。但为了达到这个目的，他并没有必要跟我坦白这些生活中的隐私。或许他想莉拉已经非常仔细地跟我讲了发生的事情，所以他必须告诉我事情的另一个版本。或许他并没想要跟妻子最好的朋友推心置腹，那只是他一时冲动而已。又或许，他推测如果他感动了我，我就会跟莉拉提起这件事情，然后打动她。可以肯定的事情是，我听得越来越投入了。渐渐地，我开始喜欢那种畅所欲言、非常私密的倾诉。但首先我必须承认，他觉得我很重要，这让我很高兴。当他用自己的话说出他怀疑的事情——那也是我一直怀疑的事情，就是莉拉怀有一种神秘力量，让她能够做出任何事情，能防止自己受孕。我觉得他认为我拥有一种善的力量，能让莉拉“改邪归正”。我觉得他在讨好我。

我们到了裁缝店，下了车。他对我的肯定给我带来了安慰。我甚至自信地用意大利语告诉他，我会尽可能地帮助他，让他们幸福。

但是我们刚到了裁缝店的橱窗前，我就变得很焦虑。我们俩都停下来看着莉拉的照片，相片装在相框里面，放在各种颜色的布料中间。她跷腿坐着，婚纱向上拉了一点，露出了鞋子和脚踝。她的头靠在一只手的手掌上，目光凝重而热烈，大胆地看向镜头，头上还戴着橘子花的花冠。摄影师非常幸运，他捕捉到了莉拉内心的那股劲儿——也就是斯特凡诺谈论的那种力量，我仿佛明白了，对于这一点莉拉自己也没办法。我带着欣赏和歉意，转身想告诉斯特凡诺这就是我们一直谈论的东西，但他推开门，让我先进去。

他语气变了，和之前同我讲话的语气完全不一样，他跟女裁缝说话时语气很生硬。他说他是莉拉的丈夫——他用的就是这个称呼。他还说他也是做生意的，但他从没想过会用这种方式打广告。他最后说：您是一个美丽的女人，如果我要拿走您的照片，放在奶酪和香肠之间，您丈夫会怎么说呢？他要求裁缝把照片还给他。

女裁缝有些不知所措，她试图为自己辩护，但最后还是放弃了。她一脸遗憾，说她完全是一片好心，又说了她觉得遗憾的理由。她讲了三四件事，随着时间推移，这些事在我们的城区成为一个小小的传奇。照片放在橱窗里的那段日子里，很多人来打听那个穿婚纱的年轻女人：埃及王子雷纳托·卡罗所内，大导演维托里奥·德·西卡，还有《罗马报》的记者——他想要和莉拉谈谈，给她拍摄泳装照，就像那些选美小姐一样。女裁缝说她拒绝向所有人透露莉拉的地址，虽然雷纳托·卡罗所内和维托里奥·德·西卡身份显赫，拒绝他们很不礼貌。

我注意到，女裁缝越说，斯特凡诺就越心软，他变得和蔼可亲，希望她能更详细地讲述那些事儿。当我们带着照片离开时，他心情大变，回家路上他的自言自语一扫来时的痛苦。他心情愉悦，开始以一种骄傲的语气谈论莉拉，好像他拥有了一件稀世珍宝，觉得自己非常荣耀，他又一次跟我说了让我帮助他的事。到了我家楼下，在我下车之前，他一次又一次地让我保证，我会努力让莉拉明白哪条路是对的，哪条路是错的。在他的言谈中，莉拉不再是一个难以掌控的人，而是他所拥有的、一种装在封闭容器里的珍贵气体。接下来的几天，斯特凡诺在所有人面前，包括在肉食店里，也会谈论雷纳托·卡罗所内和维托里奥·德·西卡。后来这件事情传到了莉拉的母亲农齐亚的耳朵里，在她的有生之年，她都会向人反复说，如果那个雷蒂费洛区的女裁缝没有知而不言，或者命运没让她女儿十六岁就嫁给斯特凡诺·卡拉奇，她女儿曾经有机会成为歌手和演员，有可能出演《意大利式婚礼》，上电视，甚至成为埃及王妃。

- 19 -

化学老师对我很慷慨，或许是加利亚尼老师跟她说了什么，才使她的态度发生了变化，她让我的化学考试及格了。文科的几门课程我都得了七分；理科的课程我都得了六分；宗教哲学课及格；品德第一次得了八分，这说明了神父以及几个老师并没有真正原谅我。我觉得很难过，我和宗教哲学老师之前关于圣灵这一角色的争论是我傲慢自负的证据，这令我很不高兴。我开始后悔没听阿方索的话——当时他曾试图阻止我的，自然而然我没有获得奖学金，我母亲非常生气，叫喊着说这都是因为我跟安东尼奥厮混浪费了太多时间。我说我再也不想读书了，这话激怒了她。她举起手想要给我一耳光，又担心我的眼镜，于是跑去找了洗衣服的棒槌来打我。总的来说，那是一段非常糟糕的日子，而且越来越糟糕！唯一让我感觉好一点的事情是：那天早上我去学校看成绩，校工走过来交给我一个包裹，说是加利亚尼老师留给我的，包裹里全是书，但不是小说，而是一些思想性的书籍，这是一种信任的表示，但不足以使我振奋精神。

我太忧虑了，觉得自己一直在犯错误，无论我做什么事情，都担心自己做错了。我试图去前男友家里和他工作的地方找他，但他总是避开我；我去肉食店里想寻求艾达的帮助。她冷冰冰地告诉我，她哥哥不想再看到我，从那天起，我们在街上遇见，她就把脸转向一边，假装没看到我。我不用去上学了，早上起床对我来说成了一件非常痛苦的事情，脑袋里就像要炸开一样。开始的时候，我试图读几页加利亚尼老师借给我的书，但看不进去，只能看懂一点点。我很快重新开始在流动图书馆借一些小说来读，我一本接一本地看了起来。但是时间长了，我发现自己从这些书中并没有获得多少乐趣。书里描绘的惊心动魄的生活，深刻的对话，那种虚幻的生活要比我的现实生活更加诱人。为了摆脱沉闷的现实，有时候我会走到学校里去，希望能遇到尼诺，因为他正在准备高考。在希腊语笔试的那天，我耐心地等了他好几个小时，当胳膊下夹着书包的考生开始零零星星走出来的时候，那个看起来清纯秀丽的女生出现了——就是我之前见到过的那个抬起头和尼诺接吻的女生。她站在距离我几米远的地方，就在那一刹那，我脑中闪过我俩站在一起的画面——就像一个产品目录里的两张图片——萨拉多雷的儿子从校门里走出来，这就是我们呈现在他眼前的样子。我觉得自己很丑陋，很不体面，就默默离开了。

我跑到莉拉家，试图获得一些安慰，但我知道，在她面前我也错了。我做了一件蠢事：我没有告诉她，我和斯特凡诺一起去拿回了她的照片的事儿。为什么我没说呢？我满足于扮演一个和事佬的角色吗？她丈夫建议我协调他们之间的关系，我对她隐瞒和斯特凡诺去雷蒂费洛的事，就能更好地扮演这个角色吗？我害怕辜负斯特凡诺对我的信任，然而我却没有意识到我已经背叛了莉拉？不，我不知道。唯一可以确定的是，这并不是我真正的想法，更确切地说，我的犹豫不决先是变成了一种假装的心不在焉，随后我确信：因为我没有马上告诉她事情的经过，这使得情况更加复杂，弥补已经来不及了，得罪一个人就是这么简单！我试图寻找借口，一些对她来说有说服力的借口，但这些借口甚至都不能说服我自己！我感到我的行为后果严重，我沉默了。

另一方面，她表现得就像从来不知道我和斯特凡诺的这次会面，她总是很热情地款待我，让我在她的浴缸里洗澡，让我用她的化妆品，但她很少评论我讲给她的小说，她更喜欢和我谈论一些她在杂志上读到的演员或者歌星的花边新闻。她不再告诉我她的想法，或者她的秘密计划。如果我看到她身上有淤青，我谈到这些淤青，想让她谈论斯特凡诺这些糟糕表现的原因，如果我说他现在变坏了，可能是因为他希望莉拉帮助他，来协助他面对所有的困难，她就会满脸讽刺地看着我，耸耸肩，然后绕开这个话题。没多久我就明白了，尽管她不想和我绝交，但她也已经决定不再信任我。她可能真的知道那件事，不再把我当作她可以信赖的朋友了？我减少了去她家的次数，期待她觉察到我的缺席，询问我原因，然后我们就能把事情说清楚。但她似乎并没有觉察到有什么异常。我后来忍不住又经常去她家了，对这件事情，她既没有表现得高兴，也没有不高兴。

七月的那天，天气很热，我特别沮丧地来到了她家。我并没有告诉她任何关于尼诺，还有尼诺的女朋友的事情，因为我也不由自主——大家心知肚明——不再对她讲我内心的秘密。她像往常一样热情，为我准备了杏仁糖浆。我坐在她家餐厅的沙发上，喝着冰凉的杏仁糖浆，火车的轰隆声、汗水，所有一切都让我烦躁。

我一声不吭看着她在家里忙来忙去。她让我感到愤怒，因为她能在这迷宫一样让人压抑的处境里自由行动，能坚持自己的立场进行抗争，而且还能深藏不露，这种能力让我感到愤怒。我想起她丈夫对我说过，莉拉拥有的能量就像危险器械里的弹簧。我看着她的腹部，想象在那里日日夜夜都进行着一场战斗，斯特凡诺想强行注入一个生命，而她则努力地破坏着这个生命。我在想她还能坚持多长时间，但我不敢太直白地问这个问题，我知道她会觉得我不该问。

不久皮诺奇娅来了，表面上这是一次小姑子的拜访，事实却不是，十分钟之后里诺就出现了。在我们眼皮子底下，他和皮诺奇娅接吻，行为有些过火。我和莉拉交换了一个嘲讽的眼神。皮诺奇娅说她想要从窗口那里看风景，里诺跟着她进入了一个房间，他们关上门在里面待了半个多小时。

莉拉对我说这种事经常发生，语气充满了不满和讽刺。我十分嫉妒这对恋人的从容自在：他们不害怕，没有任何顾虑。当他们再次出现时，似乎比刚来时更高兴了。里诺去厨房拿了一些吃的东西，又和他妹妹说着鞋店的事情，他说鞋子的生意越来越好。他试图从妹妹嘴里得到一些好的建议，好让他在索拉拉兄弟跟前有面子。

“你知道吗？马尔切洛和米凯莱想把你的照片挂在马尔蒂里广场的鞋店里。”他突然用讨好的声音对莉拉说。

“我觉得这不合适。”皮诺奇娅插了一句话。

“为什么？”里诺问道。

“那还用说？如果可以，莉娜不会把那张照片挂在新开的肉食店里吗？这家店由她经营，不是吗？如果是我来搞马尔蒂里广场那家店，在商店里放什么，是不是应该由我来决定？”

她说这些话，就好像把保障莉拉的权利放在首位，绝不会让她的权益遭到哥哥的侵害。事实上我们都知道，她只不过是在维护她自己的将来罢了。她不想再依赖斯特凡诺，她想离开肉食店，她想在市中心的那家店里当主管。为这家鞋店的经营管理权，里诺和米凯莱明争暗斗了好一阵子，这场争斗源于他们各自女朋友所施加的压力，她们在背后煽风点火：里诺希望皮诺奇娅负责那个商店，米凯莱坚持让吉耀拉负责。但是皮诺奇娅比吉耀拉更强势，她觉得自己一定能占上风，她知道她可以把男朋友以及哥哥的威信结合在一起。因此无论在哪个场合，她都表现出自己已经发生了质的飞跃：她已经把这个城区抛在身后，现在她要搞清楚的是哪些东西适合市中心那些顾客的品味，哪些不适合。

我发现里诺很担忧他妹妹的反应，但莉拉对此表现得漠不关心，于是他看了看表，表示他非常忙，他用一种非常有远见的语气强调说："我认为，那张照片有巨大的商业价值。"随后，他吻了一下皮诺奇娅，皮诺奇娅躲开了，表示她不同意他的说法，他马上溜走了。

我们几个姑娘还在那里。皮诺奇娅希望通过我的权威来结束这个话题，她噘着嘴，问我：

"莱农，你怎么看？你觉得莉娜的照片应该挂在马尔蒂里广场上的店铺里吗？"

我用意大利语说："斯特凡诺会做出决定，他特意跑到女裁缝的铺子里，让她把照片从橱窗里撤了下来，所以我排除他答应这件事情的可能。"

皮诺奇娅非常开心，几乎尖叫着说："天哪！你太棒了！莱农！"

我希望莉拉能表达一下她的看法，却出现了长时间的沉默。最后她只是对我说：

"你错了，你愿意和我打赌吗？斯特凡诺会答应的。"

"他不会。"

"他会。"

"你想赌什么？"

"如果你输了，你的升学考试成绩，平均不能低于八分。"

我尴尬地看着她，我们没有谈论我费了很大劲儿才及格的事情，我以为她什么都不知道，而她却已经知道一切，她这时候在谴责我。她说的是这个意思：你没有能力，你只能得低分，如果是她去考试的话，成绩一定不会那么糟糕。她极力想把我的角色固定下来，我就应该每天埋头看书学习；而她有钱，有好看的衣服，有房子，有电视，有汽车，她拥有一切，也能给予他人一切。

“如果你输了呢？”我问，语气里带着怨恨。

忽然间，她的目光变得像两个枪口一样深幽。

“那我就去一所私立学校报名，重新开始学习。我发誓我会拿到毕业证，我的成绩会和你一样，甚至超过你！”

和你一样，甚至超过你。她脑袋里想的是这个吗？我感觉我在这段时期遭受的一切痛苦——安东尼奥、尼诺以及我生活中的一切不如意都像随着一声长长的叹息而烟消云散。

“你是认真的吗？”

“你见过有人在打赌的时候开玩笑吗？”

皮诺奇娅插了一句，语气有些霸道。

“莉娜，你不要和平常一样，干些疯狂的事。你有一家刚开业的肉食店，没有你，斯特凡诺一个人支撑不下来。”她又立刻克制住了自己，语气又多了一丝伪装的甜蜜，“我只是想知道我什么时候才能当上姑姑。”

她用那种虚情假意的语气，但我能从她的声音里听出一丝怨恨，那种怨恨和我的不满交织在一起。皮诺奇娅想说：你已经结婚了，我哥哥为你付出了一切，现在你要做你应该做的事情。你已经成为卡拉奇太太了，现在封闭自己有什么意义呢？你现在对自己的肚子严防死守，不想怀孕，这是什么意思？莉拉，有没有可能，你会一直搞破坏？你什么时候才会停止这一切？你的能量什么时候能减弱一些，分散一些，就像一个打瞌睡的哨兵那样倒下？你什么时候才能打开你自己，在新小区里坐在收银台那里工作，肚子越来越大，让皮诺奇娅成为姑姑，而我，你什么时候放我一马，让我过上我的生活？

“谁知道呢？”莉拉回答说，她的目光变得散乱又深邃。

“难道我要先成为妈妈吗？”皮诺奇娅笑着说。

“如果你一直这样黏着里诺，有可能会出现这样的情况。”

她们开始了一场小小的争论，而我已经听不进去她们在说什么了。

- 20 -

为了安抚我母亲，我不得不去找一份暑期的工作，自然而然的，我去找了文具店老板娘。她接待了我，就像是欢迎学校的老师或者大学毕业生。她把几个正在店铺后面玩儿的孩子叫出来，几个小姑娘拥抱了我，亲吻我，想要我和她们玩一会儿。我说我要找一份工作，老板娘就说，为了让几个小姑娘和我这样一个聪明善良的姑娘一起玩耍，她要让我带她们去“海滨公园”，而且不用等到八月。

“那是什么时候？”我问。

“下一周。”

“太棒了！”

“我要给你加点工资，比去年高一点。”

我终于听到了一个好消息。我高兴地回到家，我母亲说我像往常一样运气好：我可以下海游泳，可以晒太阳，这哪是工作啊！但这些话并没有改变我的心情。

我的心情好了，第二天我去拜访奥利维耶罗老师。我有些不情愿，因为我要告诉她，我那学期成绩不是很理想，但我必须去拜访她，我还得小心地提醒她帮我弄到下一学期的课本。我想，莉拉的消息会让她很开心——她已经有了一个好归宿，也有了很多空闲时间，她会继续学习。我或许能从老师的眼睛里读到她对这则消息的反应，我希望这会缓和我的不安，莉拉给我带来的不安。

我敲了很多次门，但没有人来开门。我问了她的邻居，又在小区里问了一遍。大概一个小时之后，我又回去敲门，但依旧没有人开门。没人看到她出去，在街上，在城区，在商店里，我都没有看到她。她是一个人生活，岁数有些大了，身体也不好，我又回去问她的邻居，一位住在对门的太太叫儿子来帮忙，那个年轻人从阳台进入了老师的房子里，他家有一个阳台和老师的一面窗户是通着的。他在厨房地板上发现了她，她穿着睡衣晕倒在地上。他们叫了医生，医生说她必须即刻住院。他们把老师抱下楼，我看到了她乱糟糟的衣服，浮肿的脸，而以前她总是打扮得整整齐齐去学校，她的眼神有些惊恐，我低头跟她打了一个招呼。医护人员把她送上车，救护车尖叫着开走了。

那年夏天十分炎热，许多身体虚弱的人都经受不住。下午，我听到梅丽娜的孩子在喊他们的母亲，声音里充满了担忧。他们的呼喊声一直持续着，我决定出去看看。我遇见了艾达，她双眼含泪，紧张兮兮地说梅丽娜失踪了。安东尼奥也上气不接下气地赶来了，他脸色苍白，看都没看我一眼就跑开了。很快半个城区的人都在寻找梅丽娜，斯特凡诺发动他的敞篷车时，还穿着肉食店的工作服，艾达坐在他身边，他慢慢地向前开，一边开一边找。我跟在安东尼奥的身后跑来跑去，什么也没有说。最后我们跑到了池塘那里，一起进入草丛找他母亲。他脸颊凹陷，黑着眼圈。我拉住他的一只手，想安慰他，但他推开了我，还说了一句难听的话："放开我！你真不是个女人！"我觉得心里有点堵，就在这时我们看到了梅丽娜，她坐在水里消暑，她的脸和脖子从发绿的水里露了出来，头发湿淋淋的，眼睛很红，嘴唇上沾满了小树叶和淤泥。她沉默着，而十年以来，她每次发疯时都会叫喊或者歌唱。

我们把她带回了家，安东尼奥扶着她，我在另一边走着。大家松了一口气，都在叫她的名字，她虚弱地挥着手，和周围的人打招呼。我在栅栏门那里看到了莉拉，她没有一起去找梅丽娜。她现在居住在新城区，有些孤立，消息传到她那儿的时候已经晚了。我知道她和梅丽娜的关系很好，让我印象深刻的是：当时所有人都很欢快，艾达跑过去大喊着妈妈，斯特凡诺跟在她的身后，把车子停在大路的边上，车门敞开着，也是一副释怀的表情，只有莉拉站在一边，脸上的表情难以言喻。梅丽娜浑身脏兮兮的，笑容显得有些苍白，湿淋淋的衣服上沾满了淤泥，衣服下的身体也非常枯瘦，她和熟人打招呼时动作很无力，莉拉似乎被那个寡妇出现时的悲惨情景打动了。不仅仅是打动，她是被伤害到了，被吓到了，就好像她自己也在遭受同样的不堪。这时候我把梅丽娜交到她女儿手上，就去追赶莉拉，我想告诉她奥利维耶罗老师的事情，我还想把安东尼奥对我说的难听话告诉她，但我没有找到她，她已经离开了。

- 21 -

再看见莉拉的时候，我察觉到她的状态不对，她也想让我感觉到挫败。有一天早上我们在她家里，表面上看起来气氛很轻松，像是在玩儿，但实际上她对我满怀恶意，强迫我试穿她的衣服，尽管我说那些衣服我根本穿不上。这场游戏对我来说是一种折磨，她比我高挑，比我苗条，她的任何一件衣服，穿在我身上都会让我显得很可笑，但她不愿意承认这一点，她说只要改一下这里，调整一下那里就可以了，然而她看我越来越不顺眼，就好像我的外表把她给得罪了。

后来她终于说："够了！"她的目光和脸色看起来好像见了鬼。她摇了摇头，努力做出一副轻浮的样子对我说前一两天晚上，她和帕斯卡莱还有艾达一起去吃冰激凌了。

我当时穿着内衣，正在帮她把衣服放回衣架。

"和帕斯卡莱，还有艾达？"

"是的。"

"斯特凡诺也去了吗？"

"我一个人去的。"

"是他们邀请你去的吗？"

"不是，是我要求他们去的。"

她一副想要让我吃惊的样子，接着告诉我，她和她当姑娘时的朋友来往，她不仅仅只出去了一次，第二天她还和恩佐、卡门一起吃了披萨。

"也是一个人去的吗？"

"是的。"

"斯特凡诺是怎么说的？"

她做了一个无所谓的表情。

"结婚并不意味着要过老太太的生活。假如他愿意和我一起出去，也可以的，但他晚上总是很累，我就一个人出去。"

"感觉怎么样？"

"我很开心。"

我希望她能看出我的不悦。那时候我们经常见面，她本应该对我说：今天晚上，我和艾达、帕斯卡莱、恩佐、卡门一起出去，你要不要一起去？但她什么都没有对我说，她一个人组织了那些聚会，偷偷摸摸的，就好像我们一直以来的那些朋友都只是她一个人的朋友。现在她心满意足，非常详细地跟我讲述了他们之间的谈话：艾达非常担忧，梅丽娜现在一点东西也吃不下去，吃一点也会吐；帕斯卡莱也非常担心他的母亲朱塞平娜，因为她现在总是睡不着觉，双腿很沉重，她去监狱里探望丈夫时会心悸，回来总是哭得一塌糊涂，谁也安慰不了。我听她说话，我注意到她比往常还要投入，她选择一些充满感情色彩的词汇，描述梅丽娜和朱塞平娜的遭遇，就好像她们和她的身体息息相通，她完全能感受到她们的痛苦。当她讲述的时候，她会抚摸着自己的脸颊、胸脯、肚子和腰部，就好像这些部位已经不属于她了，而是属于那两个女人，就好像她了解那两个女人的一切，包括所有的细节，她想让我意识到，没人对我倾诉什么，但是对她却什么话都肯说。更糟糕的事情是，她想让我觉得自己如坠云雾，和这个世界完全隔绝了，根本察觉不到周围的人所遭的罪。她谈论朱塞平娜，就好像一直都在关注她一样，尽管莉拉订婚了、结婚了，她谈论梅丽娜，就好像艾达和安东尼奥的母亲一直深深地刻在了她的脑子里，她对梅丽娜的疯狂知根知底。她开始给我列举这个城区的很多人，那些我不是很熟悉的人，好像她一直远远关注着他们，非常了解他们。最后她向我宣布：

"我和安东尼奥一起吃了个冰激凌。"

那个名字让我的胃一阵阵刺痛。

“他怎么样了？”

“很好。”

“他有没有跟你谈起我？”

“没有，一点儿也没有。”

“他什么时候走。”

“九月的时候。”

“马尔切洛根本就没帮他。”

“那肯定了。”

肯定？假如那么肯定，假如索拉拉兄弟根本不会帮他，那你为什么要把我带到他们那里去？你现在已经结婚了，为什么还要一个人和那些朋友见面？为什么你和安东尼奥一起吃冰激凌，却没有告诉我？尽管你知道他是我的前任，他不想再看到我，但是我还是想看到他，你是不是想报复我？就因为我和你的丈夫坐车出去，我对你只字未提我和他之间的谈话？我非常不安地穿上衣服，低声说我有事儿，我要走了。

“我还要告诉你一件事情。”

她非常严肃地告诉我，里诺、马尔切洛和米凯莱让斯特凡诺去马尔蒂里广场看那家店铺的布置，他们三个人就在水泥袋子、油漆桶还有刷子中间，给斯特凡诺展示了一面对着入口的墙壁，他们告诉斯特凡诺，他们想在那面墙上放上一张放大的、她穿婚纱的照片。斯特凡诺在那里听他们说，然后回答说，那当然是一个很好的宣传，但他觉得那样做不合适。他们三个还是坚持要用那张照片，斯特凡诺拒绝了马尔切洛，也对米凯莱和里诺说了“不”。总之是我赢了我们之间打的那个赌：她丈夫没对索拉拉兄弟做出让步。

我勉强地做出一副兴奋的样子，说：

“你看到了吧？你总是说斯特凡诺的坏话，他真可怜啊！实际上我说对了，现在你得开始学习了。”

“我们等等看。”

“我们等什么啊？我们打赌的时候说得清清楚楚，现在你输了。”

“我们再等等。”莉拉重复了一遍。

我的心情更加糟糕，我认为她不知道自己想干什么。她非常不悦，因为她对自己丈夫判断失误。或者我不知道，可能是我夸张了，斯特凡诺拒绝了，她可能很欣赏这种做法，但是关于她的照片，她希望几个男人之间的冲突更加激烈一点，现在她有点失望，是因为索拉拉兄弟没有坚持下去。我看到她的一只手有些神经质地掠过腰部，顺着一条腿滑过，就好像告别时的流连，她的眼睛里，刹那间闪现出一种非常复杂的情绪，夹杂着痛苦、担忧和厌烦，就是梅丽娜失踪的那天晚上，我在她的眼里看到的。

我想：她可能心里暗地里还是希望她的照片经放大后被放在市中心的店里，现在米凯莱没能把这件事情强加给斯特凡诺，她是不是觉得有些遗憾？为什么不呢？她事事都想争上风，我心想，她就是这么一个人：最漂亮，最优雅，最有钱，尤其是最聪明。

一想到莉拉真的会重新开始学习，我就觉得有一些沮丧。当然她会弥补之前几年错过的功课，她会坐在我的旁边，胳膊肘挨着我的胳膊肘，我们会一起参加高中毕业考试。我忽然觉得那种情景让我受不了，但更让我受不了的是我心里的反应。我觉得很羞愧，我马上对她说，如果我们能重新一起学习，那再好不过了，我问她打算怎么开始学，她耸了耸肩膀。我就说：

“现在我真得走啦。”

这次她没有挽留我。

- 22 -

像往常一样，在楼道里，我就开始分析她那么做的原因，或者说是我自己的感觉：她现在住在新城区，关在她那套非常现代的房子里，完全被孤立了，而且经常被斯特凡诺殴打，她专注于和自己的身体开展一场神秘的、不为人所知的战争，使自己避免怀孕，她现在嫉妒我在学校里取得的成绩，所以她要和我打那场疯狂的赌，逼迫自己重新开始学习。再加上她看到我要比她自由，我和安东尼奥分手以后，我在学习上遇到的困难和她面临的困境相比，简直不值一提。我想来想去，不知不觉地，我感觉自己很不情愿地站在了她的角度，我又佩服起她来了。是的，假如她重新开始学习，那简直太好了。回到小学时代，她永远是第一名，我永远是第二名，她会重新赋予学习意义，因为她知道赋予学习什么样的意义。一直跟在她的后面，我就会觉得安全而且强大。是的，是的，是的，我们要重新开始。

回家的路上，我忽然间想起了她的表情，那种混杂着痛苦、恐惧和厌烦的表情。为什么？我又想起了小学女老师晕倒在地时那凌乱的身体，还有梅丽娜失控的身体。我开始漫无目的地观察大路两边的女人，忽然间，我觉得我一直以来都生活在一个很自我的世界里，我的目光非常局限：我只能聚焦于那些女孩身上——艾达、吉耀拉、卡门、玛丽莎、皮诺奇娅、莉拉还有我自己，以及学校里的女同学，我从来没有关注过梅丽娜、朱塞平娜、农齐亚·赛鲁罗以及玛丽亚·卡拉奇。唯一一个我带着忧虑研究过的是我母亲一瘸一拐的身体，只有她才能对我产生威胁，我担心自己忽然变成她那个样子。这时候，我非常清楚地看到了这个老城区母亲们的形象。她们都很焦躁，同时又听天从命，她们薄薄的嘴唇紧闭着，背弯曲着，或者用很难听的话责骂那些折腾她们的孩子。她们的身体都非常消瘦，双眼凹陷，颧骨凸出，或者是屁股非常肥大，脚踝水肿，胸部下垂，拿着沉重的购物袋，最小的孩子都扯着她们的裙子，想让她们抱。哦！我的天呐！她们也就比我大十岁，最多大二十岁，但看起来她们已经失去了女性特征，那是我们这些姑娘家最在意的东西，我们会通过服饰、化妆凸显我们的女性特征。因为生活的艰辛，因为年老的到来，或者因为疾病，她们的身体被消耗了，她们的身体越来越像她们的丈夫、父亲或者哥哥。这种变形是从什么时候开始的？是因为要做家务吗？是从怀孕开始的吗？还是从挨打开始的？莉拉也会变得和农齐亚一样吗？她那精致的面孔也会冒出来费尔南多的特征，她那优雅的步伐也会变成里诺的样子吗？迈着八字步，双手甩得很开？我的身体也一样，有一天也会被毁掉，不仅仅会浮现出我母亲的样子，而且会浮现出我父亲的样子？我在学校里学到的一切都会慢慢消失，城区会占上风，那些思想、行为方式，所有一切都会混合在一起，像个黑乎乎的泥潭，古希腊哲学家阿那克西曼德会和我父亲混在一起，圣吉米亚诺的诗人福尔格雷会和堂·阿奇勒混为一体，化学的原子价会和池塘混合，希腊语的不定过去时、古希腊《神谱》会和索拉拉兄弟的傲慢粗鲁混为一体，就像这几千年来城市中发生的一切，越来越混乱，越来越堕落？

忽然间，我不由自主地说服了自己，我把莉拉的感情和我的感情混合在一起。因为所有这一切，她才会有那些表示、那种不痛快？她抚摸着自己的腿、腰部，就像是在进行一场告别？在谈论那些话题时，她触摸了一下自己，就好像已经感觉到她的身体被梅丽娜、朱塞平娜的身体包围，她可能感觉到害怕和恶心？她去找了我们共同的朋友，因为她要采取行动？

我记得她的目光，小时候，她看到奥利维耶罗老师从讲台上摔了下来，就像一个破碎的木偶那样栽倒在地上；我记得她看梅丽娜的目光，那时候梅丽娜在大路另一边，正在吃自己刚买来的肥皂；我记得莉拉给我们几个女孩子讲述那场谋杀，顺着铜锅流下来的血，她认为杀死堂·阿奇勒的不是一个男人，而是一个女人，就好像她看到了、听到了，在她给我们讲述时，那个女性的身体因为仇恨而被消解，因为报仇雪恨，或者说因为正义，那个女性的身体失去了女性气质。

- 23 -

七月的最后一个星期开始，我每天——包括星期天，都要带文具店老板娘的几个女儿去“海滨花园”，除了几个小姑娘要用的各种各样零碎的东西，我还在我的帆布包里装上了加利亚尼老师借给我的书。那些书都是讨论这个世界过去、现在以及未来的事情。书里的文字特别像平时学校的教科书，但更加难懂，也更加有意思。我还不习惯这种类型的阅读，我很快就厌烦了，几个小姑娘都需要特别的关注，非常费心，再加上海水很浑浊，太阳很炎热，热气笼罩着海湾和城市，混乱的想象、思绪和欲望总是会搅乱那一行行的文字，要重新回到字句里很需要毅力。我期待着会发生一些事情，能让我完全投入进去，从而摆脱面临的这一切：天上、地上和海里的那些鄙俗的生活。我快要过十七岁生日了，我一只眼睛注视着文具店老板娘的女儿，一只眼睛看着《论人类不平等的起源》。

有一个星期天，我感觉到有一双手捂住了我的眼睛，一个女性的声音在问我：

"猜猜我是谁？"

我听出来那是玛丽莎的声音，我希望尼诺和她在一起。我真希望他能看到我晒了太阳，泡了海水浴之后变漂亮的样子，希望他看到我在阅读一本很难的书。

我非常高兴地叫喊起来："玛丽莎！"我忽然转过身去，但尼诺没在那里，我却看到了阿方索，他肩膀上搭着一条天蓝色的毛巾，手上拿着香烟、打火机和钱包，身上穿着一件黑色的泳裤，上面有白色条纹，他整个人非常白皙，好像一辈子没有晒过太阳一样。

看到他们在一起，我非常惊讶。阿方索有两门功课不及格，要在十月份参加补考，他一直在肉食店里帮忙，我认为星期天他应该在学习，而不是来海边。至于玛丽莎呢，我觉得她一定和家人在巴拉诺。她告诉我，她父母一年前和房东内拉吵架了，他们和几个《罗马报》的朋友一起租了卡塞塔的一栋小别墅。她回那不勒斯几天，她要带上学校的课本去复习——她有三门功课需要补考，另外她要见一个人，她非常妩媚地对着阿方索笑了笑，那个人就是他。

我当时忍不住，马上就问她尼诺高中毕业考试考得怎么样。她做了一个很不屑的表情说：

“两门九分，其他都是八分。他知道成绩以后，就一个人去英国了，兜里一分钱也没有。他说他会在那里找到一份工作，等学好了英语再回来。”

“然后呢？”

“那我就不知道了，可能他会上大学，注册经贸系。”

我有无数问题要问。我想打听一下，在学校外面等他的那个姑娘是谁，我想问他真的是一个人走的，还是和那个女孩一起走的。这时候，阿方索有些尴尬地说：

“莉娜待会儿也会来，”然后他补充说，“刚才是安东尼奥送我们过来的。”

“安东尼奥？”

阿方索应该觉察到了我语气的变化，我脸上泛起的红晕，还有我眼睛里的嫉妒。他微笑了一下，简短地说：

“斯特凡诺忙着新肉食店的事，他要做一个柜台，所以不能来，但是莉娜非常想见你，她要告诉你一件事情，因此就让安东尼奥送我们过来。”

“是的，她要告诉你一件非常重要的事情。”玛丽莎强调说，她非常高兴地拍着手说，想让我明白她已经知道是什么事了。

什么事情呢？看着玛丽莎的表现，好像是件好事儿。也许莉拉已经劝过了安东尼奥，他现在要和我重归于好；也许索拉拉兄弟终于采取了行动，联系了区里的熟人，安东尼奥不用去参军了。我马上想到了这些可能。但当安东尼奥和莉拉出现时，我马上排除了这些可能。安东尼奥出现在那里，很明显是莉拉要求他来的，只是为了填补她空白的周末，只是因为他感觉做她的朋友是一件幸运而且必要的事情。但他还是满脸都写着不幸，目光很警惕，很冷淡地和我打了招呼。我问他母亲怎么样，他回答得很敷衍。他非常不安地四下张望，然后很快和几个小姑娘跳入水中，她们都很高兴安东尼奥的到来。至于莉拉呢，她脸色苍白，没有涂口红，目光带着敌意，我并不觉得她有什么事情要告诉我，她坐在水泥台子上面，拿了一本我正看的书翻阅起来，一句话也没有说。

面对这样的沉默，玛丽莎觉得很尴尬，想表达她对这个世界上每样东西的热情，但话说得很凌乱，最后她也去游泳了。阿方索选了一个尽量远离我们的地方，在太阳底下待着，非常专注地看着游泳的人，就好像看那些光溜溜的人从水里上来下去是一件非常有趣的事。

“这本书是谁给你的？”莉拉问我。

“我的拉丁语兼希腊语老师。”

“为什么你没有告诉我？”

“我觉得你不会感兴趣。”

“你知道我对什么感兴趣，对什么不感兴趣？”

我马上换了一种语气，变得柔和起来，我想炫耀一下。我说：

“看完之后我会借给你，这些书是老师让那些学习好的学生读的，尼诺也读这些书。”

“尼诺是谁啊？”

她是故意这么说的吗？她假装不记得他的名字，以此来贬低他吗？

“就是婚礼录像里的那个人，玛丽莎的哥哥，萨拉托雷的大儿子。”

“你喜欢的那个丑男？”

“我已经告诉你了，我不喜欢他了，但他在做一些很了不起的事情。”

“什么事儿？”

“比如说，他现在在英国：打工、旅行，学习英语。”

我在重复玛丽莎的话时，语气很激动。

我对莉拉说：

“你想想，假如我们俩也能做这些事情：旅行，在饭店当服务员养活自己，学习英语，把英语讲得比英国人还好，该有多棒。为什么他能那么做，我们就不行？”

“他已经念完书了？”

“是的，他已经拿到高中毕业证，之后他要去上大学，学一些很高深的东西。”

“他学习很好吗？”

“和你一样好。”

“我现在又不学习。”

“是的，但你和我打赌打输了，现在你要重新开始学习。”

“得了吧，莱农。”

“斯特凡诺不愿意？”

“现在开了新肉食店，我要帮着打理。”

“你可以在肉食店里学习。”

“不行的。”

“你已经答应我了，你说我们会一起毕业。”

“不行。”

“为什么？”

莉拉用手指来回抚摸了一下书的封面，想把它捋平。

“我怀孕了。”她说，没等我做出反应，她嘟囔了一句：“真热啊。”

她放下了书，来到了水泥平台边上，毫不犹豫地跳到了水里，她忽然叫喊着安东尼奥的名字，这时候，安东尼奥正和玛丽莎还有几个女孩在互相喷水。

“救我！安东……”

她张开双臂，非常笨拙地划了一下水面，开始挣扎，她并不会游泳。

- 24 -

接下来的那几天里，莉拉表现得非常活跃积极，简直可以称得上狂热。她开始在新开的肉食店里忙碌，就好像那是世界上最重要的事情。她早上起得很早，比斯特凡诺还要早。她一边呕吐，一边准备咖啡，弄好了又接着吐。他变得非常体贴，想开车把她送到店里，但莉拉会拒绝，她说她想走走，趁着天气还没有热起来，呼吸早上的新鲜空气。她走在空荡荡的街道上，走在那些刚刚修建好的房子中间，一直走到正在装修的店铺。她打开金属帘门，把地板上的油漆擦干净，等着工人和供货商过来，送来秤、切片机以及其他设备，她让人把那些东西放在该放的地方，还自己亲手移动那些设备，使布局更加合理。那些看起来很凶恶的粗壮男人，还有很难支使的男孩子，在她跟前都表现得服服帖帖的。因为她还没说完一个指示，就已经亲手做起了那些辛苦的工作，那些人都会很不安地对她大声说：卡拉奇太太！我来！他们都会手忙脚乱地过来帮她。

尽管天气炎热，莉拉没什么精神，但她不仅忙于打理新肉食店，有时候会陪着她小姑子去市中心，在马尔蒂里广场上正在装修的店铺里查看，那里的事务都是米凯莱一直在管着，里诺经常也会去看看，他觉得理直气壮，因为一方面他是“赛鲁罗”鞋子的生产者，另一方面他是斯特凡诺的大舅子，而斯特凡诺是索拉拉的合伙人。在鞋店里，莉拉也是一刻不闲。她视察那里的进展，她登上泥瓦匠的梯子，从高处审视整个店铺的格局，然后下来移动店里的摆设。开始大家都觉得不可思议，但很快就任凭她折腾了。米凯莱是最有敌意、最爱热嘲冷讽的，他也很快就发现莉拉的建议是对的。

“太太，”他还是用那种话中带刺的语气说，“你来帮我把酒吧也收拾一下吧，我会付钱给你的。”

插手索拉拉酒吧的事情，这是她想都没有想过的，但当她在马尔蒂里广场上的店铺里面折腾够了，她开始涉足卡拉奇家的老地盘，也就是最早的那家肉食店，她开始经常去那里。她坚决要求斯特凡诺让阿方索待在家里，因为他要学习，开学要参加补考，她促使皮诺奇娅和她母亲一起，经常去马尔蒂里广场的店铺，插手那里的事情。今天做一点，明天做一点，她把老店铺的里里外外都重新布置了一下，搞得有声有色，空间利用得非常充分。没多久，玛丽亚和皮诺奇娅在店里的位置就被架空了，艾达变得非常重要，她让斯特凡诺给艾达加工资。

快到黄昏的时候，我从“海滨花园”回来，把几个小姑娘交给文具店老板娘。每次经过莉拉的肉食店，我都会去看看她怎么样，看看她的肚子是不是大起来了。她非常焦虑，脸色不是很好。我问起关于怀孕的事情，她要么不怎么回答，要么把我拉到店铺外面，说一些莫名其妙的话，比如说：“我不想谈论这个问题，这是一种疾病，我身体里很空，很沉重。”然后她就会开始说新肉食店和旧肉食店的事，还有马尔蒂里广场上的店铺，还是用那种非常蛊惑人心的方式。她想让我相信这些地方非常神奇，会发生一些了不起的事情，我那么可怜，比不上她。

但我已经知道她的伎俩了，我听她说，但我不相信她说的话，即使如此，最后我还是被她既当伙计又当主人的劲头给迷惑了。莉拉在和我说话的同时，还能和顾客还有艾达说话，她的手一刻不停——打开包装袋，切割，称重，然后收钱，找钱。她完全投入到交谈和动作里面，把自己搞得筋疲力尽，好像真的忙于一场激烈的、不分领域的斗争，就是为了忘记那个负担，那个她非常不协调地称之为“内部的空洞”的负担。

最让我感觉到震撼的是她对待金钱的潇洒态度。她走到收银台，想拿多少钱就拿多少。金钱对她来说就是那个抽屉，是她童年时期幻想过的保险箱，她可以打开，对别人慷慨解囊。假如收银台里的钱不够（这种情况很少），那她只消看斯特凡诺一眼，他就会像是回到了恋爱时期的慷慨，他会把白大褂拉起来，从裤子口袋里拿出一个鼓鼓囊囊的钱包，问：“你要多少？”莉拉用手指给他示意，丈夫会伸出右胳膊，把钱递给她，她会伸出她修长的手接住。

艾达在柜台后面看莉拉的目光，就像看杂志上的影视明星。我想，在那段时间，安东尼奥的妹妹肯定觉得自己好像身处童话之中，每当莉拉拉开抽屉给她钱时，她的眼睛会冒出火花。她丈夫一转身，她就非常自在地把钱给别人。她给艾达钱，因为安东尼奥要去参军。她给帕斯卡莱钱，是因为他要去拔掉三颗牙，而且非常急迫。在九月开始的时候，她还把我拉到了一边，问我要不要买书的钱。

“什么书？”

“学校里的教科书，当然课外书也一样。”

我告诉她奥利维耶罗老师还没有从医院里回来，我不知道她还能不能像往常一样给我搞来学校的课本。听到这话以后，她就往我口袋里面塞钱。我挣脱了，拒绝了她的钱，我不想像一个穷亲戚那样，向她要钱。

我对她说要等学校开学。而且，文具店的老板娘延长了我的雇佣期，一直要到九月中旬，我可以带几个姑娘去“海滨花园”，这样我赚的钱就能比预期的多一点，我自己就能买书。她觉得很遗憾，坚持说如果老师没有办法搞到课本，我可以找她。

不仅仅是我，我们这帮朋友，面对她的那种慷慨大方，都有些不适应。比如说帕斯卡莱，他不想接受看牙医的钱，觉得自己受到了辱没，但最后他还是拿了那些钱，因为他的脸都变形了，一只眼睛也已经红了，冰敷一点儿用也没有。安东尼奥要接受艾达在工资之外的钱，也觉得很不自在，他不得不说服自己，认为那是对艾达的补偿，因为之前斯特凡诺给艾达的工资实在太低了。我们都没怎么见过钱，对于十里拉都非常看重，即使是在路上捡到一枚硬币，我们都会欣喜万分。因此莉拉那么大手大脚地把钱给出去，就好像那些根本不是钱，而是一些毫无价值的破铜烂铁，或者废纸，对于我们来说，这是不可饶恕的罪过。她在做这些的时候一声不吭，根本不容推辞，和小时候她组织大家一起玩游戏，给每个人分配角色的时候一样。她给完钱，很快就会转变话题，好像什么事儿也没有发生。有一天晚上，帕斯卡莱又用那种隐晦的语气对我说：香肠可以卖，鞋子也可以卖，莉娜依然是我们的朋友，还是站在我们这一边，是我们的同盟，我们的同伴，她现在很有钱，但那是她应该得的。是的，那是她应该得的，那些钱不是因为她是卡拉奇太太、是肉食商人的孩子未来的母亲才得的，而是因为她设计了“赛鲁罗”鞋子，虽然现在大家好像都想不起来了，但是我们作为她的朋友，都会记得这一点。

他说的都是真的。在短短的几年时间里，围绕着莉拉发生了多少事情。尽管我们那时候才十七岁，但时间围绕着我们，好像是点心房里机器中的黄色奶油，好像变得非常黏稠。莉拉心里始终带着怨恨，她自己也证实了这一点。在一个星期天，大约下午三点的时候，天气很晴朗，大海很平静，她出现在"海滨花园"，这实在令人感到意外。她一个人坐地铁，换了几次公车才到那里，她穿着游泳衣出现在我面前，脸色有些泛青，额头上长了很多痘痘。"狗屎一样的十七年！"她用方言说，但她看起来却很愉快，眼睛里充满了自嘲。

她和斯特凡诺吵架了。关于马尔蒂里广场上的店铺，在和索拉拉兄弟日常的交流中，问题不可避免地出现了。米凯莱当然想让吉耀拉去管理店铺，他恶狠狠地威胁了里诺，因为里诺想让皮诺奇娅去管，最后米凯莱和斯特凡诺进行了协商，他非常强硬，后来几乎要打起来了。最后发生了什么事情呢？表面上看来没有人占上风，吉耀拉和皮诺奇娅会一起去管理那家店铺。但是条件是斯特凡诺要改变之前的一个决定。

"什么决定？"我问。

"看你能不能猜到。"

我猜不出来。

莉拉说，米凯莱还是用那种开玩笑的、不恭的语气，向斯特凡诺要莉拉穿着婚纱的照片，这一次她丈夫做出了让步。

"真的吗？"

"真的。我已经告诉你啦，等等看。他们会把我的照片展示在商店里。我们打的那个赌，是我赢了，你输了。你现在要好好学习，今年你每科的成绩要考到八分以上。"

说到这里，她的语气变了，变得非常严肃。她说她来这里，并不是因为照片的事情，她早就知道对于她丈夫那个混蛋来说，她就是一个可以用于交换的商品。她来这里是因为怀孕的事情。她和我谈论了很久，她非常焦虑，就好像很急迫地要把一个东西用捣槌碾碎，她非常冷静。

“这没有任何意义，”她说，她没有隐藏自己的不安，“男人把他们的玩意儿放到你的身体里，你就像一个肉箱子，里面住着一个小人儿。我身体里就有这么一个小人儿，这让我觉得很恶心。我不停地呕吐，我受不了我的肚子。我知道我应该往好的方面想，我知道我应该有点理性，但是我做不到，我找不到理由顺从，我也不觉得很美。”除了这个问题，她还补充说，“我觉得自己没办法和孩子相处。你是可以的，从你照顾文具店老板娘的女儿就能看出来。我不行，我生来就不是这块料。”

她说的这些话让我很难过，我能对她说些什么呢？

“你现在还不知道自己行不行，是不是那块料，你得尝试一下。”我试着让她宽心，我指着在不远处玩耍的文具店老板娘的女儿，对她说：“你跟她们待一会儿吧，和她们聊聊。”

她笑了，有些恶毒地说我现在已经学会了我们的母亲常用的那种甜得发腻的语气。后来她非常不自然地和几个小姑娘交谈了几句，就退回来和我讲话。我让她放开一点，鼓励她，让她试着去照顾琳达——文具店老板娘最小的女儿。我对她说：

“你去吧，和她一起玩她最爱玩的游戏，从喷泉喝水，用嘴对着喷水口，或者你用拇指堵住喷口，让水向周围喷。”

她很不情愿地把琳达带走了，她牵着琳达的手。过了一会儿，她们还没有回来。我有些担心，我让跟我在一起的两个女孩去看看发生了什么事情。谢天谢地，一切正常，莉拉非常幸福地被琳达缠上了，她把琳达抱起来，放在那个喷口跟前，让她在那里喝水，让水喷向四周。她们都在哈哈大笑，好像在欢呼。

我觉得放心了，让其他两个女孩也和莉拉一起玩。我自己坐到了水吧里，找了一个可以看到她们四个的位子，好让自己也能读一会儿书。我看着她，心想她和孩子在一起会变成什么样子呢。在之前她无法忍受的东西，现在会让她觉得开心，也许我应该告诉她，有些没有意义的事情也会是一些美好的事情。这是一句听起来很棒的话，我认为她一定会很喜欢。她真的运气很好，已经拥有了所有重要的东西。

我试着看了几行卢梭的书。我抬起目光就看到她们出了状况，可能是琳达太靠前了，也可能是一个小姐姐推了莉拉一把，结果是琳达从莉拉的手上滑下来，下巴撞在了水盆的边缘上。我惊慌失措地跑了出去，莉拉一看见我，就用一种非常幼稚的语气——即使是她小时候我也没有听到过的语气，对我喊道：

“是她姐姐让她摔倒的，不是我。”

莉拉把琳达抱在怀里，她在流血，大哭大叫，而她的两个小姐姐看着别的地方，脸上除了紧张的神情，居然还带着些莫名的微笑，就好像这件事情和她们无关，就好像她们听不见，看不见。

我把琳达从她的怀里接了过来，带着怨气，用喷头的水冲洗琳达的脸。我看到她的下巴上出现了一道伤痕，是横向的。我想文具店老板娘的钱我是挣不到了，我母亲也会非常愤怒。这时候我跑到救生员那里，他先是安抚了琳达，让她平静下来，在他用酒精给她消毒的时候，她又叫喊起来了，下巴上敷了几层纱布之后，她终于平静下来了。总之，没有什么严重的，我会给三个小姑娘买冰激凌。我回到了水泥平台那里。

莉拉已经走了。

- 25 -

文具店老板娘看到琳达的伤口，并没有特别惊讶，但当我问她第二天是不是还在老时间去接几个孩子的时候，她说女儿们已经游了太多泳，不再需要我了。

我没有告诉莉拉我失去工作的事，当然，她也从来没问过我事情后来怎么样了，甚至没有向我打听琳达还有她的伤口的情况。当我再看到她的时候，她非常忙，因为新肉食店要开业，她给我的感觉就像运动员在做跳绳训练，越跳越疯狂。

她把我拉到印刷店里，她预定了数目可观的传单，来宣传新店铺开业。她想让我到神父那里去，确定一下他来给店铺和生意祈福的时间。她对我说，她会雇用卡门·佩卢索，给的钱要比她在裁缝用品店当售货员的工资高一些。她对我说她正在控制局面，掌控店铺的经营，在和她丈夫、皮诺奇娅、婆婆以及哥哥里诺进行一场持久的斗争，但她看起来并没有咄咄逼人。她说话声音很低，一直在说方言，同时还在忙着手头上的其他事情，这些事好像要比她说的话更重要。她列举她婆家和娘家对她做过的不公正的事儿，以及他们还在继续对她做的事。“他们让米凯莱平静下来了，”她说，“就像他们让马尔切洛不再生气一样，他们利用了我，牺牲了我，对于他们来说，我不是一个人，而是一样东西。我们把莉娜送给他，我们把她挂在墙上，我们不管她怎么想，她什么都不是……”当她说这些话的时候，眼珠在有些发紫的眼眶里转来转去，颧骨上的皮肤紧绷着，有时候笑一下，有些神经质，露出洁白耀眼的牙齿。但我不太相信她所说的，我觉得在她忙碌、活跃的外表背后，是一个筋疲力尽、寻找出路的人。

“你有什么打算？”我问她。

“没什么打算。我只知道，他们要想拿我的照片为所欲为，就要先把我杀了。”

“别这样，莉拉，最终来说那是一件好事儿，想想看：只有演员才能上广告。”

“我是演员吗？”

“不是。”

“假如我丈夫决定卖身求荣，讨好索拉拉兄弟，你觉得我也要把自己卖了？”

我想让她平静下来，我很害怕斯特凡诺失去耐心，会再打她。我对她说了我的担心，她笑了起来，说她怀孕之后，她丈夫就再也没有动过她一根指头。但就在她说这句话的时候，我非常怀疑照片的事情只是一个借口。实际上，她只是想激怒所有人，让斯特凡诺、索拉拉兄弟，还有里诺把她杀了，让他们不得不对她动手，这样可以消除她肚子里面的活物给她带来的痛苦和折磨。

我的推测在新肉食店开张的那天晚上得到了证实。她穿得非常邋遢，当着所有人的面，对待她丈夫像对待一个仆人一样。我请来的神父还没有给店铺祈福，莉拉就满脸鄙视地往他手里塞了点钱，把他打发走了。然后她就去切火腿，把火腿片夹在面包里，配上葡萄酒，免费发给在场的所有人。最后这种做法取得了巨大成功，肉食店刚刚开门，里面就挤满了人，她和卡门简直没办法应付，斯特凡诺穿得非常正式体面，他连白大褂都没有穿，但也不得不帮她应对，衣服上全沾上了油。

回到家里，他们都筋疲力尽，丈夫对她大发其火，而她一直在火上浇油。她对着他叫嚷着说，假如他要一个听话的老婆，那他就搞错了，她既不是他母亲，也不是他妹妹。她一直在挑衅，找麻烦。她说到了索拉拉兄弟和照片的事情，她骂斯特凡诺骂得很难听，但是斯特凡诺没有打她。第二天当她跟我讲述事情经过的时候，我对她说，尽管斯特凡诺有缺点，但是毫无疑问，他是爱莉拉的。她否认了这一点，她用拇指捻了捻食指说："他只认得这个。"实际上，这家肉食店在整个新小区已经众所周知，从早上开始里面就全是人。"收银的抽屉已经满了，都是我的功劳。我给他带来财富，还有一个孩子，他还想要什么？"

"你还要什么？"我话里的怒气让我自己也吃惊，我马上对她微笑了一下，希望她没有察觉到。

我记得她满脸迷惘，用手指摸了一下前额，也许她并不知道自己要什么，她就是无法安静平和下来。

在另一家店铺，也就是马尔蒂里广场上的那家鞋店开张之前，她变得不可理喻，也许这个形容词有些夸张。可以说她内心的混乱，她的怒气全撒到了周围的人身上，包括我在内。另外她让斯特凡诺的生活像一个地狱，她和婆婆、小姑子吵架，有时候还会跑到鞋作坊里面，当着几个帮工和费尔南多的面和哥哥里诺争吵，费尔南多现在更加卖力地埋头干活，假装听不见他们的话；另一方面，她也意识到自己的不满越来越强烈，自己根本无法控制。有时候我在新小区的肉食店里遇到她，偶然几次她是闲着的，或者不用和那些供货商交谈，我看到她满脸迷惘，一只手放在额头上的头发中间，就好像要堵住一个伤口，脸上的表情好像喘不上气来了。

已经九月底了，可天气还是非常炎热。学校快要开学了，我觉得自己有些得过且过，我母亲也说我一天到晚什么也不干。尼诺也不知道在哪里，在英国，或者在一个被称为大学的神秘空间里。我已经失去安东尼奥了，和他复合的希望也没有了，他和恩佐·斯坎诺一起去当兵了，他和所有人告别了，除了我。有一天下午我在家里，听见有人在路上叫我，是莉拉，她的眼睛亮晶晶的，好像在发烧，她对我说她找到了解决办法。

“什么办法？”

“关于照片的事。假如他们要把照片展示出去，他们要按照我说的去做。”

“你说怎么做？”

她没有跟我说怎么办，也许那个时候她的想法也不是很明确。但我知道她是什么样的人，我从她脸上的表情能看出，她的脑子正在燃烧，已经从黑暗深处浮现出一些信号。她让我当晚陪她去马尔蒂里广场，说在那里我们会见到索拉拉兄弟、吉耀拉、皮诺奇娅还有她哥哥里诺。

她希望我帮助她，支持她，我明白她的脑子里已经有了想法，可以让她突破一直以来的压抑处境，一种充满暴力的发泄，可以彻底宣泄长期积攒的压力；或者是一种方式，可以让她耗光头脑、身体以及在内心涌动的能量。

“好吧，”我说，“但是你要答应我，不要做疯狂的事。”

“我答应你。”

商店关门之后，斯特凡诺和她开车过来接我。从他们简短的几句对话中，我明白她丈夫也不知道她想要干什么。我的在场并不能给斯特凡诺保障，而是让他更加警惕。莉拉表现得很自在，她对丈夫说，假如真的不能不用那张照片，那如何展示那张照片，她想她至少可以提一些意见。

“是不是画框、墙壁和灯光的问题？”斯特凡诺问。

“我得看看。”

“说完就结了，不要再生事儿了，莉娜。”

“好的。”

那是一个非常晴朗舒适的夜晚，商店里灯火辉煌，在广场上显得非常耀眼，从远处就能看见莉拉穿着婚纱的巨大相片靠墙放着。斯特凡诺停好了汽车，我们走到了商店里，店里到处摆满了鞋盒子、油漆桶还有梯子，让人很难下脚。马尔切洛、里诺、吉耀拉、皮诺奇娅很明显都拉着脸：出于不同的原因，他们都不愿意再一次面对莉拉的任性。唯一一个客气地欢迎我们的是米凯莱，他还是用那种阴阳怪气的方式，笑着对我的朋友说：

“漂亮的太太，告诉我们，你到底是怎么想的，或者你只是想来破坏这个美好的夜晚？”

莉拉见照片靠墙放着，便让人把照片放到地板上。马尔切洛在面对莉拉时，总会表现出一丝羞怯，他很小心地问：

“放下干什么？”

“我会展示给你们看的。”

里诺这时插了一句：

“别犯傻，莉娜！你知道这玩意花多少钱印的吗？假如被你毁了，有你好果子吃！”

索拉拉兄弟俩把图片放在地板上，莉拉皱着眉头，在图片周围转圈子看，眼睛眯成了一道缝。她在找一样东西，她知道那样东西就在店里，也许是她让人买的。她在一个角落里找到了一个黑色的纸包，从里面拿出了一把黑色的剪刀，另外，她还从货架上拿了一盒设计用的图钉。她带着非常专注的神情，回到了那幅照片跟前，排除了周围的一切干扰。在我们忐忑的目光之下——

有的是带有敌意的目光，她带着通常的那种坚定，把一些黑纸剪成条状，然后放在照片上，并且用动作或者目光示意我给她帮忙。

我一直在配合她，就像我们小时候那样。那真是激动人心的时刻啊！我多么喜欢在她身边，了解她的意图，比她更早知道她想干什么。我感觉她看到了别人没有看到的东西，她正在做的就是努力使我们也能够看到。我变得高兴起来，我感觉到她的手指握紧剪刀，用图钉固定黑色纸条时的决断和自如。

最后她自己试图把画板抬起来，就好像只有她一个人在那里一样，但她抬不动。这时候马尔切洛过来帮忙，我也帮了一把，把画板靠在墙上。我们所有人都退到门口那里看，有人在嘻嘻哈哈地笑，有人翻白眼，有人很惊异。莉拉穿着婚纱的身体，看起来好像被残忍地切断了：脑袋的大部分都消失了，肚子也没有了，只剩下一只眼睛，一只放在下巴上的手，还有两瓣耀眼的红唇、侧着的身子、跷着二郎腿的线条和鞋子。

吉耀拉难以抑制自己的愤怒，她忍不住说：

"我可不想在我的店铺里放一个这样的东西。"

"我同意！"皮诺奇娅也爆发了，"这里我们要卖鞋子，顾客看到这莫名其妙的玩意儿，会逃走的。里诺！跟你妹妹说说吧，拜托了。"

里诺假装无视她，而是对斯特凡诺说话，就好像正在发生的事全是妹夫的错：

"我已经告诉你了，和她不需要商量的，你只需要对她说是或者不是就够了，你看到现在发生的事情了吗？只会让我们浪费时间！"

斯特凡诺没有接茬，只是盯着靠在墙壁上的照片看，很明显，他想找一个台阶。他问我：

"莱农，你怎么看？"

我用标准的意大利语回答说：

“我觉得很棒！当然，在我们老城区肯定不行，不适合那里的环境。但在这里却是另外一回事儿，这照片会吸引人们的注意力，大家一定会喜欢。在孔菲顿则街上，上个星期在孔菲顿则，我看到罗萨诺·布来兹家里有一幅类似这样的画。”

吉耀拉听到我的话之后更加愤怒了。

“你想说什么？你是说罗萨诺·布来兹什么都懂，你们俩什么都懂，我和皮诺奇娅什么都不懂？”

这时候我感觉到自己处境危险，但我只看了一眼莉拉我就觉察到：我们刚到商店的时候，假如她还没有尝试，她会做出让步。但现在她已经尝试了，她制造了一幅“不成体统”的图片，这时候她绝不会做出一丝一毫的让步。我觉得刚才她在照片上进行的几分钟的操作，解开了所有束缚：在那时候她完全是忘乎所以的，需要一些时间她才能回过神来，意识到自己是肉食店老板的妻子，这时候即使是任何一个不赞同的叹息都会让她受不了。在吉耀拉说话的时候，她已经开始嘀咕了：要么这样，要么就别用。她想吵架，毁灭，撕裂，她会毫不犹豫地拿着剪刀扑向吉耀拉。

我希望马尔切洛能站出来说句话，但马尔切洛低着头，一句话也没有说。我明白他对莉拉残存的情感，在那时候也化为乌有了，他再也无法带着以往那种压抑的激情追随她了。反而是他的弟弟米凯莱出来教训他的女朋友吉耀拉，他用一种非常霸道的语气说：“你少说话！”她刚要尝试反抗，他看也不看她一眼，而是盯着那张图片，恶狠狠地说：“闭嘴！吉耀！”然后他对莉拉说：

“太太，我喜欢你的设计。你把那些部位抹去了，我知道为什么，你想让人更清楚地看到大腿，看到女人的脚上穿着的那双鞋子多么美。真的很棒！你是个讨厌的女人，但你做的事情，总是很艺术。”

没人说话。

吉耀拉用指尖抹去忍不住流下来的眼泪。皮诺奇娅盯着里诺还有哥哥斯特凡诺，就好像在说：你们说话啊！你们要捍卫我，别让我被这个恶婆娘踩到脚底下。斯特凡诺只是很温和地嘀咕了一句：

“是呀，我也觉得不错。”

莉拉马上说：

“还没有弄好呢。”

“你还要做什么？”皮诺奇娅忍不住说。

“我还要上点儿色。”

“上色？”马尔切洛越来越迷茫了，他小声说，“过三天我们就要开张了。”

米凯莱笑了：“假如我们需要等，我们就等等，你赶紧动手做吧，太太，做你想做的吧。”那种主人的语气，那种想怎么说就怎么说的方式让斯特凡诺很不舒服。

“她还有新肉食店要张罗。”他想让人明白，他妻子要工作。

“你自己将就下，”米凯莱回答说，“我们这里有更有意思的事情要做。”

- 26 -

九月最后的几天，我们一直在市中心的商店里，我们俩，还有三个工人。那是非常美好的游戏，是自由的创意时光，从小时候开始，也许我们从来都没有那样相处过。莉拉把我卷进了她的狂想之中。我们买来了胶水、油漆和刷子。我们把那些黑色的纸片非常小心地贴到图片上（她要求很高）。我们用红色或者蓝色的铅笔，画出照片未被覆盖的地方和被盖住的地方的分界。莉拉一直都很擅长图画和色彩，但当时她有更多发挥，尽管我没办法描述具体是什么东西，她时不时都会让我觉得很震撼。

有一阵子，我觉得她制造了这个机会，就是为了回到她开始设计鞋子的那个时期，她还是名叫莉娜·赛鲁罗的小姑娘。现在我在回想起那几天的快乐，觉得我们的快乐来源于她抹去了自己的身份，忘记了我们的生活环境，我们觉得高兴是因为我们升华了自己，把自己隔离起来，纯粹地为了完成一幅图画。我们忘记了安东尼奥、尼诺、斯特凡诺、索拉拉兄弟，以及我在学习上的问题、她怀孕的身体，还有我们之间紧张的关系。时间好像停止了，我们被隔离在了一个独立的空间里，那里只剩下胶水、剪刀、纸片和色彩，我们玩一种游戏，要让画面变得和谐。

但还有另一个游戏。很快，我想起了米凯莱用过的一个词："抹去"。他说的可能是真的，那些黑色的纸条让照片里脚上的鞋子更加凸显，更加醒目：索拉拉家的弟弟并不是一个笨蛋，他长着眼睛呢。但是渐渐地，我越来越发现，我们粘贴上色的目的并不是那个。莉拉非常幸福，她正在把我拖向她的狂喜之中，尤其是她忽然发现——也许她并没有意识到，那是一个非常好的机会，可以让她表达对自己的愤怒，也许这是她在人生中第一次感觉到一种需要抹去自己的需要——米凯莱用的动词"抹去"非常准确。

后来又发生了很多事情，如今我非常确信，当时情形就是那样的：她用黑色的纸片，用绿色和紫色的圈儿画在她身体的某些部位，她用血红色的线条来切断自己的身体，实际上是要通过图片实现自我的毁灭，就在索拉拉买来展示和销售她设计的鞋子的店铺里，她要把这种自我毁灭展示给所有人。

有可能是她特意让我产生那种感觉。当我们做这件事情时，她开始跟我谈起了她是什么时候开始意识到自己是卡拉奇太太了。刚开始我不是很懂，几乎可以说一点儿也不懂她在说什么，我觉得她说的都是老生常谈。都知道，我们这些姑娘家，当我们爱上别人的时候，首先要尝试的事情就是把自己的名字和所爱的人的姓氏放在一起，看看听起来顺不顺耳。比如说我吧，我还保留着高中时的一个笔记本，我在上面整页整页地练习埃莱娜·萨拉托雷的签名，我记得非常清楚，我轻轻地叫自己这个名字，那些音节一个个掠过我的嘴唇。但是莉拉说的并不是那个。我很快意识到，她说的正相反，我的那种签名练习，她想都没有想过。她的新身份刚开始也没有让她有什么感觉：拉法埃拉·赛鲁罗嫁到了卡拉奇家，一点儿都不振奋人心，一切都无关紧要。刚开始，“卡拉奇”出现在她的姓名里，就像是一个逻辑分析题，就像在小学时，奥利维耶罗老师不停问我们的问题。这是什么？“卡拉奇家的”——是一个状态补语，还是一个地点补语？这意味着她不再生活在父母家里，而是生活在斯特凡诺家里？这意味着她居住的新房子，门上的铜牌上写着“卡拉奇”？这意味着，假如我给她写信的话，我要在信封上写上“拉法埃拉·卡拉奇收”，而不是“拉法埃拉·赛鲁罗收”？这意味着拉法埃拉·赛鲁罗这个名字会逐渐消失，逐渐被拉法埃拉·卡拉奇取代，她签名的时候也只会签拉法埃拉·卡拉奇，她的孩子们要很费力才能记住自己母亲的姓氏，孙辈们根本就会忽视奶奶的姓氏？

是的，这就是常规，所有事情都合情合理。但莉拉按照她通常的想法，并没有停留在这里，而是向前了一步。当我们用刷子和油漆画画时，她跟我说她在“卡拉奇家的”这个称谓里看到了地点移动补语，就好像是赛鲁罗家的姑娘搬到了卡拉奇家里，她掉进这个名字，被吸收，然后融化。从西尔维奥·索拉拉忽然成为证婚人开始，从马尔切洛·索拉拉脚上穿着她亲手做的那双鞋子进入餐厅开始——斯特凡诺让莉拉相信，他非常爱惜那双鞋子，对他来说那是非常神圣的纪念品，从她的蜜月旅行以及遭受殴打开始，一直到现在的这种处境，她感觉到自己身体里的空洞，她觉得自己是斯特凡诺掌控的活物，她越来越难以忍受，有一种越来越沉重的东西压迫着她。这种感觉越来越强烈，她整个人被席卷了。拉法埃拉·赛鲁罗被销毁了，她已经失去了自己的形状，她已经融化在斯特凡诺的轮廓里，成了他的附属品：卡拉奇太太。这时候，我才开始在那张画板上看到她所说的东西。“现在还是这样。”她低声嘀咕说。在我们粘贴纸条、涂色的时候，我们到底在做什么，我到底在帮她做什么呢？

最后，几个工人非常忐忑地把那张画挂在了墙上。我们都有些难过，但我们都没有说。游戏已经结束了。我们把商店从头到脚打扫了一遍。莉拉又重新摆放了沙发以及一些摆设的位置。最后我们俩都走到门口，欣赏我们工作的成果，她笑了起来，我从来没有听到过她那么爽朗的笑声，那是一种自嘲的笑声。我全神贯注地看着画板的上部，看不到莉拉完整的头，只能看到头那里冒出一只非常逼真的眼睛，周围是夜晚蓝色和红色的灯光。

- 27 -

在鞋店开业的那天，莉拉是坐着敞篷车来的，她丈夫开着车，她坐在他的身边。当她从车里出来时，我看到她的目光有些迟疑，好像在担心会发生什么糟糕的事情。她投身于画板创作的激情已经消退，现在她是一副怀孕女人慵懒的样子。她的穿着非常讲究，好像从时装杂志里走出来的一样。她看到我之后，就马上离开了斯特凡诺，扯着我和她一起看千人街上的橱窗。

我们走了一会儿，她很紧张，一直问我她看起来是不是很好。

“你记不记得那个穿着绿色衣服的女孩，”她忽然说，“就是戴着圆筒帽子的那个？”

我当然记得，在这条路上我们遇到那个女孩时感觉到的不自在，还有我们城区的小伙们和这个城区的小伙们之间的冲突，索拉拉兄弟的介入，米凯莱手里抡着的铁棍，还有恐惧。我明白她想让我说一些让她放心的话。我就说：

“那只是钱的问题，莉拉，现在一切都变啦，你要比那个穿绿色衣服的女孩漂亮多了。”

但这不是真的，我在说谎。这里有一种恶意，一种不平等，现在我知道了，那是一种金钱之外的更深层次的东西。两个肉食店的收入，加上鞋子作坊，或者是市中心的鞋店也没办法掩藏我们的出身。哪怕莉拉从收银台抽屉里拿更多的钱，哪怕她拿了一百万、三千万甚至五千万里拉，她依然做不到。我终于意识到，有一样东西我比她更加了解，那不是我在这条街道上学到的，而是在我们学校门口学到的，就像我看到那个来接尼诺的女孩的时候，感觉她总是那么高高在上一样，当然，她并非有意，但那真是件让人无法忍受的事情。

我们回到了商店，整个下午的庆典有些像婚礼：食物、甜品，还有很多葡萄酒，人们身上都穿着他们参加莉拉的婚礼时穿的衣裳，费尔南多、农齐亚、里诺、索拉拉全家人、阿方索还有我、艾达和卡门几个姑娘。店铺门口乱七八糟地停了很多车子，商店里全是人，营造了一种热热闹闹、熙熙攘攘的气氛。吉耀拉和皮诺奇娅在较劲，两人都表现得像是在自己家里一样，两个人都毫不示弱，气氛非常紧张。在高处是莉拉那张放大的照片。有人会停下来，兴致勃勃地观看，有人投去怀疑的目光，有人甚至会笑起来。我的目光简直没办法从那张照片上移开，那张照片已经看不出来是她了，而是一张非常可怕、诱人的图像，是一个独眼女神，正把她穿着漂亮鞋子的脚伸向大厅的中间。

在人群中，最让我吃惊的是阿方索，他是那么活跃、快乐而且优雅。我从来没有见过他这样，在学校里，在城区里，甚至在肉食店里，他都不是这副样子，莉拉也打量了他半天，有些不安。我笑着对她说：

“他已经不是他了。”

“发生什么事儿了？”

“我不知道。”

阿方索是那天下午一个真正让人振奋的存在。他的一些潜质在那种场合被激发出来了。在亮如白昼的商店里，他好像忽然发现这个城区还不错。他变得非常自如，我们看见他整理整理这里，收拾收拾那里，和那些出于好奇进入商店的人搭讪。那些人衣着优雅，进来看鞋子，顺手拿起一块甜点或者一杯苦艾酒。后来他来到我们身边，用一种非常潇洒大方的语气，赞美了我们对照片的处理。当时他非常自在，战胜了在嫂子面前的羞怯，他说：“我一直都知道，你是一个非常危险的人物。”然后亲了一下她的脸颊。我非常不安地看着他。危险？他在看那幅画像的时候，到底看到了什么我没有发现的东西？阿方索并没有停留在表面，而是看到了深层的东西？他能通过自己的想象看这幅画？我想他的未来很有可能并不在学业上，而是在这片富人区，他会用上在学校里学的那点儿东西吗？啊，是的，他的心里其实藏着另一个人。他和我们城区的其他男孩子不一样，尤其是和他哥哥斯特凡诺不一样。现在，斯特凡诺正坐在一个角落里的小沙发上，他虽然没有说话，但是表情随和，面带微笑，随时准备和别人攀谈。

天黑了，外面忽然亮了起来。索拉拉兄弟和他们的爷爷、父母亲都跑出去看，他们家族的每个人都异常兴奋。他们来到街上，在商店的入口，橱窗上面有闪闪发亮的几个字："索拉拉"。

莉拉做了一个不屑的表情，对我说：

"他们在这方面也做出了让步。"

她把我推到了里诺跟前，里诺看起来比所有人都要高兴，莉拉很不高兴地说：

"假如鞋子都是'赛鲁罗牌'的，为什么商店是'索拉拉'的？"

里诺拉住了她的胳膊，小声地说：

"莉娜，为什么你一直要这么让人扫兴？真烦人，你还记不记得几年前在这个广场上你给我惹的麻烦？我能怎么办呢，你还要惹麻烦吗？这次就这样了，你就接受现实吧。我们在那不勒斯的中心，我们是这里的主人。三年前，所有那些想打我们的人，你现在看到他们了吗？他们停下来，看着橱窗，进来拿点心吃。你还不满意吗？'赛鲁罗'鞋子，'索拉拉商店'。你想在店铺上面写什么？卡拉奇吗？"

莉拉甩开了他的胳膊，心平气和地对他说：

"我现在很平静，相当平静，我要对你说的是：不要再向我要什么了。你现在做什么了？你从索拉拉太太那里借了钱，是不是？他们让斯特凡诺也借了钱吧？你们都是欠了人家钱的人，因此你们答应人家提出的所有要求？从现在起我们各管各的，里诺。”

说完她就走开了，径直走到了米凯莱·索拉拉身边，一副兴高采烈、风情万种的样子。我看到她和米凯莱走到了广场上，他们绕着广场上的石头狮子转圈，她丈夫的目光始终追随着她。我看到在莉拉和米凯莱一边走一边聊天的整个过程中，斯特凡诺的目光都没有从她身上移开。我看到吉耀拉变得怒不可遏，她在皮诺奇娅耳边频频低语，她们俩也一起盯着莉拉看。

这时候，商店里变得空荡荡的，有人熄灭了外面的灯箱。广场上忽然暗了下来，路灯逐渐亮了起来。莉拉笑着离开了米凯莱，但当她走进商店的时候，脸上一副死寂的表情，非常苍白，她走进了洗手间的小房间里，把门反锁了。

阿方索、马尔切洛、皮诺奇娅和吉耀拉几个人开始打扫商店，我过去帮他们。

莉拉从洗手间出来，斯特凡诺像是潜伏在外面一样，一下子过去捉住了她的胳膊，她非常不耐烦地甩开了，然后走到了我跟前。她的脸色非常苍白，嘀咕了一句：

“我有点儿出血。这是怎么回事儿，孩子掉了吗？”

- 28 -

莉拉肚子里的孩子活了十个星期多一点，后来来了一个接生婆，把孩子刮了。第二天，她就已经和卡门·佩卢索在新肉食店里忙碌了。她有时候很客气，有时候又很泼辣，开始了持续了很久的在店里忙前忙后的日子，周围全是奶酪、香肠、面包、咸鱼、水牛鲜奶酪、火腿和大油，还有装满豆子的袋子，她就沉浸在这些食品的气息之中。

她的表现首先获得了斯特凡诺的母亲玛丽亚的欣赏，就好像她在媳妇身上看到了自己年轻时候的影子。她忽然变得非常疼爱莉拉，把自己的红金耳环送给了她，莉拉非常高兴地接受了，而且经常戴着。有一段时间，她的脸色不是很好，额头上长了痘痘，眼窝深陷，颧骨突出，脸颊的皮肤，看起来有些透明。但是很快她又精神焕发，在商店的经营上投入了很大精力。在圣诞节前夕，销售额大增，在短短几个月时间里，就已经超过了老城区的肉食店。

玛丽亚对莉拉的欣赏与日俱增，她常常到儿媳妇的店里帮忙，而不是去儿子的店里，斯特凡诺总是拉着一张脸，一则是因为失去了孩子，另外生意也太忙了。皮诺奇娅现在在马尔蒂里广场上的店里工作，她严禁她母亲出现在店里，怕在客户面前丢脸。斯特凡诺和皮诺奇娅总是责怪莉拉，说她连孩子都怀不住，每当这时候，老卡拉奇太太都会出面替年轻的卡拉奇太太辩解。

“她不想要孩子。”斯特凡诺抱怨说。

“我也这么觉得，”皮诺奇娅总是马上支持哥哥的看法，“她还想当姑娘，她不知道怎么给人当老婆。”

玛丽亚非常严厉地骂了两个孩子：

“这种事情你们想都不要想了，更不要说了，上天赐给我们孩子，也会把孩子收回去，我再也不想听到你们说这些蠢话。”

“你闭嘴！”女儿非常愤怒地叫喊起来，“你把我喜欢的那副耳环给了那个讨厌的女人！”

他们的争执和莉拉的反应，很快就成为城区人们的谈资，有时候甚至传到了我的耳朵里，但我并没有太关注这些事情，因为开学了。

但事情的进展让我诧异。从刚开学，我的学习就一路领先，就好像安东尼奥的离开、尼诺的消失，还有莉拉的生活进入正轨、开始经营肉食店，让我头脑里的一些死结打开了。我发现我能清楚准确地记起高一学过的东西，我能迅速流利地回答老师的提问。不仅如此，加利亚尼老师对我也非常关注，可能是因为她失去了尼诺——她最得意的门生，所以把注意力放在了我身上。她跟我说，我可以去参加雷西纳到那不勒斯的一次支持世界和平的徒步游行，一方面很有意义，一方面会对我的成长有好处。我决定参加，一来出于好奇，另外我担心如果拒绝的话加利亚尼老师会生气，还有一个原因是这场徒步会经过我们居住的城区边上的大路，这并不费什么力气。但我母亲想让我带上几个弟弟。我们因此吵架，嚷嚷，最后我出去晚了。我和几个弟弟到了一座桥那里，我向下看，参加游行的人把路占了，不让汽车通过。那都是一些普通人，根本不像在游行，倒像是拿着旗子和牌子在散步。我想去找加利亚尼老师，让她看见我在，我让几个弟弟在桥上等我。这是一个非常糟糕的主意，因为我刚一转身，还没找到老师，我的几个弟弟就和城区的其他男孩子聚在一起，对着游行队伍丢石子儿，还一边破口大骂。我赶紧跑回去找他们，跑得满身大汗，把他们带走了，我很担心加利亚尼老师那敏锐的目光看到他们，认出他们是我的弟弟。

就这样，好几个星期都过去了，学校要开始上新课，需要买新书。我觉得给我母亲看我需要的书单，让她去找我父亲谈，问他要钱，这没什么用，因为我知道他没钱。奥利维耶罗老师也没有消息，八九月间，我去医院看了她两次，我第一次去的时候她睡着了，第二次我发现她出院了，但她没有回家。十一月初，我去她的邻居那里打听得知，因为她的身体状况不好，她去了住在波坦察的一个妹妹那里，也不知道她会不会回那不勒斯，会不会回到这个城区继续教书。我实在没有办法了，便试着去问阿方索，问他哥哥有没有给他买书，这样我可以用用他的书。他非常高兴，建议我和他一起学习，我们可以在莉拉家里学习，因为自从她开始在肉食店里忙，她家从早上七点到晚上九点都没人，我们就这么决定了。

但有一天早上，阿方索有些不情愿地对我说："你今天去肉食店找莉拉吧，她想见你。"他应该知道原因，但是莉拉让他发誓保持沉默，因此我不可能从他嘴里得到答案。

那天下午，我去了肉食店。卡门有些忧喜参半，她给我看了一张明信片，那是她的男朋友恩佐·斯坎诺寄来的，我不知道是从皮埃蒙特的哪个小城市寄过来的。莉拉也收到了一张明信片，是安东尼奥寄的，刚开始的时候，我想她让我跑过来，就是为了给我展示那张明信片。但她没让我看那张明信片，也没有告诉我上面写着什么。她把我拉到了商店里面的房间，兴致勃勃地问我：

"你记不记得我们打的赌？"

我点了点头。

"你记不记得，你输了？"

我又点了点头。

"你记不记得，从今往后，你每门考试都不能低于八分？"

我又点了点头。

她给我指了指两个用包装纸包着的大包裹，那是学校的课本。

- 29 -

那些书很沉。我非常激动地回到家里，我发现那些书不是旧书，以前奥利维耶罗老师给我找的书都是二手书，通常都散发着难闻的味道，但莉拉给我的书是新书，散发着墨香，在这些书中间还有一些词典："津加雷利"、"罗西"和"卡龙奇-乔尔乔斯"[①]，那都是老师从来没能搞到的。

通常无论我发生什么事情，我的母亲总是会说一些鄙夷的话，但这次她看到我打开那些书的包装，忽然哭了起来。她的这种反常表现让我很惊异，也有些惊恐，我马上跑到她跟前，用手抚摸着她的胳膊。也很难说清楚是什么打动了她：也许是因为肉食店老板娘的慷慨，也许是因为在贫穷面前，她的无能为力，我不知道。她很快平静下来了，嘀咕了几句我没听清楚的话，然后就去忙她的了。

在我和几个弟弟住的那个小房间里，我有一张拼起来的小桌子，上面有很多虫洞，通常我就在那张桌子前写作业。我把所有的书都放在桌子上，看着它们整齐地靠墙排列着，我顿时充满了能量。

时光飞驰而去，我把暑假时加利亚尼老师借给我的书还了回去，她又借给了我其他书，这些书更加难懂。我每个星期天都非常专注地读这些书，但我看不太懂，我一行一行地看，翻页，但那些很长的复句让我很烦，我摸不透那些文字的意思。高四的一整年，我都是一边学习，一边读这些很难懂的书，我觉得辛苦，

---

① 津加雷利（Zingarelli）是现代意大利语词典，由津加雷利出版社出版，1917年首次出版。"罗西"（Rocci）是希腊语词典。"卡龙奇-乔尔乔斯"（Calonghi-Georges）是拉丁文—意大利文词典。

但很满意，觉得一切付出都值得。

有一天，加利亚尼老师问我：

“格雷科，你在读什么报纸？”

这个问题让我非常尴尬，就像那次在莉拉的婚礼上我和尼诺谈话时的感觉。加利亚尼老师想当然地认为，我在家里也会读报，但在我生活的环境里，读报并不是一件正常的事情。我怎么才能告诉她，我父亲从来不买报纸，我从来都没读过报纸？我觉得我开不了口，我拼命地回想，帕斯卡莱作为一个共产党，他在读什么报纸，但我什么也没想起来。这时候，我想起了多纳托·萨拉托雷在伊斯基亚岛的沙滩上读的报纸，我想起来他给《罗马报》写文章，于是我回答说：

“我读《罗马报》。”

老师脸上露出带着些讽刺的微笑，从那天开始，她把自己看过的报纸给我看。她会买两份报纸，有时候会买三份，在放学的时候，她会给我一份。我对她表示感谢，回家的路上，我感到格外沉重，这对我来说是又多了一份家庭作业。

刚开始的时候，我总是把报纸随手放在家里，打算做完作业再看，但到了晚上，我发现报纸消失了，我父亲已经把报纸据为己有，他在床上，或者在厕所里读那些报纸。于是我改变了“策略”，把报纸藏在课本中间，只有在晚上大家都睡着时才拿出来。有时候老师给我的是《团结报》，有时候是《晨报》或《晚邮报》，但是我觉得这三份报纸对我来说都很难懂，那就像看系列漫画书，从中间捡起来一本看，却不知道之前发生了什么。因此我一个专栏一个专栏地翻阅，不是出于个人兴趣，而是出于义务，就像学校里的功课一样，我希望我刚开始看不懂的地方，如果坚持下去，总有一天能看懂。

那段时间我和莉拉见面的次数很少。有时候放学之后，我马上跑回家做完作业，然后去新肉食店找她。我肚子很饿，她知道这一点，就马上给我做一个里面夹着很多肉食和奶酪的三明治。我狼吞虎咽地吃着三明治，我会用标准意大利语说一些我从书中或者从加利亚尼老师的报纸上看来的句子。我记得我说了在纳粹集中营里发生的那些残酷的事，还有现在人们本可以做的事情，我还提到了核战争对人类和平的威胁，总而言之就是：我们通过自己发明的工具来驯服自然，现在我们的工具变得比自然更加可怕；还说到了我们需要一种文明，来和人类的痛苦做斗争，我们要消除人类所遭的罪；我也提到了宗教会从人的意识里消失，我们会建立一个人人平等的世界，没有阶级差别，人们对于社会和生活都会有一个比较科学、理性的认识。我跟她说了很多很多，一方面是因为我要向她展示，我的每门功课都有考八分的希望，另一方面，我好像不知道对她说什么才好，还有一个原因就是，我希望她能反驳我，这样我们就可以像以前那样进行讨论。但她几乎什么都没说，有时候表现得有些尴尬，好像听不明白我说的话。或者她说几句，最后以这样的表达结束——我不知道为什么她又提到了这个问题——她开始谈到了堂·阿奇勒的钱是从哪儿来的，还有索拉拉家的钱，有时候是当着卡门的面说这些，卡门也很快表示认同。但一有顾客进来买东西，她马上就不说了，变得非常客气，非常殷勤，马上切东西称重，收钱。

有一次她看着打开的抽屉，盯着里面的钱看，心情看起来很坏。她说：

“这些钱都是我和卡门辛辛苦苦赚的，但这里面的所有钱都不是我的，莱农，这些钱是斯特凡诺的钱赚的。斯特凡诺的钱是他父亲攒的，没有堂·阿奇勒通过黑市、放高利贷赚来的钱——

那些藏在床垫下面的钱，今天就没有这家店，也没有鞋作坊。不仅如此，斯特凡诺、里诺还有我父亲，假如没有索拉拉家的关系和他们借的钱，他们会一双鞋子也卖不出去的。索拉拉家也是放高利贷的。我现在的处境显而易见，是吧？”

她说得很清楚，但是我不明白她说这些话有什么用。

“这都是过去的事情了，”我对她说，我提起了当时她和斯特凡诺订婚时，我们得出的结论，“你说的这些事情已经过去了，我们和那些人不一样。”

这些话原本是她说的，但她现在不是很肯定。她对我说，这句话我记得非常清楚，当时她是用方言说的：

“我不喜欢我曾经做过的事情，我也不喜欢我正在做的事儿。”

我想她可能又开始和帕斯卡莱来往，因为他一直都是这种观点。我想他们之间的友谊越来越坚实，因为帕斯卡莱现在和艾达订婚了，艾达是老肉食店的售货员，帕斯卡莱是卡门的哥哥，而卡门现在和她在经营新的肉食店。离开肉食店的时候我很不开心，我非常吃力地抑制着自己小时候就有的一种情结，那种感觉很痛苦——当时莉拉和卡门成了朋友，她们开始排挤我。我学习到很晚才平静下来。

有一天夜里我在读《晨报》，因为太累了，我的眼睛都要闭上了，忽然间我像遭到电击一样醒了过来，因为我看到了一篇没有署名的短评，谈论的正是马尔蒂里广场上的鞋店，文章赞美了我和莉拉一起制作的画板，这简直让我无法相信。

我读了一遍又一遍，有几行字我现在还记着：在马尔蒂里广场上的一家鞋店里，有一幅照片和色彩混合的创意之作，遗憾的是，经营鞋店的两位姑娘不愿向我透露创作这幅作品的艺术家的名字。但无论如何，他都堪称具有先锋意识的艺术家，他通过一种天神般无邪而独特的力量，通过图像揭示了一种极度内在、强烈的悲伤，非常有表现力。除此之外，文章还用很多溢美之词，颂扬了整个鞋店，说这是那不勒斯的企业近些年活力四射的重要表现。

我彻夜未眠。

第二天放学之后我马上跑去找莉拉。商店是空的，卡门回家去照顾她妈妈了，朱塞平娜生病了，莉拉正在和一个乡下的供货商通电话，说他没把水牛奶酪或者鲜奶酪送过来，我记得不是很清楚了。我听见她在大喊大叫，还说了很多脏话，这让我非常震惊。我在想，电话的另一头可能是一个年老的男人，他可能会生气，可能会让他儿子来报复。我想，为什么她要那么夸张。她打完电话之后，充满鄙夷地叹了一口气，对我解释说：

"假如我不这样说的话，他们不会听我的。"

我给她看报纸，她漫不经心地瞥了一眼说："我已经看过了。"她跟我解释说那是米凯莱·索拉拉的主意，他和往常一样，做事从不和任何人商量。"你看。"她说着走到收银台，拉开了抽屉，从里面拿出一些剪报递给我。那些文章也是在谈论马尔蒂里广场上的商店。有一篇刊登在《罗马报》上的短文，作者不遗余力地颂扬了索拉拉兄弟，但是对于画板却只字不提。另外有一篇文章，发表在《那不勒斯晚报》上，整整三栏，把那家商店吹嘘得像皇宫一样，文章用一种非常浮夸的书面语描写了商店的环境，赞美了里面的装修，奢华的灯饰，尤其是里面的鞋子，还赞美了两位优雅、温柔又客气的少女，也就是说吉耀拉·斯帕纽洛小姐和皮诺奇娅·卡拉奇小姐，两个正值花样年华的美少女在经营着这家在我们的城市蒸蒸日上的商店。到文章的最后才提到了那幅画，但说得不多，还把那幅画描述成：一幅粗俗之作，是这一优雅奢华环境的一个不和谐的音符。

“你看到下面的署名了吗？”莉拉用一种玩笑的语气问我。

《罗马报》上的文章署名是缩写的 D.S，《那不勒斯晚报》文章后面的署名是多纳托·萨拉托雷——尼诺的父亲。

“是的。”

“你有什么看法？”

“我能说什么呢？”

“你应该说，有其父必有其子。”

她笑了起来，但一点儿也不开心。她向我解释说，现在“赛鲁罗”鞋子和索拉拉的鞋店越来越红火，米凯莱决定要扩大影响，他四处送礼，因为这个缘故，这个城市的报纸都在说索拉拉鞋店的好话。广告，这些都是付钱的广告，读了也没意思。她对我说，这些文章里没有一句真话。

这让我很难过，我觉得她不应该贬低这些报纸，我那么辛苦地在读这些报纸，甚至牺牲了睡眠。我也不喜欢她强调尼诺和这两篇文章作者的关系，把尼诺和他父亲——一个写出浮华、虚假文章的人联系起来，有这个必要吗？

- 30 -

无论如何，因为报纸上那些赞美的话，没过多久，索拉拉的鞋店和“赛鲁罗”鞋子就声名鹊起。因为报纸上提到了吉耀拉和皮诺奇娅的名字，她们俩也都极尽炫耀之能事，但商店的成功并没能缓和她们之间的关系，每个人都觉得自己是商店成功的关键，认为对方是妨碍鞋店进一步发展的绊脚石。只有在一点上她们的目标很一致：莉拉的照片是一个耻辱。对那些出于好奇进来看照片的人，她们都很不客气。她们把在《罗马报》和《那不勒斯晚报》上的文章剪下裱了起来，没有理会《晨报》的那篇。

从圣诞节到复活节，索拉拉和卡拉奇赚了很多钱。尤其是斯特凡诺，他松了一口气。新肉食店和老肉食店的收益都不错，“赛鲁罗”手工鞋作坊也在全力生产，加上马尔蒂里广场上面的店，证实了他一直以来的预料：莉拉早年设计的鞋子，不仅仅在雷蒂费洛区、弗利亚街和加里波第大道上卖得很好，而且获得了阔佬们的认可，那些非常潇洒地掏出钱包，随便花钱的人很中意那些款式，市场相当可观，因此需要稳固和扩大。

作为成功的证明，从第二年春天开始，在郊外一些鞋店的橱窗里已经出现了一些模仿“赛鲁罗”鞋子的款式。那些鞋子基本上和莉拉设计的鞋子一模一样，只是稍微修改了一下鞋面上的装饰。米凯莱·索拉拉马上通过抗议和胁迫的方式，阻止了那些仿制品的销售，事情得到了平息，但并没有就此打住。他们很快发现自己需要设计一些新款式的鞋子。于是，一天晚上，米凯莱把他哥哥马尔切洛、卡拉奇夫妇、里诺，当然还有吉耀拉和皮诺奇娅召集到马尔蒂里广场上的商店里开会。出人预料的是，斯特凡诺一个人来了，莉拉没有来，说是因为累了非常抱歉。

对于莉拉的缺席，索拉拉兄弟非常不悦。米凯莱说，莉拉没来，那他妈谈什么谈。这些话让吉耀拉很烦。但里诺马上就介入了，他宣布说（但很显然他是在说谎），他和他父亲已经考虑了很长时间了，打算在九月，在阿雷佐的展览会上推出一些新款式。米凯莱不相信他的话，变得更加烦躁了，他说现在需要推出一些真正有创意的产品，而不是那些普通款式。最后他对斯特凡诺说：

“你太太必不可少，你得要求她来。”

斯特凡诺用一种出人预料的强硬口气说：

“我太太在肉食店里忙活了一整天，晚上她要在家歇着，她要照顾我。”

“好吧。”米凯莱做了一个难看的表情，有几秒钟这个表情破坏他那张帅小伙的脸，他说：“那你看看她能不能抽点时间，也照顾照顾我们。”

那天晚上大家走的时候都不是很高兴，尤其是皮诺奇娅和吉耀拉。她俩出于不同的原因都非常生气，米凯莱那么看重莉拉，这让她们受不了，在接下来的几天里，那种不悦慢慢变成了一种恶劣的心情，她们甚至会为一点点小事争吵起来。

到最后事情愈演愈烈，我记得可能是在三月，发生了一场事故，但我不知道其中的细节。有一天下午，在日常的冲突中，吉耀拉打了皮诺奇娅一个耳光。皮诺奇娅在里诺面前抱怨了这件事情，里诺觉得自己那段时间春风得意，趾高气扬，就做出一副老板的样子到了商店里，不留情面地教训了吉耀拉。吉耀拉的反应非常激烈，里诺就更加夸张，威胁说要解雇她。

“从明天开始，”他对吉耀拉说，“你就回去继续给酥皮点心里塞奶油吧。”

过了一会儿，米凯莱出现了，他笑着把里诺从店里拉了出去，拉到了广场上，让他看了一眼商店的牌子。

“我的朋友，”他说，“这家店名叫索拉拉，你没有权利来店里对我的女朋友说：我要解雇你。”

里诺提醒他说，店里面的所有东西都是他妹夫的，鞋子是他亲手做的，因此他一样有决定权。在这时候，吉耀拉和皮诺奇娅觉得有各自的男朋友为她们撑腰，就开始互相大骂起来了。两个年轻男人马上回到店里，想让她们安静下来，但根本不行。米凯莱渐渐失去了耐心，开始叫喊着说要把她们俩全给开除了。不仅如此，他还说要让莉拉来管理这家鞋店。

莉拉？

管理这家商店？

两个姑娘顿时不说话了，这个想法让里诺也呆住了。然后他们开始讨论这个惊世骇俗的想法。吉耀拉、皮诺奇娅和里诺三个人联合起来对付米凯莱——关她什么事儿？莉娜对你有什么用？我们这里赚了很多钱，你应该没什么可抱怨的，鞋子都是我做的，她那时候还是个小姑娘，她能设计什么呢？气氛越来越紧张。假如不是发生了我之前提到的那场事故，他们可能会一直争吵下去。忽然间，不知道是怎么回事儿，那个画板——就是上面有黑色纸条、色块还有照片的那个背板，忽然发出一声闷响，就像一个病人吃力的喘息，忽然就燃烧起来了，火焰很高。在火烧起来的时候，皮诺奇娅是背对着照片的。火焰从她身后烧起来了，就像中邪了一样，哔哔啵啵烧掉了她的发梢，要不是里诺眼疾手快，帮她灭了火，她那一脑袋头发恐怕都要被烧掉。

- 31 -

里诺和米凯莱都认为这场火灾是吉耀拉引起的，因为她有时候会偷偷吸烟，她有一个小打火机。按照里诺的话，吉耀拉是故意这么做的：其他人都忙着吵架，她把画板点着了，画板上全是纸、胶和颜料，一下子就烧着了。米凯莱要慎重些：大家都知道吉耀拉不停地玩她的小打火机，可能在他们吵得不可开交的时候，她无意间把画板点着了。但无论是哪种说法，吉耀拉都受不了，她用一种挑衅的语气说，那是莉拉自己的错，那张支离破碎的照片是自己烧起来的，就像魔鬼为了引诱圣人走上邪道，化身成为女人的模样去引诱他们，而那些圣人呼唤上帝的时候，魔鬼会化身成火焰一样。为了证实她的说法，她还说，皮诺奇娅也说她嫂子有本事不让自己怀孕，假如她失手了的话，她也有本事拒绝上帝的馈赠——让孩子流产。

米凯莱·索拉拉开始频繁地出入新城区的肉食店，这些闲话愈演愈烈。他通常会在肉食店里待很长时间，总是和莉拉还有卡门开玩笑。卡门觉得米凯莱是来找她的，她很担心有人会告诉恩佐，他现在正在皮埃蒙特当兵呢，但同时她又觉得很得意，变得越发风骚起来。莉拉却一直在开米凯莱的玩笑，她也听说了米凯莱的女朋友传出来的流言，她说：

“你最好别在这儿待着了，我们都是巫婆，很危险的。”

但那段时间，每次去找莉拉的时候，我从来都没见她开心过。每次她都用虚伪的语调，用讽刺的口吻谈论所有事情。她的手臂上有一道青痕？那是斯特凡诺的抚摸太激烈了。她的眼睛哭得红肿？那是因为她高兴得哭了，而不是伤心地哭。小心米凯莱？他喜欢伤害别人？她说，才不是！假如他碰我一下都会烧起来，我本来就是会伤害别人。

在最后一点上，大家都比较认同。吉耀拉已经深信不疑：莉拉是一个有魔法的婊子，已经把她的男朋友迷住了，这就是为什么他要让莉拉去经营马尔蒂里广场上的商店。有好几天，她去上班时，都感到又嫉妒又绝望。她决心和皮诺奇娅谈谈，最后她们联合起来了，开始反击。皮诺奇娅针对她哥哥，她对斯特凡诺又叫又喊，说他戴了绿帽子还那么高兴，她还攻击里诺——她的未婚夫，说他根本就不是老板，而是米凯莱的狗腿子。终于有一天晚上，斯特凡诺和里诺在酒吧下面等米凯莱，他们看似潦草地聊了几句，主题思想就是：别再去烦扰莉拉了，你这是浪费她的时间，她得工作。米凯莱马上懂得了话里的意思，他冷冰冰地说：

“你们他妈想说什么？”

“假如你不懂的话，那是你不愿意懂。”

“不，我的朋友，是你们自己没有搞清楚我们生意需求。假如你们不愿意懂，那我不得不另想办法。”

“也就是说？”斯特凡诺问。

“你太太在肉食店里浪费了。”

“这话是什么意思？”

“她在马尔蒂里广场一个月能做的事情，你妹妹和吉耀拉加起来一百年都做不到。”

“说得清楚一点。”

“莉娜应该做决断，斯特！她应该担起重任，应该去设计产品，应该马上着手设计新款鞋子。”

他们就这样讨论着，最后终于理清了千丝万缕的关系，达成了一致。斯特凡诺坚决排除了妻子在马尔蒂里广场上工作的可能，新肉食店现在生意很好，把莉拉从那里调开实在不是什么好主意，但他同意要让莉拉尽快设计出一些新款鞋子，至少先设计出冬季的款式。米凯莱说，不让莉拉经营市中心的鞋店简直愚蠢，他说在夏天结束的时候，她务必开始设计新款鞋子，语气里带着威胁，谈话就这样结束了。

“款式一定要非常别致，”米凯莱强调说，“你要向她强调这一点。”

“她会像往常一样，做她自己喜欢的东西。”

“假如她能听我的话，我倒是可以给她提一些建议。”米凯莱说。

“不需要的。”

谈话结束后没多久，有一天我从学校出来，天气已经很热了，我觉得很累，就去找莉拉，这些是她亲口告诉我的。肉食店里只有她一个人，我当时松了一口气。她说她什么也不会设计的，连一双凉鞋，或者说拖鞋都不会设计。

“他们会生气的。”

“我有什么办法呢？”

“那都是钱啊，莉拉。”

“他们的钱已经够多了。”

她还是像往常一样固执，她就是这样，一有人要求她专心做某事，她马上就会失去兴趣。但我很快明白，那不是性格问题，甚至不是因为她对丈夫、里诺以及索拉拉兄弟的嫌弃，或者说是因为她和帕斯卡莱、卡门谈论的政治问题，而是更深层次的问题。她神情严肃，缓缓地说：

“我现在脑子里什么也没有。”

“你试过了吗？”

“试过了，我现在已经不是十二岁时候的我了。”

我明白了，在她的脑子里，鞋子只冒出来过一次，后面再也没有了，那个游戏已经结束了，她没有办法重新开始。她甚至觉得皮革的味道很恶心，她以前会做的事情，现在已经忘记了。而且一切都变了，费尔南多以前的那个小作坊发生了翻天覆地的变化，现在里面放了三个工作台、三台机器。她父亲好像变小了一样，他甚至已经不和大儿子吵架了，只是埋头干活。好像她的情感也慢慢淡漠了，以前她母亲经过肉食店时，莉拉还是会在她的篮子里装满东西，给几个弟弟一些礼物，就好像他们还在受穷挨饿，现在，她已经感受不到和里诺之间的联系。他们的感情遭到了破坏，断了联系，她不再觉得他需要她的帮助和保护。那些激发她想象力的动机没有了，那块产生鞋子的土壤变得干枯了。她忽然说，即使再也不上学了，她也能做好多事情，那就好像是为了向我炫耀一样。最后她有些神经质地笑了，瞥了我一眼，想看我的反应。

我没有回答她，我非常激动，我说不出话来。莉拉就是这样吗？她不会像我一样埋头学习吗？她脑子里产生的思想、鞋样、写下来和说出来的话、非常复杂的计划、疯狂的创意，就是为了向我炫耀自己？她失去了这个动机，所以她现在很迷茫？包括她对自己那张婚纱照的艺术处理，她现在也没有办法重复了？她身上的所有一切都是机缘巧合，是混乱的产物？

我感觉到我紧绷的内心松弛下来了，她亮晶晶的眼睛和脆弱的微笑让我心软。但这种状态持续的时间很短，她用手指抚摸了一下自己的前额，那是她经常做的一个动作，有些懊悔地说："我一直都要证明自己是最棒的。"她有些阴郁，接着说："我们这个地方刚开张的时候，斯特凡诺教我怎么在秤上耍手腕，我对他说，你是个骗子！小偷！这就是你赚钱的方法，但结果是我没能抵抗住诱惑，我不仅马上学会了他的手段，而且还找到了一种更好的办法，甚至还展示给他看，我脑子里总是会出现各种新的想法：我欺骗了你们所有人，我在秤上耍手段，还在其他很多事情上耍心机，我欺骗了整个城区，不要相信我，莱农！你不要相信我对你说的和我所做的。"

我觉得很不自在，短短的几秒钟，我已经不知道她到底要什么。为什么现在她要跟我说这些？我不明白。她是故意这么说的？还是那些话不由自主从她的嘴里冒出来了？是为了增进我们的友谊——这是她的真实意图——才冲动地说了那些话？她很快就否认了这份感情，她觉得有必要这样做：“你看，我在斯特凡诺面前和在你面前一样，我对谁都这样，我好事也做，坏事也干。”她把修长的手指交叉起来，握紧了问我：“你听说了吧？吉耀拉说我的那张照片是自己烧起来的。”

“那是她说的傻话，吉耀拉生你的气呢。”

她笑了一下，听起来有些神经质，她忽然情绪大变。

“我这里疼，在眼睛后面有什么东西很胀。你看到那些刀子了吗？那些刀子都太锋利了，我刚磨过的。切香肠的时候我总是想：一个人身体里有多少血呢。假如你在一个容器里放太多东西，容器就会裂开，或者会产生火花，然后烧掉。我很高兴那张婚纱照被烧掉了。这段婚姻、商店、鞋子、索拉拉兄弟，所有一切都烧掉才好。”

我明白了，无论她怎么挣扎，怎么反抗，怎么做，她都无法从那种处境里挣脱出来。从她结婚那天起，她就陷入一种不幸之中，而且越来越沉重，让她窒息，这让我为她感到痛苦。我让她安静下来，她点了点头。

“你应该尽量安静下来。”

“你要帮助我。”

“怎么帮你？”

“你要在我身边。”

“我在你身边啊。”

“这不是真的。我告诉你我所有的秘密，包括那些最糟糕的事情，你却什么都不对我讲。”

“你错了。你是唯一一个我开诚布公的人。”

她非常用力地摇了摇头，然后说：

“即使你比我好，比我懂得多，也别离开我，好吗？”

- 32 -

他们一直在对她威逼利诱，她假装做出了让步。她对斯特凡诺说，她会设计一些新鞋子，她见到米凯莱的时候，马上把这个决定告诉了他。然后，她找来了里诺，正像他一直以来希望的那样，对他说：

“你设计一些新鞋子吧，我不行。你和爸爸一起设计吧，你们有手艺，知道该怎么做。但是在你们把这些鞋子做好卖掉之前，不要告诉别人，鞋子不是我设计的，就连斯特凡诺也别说。”

“假如鞋子卖不出去呢？”

“那就是我的问题。”

“假如卖得好呢？”

“我就会告诉大家真相，你就会得到你应得的认可。”

里诺非常喜欢这个谎言。他和费尔南多开始一起动手制作新鞋子，但他时不时地会偷偷去找莉拉，向她展示工作的进展。她总是用一种欣赏的眼光看着那些鞋子，因为她受不了哥哥焦急的样子，也想让他赶紧走。但很快，那些新鞋子让她自己也很惊异——完全和现在市面上的鞋子是一个风格，但是进行了创新。“也许，”有一天她用一种非常愉快的语气说，“之前的那些鞋子根本就不是我想出来的，而是我哥哥的作品。”她有一种如释重负的感觉。她又重新对哥哥产生了感情，或者更准确地说，她意识到自己之前太夸大其词了：那种关系根本就没办法解开，永远也不可能解开，无论她哥哥做什么，即使是从他的身体里冒出来一只老鼠、一匹发疯的马，或者其他什么动物，这种关系都不会发生改变。谎言——她推测说——是谎言让里诺不再觉得自己没有创意，没能力，这使他回到了少年时期，现在他发现自己真的掌握了一门手艺，发现自己非常能干。妹妹的称赞让他都变得越来越高兴。每次咨询过妹妹的意见之后，他都会在她耳边恳求她把她家里的钥匙给他，他和皮诺奇娅总是偷偷摸摸地在那里待上一小时。

我向她表示：我会一直做她的朋友。星期天我经常邀请她和我一起出去。有一次，我们甚至和我的两个女同学去看“海外展览”，但当我的两个同学发现莉拉已经结婚一年多了时，马上就变得羞怯起来，表现得好像不得不和我母亲一起出来，都有些恭恭敬敬的，显得很拘谨。

其中一个女同学问莉拉：

“你有孩子吗？”

莉拉摇了摇头。

“怀不上吗？”

莉拉又摇了摇头。

到这时候，那天晚上的活动基本也以失败告终。

在五月中旬，我把她拉到了一个文化圈子里，是加利亚尼老师给我推荐的，我觉得有必要去听一下，那是一个名叫朱塞佩·蒙塔雷蒂的科学家的讲座。那是我第一次参加类似的活动，蒙塔雷蒂的讲座和讲课差不多，但对象不是学生，而是一些成年人，他们都是专门跑来听他讲座的。我们在一间光秃秃的房子里，坐在最后面听他讲，但我很快就觉得很厌烦。加利亚尼老师让我来听，但她却没有露面。我轻声对莉拉说：

“我们走吧。”但是她不想走，她小声对我说她没有勇气站起来，怕干扰了这场讲座。这种担心简直不太像她，这是一种她不想承认的兴趣，或者说有不自在的感觉。我们一直待到了最后。蒙塔雷蒂谈到了达尔文，我们俩都不知道达尔文是谁。听完讲座出去的时候，我对她说：

“他说了一件我知道的事：你是个猴子。”

但她不想开玩笑。

“我永远都不想忘记。”她说。

“不想忘记你是个猴子？”

“我们都是动物。”

“我和你？”

“我们所有人。”

“但是他说我们和猴子差别很大。”

“是吗？差别在哪里？是不是我母亲给我的耳朵上扎了孔，我从生下来就戴着耳环，而猴子妈妈不给小猴子扎耳朵眼儿，因此它们都不戴耳环？”

这时候，我们笑了起来，列举了人类和猴子之间的差别，一个接着一个，越来越荒谬，我们聊得非常开心。当我们回到城区的时候，遇到了帕斯卡莱和艾达，他们正沿着大路散步，我们从他们嘴里得知，斯特凡诺在到处找莉拉，他非常担心。我们的好心情一下子烟消云散，我说我要陪她回家，但是她拒绝了。后来她接受了帕斯卡莱和艾达的提议，他们开车送她回去。

第二天，我才知道斯特凡诺找她的原因，并不是因为我们玩得太晚了，也并不是因为他妻子的空闲时间更多时候是和我在一起，原因是，他才知道里诺和皮诺奇娅经常在他家里见面，那两个人在他的床上抱在一起，而钥匙是莉拉给他们的！而且，皮诺奇娅怀孕了。但最让他生气的是，当他得知妹妹和里诺做的丑事，扇了妹妹一个耳光之后。皮诺奇娅对他叫喊着说：“你嫉妒我，因为我是个真正的女人，莉娜不是！里诺知道怎么搞定女的，而你不行。”看到斯特凡诺这么激动，莉拉想起了她和斯特凡诺订婚的时候，他的端庄得体，忽然大笑起来。斯特凡诺为了防止自己在暴怒的时候把她杀了，就自己开车出去兜风了。莉拉觉得他是出去找妓女了。

- 33 -

皮诺奇娅和里诺的婚礼准备得非常仓促。我没有太关注这件事，我有很多作业要做，还有很多课堂提问要准备。另外还发生了一件事情，让我处于非常激动不安的状态。加利亚尼老师总是能非常从容地打破老师的行为准则，她邀请我——只有我，整个高中只有我一个人——去她家，参加她给几个孩子举办的一场聚会。

她把自己的书和报纸借给我，让我去参加那次世界和平游行，还有非常高深的讲座，这已经不是一件非常正常的事。现在她的尺度更大了，她把我叫到了一边，对我发出了邀请。“你想来就来吧，”她是这么说的，“自己来也行，和男朋友或者别的朋友来都可以，最重要的是你要来。”就这样，这学期的最后几天，她对我说了这样的话，根本就没有考虑到我有多少东西要学习，也没有考虑到这些话在我内心掀起的风暴。

我当即答应了她，但我马上发现自己根本就没有勇气去她家。在任何一个老师家的聚会，对我来说都是一件无法想象的事情，更何况是在加利亚尼老师家里，对于我来说那就像要去王宫里拜见王后，要和王子们跳舞。这是一件非常愉快的事情，但同时也非常有冲击力，就像被人猛地推了一下，被人拽着胳膊，被迫做一件事情，尽管这件事情对你非常有吸引力，但你知道那并不适合你。你知道，如果情况允许你可以避免去的话，你会婉言拒绝的。加利亚尼老师根本就没有想到，我没有合适的衣服可以穿。上学的时候，我总是穿一件非常劣质的黑衬衣，老师还能期待衬衣下面有什么呢，像她身上穿的那种内衣和内裤吗？衬衣里面很不得体，衣服下面是贫穷和失礼。我只有一双非常破旧的鞋子，唯一一件好衣服还是我参加莉拉婚礼时穿的那件，但是那时候天气已经很热，那件衣服三月里穿还可以，五月底穿着会很奇怪。无论如何，问题不仅仅在于穿什么衣服，我觉得自己置身那些我不认识的年轻人中间，会感觉到孤立和尴尬，因为我不知道他们的品位，不熟悉他们谈话和开玩笑的方式。我想问问阿方索愿不愿意陪我去，因为他一直对我都很客气。但阿方索是我的同班同学，而加利亚尼老师只邀请了我。我该怎么办呢？有好几天的时间我都很焦虑，我想和老师谈谈，随便找一个借口推掉。最后我想到了问问莉拉的看法。

对她来说，那也是一个非常糟糕的时刻，她一边脸颊下面有一片被打了留下的黄色印痕，她听到这个消息，反应很冷淡。

“你去干吗啊？”

“老师邀请我了。”

“这个老师住在哪儿？”

“维托里奥·埃曼努埃莱大街。”

“从她家里可以看到海吗？”

“我不知道。”

“她丈夫是干吗的？”

“科图尼奥医院的医生。”

“她的孩子都上学吗？”

“我不知道。”

“你要不要我借给你一件衣服？”

“你知道，你的衣服我都穿不上。”

“你就是胸比我大一些。”

“我哪里都比你大，莉拉。”

“那我不知道对你说什么了。”

“那我就不去了？”

“最好别去。”

“好吧，我不去了。”

对于我的决定，她看起来很高兴。我和她告别，从肉食店里出去，走上了一条两边是夹竹桃的路，这时候我听见她叫我，我就又往回走。

“我陪你去。”她说。

“去哪儿？”

“参加聚会。”

“斯特凡诺不会让你去的。”

“这个我们再说，你先说你愿不愿意带我去。”

“我当然愿意了。”

她变得非常高兴，我都不敢让她改变主意。在回家的路上，我已经感觉到我的处境进一步恶化了。我去参加那个聚会面临的障碍没有消除，莉拉的自告奋勇让事情更加复杂。原因凌乱又模糊，我不想列举出来，即使我说出来，也会有很多自相矛盾的地方。我很担心斯特凡诺不让她去，但我又害怕斯特凡诺让她去。我害怕她去的时候穿得很扎眼，就像去找索拉拉兄弟那次一样。我还担心无论她穿上什么衣服，她的美貌都会像星星一样光芒四射，每个人都会被她迷住。我担心她会说方言，会说一些不得体的话，暴露出她只有小学毕业的文化水平。我很担心假如她开始说话，所有人都会为她的聪明感到震惊，加利亚尼老师会被她迷住。我担心老师会觉得她既傲慢又幼稚，她会对我说：你的这个朋友，你以后不要和她见面了。我担心老师会发现我不过是莉拉一个黯淡的影子，她不会再关心我，而会专注于她，会想再和她见面，会让她回到学校里继续学习。

有几天，我避免去肉食店，我希望莉拉已经忘记了聚会的事情，等聚会的日子到了，我就偷偷自己去，事后对她说：我后来没有你的消息。但她很快来找我了——她已经很长时间没有找过我了，她说她已经说服了斯特凡诺，他不但会把我们送到那里，而且还会去接我们，她想知道我们需要几点到老师的家里。

“你穿什么衣服去？”我非常不安地问。

“你穿什么衣服，我就穿什么。”

“我会穿一件衬衣，一条裙子。”

“那我也那么穿。”

“斯特凡诺肯定会接送我们？”

“肯定。”

“你怎么说服他的？”

她做了一个愉快的表情，她说她已经掌握了如何支配他。

“假如我要一样东西。”她说得很小声，就好像她自己也不愿意听见，“只要表现得像个婊子就行。”

她就是这么说的，用的是方言，她还说了别的自嘲的话，让我明白她丈夫有多恶心，她让自己有多恶心，我觉得更加不安。我想我应该告诉她，我不想去参加那个聚会了，我应该告诉她，我改变主意了。我当然知道，莉拉表面上非常正经，她从早工作到晚，但她还有另外非常不羁的、让人无法预料的一面，尤其是我现在要承担把她介绍到加利亚尼家里的责任，那个不羁的莉拉让我害怕，我觉得她的不驯服会让她的表现更加糟糕。假如当着老师的面，有什么东西刺激到她了，那会发生什么事情呢？假如她用刚才和我说话的语气说话，那会发生什么事情呢？我非常小心地说：

"莉拉，拜托啦，到时候可别这样说话。"

她有些忐忑地看着我。

"怎样说话？"

"就像现在。"

她沉默了一下，问我：

"你怕我给你丢脸？"

- 34 -

"你怎么会让我丢脸呢。"我非常肯定地对她说，我掩饰了我的担忧，因为我还是会担心她会做出什么让人丢脸的事情。

斯特凡诺开着敞篷车，把我们一直送到了老师住的楼下。我坐在后面，他们俩坐在前面，我看到他们俩手上很坚实的纯金婚戒，第一次觉得很震动。莉拉就像她所说的那样，穿了一件衬衣和一条裙子，一点儿也不夸张，她没有化妆，只是涂了一点儿口红。斯特凡诺穿着节日的正装，身上戴了很多金饰，散发着强烈的须后水的味道，就好像等着我们在最后一刻对他说：你也来吧！但我们什么都没有说。我只是很热情地对他表示感谢，莉拉从车上下来，没有跟他告别。斯特凡诺开着车子离开了，车轮发出痛苦的嘶叫。

我们本来想乘坐电梯上去，但没有成功，我们以前从来都没有坐过电梯，莉拉住的那栋新房子里也没有，我们担心会遇到麻烦，就选择了沿着楼梯走上去。加利亚尼老师跟我说她的房子在五楼，门上写着“弗里杰里奥医生、教授”。我走在前面，莉拉跟在后面，我们都不说话，边走边仔细看每层的门牌，整栋楼里都非常干净，门把手和铜质的门牌都熠熠生辉。我的心跳得很快。

我们先听到了音量很高的音乐，还有人说话的声音，然后看到了我们要找的门牌号。我们整理了一下裙子，因为衬裙总是贴在腿上，我把衬裙向下拽了拽，莉拉用指尖整理了一下头发。很明显，我们俩都担心自己一不小心会露怯，表现出我们不想展示的一面。我按了一下门铃，等了一会儿，没有人来开门。我看着莉拉，又按了一下门铃，这次等待的时间更长。房子里传来急促的脚步声，门开了，一个黑头发、个子不高的小伙子出现在门口，他的脸长得很漂亮，目光炯炯有神，我一眼看过去，觉得他有二十岁的样子。我很激动地说，我是加利亚尼老师的学生，没等我说完，他就笑着说：

“你是埃莱娜？”

“是的。”

“在我们家所有人都知道你，因为母亲经常给我们读你的作文，刺激我们。”

这个小伙子叫阿尔曼多，他的那句话起到了振奋人心的作用，我忽然感觉自己很强大。到现在，我还记得他非常友好地站在门口的样子。这是我人生第一次有这样的体验，就是进到一个陌生的环境里，一个让人非常不自在的环境，却发现自己在那里已经众所周知、久负盛名，不用做什么努力，就可以让大家接受自己，他们已经知道了你的名字、你的事情。其他人，就是那些陌生人，他们要努力了解你，才能进入你的世界，而你不用费力就进入了他们的世界。我已经习惯于逆境，那种忽然出现的顺境让我变得精神抖擞，我马上感到很从容。我不再焦虑，不再担心莉拉做什么或者不做什么。这种出乎我预料的关注，让我甚至忘记了向阿尔曼多介绍我的朋友，他好像也没有注意到莉拉的存在，我就像一个人来的那样。他把我请进屋里，还不停地说着他母亲怎么谈论我，怎么赞扬我。我跟着他进了房子，一边推脱他的溢美之词，莉拉在我的身后关上了房门。

那所房子很大，所有房间的门都开着，灯火通明，天花板非常高，上面有花卉图案的壁画。最让我感到震撼的是，房子里到处都是书，整面墙一直到天花板都是书架，他们家里的书要比我们城区图书馆里的书还要多。还有音乐，在一个大厅里有五光十色的彩灯，有一些男孩女孩在跳舞，另一些年轻人一边抽烟一边聊天。所有人都好像出身书香门第，就像阿尔曼多——母亲是高中老师，父亲是外科医生。他父亲那天晚上不在。阿尔曼多把我们带到一个小阳台上，外面很暖和，视野很宽广，空气中弥漫着紫藤花和玫瑰的香气，还有苦艾酒和杏仁糕点的味道。我们看到整个城市灯火辉煌，大海那边是黑漆漆一片。老师非常高兴地叫着我的名字，是她提醒我莉拉站在我的身后。

“这是你的朋友？”

我语无伦次地嘀咕了几句，我意识到自己不知道怎么介绍别人：“是的，老师。她叫莉拉，我们一起上的小学。”我说。加利亚尼老师非常客气地赞扬了我们之间长期的友谊，她说这种友谊非常重要，是我们可以信任和依赖的感情。她说这些时，眼睛盯着莉拉看，莉拉这时候只能说出一些单音节词，她意识到老师的目光落在了她的婚戒上，莉拉马上用另一只手挡住了。

“你结婚了？”

“是的。”

“你和埃莱娜一样大吧？”

“我比她大两个星期。”

加利亚尼老师向四周看了看，对儿子说：

“你跟他们介绍娜迪雅了吗？”

“还没有。”

“你还等什么啊？”

“慢慢来，妈妈，她们刚刚才到。”

老师对我说：

“娜迪雅很想认识你。我这个儿子是个混混，你别相信他，但是娜迪雅很爱学习，你们一定会成为好朋友，你会喜欢她的。”

我们让老师一个人在阳台吸烟。我知道，娜迪雅是阿尔曼多最小的妹妹——“十六年的麻烦，她毁掉了我的童年”，阿尔曼多是这样描述她的，假装出一种嫌弃的神情。我开玩笑说我的几个弟弟也一样，都很麻烦。我笑着看看莉拉，希望得到她的回应，但她很严肃，什么话也没有说。我们又回到了跳舞的房间，那里灯光很暗，正放着一首保罗·安卡的歌，也可能是吉米·丰塔纳的《美丽天空》，我记不清楚了。那些跳舞的人都搂抱在一起，人影在黯淡的灯光下晃动。音乐结束了，有人很不情愿地去拧亮了灯，在房间变亮之前，我认出了尼诺·萨拉托雷，他正在点燃一根香烟，火焰照亮了他的脸，我感觉我心头一震。我已经有一年没有见到他了，我觉得他变老了，更高挑，头发更凌乱，但也更帅了。这时候房间里的电灯亮了，我也认出了刚才和他跳舞的女孩，就是之前我在学校外面见到过的那个优雅清纯的少女，她的存在让我不得不承认我的黯淡。

“这就是她啦。”阿尔曼多说。

娜迪雅——加利亚尼老师的女儿就是她。

- 35 -

虽然很奇怪，但这个事实并没有破坏那场聚会带给我的愉悦，我很高兴自己出现在那栋房子里，出现在那些有钱人中间。我爱尼诺，这一点毫无疑问，我从来都没有怀疑过这一点。当然，面对当时的情景，我本应该很痛苦，因为这又一次证明了我永远不会得到他，但我并没有很难过：他有女朋友了，他的女朋友无论在哪个方面都比我好，这我知道。但是他的女朋友是加利亚尼老师的女儿，她出生在这个家里，在这些书中间长大，这有些出乎我的预料。我马上意识到，我面对的一切并没有让我心痛，这个现实倒是让我很安心，我觉得他们选择彼此名正言顺，自然而然。总之，我好像忽然看见了一对非常完美、非常相配的伴侣，只需要欣赏，不能妄加评判。

但不仅仅如此。阿尔曼多向他妹妹介绍我：娜迪雅，这是埃莱娜，妈妈的学生。那个女孩听了，马上激动得一下子过来拥抱了我，低声说：“埃莱娜，认识你我真是高兴啊！”我还没有来得及说话，她就开始说起我的好话，而且不是她哥哥那种开玩笑的语气。在我看来她激动的口气和她妈妈在课上读我写的作文时的兴奋一模一样，她说，她太喜欢我写的东西，也喜欢我的写作风格。当时的情景让我觉得有意义，因为我最在乎的人都在场，尼诺和莉拉，他们俩都在，他们可以看到我在那个家里备受欣赏和喜爱。

我表现得非常随和友好，我之前从没发现自己的这一面，我马上从容地和他们聊了起来。我用一种文雅的意大利语和他们聊天，我一点儿也没觉察出来有什么不自然的地方，那是我在学校里使用的语言。我问了尼诺他在英国旅行的情况，问了娜迪雅在读什么书，听什么音乐。我有时候和阿尔曼多跳舞，有时候和其他男孩跳，从来都没有停下来过，我觉得自己甚至能跳摇滚，在我跳摇滚时，我的眼镜从鼻子上滑下来，还好没有打碎。那是一个非常美妙的夜晚。后来我看到尼诺和莉拉聊了几句，邀请她跳舞，但她拒绝了，她从舞厅里走出去，我看不到她了。过了很长时间，我才想起我的朋友来。我先是跳了很长时间的舞，后来又和阿尔曼多、尼诺还有其他几个同龄人聊了天，最后和娜迪雅一起来到了阳台上，因为屋里面很热，而且，他们想让加利亚尼老师也加入我们的谈话，那时她正一个人在阳台上吸烟，呼吸新鲜空气。“来吧。”阿尔曼多拉着我的手说。我回答说：“我去叫我的朋友。”然后摆脱了他的手。我感觉整个人都很热，我满屋子找莉拉，最后我在一面全是书的墙壁前找到了她。

“来吧，我们去阳台。”我说。

“去阳台上干什么？”

“凉快一下，聊会儿天。”

“你自己去吧。”

“你待烦啦？”

“没有，我看书呢。”

“你看到了吧？这里书太多了。”

“是的。”

我感觉她很不高兴。也许是因为整个晚上她都被忽视了，也许是因为她的无名指上的婚戒的缘故，或者是因为在这个地方，没人赞美她的容貌，娜迪雅的美貌才是最受青睐的。或者是因为她尽管已经有了丈夫，已经怀孕过一次，而且经历了一次流产，尽管她设计了鞋子，她会赚钱，但在这所房子里，她不知道自己是谁，她不能像在我们的城区里那样引人注目。就这样，忽然间我想起了在莉拉结婚的那一天，我感受到的那种不安和与周围环境的格格不入。我和这些人在一起很自在，要比和我们城区里的年轻人在一起舒服。唯一让我感觉到不安的是莉拉现在很不合群，她像是被边缘化了。我把她从书架旁边拉开，拉到了阳台上。

其他人还在跳舞，我们围绕着加利亚尼老师形成了一个小圈子，有三四个男孩子，还有两个女孩。但是只有男生在说话，唯一一个带着讽刺的语气插话的女性是加利亚尼老师。我马上发现，几个年龄大一些的男孩子：尼诺、阿尔曼多和一个叫卡罗的男生都觉得和老师争辩很不合适，于是他们之间进行争论，只是把她当成一个最后判定胜负的裁判。阿尔曼多和他母亲针锋相对，但实际上针对的是尼诺。卡罗支持老师的观点，但要说服其他两个人，他就要说出自己的想法，而且要和老师说的有所不同。尼诺非常客气地表示，他不赞同加利亚尼老师的观点，他的想法和阿尔曼多以及卡罗完全相反。

我非常入迷地听他们谈话，他们说的那些话就像一些花骨朵，要么在我的脑子里盛开，因为那都是我比较熟悉的话题，那样我就会很活跃，很投入地参加；要么就像我不熟悉的地形，我就会退后，隐藏自己的无知。第二种情况让我觉得很不安：我有时候不知道他们在谈论什么，我听不懂。对于我来说，那都是没有意义的声音，他们向我展示出一个全新的世界，充满了人、事件还有思想，真是一个无穷无尽的世界。我在夜晚进行的阅读根本就不够，我还需要更加努力才能对尼诺、加利亚尼老师、卡罗和阿尔曼多说：是的，我明白，我知道。整个地球受到了威胁，核战争，殖民主义，新殖民主义，“黑脚”移民①，养老保险基金，国家自由开放前沿，反共热潮，戴高乐主义，法西斯，法国，集团军，宏伟，荣耀，萨特是一个官本位主义者，但他还是看重巴黎的共产党，工人阶级，法国和意大利的糟糕情况，左派应该更加开放，萨拉盖特②、南尼③。范范尼④在伦敦、麦克米伦⑤，我们这个城市的天主教民主党的大会，范范尼主义者，阿尔多·莫罗⑥，左翼天主教民主党，那些被权力腐蚀的意大利共产党……

“如果这样发展下去，一个马克思—列宁主义党派就会变成一个社会民主党。你们看到了莱奥内在新学期开幕式上的表现了吗？”阿尔曼多摇了摇头，有些鄙夷地说：“通过计划是改变不了世界的，需要流血，需要暴力解决。”

---

① “黑脚”移民（pieds-noirs），指生活在法属阿尔及利亚的法国或欧洲公民。

② 萨拉盖特（Giuseppe Saragat，1898—1988），意大利民主社会党领导人，第五任意大利共和国总统，是改革派的社会主义者。

③ 南尼（Pietro Nenni，1891—1980），意大利社会主义者，意大利社会党（PSI）总书记，曾在1951年获斯大林和平奖。

④ 范范尼（Amintore Fanfani，1928—1999），意大利政治教父，曾五次出任意大利总理。

⑤ 麦克米伦（Harold Macmillan，1894—1986），英国政治家，保守党成员，曾于1957年到1963年出任英国首相。

⑥ 阿尔多·莫罗（Aldo Moro，1916—1978），意大利天主教民主党重要领袖，曾两次出任意大利总理，后被激进组织“红色旅”绑架并杀害。

尼诺非常平静地回答他说：规划是一个必不可少的工具。

他们谈论得非常热烈，加利亚尼老师很关注几个男生说的话。他们知道的东西可真多啊，就好像了解这个地球上的所有事情。后来尼诺带着欣赏的语气提到了美国，他像英国人那样说了几句英语。我注意到，在短短的一年时间里，他的声音变得更加有力、低沉，甚至有些沙哑，不再像他在莉拉的婚礼上，或者在学校里时那么生硬。他提到了黎巴嫩首都贝鲁特，就好像他去过了那里一样，他还提到了丹尼洛·多尔奇[1]、马丁·路德·金和伯特兰·罗素，他讲到了他很赞同的一个机构——“世界和平旅”，驳斥了阿尔曼多的观点，因为刚才谈到这个机构的时候，后者用了一种讽刺的语气。然后他们的语气变得激烈，音调也提高了。啊，他真的太帅了！他说，从技术上来讲，这个世界有能力从地球上清除殖民主义、饥饿和战争。我简直太激动了，尽管他们提到的成千上万的事情我都不了解——什么是戴高乐主义[2]、养老保险基金、社会民主党、左派的开放、丹尼洛·多尔奇、伯特兰·罗素、“黑脚”移民，范范尼主义者又是哪些人，黎巴嫩首都贝鲁特发生了什么事情，阿尔及利亚发生了什么事情——我感觉到一种迫切的需求，之前一直都有的一种需求，就是无论尼诺要做什么，我都要关心他，照顾他，保护他，支持他。那是整个晚上我唯一对娜迪雅感觉嫉妒的时刻，她站在尼诺身边，像个仙女一样光芒四射。然后我听到自己嘴里说出了一些话，就好像不是我自己说的，

---

① 丹尼洛·多尔奇（Danilo Dolci，1924—1997），意大利社会主义者，诗人，以反抗西西里岛的贫穷、社会排他主义和黑手党闻名，是意大利非暴力运动中的代表人物。

② 戴高乐主义（Gaullism）是“二战”后法国总统夏尔·戴高乐提出的法国外交原则，强调法兰西的独立防务、独立外交，促进法德和解，并创立欧盟。2011 年尼古拉·萨科齐上任后对这一主张有所改动。

而是另一个懂得更多、更有自信的人决定通过我的嘴说出那些话。我在不知道自己要说什么的情况下就开始说话，在听他们讨论的时候，我的脑子里回想着我在加利亚尼老师的报纸上面看到的话，我急于表达自己，想证明自己的欲望战胜了羞怯。我采用了我做希腊语和拉丁语翻译时使用的意大利语，我支持尼诺的观点。我说我不想生活在一个充满战乱的世界，我说我们不应该再重复之前那一代人犯下的错误，如果现在发生战争的话，那将是一场针对核武器兵工厂的战争。假如我们允许使用那些武器，那我们要比纳粹更加糟糕。啊，说到这些的时候，我非常激动，我感觉自己的眼里充满了泪水。最后我总结说，这个世界有太多暴君和受苦受难的人，迫切地需要改变，但需要通过和平手段来改变。

我不知道我说的话是不是得到了所有人的认可，阿尔曼多看起来不是很高兴，还有一个金发的女孩，我不知道她的名字，她盯着我，脸上带着一种讽刺的微笑。但是，当我说话的时候，尼诺就已经开始点头了。加利亚尼老师在我说完后，马上说了自己的想法，她有两次提到了我说过的话，她说："就像刚才埃莱娜说的。"娜迪雅也支持我，她离开尼诺，过来在我耳边说："你真的太棒了，太勇敢啦！"莉拉这时候在我旁边，她没有说话。但当老师正在说话的时候，她拽了一下我，用方言轻声说：

"我困死了，你问问电话在哪里，我要给斯特凡诺打个电话。"

- 36 -

那天的聚会对她伤害多大，是我后来在她的笔记本里才看到的。她承认是她自己要求陪我去的，她说她以为这样就可以暂时脱离肉食店一个晚上，可以和我度过一个愉快的夜晚，见证和参与我的越来越宽广的世界，认识加利亚尼老师，和她交谈；她说她相信自己一定不会丢脸。她在笔记本中写道，她很确信男人都喜欢她，她一直都很招男人喜欢。但那天晚上，她感觉自己没有话说，没有魅力，不知道该做什么，也不美丽。她记下了所有细节：当我们挨着站在一起的时候，所有人都和我讲话，都只和我讲话，他们把吃的喝的递给我，没有人照顾她。阿尔曼多给我展示了一幅他们家祖传的画，那是一幅十七世纪的古画，他给我介绍了足足有一刻钟，他根本就无视了莉拉的存在，就好像她什么都不懂一样。没人在意她，没有人想知道她是什么样的人。那天晚上，她第一次感到她的生活永远都会围绕着斯特凡诺和肉食店，围绕着她哥哥和皮诺奇娅的婚姻，她的生活只能是和帕斯卡莱以及卡门聊天，还有和索拉拉兄弟低俗的斗争。这都是她记在笔记本里的，可能是当天晚上记的，也可能是第二天早上在肉食店里记的。当时，在现场，她感觉到一种彻底的自我迷失。

但在汽车里，当我们回到城区时，她根本就没有提到这种感觉，她只是变得情绪很坏，很卑劣。当她丈夫情绪低沉地问我们玩得开不开心，她刚上车就开始说了，我没有说话，感觉有些晕，因为整个晚上我的神经都绷得紧紧的，很激动，也很快乐。她慢慢让我觉得很痛苦。她用方言说，她一辈子从来都没有那么腻味过。“当时我们去电影院就好了。”她对丈夫说她很后悔——这很不正常，好像是故意要伤害我，是想提醒我：你看，无论好坏，我还是有一个男人的，你看看你，什么都没有，还是处女，你知道一切知识，但是你不知道事实上是怎么样的——她抚摸了一下斯特凡诺放在换挡杆上的手。她说即使看一晚上电视，也比和那些烂人在一起度过一个晚上好。在那所房子里，没有任何一样东西、一幅画，是他们自己挣钱买的，家里的家具都是一百年前的。那栋房子至少是三百年前修建的，他们家有些书是倒是新的，但很多都是很老很老的书，书上落满了厚厚的灰尘，不知道有多少年都没有人翻阅过了，是一些法律、历史、科学和政治方面的书籍。在那所房子里，他们读书学习，曾祖父、祖父还有父亲，祖祖辈辈，至少有一百年时间他们都从事律师、医生和教授的职业。因此他们都是那样说话的，因此他们都是那样穿衣服，那样吃东西，那样走路的。他们的生活是那样的，因为他们生来如此。但他们的脑子里没有任何一种思想是他们自己的，是他们自己动脑子想出来的。他们知道一切知识，但实际上他们什么都不知道。她吻了一下丈夫的脖子，然后用指尖梳理他的头发，“斯特！假如你在场的话，你会听到他们叽叽咕咕，鹦鹉学舌，根本就不知道自己在说什么，他们相互之间也不理解对方说的话。你知道什么是养老保险基金，你知道什么是左派的开放吗？莱农，下次你别带我去啦，你要是带帕斯卡莱去，你就能看到，他会三下五除二把他们都搞定。他们都是在厕所撒尿拉屎的猴子，而不是在野地里，因此他们才那么趾高气扬，他们说自己知道中国应该怎么办，阿尔巴尼亚、法国和加丹加省（扎伊尔沙巴区）应该怎么办。莱农，你也一样，我得说你要小心一点，你也快变得和他们一样了，一样鹦鹉学舌。”她对着丈夫笑了起来，“你应该听听，”她对丈夫说，然后用很娇气的声音说，“叽叽咕咕。你让斯特凡诺听听，你跟那些人是怎么说话的？你和萨拉托雷的儿子一模一样。‘世界和平旅’，我们有能力，有手段，饥饿，战争。你在学校里那么辛苦地学习，就是为了说这些话？谁能解决世界和平的问题？厉害。你记不记得萨拉托雷的儿子是怎么解决难题的吗？你记得的，是的，你完全听他的吗？你也想像个布娃娃，扮演那个角色，和那些人来往？我情愿生活在我们狗屎一样的现实里，我自己头破血流，你们去叽叽咕咕吧！去他的饥饿、战争、和平、工人阶级！”

她就是这么恶毒！车子经过维托里奥·埃曼努埃莱大街，在我们回家的路上，我都一言不发，默默地听着她那些刻毒的话，我原以为我人生中的一个重要时刻，在她嘴里瞬间就变成了一个虚伪可笑的笑话。我不想相信她说的，我觉得她是一个敌人，什么事情都做得出来。她能让好人也变得神经质，能在人心里激起一种毁灭的怒火。我觉得吉耀拉和皮诺奇娅说的有道理，那张照片是自己着魔烧起来的。我恨她，就连斯特凡诺都觉察出来了，他把车子停到我们家大门口，让我从他那边下车，他用一种抱歉的语气说：“再见，莱农，晚安，莉娜是开玩笑呢。”我也小声回了句“再见”就走了。汽车已经启动了，我听见莉拉朝我叫喊，她在模仿我在加利亚尼老师家里使用的声音：“再见，哦，再见。”

- 37 -

我们的关系第一次破裂了。从那天晚上起我们开始了长时间的分离，我经历了一段漫长痛苦的时光。

我的情绪久久不能平复。在那一刻之前，曾经有过上千个让我们关系破裂的理由：她的不愉快、她的任性和肆意妄为，但她从来没有像那天晚上那样，公然侮辱我。我再也没有去肉食店找她，尽管她给我买了课本，尽管我们已经打赌了。我后来也没有去告诉她，我的升级考试两门是九分，其他都是八分。学校刚刚放假之后，我就开始工作了，在迈佐卡农内街上的一家书店里工作，我从我们的城区消失了，但我没有告诉她。那天晚上她对我的讥讽，并没有随着时间的流逝而淡化，反而越来越清晰了，我对她的怨恨也越来越强烈，我无法原谅她。我永远都不会想到，就像之前在其他场合一样，她竟是通过侮辱我来化解她遭受的屈辱。

让我能洒脱离开她的原因还有一个，那就是我很快得知，在那场聚会中我给大家留下了很好的印象。一天，在中午吃饭休息的时候，我在迈佐卡农内街上逛荡，忽然听见有人叫我的名字，是阿尔曼多，他正要去考试。我发现他在上大学，考试非常难，但是在去圣多梅尼克·马奇奥区之前，他还是停下来跟我聊了几句，他又聊起了政治话题，而且恭维了我很多次。晚上他甚至跑到书店里来找我，他考试得了二十八分，他很高兴。他问我要了电话号码，他问我星期天能不能一起出去散步。我对他说星期天我要在家里帮我母亲干活。他又说起了拉丁美洲，他打算大学毕业以后马上去那里，说服那里的穷人拿起武器，对付那些压迫者。他的话题扯得那么远，我不得不在我的老板发火之前，让他走了。总之我很高兴，因为很明显，他喜欢我。我对他很客气，但我不会和他约会。无论如何，莉拉的话还是给我的心里留下了阴影，我觉得我穿衣很糟糕，头发也梳得很难看，说话语调很虚伪，而且还很无知。学校放假后，没有加利亚尼老师的帮助，我阅读报纸的习惯也中断了，因为钱很有限，我觉得没必要自己掏钱买报纸。对我来说，那不勒斯、意大利还有整个世界重新又陷入了一片灰暗之中，我根本不知道这世界上正在发生的事情。对阿尔曼多说的话，我点头表示认可，但我基本上听不懂他在说什么。

第二天，又是一场惊喜，我正在打扫书店地板时，尼诺和娜迪雅出现在我面前。阿尔曼多告诉了他们我工作的地方，他们特意过来跟我打招呼。他们建议星期天我们一起去看电影，我不得不用回答阿尔曼多的话来拒绝他们：我去不了，因为整个星期我都在外面工作，星期天我的父母亲希望我待在家里。

“你可以在城区里散步吗？”

“这个可以。”

“那我们星期天来找你。”

这时候，书店老板用一种很不耐烦的语气在叫我——那是一个六十多岁的男人，脸上的皮肤看起来脏兮兮的，他目光猥亵，也很易怒，他们马上走了。

接下来的那个星期天早上，时间已经不早了，我听见院子里有人叫我，我听出是尼诺的声音。我探出头去，看到他是一个人来的。在短短的几分钟里，我就把自己收拾得可以出去见人了，我没有告诉我母亲我要去哪儿就跑了下去，我非常幸福，也非常不安。当我面对他的时候，我简直喘不过气来。“我只有十分钟时间。”我上气不接下气地说。我们没出去在大路上散步，而是围着小区里的楼走着。为什么娜迪雅没有来？为什么她不能来，但他还是照样提出了那个建议？我没有问他，但他还是说了。娜迪雅父亲家的亲戚来了，她不得不待在家里。尼诺坚持自己来了，一来是为了再看看这个城区，另外是给我带些阅读的东西，是《南方新闻》杂志的最新一期。他把那本杂志递给我，但不是很痛快，我对他表示感谢。他说了些这本杂志的坏话，我想他既然那么说，那为什么还要把杂志送给我。“有些教条，”他笑着补充说，“就像加利亚尼老师，像阿尔曼多。”然后他变得严肃起来，用一种老人似的语气对我说，他觉得自己欠老师的太多，如果不是她的话，他的整个高中阶段就是在浪费时间，但需要小心她，防备她，她最大的缺点——他强调说——就是不允许别人和她的想法不一致。你可以从她那里获取她给你的，但后面的路你要自己走。最后他的话题又回到了杂志上，他说加利亚尼也在这个杂志上写东西。他忽然转变了话题，提到了莉拉："你如果有机会，可以让她读一下。"我没有告诉他，莉拉现在什么也不看，她现在是卡拉奇太太，和她小时候相比，她身上唯一保留下来的就是她的坏。我回避了莉拉的话题，问起了娜迪雅。他告诉我，她这个暑假会和家人一起出去旅行，开车一直到挪威，然后在阿纳卡布里度过剩下的时间，她爸爸在那里有一套房子。

"你会去找她吗？"

"我会去一两次，我得学习。"

"你母亲还好吗？"

"非常好。今年她会去巴拉诺，她和房东已经和好了。"

"你和你家人一起度假吗？"

"我？和我父亲？我才不会。我在伊斯基亚岛，但是我自己去。"

"你去哪儿？"

"我有一个朋友，他在弗里奥有一套房子。父母让他整个夏天都待在那里，我们会在那里一起学习。你呢？"

"我在迈佐卡农内的书店工作，一直要到九月。"

"包括八月十五，圣母升天日？"

"不，八月十五我不上班。"

他微笑了：

"那你来弗里奥吧，房子很大，也许娜迪雅也会来待两三天。"

我很激动地微笑了。弗里奥？伊斯基亚岛？在一套没有大人的房子里？他还记得玛隆蒂海滩吗？他还记得我们在那里接吻过吗？我说我要回去了。“我会再来的。”他许诺说，“我想知道你对这本杂志的看法。”他低声补充了一句，手插在口袋里：“我喜欢和你说话。”

实际上，他一直在说话。我忽然变得很骄傲，也很感动，因为他在我面前很自在，尽管我几乎什么都没有说。我轻声说：“我也喜欢和你说话。”我正要从大门里进去，发生了一件事，让我们俩都很不安。那是一声刺耳的尖叫声，打破了周日院子里的寂静，我看到梅丽娜从窗口探出头来，她张开双臂想要引起我们的注意。这时候尼诺也很不安，他转身去看，梅丽娜叫喊得更加厉害了，用一种夹杂着欢欣和焦虑的声音喊道：“多纳托。”

“这是谁？”尼诺问。

“梅丽娜，”我说，“你记得吗？”

他做出一个很不自在的表情。

“她在喊我吗？”

“我不知道。”

“她喊多纳托。”

“是的。”

他又一次转过身去看梅丽娜的窗口，那个寡妇还是在继续呼喊那个名字。

“你觉得我长得像我父亲吗？”

“不像。”

“你确信？”

“是的。”

他有些心神不安地说：

“我走了。”

“好吧。”

他快步走开了，耸着肩膀，这时候梅丽娜喊得更起劲、更激动了：“多纳托！多纳托！多纳托！”

我也很快逃开了，我回到家里，心还在怦怦地狂跳，思绪万千。尼诺和他父亲一点儿也不像：身材不像，面孔也不像，动作甚至声音和目光也不像。他不是一个寻常的孩子，他太漂亮了，他那凌乱的长头发真是迷人，他和其他男性一点儿也不像，整个那不勒斯没有任何人像他那样。尽管我才上高三，他已经上大学了，但他欣赏我，还特意在星期天来看我。而且他关心我，特意来提醒我要注意的事情，提醒我加利亚尼老师很好很善良，但也有她的缺点。他把那本杂志带给我，相信我能看懂，而且能和他进行讨论，他甚至邀请我在八月十五号去伊斯基亚岛，去弗里奥。虽然那不是一个真正的邀请，因为对我来说不可行，他自己也知道这一点，因为我的父母不像娜迪雅的父母，他们不会让我去的，然而他还是邀请了我，因为他想传达的话外之音是：我很想见你，我很高兴像之前一样，在港口，在玛隆蒂海滩上和你聊天。好的，我一定去！我听到了我脑子里的欢呼，我也很喜欢和你聊天，我会去的。八月十五那天，我会离家出走，和你会合，管他呢。

我把那本杂志藏在了我的课本中间。晚上躺在床上的时候，我看了那本杂志的目录，轻叹了一句：有一篇尼诺的文章。这篇文章刊登在一份看起来非常严肃的杂志上，这本杂志不像之前学生办的那本杂志——那本杂志的封面是灰色的，很不起眼的一本小杂志，就是两年之前他建议我在上面发表短文抨击神父的那本，而眼前的这本杂志几乎像一本书，看起来非常正式，是那些大人写的，给大人看的杂志。我看到了尼诺的全名——乔瓦尼·萨拉托雷。我认识他，他只比我大两岁。

我看了那篇文章，但不是很懂，我又看了一道，文章讲的是一个“大写的规划”，写得非常复杂。那是他聪明才智的体现，是他这个人的一部分，他并没有大肆宣扬，只是悄悄地送给了我。他把刊登着他的文章的杂志送给了我。

单独给我。

我的眼里涌出了眼泪，直到很晚，我才把杂志放开。我要和莉拉说这件事情吗？把这本杂志给她看？不，这是我自己的东西，我已经不想和她有任何关系！见面的时候只说“你好”，还有其他无关痛痒的话就行了。她讥讽我，但是其他人却懂得欣赏我，阿尔曼多、娜迪雅和尼诺，他们才是我的朋友，我应该信任他们。他们在我的身上看到了莉拉不愿意看到的东西。因为她的眼光是我们这个城区的眼光，她只能像梅丽娜一样封闭于自己的疯狂之中，梅丽娜在尼诺的身上看到了多纳托，把尼诺看成了她之前的情人。

- 38 -

起初，我不想去参加皮诺奇娅和里诺的婚礼，但她亲自给我送了请帖，对我非常热情，在很多问题上还咨询了我的意见，我没法拒绝她，尽管她只邀请了我，并没有邀请我的父母和几个弟弟妹妹。她解释说不是她不愿意邀请所有人，而是因为她哥哥斯特凡诺不仅拒绝出钱给她买房子，还把原本准备邀请的人删去了一半，斯特凡诺说他把钱全部投到鞋店和肉食店里了，还要付钱买婚纱，雇人摄影，付婚宴的钱，只能这样了。她抱怨斯特凡诺太过分了，但里诺比她更尴尬。里诺想把婚礼搞得和莉拉的婚礼一样排场，也想像她一样能在铁路边上的新小区里买套房子。但单凭借他自己的力量是不行的，虽然他现在是一家鞋子作坊的老板，加之他花钱总是大手大脚，最近才买了一辆"菲亚特 1100"，一分钱存款也没有。在经过多次抗争之后，他们最后决定先去堂·阿奇勒之前的老房子里生活，让玛丽亚把主卧腾出来。他们打算婚礼尽量节俭，攒钱买一套比斯特凡诺和莉拉的房子更漂亮的房子。"我哥哥是个混蛋，"皮诺奇娅最后带着怨气跟我说，"他老婆想花多少花多少，轮到妹妹，他就没钱了。"

我尽量不做任何评价，在玛丽莎和阿方索的陪伴下，我去参加了皮诺奇娅的婚礼，我觉得阿方索迫不及待地等着这样的机会，可以让他装扮成另一个人。现在，我之前的同桌阿方索已经变成了一个英俊的青年，举止得体，头发油黑，浓密的胡须已经长到了脸颊上，刮完胡子之后，皮肤有些发青，他的眼睛含情脉脉，身上穿的衣服不像其他男人那样邋邋遢遢地垂着，而是很显身材，让他看起来又纤瘦又矫健。

我希望尼诺在玛丽莎的要求下，能陪他妹妹来，我非常认真地研究了他写的那篇文章，还有整本《南方新闻》杂志，但只有阿方索充当玛丽莎的骑士，他去她家里接玛丽莎，然后又送她回去，尼诺一直都没露面。我一直和他们在一起，因为我不想和莉拉单独面对面。

在教堂里，我隐约看见莉拉在第一排，坐在斯特凡诺和玛丽亚中间，我很难对她视而不见，因为她太耀眼了。婚宴还是在贺拉斯街的那家餐厅举行，差不多一年之前，莉拉的婚宴也在那里举行。在餐馆我们俩遇到过一次，只是小心翼翼地说了几句。最后我坐在一张比较僻静偏远的桌上，和阿方索、玛丽莎还有一个十三岁左右的金发男孩在一桌。莉拉和斯特凡诺一起坐在新婚夫妇那桌，那桌还有一些比较重要的客人。这么短的时间里，事情发生了多大的变化啊。安东尼奥没来，恩佐没有来，他们俩还在当兵；肉食店的两个售货员——卡门和艾达被邀请了，但帕斯卡莱没被邀请，也可能是他自己选择不来，是因为他不想和有些人混在一起，也就是我们在披萨店里聊天时，他半开玩笑半认真地说他打算亲手干掉的那些人；帕斯卡莱的母亲朱塞平娜也没有来；梅丽娜和她的几个孩子也没有来。卡拉奇、赛鲁罗和索拉拉全家，在生意上和他们有往来的那些人都和新婚夫妇坐在中间的那张桌子上，佛罗伦萨来的亲戚，也就是那个贩卖古董的商人和他的妻子也在其中。我看到莉拉在和米凯莱聊天，笑得很夸张。她时不时会往我的方向看过来，但我很快把目光移开，我感到厌烦和难受。她笑的时候总是很大声，我想到了她母亲，她就好像在扮演一个已婚妇女的形象，说话和行为方式都很俗气。她把米凯莱的注意力全都吸引过去了，尽管米凯莱旁边坐的是他女朋友吉耀拉，吉耀拉脸色苍白，米凯莱完全不考虑她的感受，这让她怒气冲天。只有马尔切洛时不时和他未来的弟媳聊几句，好让她平静下来。莉拉！莉拉！她总是那么夸张，那么肆意妄为，她用这种方式让我们所有人感到痛苦。我发现农齐亚和费尔南多也用一种无可奈何的目光注视着他们的女儿。

除了两件表面上看起来没什么大不了的事情，那天基本还算比较顺利。我们说说第一件，被邀请的人中间也有吉诺——药剂师的儿子，因为最近他和卡拉奇家的一个侄女订婚了，他未婚妻是一个很瘦的姑娘，栗色的头发总是粘在头皮上，眼圈发青。吉诺长大以后更加可憎了，我以前是他的女朋友，后来分手了，他一直没有原谅我。以前他就很卑鄙，到现在他还是老样子，他甚至还找到了机会向我展示他变得比以前更卑鄙。他这次考试又不及格，很长一段时间以来，见到我他连招呼都不打，但他对阿方索比较关注，现在他时而表现得很亲密，时而用一些带性暗示的脏话开他的玩笑。在那种情况下，可能是因为嫉妒（阿方索的考试都通过了，平均分是七分，而且他和玛丽莎在一起了，玛丽莎是个很漂亮的姑娘，眼睛很动人），他表现得让人难以忍受。

我们那一桌坐着刚才我提到的那个金发小男孩，他非常漂亮，但是很害羞。他是农齐亚一个亲戚的儿子，那个亲戚移民到了德国，娶了一个德国女人。我当时心情焦虑，没有太注意到那个男孩子，阿方索和玛丽莎一直在照顾他。尤其是阿方索，他和那个男孩聊了起来，在服务员忽视他时，阿方索无微不至地照顾着他，甚至还陪他到阳台上去看海。当他们俩从外面进来，相互开着玩笑回到座位前，吉诺离开了试图拉住他的女朋友，笑着坐到了我们这一桌。他指着阿方索，低声对那个男孩子说：

“你得小心那个人，他喜欢男孩子：现在他陪你到阳台上去，下次就该陪你到厕所去了。”

阿方索气得满脸通红，但没有回击，只是气得说不出话来，无奈地露出一个微笑。这时候，玛丽莎怒了：

“你怎么能那么说？”

“我这么说是因为我知道。”

“你确信？”

“是的。要我说给你听吗？”

“说吧。”

“我女朋友的哥哥有一次在卡拉奇家里过夜，不得不和他睡在同一张床上。”

“然后呢？”

“就被他摸了。”

“被谁摸了。”

“就是他。”

“你女朋友在哪儿？”

“在那边。”

“你告诉那个贱人，说我能证实阿方索喜欢女人，但我不知道她能不能证明你。”

这时候，她转身面向她的男朋友，吻了一下他的嘴唇。当着所有人的面，玛丽莎热吻了阿方索，这个吻那么热烈，我觉得自己永远没有勇气这么做。

莉拉不停地向我这个方向看，好像在监视我一样。她是第一个看到那个吻的，她情不自禁地拍起手来，米凯莱也笑着开始鼓掌，斯特凡诺对着他弟弟喝彩，那个古董商人马上也更大声地喝起彩来。总之，口哨声四起，但玛丽莎假装若无其事。她用力地握着阿方索的手，那么用力，我看到她手上的骨节都有些发白，吉诺在那里嗫嚅着，满脸迟钝地看着他们接吻。

“现在你赶紧滚，省得我扇你。”

药剂师的儿子一句话也没有说，站起来回到了他的位子上，他女朋友马上在他耳边嘀咕着什么，看起来很凶，玛丽莎用充满鄙视的目光看了他们一眼。

从那一刻开始，我对玛丽莎刮目相看，我欣赏她的勇气和她投入去爱的能力，还有她对阿方索的认真，她是另一个被我忽视了的人，我带着懊悔想到自己之前错了。我一直那么依赖莉拉，这让我什么都看不到，莉拉刚才的掌声是多么轻浮啊，她现在和米凯莱、斯特凡诺还有那个古董商一样让人觉得俗不可耐。

第二件事情的主角正是莉拉。婚宴基本要结束了，我站起来去洗手间，正好经过新婚夫妇那桌，我听到那个古董商的妻子笑得很起劲儿。我回过头去看，皮诺奇娅这时候站着，她在拼命挣脱，因为那个古董商的妻子正在把她的婚纱向上扯，露出她的结实强壮的双腿。她正在对斯特凡诺说：

“看看你妹妹的大腿，看看她的屁股和肚子。现在你们这些男人喜欢那些像马桶刷一样单薄的女人，但只有像我们皮诺奇娅这样的姑娘，上帝专门创造她们出来，就是生孩子的。”

莉拉这时候正在把一杯酒送到嘴边，见状便不假思索把那杯酒泼到了那女人的脸上和衣服上。她还是老样子，我非常不安地想着，她觉得自己可以使性子，现在一定会乱成一团。我溜进厕所，把自己关在里面尽可能拖延时间。我不想看到莉拉发火，我不想听见她说话，我想置身事外，我担心自己会被拉入她的痛苦之中，我害怕感觉到那种义务，像长期以来那样站到她的一边。但当我出去的时候，一切都很平静。斯特凡诺正在和古董商夫妇聊天，那女人穿着被弄脏的衣服，仰首挺胸坐在那里。乐队在演奏，一对对舞伴在跳舞。只有莉拉不在。我透过阳台的玻璃窗看到她，她正在那里看海。

- 39 -

我想去阳台上找她，但我马上改变了主意。她这时候应该非常激动，她一定会对我恶语相向，这会使我们之间的关系更加恶化。我决定回到我的桌子前，这时候费尔南多——莉拉的父亲出现在我旁边，很难为情地问我愿不愿意和他跳一支舞。

我没有勇气拒绝，和他默默地跳了一曲华尔兹。他沉稳地带着我在舞厅飞舞，在那些衣着光鲜的人们中间，他的手汗津津地握着我的手，握得很紧。他的妻子交给了他一个任务，要他告诉我一些非常重要的事情，但他没有勇气说。只有在华尔兹结束的时候，他才不得不对我说了，让我惊异的是，他和我说话时用的称呼竟是“您”：“如果不是特别麻烦您的话，您和莉娜谈谈吧，她妈妈非常担心。”最后他又嗫嚅着说：“假如您需要一双鞋子，您可以来找我，不要客气。”然后他很快回到了自己那桌。

也就是说，假如我愿意花点时间在莉拉身上，他们会给我报偿，最后那句话让我很恼怒。我建议阿方索、玛丽莎和我一起离开，他们愉快地接受了我的请求，直到我离开餐厅，我都感觉到农齐亚的目光一直盯着我。

在接下来的几天里，我慢慢失去了信心。我本想在书店里工作就会有很多书可以看，会有时间看书，但我错了。书店的老板对我像对待仆人，他让我搬动大箱子，把箱子一个个垒起来，把箱子里的书拿出来，把新书放上书架，整理旧书，打扫灰尘，一分钟也不能歇息。为了看到我裙子底下，他还总是让我登高爬梯。另外，阿尔曼多第一次出现的时候，显得很热情，但他后来再也没有出现过，尤其是尼诺，他没和娜迪雅一起出现，自己也再没来过。他对我就这三分钟的热度？我开始觉得非常孤独，烦躁。天气很热，干活很累，加上书店老板那些烦人的话，让我觉得很虚弱。时间过得很慢。我思忖着：在这个黯淡的洞穴里，我究竟能干什么？人行道上全是男生女生的身影，他们走向大学那些神秘的建筑，那些地方，我当然是永远也不可能进去的。尼诺在哪儿？他已经去伊斯基亚岛学习了吗？他给我留下了那本杂志，我仔仔细细地读了那本杂志上的文章，还有他的文章，就像准备好了应考一样，但他却再也没有回来向我提问。我到底做错了什么？我太埋头于自己的事情？他是等着我去找他，才没来找我？我应该和阿方索谈谈，联系上玛丽莎，再向她打听她哥哥的情况？我为什么要这么做？尼诺已经有女朋友了，他的女朋友是娜迪雅，我再向他妹妹打听他在哪儿，在做什么，一定会让人觉得我很可笑。

时间一天天过去了，我觉得自己的生活越来越没意思，这种感觉一直在滋长，在八月十五号之后爆发了，我觉得很抑郁。我每天很早就要起床，跑到迈佐卡农内大街，在那里忙碌一天，回到家里时已经精疲力竭。我脑子里塞满了我在学校里学到的成千上万的句子，但却没有机会展示出来。我和尼诺曾经的交谈让我忧郁，就连在“海滨公园”和文具店老板娘的几个女儿还有安东尼奥度过的夏天，也让我觉得忧郁。所有的故事都结束了，真是愚蠢。现在想想，唯一一个真正爱过我的人就是安东尼奥，再也不会有人像他那样爱我。晚上躺在床上，我总是忍不住回想他皮肤散发的味道，我们在池塘边上的幽会，我们在废弃的罐头厂房里的耳鬓厮磨。

就这样，我一天天消沉下去，直到有一天晚上，吃完晚饭后，卡门、艾达和帕斯卡莱来找我，帕斯卡莱的一只手缠着绷带，因为他工作时受伤了。我们一起买了冰激凌带到小花园里吃。卡门有些不留情面，直言不讳地问我为什么再也没去肉食店了。我回答说我在迈佐卡农内街工作，我现在没有时间。艾达冰冷地甩出一句，假如你真的在乎一个人，时间总是能找到的，但我就是这么一个人，不用解释了。我问："我是什么样的人？"她回答说："很无情，看看你对待我哥哥的方式就知道了。"我忽然很激动地提醒她，是她哥哥离开我的。她回答说："你相信这一点就心安理得了，有人提出分手，有人让别人离开她。"卡门也附和着表示同意："在友情上也一样。"她说，"表面上看起来，友情走到尽头是因为其中一个人的错，但假如你自己想想，其实错在另一个人身上。"这时候我更加激动，一字一句地说："你们听着，假如我和莉娜现在不怎么来往了，那也不是我的错。"这时候帕斯卡莱插了一句话，他说："莱农，谁对谁错无关紧要，但重要的是我们要站在莉娜的一边。"他提到了自己拔牙的事情，莉拉当时是怎么帮助他的，他还提到了她偷偷塞给卡门的钱，她还给参军的安东尼奥钱，尽管我不知道，也不想知道，安东尼奥在军队的情况很糟糕。我还是很小心地问了一句，安东尼奥怎么了？他们七嘴八舌，用的语气很不一样，说他的精神已经崩溃了一次，现在很不好，但他是条硬汉，一定会撑过来的。莉娜呢？

"莉娜怎么了？"

"他们带她去看医生。"

"谁要把她带去看医生？"

"斯特凡诺、皮诺奇娅还有其他的亲戚。"

"为什么呢？"

"为了搞清楚她为什么只怀了一次孩子，后面就再也怀不上了。"

"她呢？"

"她装疯卖傻，不愿意去医院。"

我耸了耸肩膀。

"我又能干什么呢？"

卡门说：

“你带她去。”

- 40 -

最终，我还是去找了莉拉，和她谈。她笑了起来，说如果我发誓我不生她的气，她就去看医生。

“好吧。”

“你发誓。”

“我发誓。”

“你要以你几个弟弟的性命发誓，或者以埃莉莎的性命发誓。”

我说她去不去看医生，对我来说无关紧要，她想去就去，不去也行，她变得很严肃。

“那你是不想发誓啦。”

“不想。”

她沉默了一会儿，然后垂下眼睛说：

“好吧，我错了。”

我做了一个很不耐烦的表情说：

“你去看医生，然后告诉我结果。”

“你不陪我去吗？”

“假如我不去书店上班，就会被开除的。”

“我可以雇你啊。”她用讥诮的语气对我说。

“你去看医生吧，莉拉。”

她是在玛丽亚、农齐亚和皮诺奇娅的陪伴下去看医生的，在医生检查的时候她们三个都在场。莉拉非常听话，顺从，她从来都没有接受过这种检查，整个过程她都紧闭着嘴唇，眼睛瞪得很大。当那个大夫——城区妇产科医生推荐的一个年老的医生，用一些非常高深的话说一切都正常，她母亲和婆婆都转忧为喜，只有皮诺奇娅变得很不高兴，就问：

“那为什么她怀不上孩子，即使怀上了也保不住？”

医生觉察到她的不悦，就皱起眉头说。

“这位太太还太年轻，”他说，“还需要增强体质。”

增强体质——我不知道医生是不是用的这种表述，当莉拉告诉我这个结果时，我觉得很震惊。这就意味着尽管莉拉时时刻刻表现得很强悍，但实际上却非常脆弱。这就意味着她怀不上孩子，或者怀上了也保不住，不是因为她有一种神奇的能力，可以防止自己怀孕，恰恰相反，她是一个孱弱的女人。听到这些事情，我的愤恨慢慢地消散了。当时我们在院子里，她跟我讲了她在医生那里遭受的“酷刑”，她用粗俗的语言描述了医生以及三个陪伴她去的人的表现，我没表现出不耐烦，相反，我对她说的充满兴趣。因为我没看过医生，更没有看过妇产科医生。最后她非常尖刻地总结说：

“他把一个铁玩意儿伸进了我的身体，撕裂般的疼，我花了一大笔钱，就是为了得到这样一个结论？我需要增强体质？”

“需要怎么样增强体质？”

“我要去海边游泳。”

“我不明白。”

“沙滩、阳光和海水。莱农！好像说一个女人如果去海边，她的体质就能增强，就能生出孩了。”

我们愉快地告别了，我们后来又见面了，总的来说相处还算愉快。

第二天她又出现了，对我很热情，对她丈夫很不耐烦。斯特凡诺想在托雷安农奇亚塔海边租一套房子，让莉拉和农齐亚，还有皮诺奇娅整个七月和八月都待在那里，皮诺奇娅也想增强体质，虽然她并不需要。他们已经开始考虑如何安排商店的事情。一直到开学之前，阿方索会和吉耀拉一起打理马尔蒂里广场的店铺，玛丽亚会替代莉拉在新肉食店工作。莉拉沮丧地对我说：

“如果我和我母亲还有皮诺奇娅一起待两个月，我会自杀的。”

“但你可以游泳，可以晒太阳。”

“我不喜欢游泳，也不喜欢晒太阳。”

“如果我能像你一样去增强体质，我明天去都愿意。”

她满脸好奇地看着我，慢慢说：

“那你就跟我去。”

“我得在迈佐卡农内大街上班。”

她变得兴致勃勃，她说她会雇佣我，绝不是开玩笑：“你辞职吧！”她开始给我施压，“书店老板给你多少，我就给你多少。”她后来一直坚持，说假如我答应去的话，那一切都会变得可以接受，甚至包括皮诺奇娅，她现在挺着大肚子，怀孕已经很明显了。我很有分寸地拒绝了她的邀请。在那两个月会发生什么事情，我都可以想象，在那个海边的房子里：她会和农齐亚吵架，会痛哭，在斯特凡诺星期六晚上到那里时，他们也会吵架，她会和里诺吵架，因为里诺会和他妹夫一起过来和皮诺奇娅团聚，尤其是她会和皮诺奇娅吵架，不断地吵架，无论是小冲突还是大声嚷嚷，都会骂出非常恶毒难听的话。

“我不能去！”最后我非常坚定地说，“我母亲不会让我去的。”

她生气地走了，我们之间的美好时光非常短暂。让我惊异的是，第二天早上尼诺出现在了书店里，他脸色苍白，整个人很消瘦。这些日子，他一门接一门地考试，考了四科。我对大学象牙塔里发生的事情想入非非，我以为那里都是些非常优秀的学生，还有充满智慧的老教授，他们在一起每天谈论柏拉图，谈论开普勒。我非常入迷地听他说话，只是说："你真厉害啊。"一有说话的机会，我就用很多空泛的话赞美他发表在《南方新闻》上的文章。他表情严肃地听我说话，一直没有打断我，最后我不知道再说什么才能向他证明：我对那篇文章非常了解。他看起来很高兴，感叹说，即使是加利亚尼、阿尔曼多甚至是娜迪雅也没那么仔细地读那篇文章。他开始跟我说他正在构思的关于这个主题的文章，他希望能发表那些文章。我在书店门槛那里听他说话，假装没听到书店老板在叫我。书店老板的叫声越来越大，尼诺嘀咕说，那个混蛋想要什么？他带着那种非常无所谓的神情，又继续待了一会儿，他对我说过几天他会动身去伊斯基亚岛，他向我伸出了一只手。我握了一下他的手——他的手很纤细，皮肤细嫩，他很快把我拉到他跟前，低下头吻了一下我的嘴唇，非常轻盈。那是一瞬间的事情，他用手指抚摸了一下我的嘴唇，然后向雷蒂费洛区走去。我站在那里看着他离开，一直没有掉过头去，他走路的样子，就像一个满不在乎的军队司令，他对这个世界上的所有事情都无所畏惧，仿佛整个世界都得向他致敬。

我一夜没有合眼。第二天早上我起床很早，我跑到了新肉食店，卡门还没有到，我看到莉拉正在拉开卷帘门准备开始营业。我没有告诉她尼诺的事情，我只是说——用一种明知不可能，但还是要提出来的语气说：

"假如你去伊斯基亚岛，而不是去托雷安农奇亚塔，我就辞职跟你去。"

- 41 -

我们在七月的第二个星期上了伊斯基亚岛，斯特凡诺和莉拉，里诺和皮诺奇娅，农齐亚还有我。两个男人扛着行李，像两个古代的英雄出现在陌生的地方，他们非常警惕，让他们觉得不方便的是他们在这里没有汽车，让他们不高兴的是他们不得不早早起床，不得不放弃周末睡懒觉的习惯。他们的妻子都穿得像过节一样，但都在因为不同的原因生气：皮诺奇娅生气是因为里诺把所有行李都自己扛着，没有对她表示足够的关心；莉拉很生气是因为斯特凡诺假装知道事情该怎么办，路怎么走，但实际上他什么都不知道。至于农齐亚呢，她看起来好像觉得自己是多余的，让其他人觉得碍眼，所以她说话做事非常小心，免得让几个年轻人讨厌。唯一真正高兴的人是我，我的肩上背着一个包，里面放着我的东西，伊斯基亚岛的味道、声音和颜色马上让我很激动，我一下船就感觉几年前的假期记忆全部向我涌来。

我们几个人挤上了两辆机动三轮车，大家都带着行李，大汗淋漓。那个房子是匆匆忙忙租到的，是肉食店的香肠供货商——一个伊斯基亚岛人帮忙找的，房子位于一条通往古奥托的大路边上，是一栋简陋的房子，是那个香肠供应商的表姐的房子。房东是一个非常消瘦的女人，已经六十多岁了，没有结过婚，她很简洁也很有效率地接待了我们。斯特凡诺和里诺拖着行李，走上一道非常窄的楼梯，他们开着玩笑，咒骂着自己的苦差事。房东把我们引入了一个非常晦暗的房间，里面满是圣像和小灯。当她打开窗子时，我们看到在大路的另一边是一片松林，在棕榈树和松林的后面是一片海滩。或者说得更准确一些：皮诺奇娅和莉拉的卧室是面朝大海的，她们争执了一阵子，一个说你的房间大些，另一个说你的才大呢。分给农齐亚的房间顶上有一个小圆窗，基本什么也看不到。分给我的房间非常非常小，放一张床都困难，对着一个鸡圈，还有一片僻静的小竹林。

那里什么吃的东西都没有。在房东的指点下，我们来到了一个黑黢黢的饭馆，里面除了我们，一个顾客也没有。我们有些忐忑地坐了下来，但实际上，就连农齐亚也觉得那里的食物很好吃，她后来甚至想打包一些吃的，准备晚上吃，她可是向来除了自家厨房，对其他地方的食物都持怀疑态度的。吃完之后，斯特凡诺根本没有要付账的意思，磨蹭了一段时间之后，里诺去把钱给了。这时候，我们几个女孩子都建议去海滩，但两个男人都不愿意去，他们打着哈欠说很累。我们几个女孩都在坚持，尤其是莉拉，她说："我们吃得太多了，走一走对我们有好处，沙滩就在下面，妈妈，你能走吗？"农齐亚和两个男性想法一致，于是我们大家都回家了。

斯特凡诺和里诺在房间里转了几圈之后，都很不耐烦，几乎异口同声地说他们想睡一会儿。他们笑着，咬了一会儿耳朵，然后又笑了，他们向各自的妻子示意，她们俩很不情愿地进了房间。农齐亚和我单独待了大约两个小时。我们看了一下厨房的情况，我们觉得厨房挺脏的，农齐亚非常勤快地刷洗起来，她很仔细地把所有东西洗了一遍：盘子、杯子、刀叉和锅，我也不得不在旁边帮助她。她让我记住需要马上向房东提的要求，说缺一些需要的东西，她说怕自己扭头就忘了，让我好好记着，她感叹地说："这就是为什么你在学校学得那么好。"

那两对夫妻又一次出现了，先是斯特凡诺和莉拉，然后是里诺和皮诺奇娅。我又一次建议大家去海边，但大家都在喝咖啡，开玩笑，聊天，没人理会。农齐亚开始做饭，皮诺奇娅紧紧贴着里诺，一会儿让他听她肚子的胎音，一会儿小声说，你明早再走吧，时间就这样溜走了，大家还是没能去海边。最后两个男人非常着急，他们担心会错过最后一趟船，就抱怨说没有开车来，他们跑去找人把他们拉到海港，没打招呼就走了，皮诺奇娅的眼泪都冒出来了。

我们几个女孩子默默把东西从行李里拿出来，各自收拾着，这时候，农齐亚则在起劲儿地打扫着卫生间。我们确信两个男人没有错过最后一趟船，没有折返，我们才放下心来，开始开玩笑。整整一个星期，我们除了照顾好自己，不用承担别的什么责任。皮诺奇娅说她害怕，“房间里有一幅圣母画像，她满脸痛苦，心上有好几把匕首，在一盏小灯下面，这些匕首闪闪发光。”她不愿意一个人待在房间里，跑去和莉拉睡了。我把自己关在那个小房间里，享受着内心的秘密：*尼诺在弗里奥，距离这里不是很远，可能明天我就会在沙滩上遇到他。*我觉得自己很疯狂，很冒失，但我很喜欢那种状态。我的一部分自我对总是循规蹈矩的人感到厌烦。

天气很热，我打开了窗子。我听见母鸡咕咕地叫，还有芦苇发出的窸窸窣窣的声音，后来我发现有蚊子，便赶紧关上了窗户，我用了至少一个小时时间，用一本加利亚尼老师借给我的书把那些蚊子拍死。那是一本关于戏剧的书，是一个名叫贝克特的作家写的。我不想尼诺在沙滩上看到我满脸是包，浑身都是蚊子叮的包，我也不愿意他看到我在看一本关于戏剧的书，那其实是我从来没有涉足过的领域。我把贝克特放在了一边，书上全是蚊子黑色的尸体和红的血，我开始读一本关于国家观念的书，那本书很难懂，我很快就睡着了。

- 42 -

早上，农齐亚感觉她有义务要照顾我们，就找商店买吃的去了，而我们去海滩了，是琪塔拉海滩，但那个漫长的假期，我们一直以为那个地方叫“切塔拉”。

莉拉和皮诺奇娅脱去日光浴衣，她们的泳衣可真漂亮啊，泳衣都是连体的。没有结婚的时候，作为男朋友，斯特凡诺是允许莉拉穿三点式泳衣的，但是结婚后，这两位丈夫不约而同地反对三点式。但是她们身上的连体泳衣，新布料的颜色非常鲜艳，胸口和腰部的裁剪紧贴着皮肤，非常优雅时尚。而我的天蓝色长袖旧裙子下面，穿的还是那件掉色的游泳衣，已经变得松松垮垮，那是几年前在巴拉诺，房东内拉给我缝制的，我有些不情愿地脱掉了裙子。

我们在太阳底下走了很长时间，一直走到一个冒热水的地方，然后我们往回走。我和皮诺奇娅下水游了好多次，莉拉没下水，虽然她是专门来游泳的。尼诺没有出现，我当然觉得很难过，但我确信他一定会像奇迹一样出现在我眼前。她们俩回家后，我一个人留在了沙滩上，我沿着海滨向弗里奥方向走去。晚上，我浑身被晒得发烫，感觉像发高烧一样，肩膀上已经起了水泡。接下来的几天我不得不待在家里，我勤快地打扫卫生，做饭，读书，让农齐亚很感动，她不停地表扬我。每天晚上我都借口说，为了躲太阳，白天我在家里待了一天，我让莉拉和皮诺奇娅陪我步行到弗里奥。那是很长的一段路。我们在镇子中心转悠，吃冰激凌。这里真是美啊！我们住的地方跟坟墓一样无聊，皮诺奇娅抱怨说。但对于我来说，弗里奥也是一个坟墓，我还是没有看到尼诺。

第一个星期快要结束时，我建议莉拉去参观巴拉诺和玛隆蒂海滩。莉拉充满热情地接受了，皮诺奇娅不愿意一个人和农齐亚在家里闷着，也要跟我们去。我们出发得很早，我们在衣服下面已经穿好了游泳衣。我还带了一个包，里面放着所有人的毛巾、三明治和一瓶水。我的建议，表面上是借这趟出行去向内拉打个招呼，也就是我上次在伊斯基亚岛期间接待我的奥利维耶罗老师的表姐，但我暗地里其实是希望遇到萨拉托雷一家人，从玛丽莎那里搞到尼诺在弗里奥的住址。我当然担心遇到尼诺的父亲多纳托，但我希望他凑巧在上班，从另一个方面来说，为了看到他的儿子，我已经做好准备面对他那些猥亵话。

当内拉打开门，我像幽灵一样忽然出现在她面前时，她一下子惊讶地张大了嘴巴，眼睛里面充满了泪水。

“这是高兴的泪水。”她解释说。

不仅如此，我让她想起了她的表妹，她对我说奥利维耶罗老师在波坦察过得很不好，所以身体一直也不能痊愈。她把我们带到了阳台上，拿了各种东西招待我们，尤其关照了皮诺奇娅和她肚子里的孩子。她安排皮诺奇娅坐下来，想摸一摸她的肚子。我带着莉拉参观了那里，就像朝拜一样给她展示了阳台的一个角落，我在那里晒了很长时间太阳，还有我在餐桌上坐的地方，晚上我在厨房睡觉的地方。一刹那间，我想起了多纳托弯下身子，把他的一只手伸到我的床单下摸我的情景。我感觉到很恶心，但这没有阻止我很自然地问内拉：

“萨拉托雷一家呢？”

“他们在海滩上。”

“今年怎么样？”

“说不上来。”

“他们要求太高了？”

“当他不怎么做火车乘务员，而是当记者的时候，就要求高些。”

“他在这儿吗？”

“在的，他请了病假。”

“玛丽莎在吗？”

“玛丽莎没在，除了她，其他人都在。”

“所有人？”

“你已经明白了。”

“不，我真是一点儿也没明白。”

她爽朗地笑了起来。

“今天尼诺也在，莱农！当他需要钱的时候，就会出现半天，然后去弗里奥的一个朋友家里。”

- 43 -

我们告别了内拉，带着我的东西向海滩方向走去。一路上，莉拉都在很轻快地开我的玩笑。“你太狡猾了，”她说，“你让我来伊斯基亚岛，是因为尼诺在这里，赶快承认吧。”我不承认，拒绝谈这个问题。这时候，皮诺奇娅和她嫂子联合起来，用一种更严肃的语气说我让她长途跋涉，辛辛苦苦一直走到巴拉诺，只是因为我个人的原因，我们根本没有考虑到她怀孕了。从这时候开始，我更加肯定地否认了这一点，我甚至威胁她们说，假如她们在萨拉托雷一家人面前说出类似这样的话，我会坐上当晚的船回那不勒斯。

在海滩上，我马上就看到了他们一家人。和几年前一样，他们还是在同一个地点，他们的太阳伞也还是一样，同样的泳衣、提包，就连躺在沙滩上晒太阳的姿势也一样：多纳托在黑色的沙子里躺着，肚子露在外面，用胳膊拐支撑着身体，他妻子莉迪亚坐在一张毛巾上，在看一份周刊。最让我失望的是，在太阳伞下面看不到尼诺。我马上在水里找他，我看见水里有一个黑点儿，在起伏的海面上，有时出现，有时消失，我希望那个黑点就是他。最后我高喊在海滩上玩耍的皮诺、克莱利亚和西罗的名字，宣布我的出现。

西罗长大了，他没有认出我来，只是有些迷惘地微笑着。皮诺和克莱利亚非常热情地朝我跑了过来，他们的父母都好奇地朝我看过来。莉迪亚马上站了起来，喊着我的名字，挥手和我打招呼。萨拉托雷向我跑了过来，张开双臂，脸上带着一个欢迎的微笑，我躲过了他的拥抱，只是对他说，您好，一切都好吧？他们对我都很客气，我介绍了莉拉和皮诺奇娅，我提到了她们的父母、丈夫分别是谁。多纳托马上就把注意力放在了她们身上，彬彬有礼地称她们为卡拉奇太太、赛鲁罗太太，他提起了她们小时候的事情，又老生常谈、絮絮叨叨地说时间过得太快。我和莉迪亚聊了起来，我非常关心地问了几个孩子，尤其是玛丽莎的情况。看得出来，皮诺、克莱利亚和西罗现在很棒。他们围了过来，准备把我拉入他们的游戏。我问起玛丽莎的情况，莉迪亚说她留在了那不勒斯，在她叔叔家住着，她九月要补考四门功课，所以现在要补课。“她真是活该！”莉迪亚忽然说，“她整个学期没有好好学习，现在该吃吃苦了。”

我什么也没有说，但我心里已经排除了玛丽莎正在吃苦的可能：她可能整个夏天都会和阿方索在马尔蒂里广场的商店里度过，我为她感到高兴。我注意到莉迪亚变宽的脸上、眼睛里、瘪瘪的乳房和沉重的肚子上，都带着痛苦的痕迹。在我们聊天的整个过程中，她都用惊恐的目光不时看看她丈夫，多纳托现在在莉拉和皮诺奇娅面前表现得很幽默，很招人喜欢。莉迪亚不再关注我，她一直盯着多纳托看，因为他要陪着她们俩去游泳，他答应莉拉说要教会她游泳。“我教会了我的每个孩子游泳，”我听见他说，“我也会教会你的。”

我从来都没有打听尼诺的事情，莉迪亚自己也从来没有提到过他。那个在波光闪闪的蓝色大海里起伏的黑点没有继续游得更远，而是改变了方向，朝岸边游来，那个黑点越来越大，开始从白色水花中露出了他的面目。

“是的，就是他。”我非常紧张地想。

尼诺从水里出来之后，满脸好奇地看着他父亲用一只手让莉拉浮起来，用另一只手向她展示应该怎么游。当他看到我的时候，脸上竟然是怒气。

“你在这里干什么？”他问。

“我在这里度假，”我回答说，“我过来和内拉太太打个招呼。”

他用一种很恼火的目光，朝着他父亲和两个姑娘的方向看了一眼，问：

“那不是莉娜吗？”

“是的，另一个是她的小姑子皮诺奇娅，我不知道你记不记得。”

他用毛巾仔细地擦了擦头发，开始盯着水里的三个人看。我有些迫不及待地告诉他说，我们要在伊斯基亚岛待到八月末，我们住的地方距离弗里奥不是很远，莉拉的母亲也来了，莉拉和皮诺奇娅的丈夫会在星期天来岛上。在我说话的时候，他好像都没在听，但我还是全盘托出，当着莉迪亚的面，我说我周末都没事可做。

“我们保持联系，”他说，然后对他母亲说，“我得走了。”

“这么快就走？”

“我有事情。”

“埃莱娜在这儿呢。”

尼诺看了我一眼，就好像那时候才发现我在那里。他在挂在太阳伞下的衬衣口袋里摸索了一阵，掏出了一支铅笔和一个笔记本，在上面写了些什么，然后撕下那张纸递给了我。

“我住在这个地方。”他说。

他就像电影演员一样潇洒、利落。我接过那个纸条，仿佛那是一件圣物。

“你吃点儿东西再走。”他母亲恳求他。

他没有回答。

“你至少跟你爸爸打个招呼。”

他把毛巾围在腰上，换了游泳裤，就离开了沙滩，没有和任何人打招呼。

- 44 -

我们一整天都在玛隆蒂海滩，我和几个孩子玩儿，和他们一起游泳，皮诺奇娅、莉拉完全和多纳托打成一片，他最后还扯着她们俩去散步，一直走到了温泉附近。皮诺奇娅累坏了，精疲力竭，根本回不了家，萨拉托雷告诉我们一种非常舒适的回家的方法。我们来到了一家宾馆，那家宾馆基本是建在水上的，就像踩高跷，我们没有花几里拉就租了一条船，船上有位老水手。

我们刚上船，莉拉就用讽刺的语气说：

“尼诺没有理你。”

“他要学习呢。”

“他连一个‘你好’都没时间说？”

“他就是那样。”

“那很糟糕，”皮诺奇娅插了一句话，“他父亲有多客气，儿子就有多粗鲁。”

她们俩都觉得，尼诺对我既没兴趣，也不友好。我想，让她们那么觉着也好，我很慎重地保守着我的秘密。最后她们一致认为，一个像我这样出色的女学生，尼诺连看都没看一眼，她们完全被忽视，也是可以接受的，她们会原谅他的。我想保护他，让他免受她们的刁难，我做到了这一点——她们好像很快忘掉了他，皮诺奇娅对萨拉托雷的绅士态度很赞赏，莉拉也满意地说：

“他教会我怎么浮在水上，教会了我怎么游泳，他很棒。”

太阳缓缓地落山，我想起了多纳托曾经对我的骚扰，感觉浑身都不自在，紫色的天空让人觉得心寒。我对莉拉说：

“就是他写文章说，马尔蒂里广场的商店里的画板很丑。”

皮诺奇娅这时候做了一个心满意足的表情。莉拉说：

“他说的对。”

这话让我很气愤。

“是他把梅丽娜毁掉的。”

莉拉笑了一下，回答说：

“可能是吧，但他曾经还让她幸福过。”

那句话让我很受伤害。我知道梅丽娜遭受了什么样的痛苦，她的孩子遭受了什么样的折磨，我也知道莉迪亚的痛苦，像萨拉托雷这样的男人，在他文质彬彬的外表背后，隐藏着一种谁也无法阻止的欲望。莉拉从小就见证了寡妇梅丽娜遭的罪，我不会忘记莉拉当时痛苦的表情。现在她的这种语气到底是怎么回事？这些话是什么意思？是她给我的一个信号？她想告诉我：你是一个小姑娘，你根本不知道一个女人需要什么？ 我马上改变了想法，不再继续隐藏我的秘密。我想马上展示出我和她们一样是女人，我知道女人需要什么。

“尼诺给了我他的地址，”我对莉拉说，“假如你没什么意见，斯特凡诺和里诺来的时候，我就去找他。”

地址？去找他？这都是非常大胆的话。莉拉眯着眼睛，宽阔的额头上出现了一条线。皮诺奇娅用不怀好意的目光看着我，她碰了一下莉拉的膝盖，笑着说：

“你听见了吗？莱农明天有一个约会，她有地址。”

我满脸通红。

“好吧。假如你们和你们的丈夫在一起，我能干什么呢？”

有很长时间，我们都看着掌舵的水手，一言不发，只能听见船上马达的声音。

莉拉冷冰冰地说：

“你可以陪我妈妈，我带你到这里来，又不是让你来玩儿的。”

我强忍着没有发作。我们度过了一个星期的自由时光，那天，无论是她还是皮诺奇娅，无论在海滩上，在太阳下面，还有游泳的时候，多纳托说的好听话让她们欢笑不已，让她们忘记自己是谁了。多纳托让她们觉得自己是孩子，被交到一位父亲的手上，一位不同寻常、非常罕见的父亲，这个父亲不会惩罚你，而是会激励你表达自己的欲望，并且不需要有愧疚感。现在，这样的一天结束了！我宣布说，我将拥有完全属于自己的一天，和一个大学生一起度过，无疑是提醒了她俩，她们一个星期不用做人妻的自由时光已经结束，她们的丈夫将要出现。这就是我做的事情吗？是的，我太过分了。我想，闭嘴吧！不要惹恼了她们。

- 45 -

她们的丈夫甚至提前到了。她们原以为他们会星期天早上到，但星期六晚上他们就出现了，他们都非常愉快，每人骑了一辆“兰美达”摩托，可能是在伊斯基亚岛的海港那里租的。农齐亚准备了一顿非常丰盛的晚餐。他们谈到了城区、商店还有新鞋子的生产。里诺吹嘘了他正在和他父亲完成的那些鞋子款式，但他找到了一些合适的时机，在莉拉眼前放了几张草稿，莉拉很不情愿地看着，给他提了一些建议。我们坐在桌子前吃饭，两个年轻男人吃光了所有东西，他们比赛谁吃得更多。还没到十点，他们就把各自的妻子拉到卧室里去了。

我帮助农齐亚收拾餐具，洗碗，然后把自己关在了房间里读了一会儿书。天气非常闷热，我很担心蚊子进来，就没有开窗户。我在床上翻来覆去，浑身全是汗，心里想着莉拉是怎样慢慢屈服的，她对丈夫没表现出一点情感，在他们结婚之前，有时候她的动作还能表现出一丝温情，但现在都没有了；晚上吃饭的时候，她经常用一些很难听的话说斯特凡诺狼吞虎咽，喝酒的样子也很难看，但很明显，他们之间已经形成了一种平衡，虽然随时都会被打破，但还是达成了一种平衡。最后他说了几句有暗示性的话，然后向房间走去，莉拉跟着他进去了，没有拖延，没有说你先去，我待会儿来，她向一项无法逃避的惯例低头了。在她和丈夫之间没有里诺和皮诺奇娅表现出来的那种肉欲的欢乐，但也没有任何抵抗。一直到深夜，我都听到两对夫妻的动静，他们的笑声和呻吟，开门的声音，水龙头打开的声音，冲洗的声音，门又重新关上的声音。最后我睡着了。

星期天早上，我和农齐亚一起吃早饭。我希望有人能露面，但一直等到十点，还是没有人出现，我就自己去了海滩。我在沙滩上一直待到中午，也没见有人出现。我回到家里，农齐亚告诉我，他们四个坐"兰美达"摩托去岛上转了，让我们不用等他们吃午饭。他们三点才回来，都神采奕奕、兴高采烈，被太阳晒得红扑扑的，四个人对卡萨米乔拉、拉科阿梅诺和弗里奥几个地方都表现出极大的热情。尤其是两个女人，她们的眼里全是光彩，但马上又向我投来了充满恶意的目光。

"莱农！"皮诺奇娅几乎是喊着说，"你猜猜发生了什么事儿。"

"什么事儿？"

"我们在海边遇到了尼诺。"莉拉说。

我的心跳简直要停了。

"哦……"

"天呐！他游泳游得真好啊。"皮诺奇娅非常激动地说，夸张地抡着手臂。里诺说：

"他也没那么讨厌，他对怎么做鞋子感兴趣。"

斯特凡诺说：

"他有一个朋友叫索卡沃，是做猪肉和牛肉混合香肠的索卡沃，他父亲是个大老板，在圣约翰·特杜奇奥有一家工厂。"

里诺又说：

“那才是有钱人呐。”

斯特凡诺接着说：

“你别找那个穷学生了，莱农，他一分钱也没有。你还是把目标对准索卡沃，这对你有好处。”

他们又开了一阵子玩笑（你知道吗？莱农现在要变成我们之中最有钱的，她看起来是个乖乖女，但实际上……），然后他们四个又一次都钻进各自的房间去了。

我非常难过。他们遇到了尼诺，和他一起游泳，和他一起聊天了，他们没有叫我。我穿上我最好的衣服——还是我在莉拉婚礼上穿的那件，即使天气很热。我仔细地梳理了头发，晒了太阳之后，我的头发变成了金黄色。我告诉农齐亚，我要出去走走。

我步行到了弗里奥，在独自一个人行走的时候，因为炎热，也因为无法预知的结果，我感到很焦虑。我来到了尼诺朋友住的房子，我站在街上，非常紧张地叫了好几次，担心没有人回答。

“尼诺！尼诺！”

他露脸了。

“上来吧。”

“我在这儿等你。”

我在下面等他，我担心他会对我不客气。但他从小门里出来，脸上带着一种不常见的热情。他那张棱角分明的脸真是摄人心魄啊，他那修长的身影、宽阔的肩膀、窄窄的胸脯、紧致的皮肤，瘦削的身体就好像只有肌肉、骨头和筋。当他出现在我面前，真让我感到惬意。他说他的朋友晚点会出来和我们会合，我们走到弗里奥镇子的中心，那里有周末集市，有很多商贩在摆摊。他问我，迈佐卡农内书店的工作后来怎么样了。我说莉拉让我来陪她度假，所以我辞职了，我没有提到她给我钱，陪她就像一项工作，就像我是她的一个职员。我问了他娜迪雅的事情，他只是说："都还好。""你们写信吗？""是的。""每天都写吗？""每个星期。"这就是我们当时的谈话，到这时候已经没有什么可说了。我想我们彼此什么都不了解，也许我应该问问他和父亲之间的关系怎么样了，但我用什么样的语气问呢？除此之外，我还亲眼看到他们的关系不怎么样？我们陷入了沉默，我觉得很尴尬。

但他马上就把话题转向了唯一能让我们的见面显得名正言顺的领域。他说他很高兴见到我，他和他的朋友只能聊足球和考试的事情。他开始赞扬我，他说加利亚尼老师非常有眼力，我是这个学校里唯一一个对考试之外的知识有好奇心的女生。他谈起了那些非常重要的问题，我们马上就开始用一种非常标准、优美、富有激情的意大利语谈了起来，我们知道这样可以更好地表达我们要说的。他首先谈到了暴力问题，他提到了科尔托纳城的一次和平游行，然后他把这次游行非常巧妙地和都灵广场上发生的斗殴结合了起来，他说他想更清楚地了解移民和工业发展之间的关系。我表示赞同，但关于这些问题我又知道什么呢？我根本就一无所知。尼诺察觉了这一点，他跟我详细地讲述了南部意大利青年的起义和警察对他们的无情镇压。"他们把这些年轻人称为那不勒斯人，称为摩洛哥人，称为法西斯、挑衅者或者无政府主义的工联主义者。但实际上，那些年轻人根本不属于任何组织，他们只代表自己，当他们愤怒的时候，就会破坏一切。"我想找些话来说，让他能感到欣慰，我就斗胆说了一句："假如不能正确地认识问题所在，不能尽快找到解决方案，当然会发生混乱。但错不在那些反抗者的身上，错误在统治者的身上，因为他们不知道如何管理。"他用很欣赏的目光看着我说："我和你想的一模一样。"

我当时非常高兴。我觉得受到了鼓励，于是很小心地提及了我的一些想法，关于如何协调个人和这个世界的关系，我从卢梭以及加利亚尼老师让我阅读的其他作品中找到了一些话。我问他：

“你读了费德里科·查波德[①]吗？”

我提到了这个名字，因为他就是那本关于国家概念的书的作者，我才看了几页。我对他的了解只有这些，但在学校里，我学到了如何让人相信我懂得很多。“你读了费德里科·查波德吗？”这是我们交谈的过程中，尼诺唯一表示出不赞同的地方。他不知道查波德是谁，这让我一下觉得信心满满。我开始跟他讲了我读到的东西，但我马上明白，向别人展示他知道的和他读的书，那是他的强项，也是他的软肋。假如他能占上风，他就觉得自己很强，假如他没办法插嘴，他会很脆弱。实际上，他有些惊恐，马上岔开了话题，把话题引向其他方面。他和我谈到了意大利大区的问题，谈到了发展这些大区的迫切性，还谈到了自治和“去中心化”，谈到了基于大区的经济计划，很多我从来没有听到过的词汇。因此，不要谈查波德了，我把领地让给他。我喜欢听他说话，我在他的脸上能看到激情，当他激动的时候，他的眼睛非常有神。

我们就这样走了一个小时，边走边聊。陌生人在我们周围熙熙攘攘，说的都是很粗鲁的方言，我们觉得自己独一无二，只有我和他，用那种非常考究的意大利语，说着只有我们感兴趣、其他人不了解的话题。我们在做什么呢？在进行一场讨论吗？在为我们的未来做准备吗？来面对那些和我们一样，学会了使用语言的人们吗？我们在进行符号的交流，就是为了证实我们漫长的友

---

① 费德里科·查波德（Federico Chabod，1901—1960），意大利历史学家。

谊是有基础的，而且会产生丰硕的结果吗？是对情欲的一种文雅的掩饰？我不知道，我对于那些话题没有什么兴趣，对于他提出的那些真实的人和事件也没有激情。那不是因为教养，也不是因为习惯，我只是像往常一样，不想丢脸而已。然而，那是很好的时光，这是可以肯定的，我感觉那就像在学期末时看到成绩单，我看到了“通过”时的心情。但我很快明白，这和我早年和莉拉之间的交谈没办法相比，和莉拉的交谈会点燃我的头脑，在和莉拉交谈时，我们会抢着说话，会有一种触电的感觉，就像暴风雨一样激动人心。

和尼诺在一起情况完全不一样。我感觉到我应该小心一点，我要说他期望我说的话，我不但要掩盖我的无知，而且要回避那些我知道但他不知道的东西。我就是这么做的，我感觉很骄傲，因为他对我畅所欲言。但后来发生了一件事情。他忽然说：“够了。”然后他拉住我的一只手，就像电影里演的那样对我说：“我带你去看一处风景，会让你永远忘不了。”他把我拉到了索科尔索广场上，他的手一直都没有松开，和我十指交叉，我看到了大海还有拱形建筑，天很蓝，当时的情形我记得不是很清楚了，我只记得他始终紧紧拉着我的手。

这真让我感到震撼。有一两次，他把手拿开去整理自己的头发，但很快就重又捉住我的手。有一刻我想，他怎么协调这个亲密的举动和他与加利亚尼老师的女儿之间的关系呢。我心想，也许对于他来说，这只是男生和女生之间友谊的表现。但在迈佐卡农内大街的书店他给我的吻呢？也许那也不算什么，那是一种新风尚，年轻人的习惯，无论如何，那的确是非常轻快的一个吻，是非常短暂的接触。我应该满足于现在的幸福，还有我争取到的这个假期。然后，他会走掉，我会失去他，他有自己的路要走，无论如何和我的路都是不能交融的。

我完全沉浸在这些让人不安的思绪里，这时候我听到了身后摩托车的轰隆声和开玩笑的叫声。里诺和斯特凡诺骑着“兰美达”摩托载着他们各自的妻子，全速地超过了我们。然后他们放慢了速度，非常灵活地掉头，迎面向我们开来，我放开了尼诺的手。

“你朋友呢？”斯特凡诺放慢车速，问他。

“他马上过来。”

“代我向他问好。”

“好的。”

里诺问：

“你要不要带莱农兜一圈？”

“不了，谢谢。”

“来吧，她一定会很开心的。”

尼诺脸红了，说：

“我不会骑摩托。”

“非常容易，就像骑自行车一样。”

“我知道，但是不适合我。”

斯特凡诺笑了：

“里诺！人家是读书人，算了吧。”

我从来都没见斯特凡诺那么开心过。莉拉紧紧地贴着他，从后面搂着他的腰。催促他：

“我们走吧，否则该赶不上船了。”

“好的，好的，走吧，”斯特凡诺喊道，“明天我们得上班，不像你们在这里晒太阳，下海游泳。莱农，再见，尼诺，再见！你们要做好孩子。”

“很高兴认识你。”里诺非常客气地说。

他们开着摩托车走了。莉拉抬起一条胳膊向尼诺打招呼，喊道：

“拜托了，到时候送她回家。”

她表现得跟我妈似的，我有些厌烦地想，她在装大人。

尼诺又拉住了我的手，说：

“里诺很可爱，但莉娜为什么要嫁给那个白痴？”

- 46 -

随后，我也认识了尼诺的朋友布鲁诺·索卡沃，一个个子有点儿矮的男生，大约二十岁，额头很窄，头发鬈曲，发色很黑，长相还可以，只是脸上有些坑坑洼洼，可能是之前长了很多青春痘。

他们送我回家，我们沿着黄昏酒红色的海滩一直走。一路上，尼诺不再拉着我的手，尽管布鲁诺一直尽量让我们单独在一起：他要么走在前面，要么走在后面，就好像不愿意打扰我们。索卡沃一直都没有对我说话，我也没有主动和他搭讪，他的羞怯让我也变得羞怯了。但当我们分开的时候，在房子下面，是他而不是尼诺忽然问我：“我们明天还能见面吗？”尼诺打听了我们游泳晒太阳的地方，要求我说得具体一些，我告诉他了。

“你们是早上去，还是下午去？”

“早上和下午都会去，莉娜要尽量下海游泳。”

他说他们一定会来找我们。

我一口气爬上了楼，非常幸福，但我刚一到家里，皮诺奇娅就开始取笑我。

“妈妈，”吃晚饭的时候，她对农齐亚说，“莱农和诗人的儿子谈朋友，那小伙子留着长头发，很瘦很干，觉得自己特别了不起。”

“不是这样的。”

“就是这样的，我们看见你们手拉手。”

农齐亚不觉得这是玩笑话，就很严肃、很认真地打听起来，这是她的特点。

“萨拉托雷的儿子做什么呢？”

“他是大学生。”

“噢，假如你们相爱，那你们得等等。”

“没有什么可等的，农齐亚太太，我们只是朋友。”

“但我们就这么说吧，假如你们订婚了，他应该首先完成学业，然后找一个适合他的职业，他找到工作了，你们就可以结婚了。”

这时候，莉拉打趣了一句：

“她说你要等得长绿毛。”

农齐亚说了她一句：“你不应该这样和莱农说话。”为了安慰我，她说她是二十一岁时和费尔南多结婚的，二十三岁才有了里诺。然后她并无恶意，只是为了说明事实，她对着女儿说，“莉拉，你结婚有些太早了。”莉拉听到了这句话一下子就火了，她跑到房间里把自己关了起来。皮诺奇娅晚上想和她睡一个房间，就去敲她的门。她大声让皮诺奇娅别烦她。“你有自己的房间！”在这种情况下，我怎么能告诉她们尼诺和布鲁诺答应说来沙滩上找我们？我没有说。我想，假如他们来了那就好，假如他们不来，为什么要告诉她们呢。农齐亚非常耐心地让儿媳妇睡在自己的房间，再三请求她不要太把莉拉生气时说的话放在心上。

过了整整一个晚上，莉拉都没有平息下来，星期一早上她醒来的时候比晚上睡觉时心情更糟。“这是因为她丈夫不在跟前。”农齐亚解释说，但我和皮诺奇娅都不相信这一点。我很快发现莉拉尤其在针对我。在去海滩的路上，她让我拿着她的包，我们到了海滩上，她让我回了两次家，第一次是让我去帮她拿一条纱巾，第二次因为她需要指甲剪。我想抗议，当时她简直要脱口而出，说她是给我钱的。她当时没有说，但意思已经明了了，那就像一个人举起手来要扇你耳光，但后来没扇。

那是非常炎热的一天，我们一直待在水里。莉拉一直在练习如何在水里漂起来，她让我站在她旁边，在她需要的时候随时帮助她。她还是充满恶意，经常指责我，说她犯傻才相信我。我自己也不会游泳，我怎么会教她游泳呢。她怀念起萨拉托雷来，说他教游泳教得好，她让我向她保证，第二天我们去玛隆蒂海滩上找他们。但在说这些话的同时，她不停地尝试，进步很快。她能很快记住每个动作，因为她有那种能力——她很快学会了修鞋，非常灵巧地切割香肠奶酪，在秤上耍手腕。她生来如此，我觉得，只要让她看到金匠使凿子的动作，她就能学会做金饰，之后手艺会比师傅还要好。事实就是如此，她现在在水里已经不再挣扎了，她把每个动作都控制得很好，她就好像在大海上画下了自己的身体：腿和胳膊在不慌不忙地拍水，很修长很苗条，不像尼诺那样会扬起水花，也不像尼诺的父亲那样动作粗鲁。

“我这样可以吧？”

“很好。”

我说的是实话，在短短几个小时里，她已经游得比我好了，更别说皮诺奇娅了，莉拉已经开始嘲笑我们的笨拙了。

她那种仗势欺人的架式，在下午的尼诺和布鲁诺出现时忽然就消失了。尼诺个子很高，布鲁诺只到他肩膀那里，他们出现在沙滩上时，正好吹来了一阵凉风，让人不想下水。

皮诺奇娅是第一个看到他们的，他们沿着沙滩走过来，走在那些用铲子和小桶做游戏的孩子中间。她忽然笑了起来，说："你对象来了。"真的，尼诺和他的朋友肩膀上搭着毛巾，手里拿着香烟和打火机，很沉稳地走了过来，目光在游泳的人群中寻找我们。

我忽然感觉备受鼓舞，喊了他们的名字，张开双臂，让他们看到我们在这里。尼诺信守了自己的诺言，他已经感觉到自己想见我，因此他扯着他那个不爱说话的同学专门到弗里奥来找我。他和莉拉、皮诺奇娅没什么好说的，唯一没结婚而且没有男朋友的人是我，因此很明显，他跑那么远就是来看我的。我觉得很幸福，除了幸福之外，我的想法还得到了确认——尼诺把他的毛巾铺到了我旁边，坐了上去，然后他指着那块天蓝色的布——我是唯一坐在沙子上的人，于是就毫不犹豫地坐在了他旁边，我变得很热情，谈笑风生。

这时候，莉拉和皮诺奇娅变得沉默了，她们不再对我热嘲冷讽，她们之间也不再斗嘴，她们在听尼诺讲他和同学生活中的趣事儿。

皮诺奇娅用了很长时间才开始张嘴说话，说的是一种夹杂着方言的意大利语。她说海水今天很清，也很热，那个卖新鲜椰子的人还没经过这里，她特别想吃椰子。尼诺根本没有在意她说的话，他完全沉浸在自己风趣的讲述里。这时候，布鲁诺注意到了这些，他觉得自己有责任满足一个怀着孕的太太的愿望：她很担心孩子生出来，身上会带着椰子的胎记，他就自告奋勇说要去找找看。皮诺奇娅很喜欢他那种羞怯但很热情的声音，那是一种不想伤害任何人的人的声音，她马上和布鲁诺聊了起来，他们说话的声音很低，好像生怕打扰了别人。

莉拉还是一句话也没有说。她并没有关注皮诺奇娅和布鲁诺客气的寒暄，而是一直在听我和尼诺的交谈。那种关注让我觉得很不自在，有两次我忽然说我想走走，一直走到火山口那里，我希望尼诺能对我说：我们走吧。但是他刚刚谈到了伊斯基亚岛杂乱无章的建筑，他只是机械地点了点头，又继续说他的话。他把布鲁诺也扯进了谈话，可能布鲁诺和皮诺奇娅谈话搅扰到了他。尼诺让布鲁诺证明这一点，因为在他父母的房子旁边有很多煞风景的建筑。他迫切地需要表达自己，复述他读过的东西，表达自己观察到的事物。这是他整理自己的思想的方式——谈话，谈话，谈话，但我想这也是他寂寞的一种表现。我觉得自己和他很像，这让我觉得很自豪，我和他一样都想塑造自己作为读书人的形象，并且让别人承认这一点，就像在说：这就是我所知道的事情，这就是我要成为的人。有好几次我想要插话，但尼诺没有给我机会。结果就是，我在那里听他讲，和其他人一样，直到皮诺奇娅和布鲁诺说："好吧，我们这会儿想去走走，我们去找找卖椰子的。"我用期待的眼光看着莉拉，我希望她能和她嫂子一起去，让我和尼诺单独在一起，坐在同一张毛巾上。但她不吭气，皮诺奇娅发现她不得不单独和一个年轻客气的男人一起去散步，不管怎么说这还是一个陌生人，她有些不耐烦地问我："莱农，来吧，你不想走走吗？"我回答说："是啊，但我想聊完这个话题，然后去找你们。"她非常不高兴，和布鲁诺向冒热气的地方走去了：他们的个头一样高。

我们谈论那不勒斯和伊斯基亚岛，还有整个坎帕尼亚大区，好像这些地方全都落入了最糟糕的人手上，但这些人却自以为是最好的。“强盗。”尼诺用一连串的话来形容他们：“破坏者、吸血者，还有那些一箱子一箱子赚钱但不缴税的人：建筑商、建筑商的律师、克莫拉黑社会成员、法西斯独裁主义者、天主教民主党人，他们都坚如磐石，高高在上，像上帝本身，他们拿着一把巨大的泥刀，在山上，在海岸上这里铲一下，那里挖一下。”说是我们三个人在讨论，那有些不确切，其实是他一个人在说，我时不时会提到我在《南方新闻》看到的信息。至于莉拉呢，她只小心地插了一次话，就是尼诺在提到这个城市的强盗名单时，他还提到了“商贾”。她问道：

“商贾是谁？”

尼诺话说到一半，忽然停了下来，惊异地看了她一眼。

“就是商人。”

“为什么你称他们为商贾？”

“都是这么说的。”

“我丈夫是一个商贾。”

“我不想冒犯你。”

“我没有生气。”

“你们缴税吗？”

“这是我第一次听说缴税的事儿。”

“真的吗？”

“真的。”

“税收对于一个社会的经济生活非常重要。”

“话是这么说。你记不记得帕斯卡莱·佩卢索？”

“不记得。”

“他是一个泥瓦匠，假如不修建这些水泥建筑，他就会失业。”

“嗯。”

“但他是一个党人，他父亲也是个党人，按照法院的说法，是他父亲把我公公杀死了，我公公是通过放高利贷和在黑市上倒卖东西赚了钱。帕斯卡莱就和他父亲一样，从来都不同意和平解决问题，包括其他党人同志也这么想。尽管我丈夫的钱都是我公公留下来，但我和帕斯卡莱还是很好的朋友。”

“我不知道，你想说明什么问题？”

莉拉做了一个自嘲的表情。

“我也不知道。我希望能听你们讲，想了解你们讲的内容。”

她就说了这些话，其他什么都没有再说，但她说话的时候，没有平时那种霸道的语气，她好像真的要我们帮着她了解这些问题：城区的生活是一团乱麻。她几乎一直在用方言说话，就好像要表现出谦卑和虚心：我不矫饰，我用我的话来说。她非常诚恳地把那些散乱的事实列举出来，没有像往常一样用一条主线把它们联系起来。说真的，无论是她还是我，都没有听到过这个无论是文化还是政治上都充满鄙夷的词汇“商贾”。无论是我还是她都无视所有的税：我们的父母、朋友、男朋友、丈夫和亲戚，都根本不知道存在缴税这回事儿，在学校里，老师也没有提到过类似的问题，还有其他和政治相关的问题。虽然如此，莉拉还是能搅乱那个下午的谈话，一直到那时候为止，这些都是很严肃的新话题。在说完那几句之后，尼诺马上想重新回到自己刚才说的话题上，但他有些语无伦次，最后又说起了他和布鲁诺共同生活的一些趣事。他说，布鲁诺只吃香肠和煎鸡蛋，他会喝很多葡萄酒。然后他表现出这些趣事让他有些尴尬，当他看到皮诺奇娅和布鲁诺吃着椰子回来了，头发湿淋淋的，就好像游完泳一样，他似乎松了一口气。

“走了一圈，实在让我觉得很开心。”皮诺奇娅感叹了一句，但她脸上的表情好像在说：“你们两个烂人，你们让我单独和一个陌生人出去。”

两个小伙子告别时，我陪他们走了一段，只是想表明一个事实：他们是我的朋友，他们是来看我的。

尼诺有些阴郁地说：

“莉娜真是给耽搁了，好遗憾啊。”

我点头表示同意，和他们告别后，我把脚泡在水里，想让自己安静下来。

我们回家的时候，我和皮诺奇娅都很高兴，莉拉心事重重。皮诺奇娅跟农齐亚讲了两个小伙子来沙滩上拜访我们的事情。出人预料的是，皮诺奇娅对布鲁诺非常满意，为了避免她孩子生出来带着椰子的胎记，他不辞劳苦，陪她去找卖椰子的。她说，他是一个很有分寸的小伙子，虽然是个学生，但没有那么乏味，他看起来好像不是很在意穿着，但他身上穿的所有衣服，从泳衣到衬衣，包括拖鞋，都是值钱货。她觉得很好奇，布鲁诺很有钱，她哥哥、里诺和索拉拉也有钱，但他的表现完全不一样。她说了一句让我很惊奇的话：在海滩上的水吧里，他给我买了这个那个，但一点儿炫耀的意思都没有。

皮诺奇娅的婆婆农齐亚整个假期都没有去过海滩，她一直忙着买东西，收拾屋子，准备晚饭和第二天我们带到海滩上的午饭，她听着这些就像这些是魔幻世界的事情。她察觉到女儿仰着头，向皮诺奇娅投去审视的目光。莉拉只是有些心不在焉，她没有制造任何麻烦，她让皮诺奇娅睡在了她床上，对所有人说了晚安。但出人预料的是，我刚刚上床，她就跑到了我的小房间里来了。

“你能不能给我看一本你的书？”她问。

我有些不安地看着她，她想读书？她已经有多长时间没有读书了？三年？四年？为什么她现在决定重新开始？我拿过贝克特的那本书，就是我用来拍蚊子的那本书，给了她。我觉得那是我手头最容易读懂的一本书。

- 47 -

整个星期都是在漫长的等待和短暂的相处中度过的。那两个小伙子有自己的时间安排，他们严格遵守着自己的时间表：早上六点起床，一直学习到午饭时间，下午三点步行到我们见面的地方，晚上七点离开，吃完晚饭继续学习。尼诺从来都不会一个人出现，他总是和布鲁诺一起来，尽管他们俩性格完全不同，但他们相处得非常和谐，尤其是面对我们时，他们好像能从彼此的身上汲取力量。

皮诺奇娅却很快就对他们的和谐提出了质疑，她认为他们并非好朋友，关系根本没有那么铁。她觉得他们的关系是建立在布鲁诺的耐心上，因为他的性格很好，能接受尼诺，并且毫无怨言，尼诺一天到晚嘴里冒出来的那些废话简直让人头大。“是的，废话连篇。”她又重复了一遍，但随后她向我道歉了，说她不该用讽刺的语气说到我非常喜欢的那些话题。“你们都是学生，”她说，“你们当然能够相互理解，但你们至少让我表达一下我的感受。”

她的那些话让我很享受，有莉拉在场，这好像对我是一种认可，她是一个沉默的证人，证明了我和尼诺之间存在一种排他的关系，一种别人很难介入的关系。有一天，皮诺奇娅用一种鄙夷的语气对布鲁诺和莉拉说："我们让他俩谈论他们的学问吧，我们去游泳，今天水很棒！"谈论学问？很明显她就是说，我们谈论的事情并非出于真正的兴趣，我们只是做做样子。我对这种说法并没有表现出特别的抵触，但这话让尼诺受到了刺激，他话说到一半就停了下来。他忽然站起来，第一个冲进海水里，根本就不管水温怎么样，他往我们身上撩水，我们边求他赶紧停手，边哆哆嗦嗦地下了水，他去和布鲁诺打水仗了，假装要淹死对方。

我想他就是这样，充满了伟大的思想，只要他愿意，也可以非常有趣，非常愉快。为什么他在我面前总是一副严肃的模样？是不是加利亚尼老师让他以为，我只对学习感兴趣？或者是，因为我的眼镜、我说话的方式给了他这种感觉？

从那时开始，我为我们度过午后的方式感到懊悔，因为我们一直在紧张地聊天，他迫不及待地表达自己的想法，我也焦急地想说出一些概念，想得到他的认同，再也没有那种他拉着我的手的时刻，他也没有再邀请我坐到他的毛巾上。当我看到布鲁诺和皮诺奇娅为一些很简单的事情哈哈大笑，我很嫉妒他们。我多想和尼诺一起，像他们那样哈哈大笑，我什么也不想要，只希望我们能亲密一点，就像皮诺奇娅和布鲁诺那样就行，我并不奢求太多。

莉拉好像在想自己的事儿，整个星期她都表现得很平静。早上的大部分时间她都耗在海水里，总是在距离岸边几米远的地方，在和海岸平行的一条线上游来游去。皮诺奇娅和我陪着她游泳，我们还是继续在教她，虽然她现在比我们都游得好。但我们很快会觉得很冷，跑到滚烫的沙子上躺着，但她还是会继续在水里练习，不慌不忙地伸长手臂，轻盈地划动双腿，节奏很优美，就像萨拉托雷教给她的那样。在太阳底下，皮诺奇娅抚摸着自己的肚子嘟囔着说，莉拉在任何事情上都很夸张。我则经常直起身子，在沙滩上对莉拉喊道："不要再游啦，你在水里已经待了太长时间了，会感冒的。"但莉拉根本就不听我的劝告，只有在浑身发青，眼睛发白，嘴唇发紫，手脚都起皱的时候，她才从水里出来。我拿着她的毛巾，在岸上等她，她的毛巾被太阳晒得很热，我把毛巾放在她的背上，使劲儿帮她擦干。

两个小伙子来时——他们每天都来，一天都没落下，他们要么和我们一起游泳，但莉拉通常拒绝下水，她会坐在一块浴巾上从岸上看着我们；要么大家一起去散步，她总是一个人落在后面捡贝壳，假如我和尼诺谈起世界大事，她会非常专注地听我们说，但很少插嘴。这么一来二去，形成了一些小小的习惯，大家也都遵守这些常规，这让我感到有些惊奇。比如说，布鲁诺来的时候总是会带一些冷饮，那是他路上在一个公共浴场的水吧里买的，有一天皮诺奇娅注意到布鲁诺给我买了一瓶汽水，但通常我都喝橙汁，我说："谢谢，布鲁诺，这也可以。"但皮诺奇娅让他去换一个。比如说，皮诺奇娅和布鲁诺在下午的某个时刻会去找新鲜的椰子，尽管他们总是让我们陪他们去，可莉拉从来也没有想着陪他们，我和尼诺也一样。他们走的时候身上还是干的，可回来的时候身上已经被海水打湿了，他们有时候会带来果肉白白的椰子，有时候会忘记买，这时候莉拉会问他们："今天的椰子呢？"

莉拉对于我和尼诺的谈话也很在意，当他说得太多时，她会有些失去耐心，会对尼诺说："你今天没有读到什么有意思的东西吗？"尼诺会很高兴地微笑着，开始漫无边际地谈起来，也就是说，他会谈论他最关注的问题。他说呀说，说呀说，但是我们之间从来没有真正的冲突：我几乎总是赞同他的观点，假如莉拉插话，也只是一些小小的分歧，只是一带而过，从来都不是激烈的反对。

有一天下午他提到了一篇文章，那篇文章激烈地批判了公立学校的运作，然后他马上谈到了我们一起上过的城区小学，还说那所学校很糟糕。我同意他的看法，说我们犯错误的时候，奥利维耶罗老师经常用教鞭打我们的手，还有那些强压到我们头上的各项竞赛。但让我吃惊的是，莉拉说整个小学教育对她来说非常重要，她用一种我已经很长时间没有听到过的意大利语，赞扬了我们的老师，她说得非常准确、认真。尼诺没有打断她的话，只是非常仔细地听着，最后泛泛地总结了一下：我们每个人的需求不同，同样的教育可以满足有些人的需求，但对于有些人来说可能是不够的。

还有一次，莉拉非常礼貌地提出了她的反对意见，也用了很标准的意大利语。我觉得我们越来越赞同的一种观点就是，在一定的时期内对社会进行有效的干涉，可能会解决一些问题，消除社会上的不公现象以及各种冲突。我很快学会了这种分析方法——在这一点上，我一直很擅长。每次尼诺提出他在这本书或者那本杂志上看到的问题——殖民主义、新殖民主义和非洲问题，我都会应用这个模式来分析。但有一天下午，莉拉慢慢地对他说，没有任何办法可以避免富人和穷人之间的矛盾。

“为什么？”

“那些在下面的人想上来，那些在上面的人想待在上面，无论通过什么方式，最后的结局都是相互唾弃，拳打脚踢。”

“正是这个原因，我们才要在暴力事件发生之前解决问题。”

“怎么解决？把所有人都拉上去，或者把所有人都压下去？”

“要在各个阶层找到一种平衡。”

“平衡点在哪里？下面的人和上面的人会在中间碰面吗？”

“可以这么说。”

“上面的人愿意下来一点？下面的人放弃上到最高点的期望？”

“假如努力解决所有问题，就会达成这个结果。你觉得呢？”

“我不这样认为。这些阶级之间不会像玩牌一样，他们会斗争，直到流尽最后一滴血。”

“这是帕斯卡莱的想法。”我说。

“现在我也这么想。”她非常平静地回答说。

除了少数几次面对面的交谈，莉拉和尼诺的交流基本上都是通过我进行的。莉拉从来不会直接和尼诺对话，尼诺也一样，好像他们彼此都觉得很尴尬。我觉得莉拉在面对布鲁诺时，就从来不会有这种不自在的感觉，尽管布鲁诺不爱说话，但他很客气，温和地称她为卡拉奇太太，这让他们有一种亲切熟悉的感觉。比如说有一次我们几个人一起游泳，让我惊讶的是，尼诺没有像往常一样游得非常远，让我很担心。莉拉请求布鲁诺，而不是请求尼诺向她演示一下，在游泳时什么时候需要抬起头来呼吸。布鲁诺马上演示了一遍，尼诺觉得很不悦，因为他很擅长游泳却没有受到青睐，他开布鲁诺的玩笑，说他胳膊很短，游泳的时候节奏掌握不好，然后他给莉拉演示了正确的姿势，她非常仔细地看着，马上模仿他的样子游了起来。最后，莉拉游泳的姿势被布鲁诺称为伊斯基亚岛的埃斯特·威廉姆斯①，他想说她游得很棒，就像电影里的游泳女神。

① 埃斯特·威廉姆斯（Esther Williams，1921—2013），美国游泳运动员，后出演《出水芙蓉》等影片。

到了那个星期快要结束的时候，我记得那是一个非常晴朗的星期六早上，空气很凉爽，一路上全是浓烈的松树的气息。我们刚来到沙滩上，皮诺奇娅就直言不讳地说：

“萨拉托雷的儿子真是让人难以忍受。”

我非常小心地捍卫了他，用一种节制的语气说，当一个人学习的时候，会对一些东西产生热情，感觉到有必要把自己的激情传递给别人，他就是这样的人。莉拉并不是很认可我，她说了一句让我感觉很刺耳的话：

“假如从尼诺的脑子里去掉他读的东西，那就什么也不剩下了。”

我马上反击说：

“不是这样的，我了解他，他有很多优点。”

皮诺奇娅充满热情地支持莉拉的看法。但莉拉并不喜欢皮诺奇娅的赞同，她说她说的不是这个意思，她马上把那句话翻转过来了，就好像她说出那句话是为了做个实验，现在听她的意思，好像她很懊悔自己刚才所说的，正在极力挽回。她解释说，像他这样的人，总是考虑那些大问题，假如可以的话，他可以把一生都投入到这些问题上，不受别人干扰，不像我们总是想着我们自己的问题：金钱、家庭、丈夫、生孩子。

我依然不喜欢她说的这些话。她在说什么呢？难道尼诺不会对一个人产生情感？他的生活注定会没有爱情？没有孩子和婚姻？我鼓起勇气说：

“你知不知道他有一个女朋友，他非常在乎她？他们每个星期都要通信。”

皮诺奇娅插了一句：

“布鲁诺没有女朋友，他正在找自己心目中的女人，一找到自己想要的女人，他就会想结婚，生很多孩子。”之后她前言不搭后语地叹息了一句："这个星期过得真快啊！"

"你不高兴吗？你丈夫马上就要来了。"我回了一句。

她好像受到了冒犯，这句话让她想起了里诺要回来，还有可能想到了某种她厌烦的事情，就索然地感叹了一句：

"我当然很高兴。"

莉拉这时候问我：

"你高兴吗？"

"因为你们的丈夫要回来了？"

"不是，你自己心里知道。"

我明白她说的意思，但我不承认。她想说的是，明天，也就是星期天，她们要和斯特凡诺、里诺在一起了，而我，就可以单独和两个男孩子见面了，这是个好机会，就像上星期那样，布鲁诺会忙自己的事儿，而我会和尼诺度过下午的时光。这几天以来，每天在睡觉之前我都在想象周末的事情。莉拉和皮诺奇娅会享受她们的婚姻生活，我作为单身女子，虽然戴着眼镜，每天就知道读书，但我也会拥有自己小小的幸福：和尼诺手拉着手在镇上散步，或许还有更多的事情发生。我笑着说了一句：

"莉拉，我应该知道什么？你们结婚的女人很幸福？"

- 48 -

那一天过得很慢，我和莉拉安静地躺在沙滩上，等着尼诺和布鲁诺带着冷饮来，皮诺奇娅的心情却明显越来越坏，她越来越频繁地说一些很神经质的话，一会儿说她觉得他们俩可能不来了，一会儿感叹说我们不能浪费时间等他们。两个男孩很准时地出现了，仍然带着冷饮。她表现得很暴躁，她说觉得很累，但几分钟之后她的心情似乎更坏了，她改变了主意，叹着气说要去买椰子。

至于莉拉呢，她做了一件让我挺讨厌的事情。整个星期她从来都没有谈论过我借给她的书，我都忘记有那么一回事儿了。但皮诺奇娅和布鲁诺一走，她不等尼诺说话，就开门见山地问：

"你有没有去过剧院？"

"我去过几次。"

"你喜欢吗？"

"一般。"

"我从来都没有去过，但我在电视上看到过。"

"那不是一回事儿。"

"我知道，那总比没看过好。"

就在这时候，她从包里拿出了我给她的那本书，就是贝克特的戏剧集，她把书展示给尼诺看，问他：

"你看过这本书吗？"

尼诺拿过书来，仔细看了看，然后很不自在地承认：

"没有。"

"因此，你并不是无所不知。"

"是啊。"

"你应该看看这本书。"

莉拉开始谈起了这本书，让我吃惊的是，她在这本书上下了很大的功夫，她用的是之前的方法，她选择了一些能让我们看到人和事物本质的词语，描述这些事情带给她的感觉，现在她让这些人和事物活生生地出现在了我们眼前。她说我们不用等着核战争爆发，在那本书里，好像核战争已经发生了。她跟我们讲述了一位温妮太太的事，她感叹了一句：又是非凡的一天！在她复述那句话时，效果非常震撼，她的声音在颤抖：又是非凡的一天！这句话让人难以忍受！她跟我们解释为什么温妮的生命里什么都没有，什么都没有，她的动作是空的，脑子是空的，那一天以及之前的日子，没有一天是非凡的。但她补充说，最让她感动的是一个名叫丹·鲁尼[①]的人。她说丹·鲁尼是个盲人，但他并不感到懊悔，因为看不见，这让他的生活更好，甚至有一天他想如果自己变成了聋哑人，那他的生活会不会更像生活，一种纯粹的生活，一种只有生活的生活。

"你为什么喜欢这个人物？"尼诺问。

"我现在不知道我到底喜不喜欢他。"

"他激起了你的好奇，不是吗？"

"他让我想到了很多，也就是说，假如看不到，听不到，甚至没有了语言，那生活会更像什么，这说的到底是什么意思。"

"也许那只是一种策略。"

"不是，不是什么策略。这一点让人想到很多，那不仅仅是一种表达策略。"

尼诺不说话了，他只是看着那本书的封面，就好像要仔细辨认那本书。他问：

"你看完了吗？"

"是的。"

"你能借给我看看吗？"

---

① 丹·鲁尼（Dan Rooney）是贝克特于1956年为BBC完成的短剧《跌倒的人》（*All That Fall*）中的男主人公，剧本情节发生在丹的生日那天。

那个请求让我觉得非常痛苦和不安。尼诺曾经说过——我记得不是很清楚了，他说他对文学没有什么兴趣，他读的是其他的书。我把那本贝克特给了莉拉，正是因为我知道我没有机会和他聊起这本书。现在莉拉跟他提起了这本书，他不仅仅非常认真听她讲，而且要借那本书。我说：

“那是加利亚尼老师的书，是我借给她的。”

“你读了吗？”他问我。

我本应该说我没有读过，但我马上补充说：

“我想今天晚上开始读。”

“那你读完之后给我看看。”

“假如你真的那么感兴趣，”我马上说，“那你先读。”

尼诺对我表示感谢，他用指甲弄掉了封面上一只蚊子的尸体，对莉拉说：

“这本书我一个晚上可以看完，明天我们可以聊聊。”

“明天不行，明天我们不能见面。”

“为什么？”

“明天我和我丈夫在一起。”

“哦。”

我觉得他有些心烦。我不咸不淡地等了一会儿，想等他问我，我们明天见不见面。但他忽然变得很不耐烦，说：

“明天我也不行。布鲁诺的父母来了，我得去巴拉诺住，星期一才能回来。”

巴拉诺？星期一？我希望他让我去玛隆蒂海滩找他。但是他心不在焉，可能脑子里还想着丹·鲁尼——这个人物不满足于自己只是个瞎子，他还想变成一个聋哑人。最后，他没邀请我。

- 49 -

在回家路上，我对莉拉说：

“我借给你的书，这书也不是我的，我求你别把书带到沙滩上，我不能给加利亚尼老师还书的时候书里夹着沙子。”

“对不起。”她说，然后很欢快地亲了我的脸颊。也许是为了获得我的原谅，她要帮我和皮诺奇娅拎包。

我的心情慢慢晴朗起来。我想尼诺不是随口说说他去巴拉诺的事情，他是想让我知道他的行踪，让我主动去巴拉诺找他，他就是这样的人。想到这一点我就释然了，他需要被跟随，我决定明天早上早些起床去找他。唯一一个心情依然很坏的人是皮诺奇娅，通常她很容易生气发火，但气消得也快，她怀孕之后，不仅身体变圆了，性格也似乎被磨去了些棱角，但不知道为什么，那天她的脸色越来越阴沉。

“布鲁诺是不是对你说了什么不中听的话？”我忽然问她。

“没有啊。”

“发生了什么事？”

“没什么。”

“你觉得不舒服吗？”

“我没有不舒服，我自己也不知道我怎么了。”

“你赶紧去准备一下吧，里诺马上要来了。”

“好吧。”

但她还是没去准备，她依然穿着湿漉漉的泳衣，在那里漫不经心地翻阅一本照片小说。莉拉和我都打扮了一下，尤其是莉拉，她打扮得花枝招展，像过节一样，皮诺奇娅还是没换衣服。这时候农齐亚已经默默做好了晚饭，她小声对皮诺奇娅说：“你怎么啦？姑娘，你不去换衣服吗？”她没有回答。当她听到“兰美达”摩托的轰隆声，还有两个年轻男人呼唤的声音，皮诺奇娅才急匆匆跑到了卧室里，关上房门，喊道：“你们别让他进来，拜托啦。”

整个晚上我们都有些不安，每个人都因为不同的原因而心慌意乱，这最后也传染到她们的丈夫身上。斯特凡诺已经习惯了莉拉的喜怒无常，但让他出乎意料的是，莉拉这时候柔情似水，好像很享受他的抚摸和亲吻，平时她总是表现得很厌烦。而里诺他已经习惯了皮诺奇娅黏黏糊糊地缠着他，现在她怀孕了，比以往更加黏人了，但他这次觉得很不开心，因为妻子没有跑下楼梯来迎接他，最后是他去房间里找她，拥抱她的时候，他感觉到她是费力表现出很高兴的样子。不仅如此，几杯酒下肚以后，莉拉表现得很愉快，两个年轻的男人开始用有性暗示的话，挑逗各自的妻子，里诺嬉笑着在皮诺奇娅耳边说了些什么，她忽然闪开了，用带着标准意大利语的腔调说：“别这样，你太粗俗了！”里诺发火了，说：“我粗俗？粗俗吗？”她还在那里坚持了几分钟，最后她嘴唇颤抖着跑到房间里去了。

“都是怀孕的缘故，”农齐亚说，“要对她耐心点儿。”

没人回应。里诺吃完饭之后，叹了一口气，去房间里找他的妻子了，后来没有再出来。

莉拉和斯特凡诺决定骑着“兰美达”小摩托车出去转一圈，看看夜色中的沙滩。他们是笑嘻嘻地离开的，两个人还亲来亲去。我像往常一样和农齐亚争着抢着收拾桌子，农齐亚总是不愿意我插手。我们聊了一会儿，她跟我讲了她如何认识费尔南多，还有他们相爱的故事，她说了些让我很震动的话：“你可能一辈子爱一个人，但你并不是真的了解这个人。”费尔南多时好时坏，但她一直都很爱他，当然有时候也恨他。她又强调说：“因此，没什么可担心的，皮诺奇娅现在心情不好，但很快会好的；你还记不记得莉娜蜜月旅行回来的样子？嗨，你看看现在！女人一辈子就这样，有时候挨打，有时候受宠。”

我回到了自己的小房间里，想试着把查波德的书看完，但我想起了尼诺在听莉拉讲述丹·鲁尼的故事时的神情，他完全被迷住了，这让我不想在查波德的“民族国家观念”上浪费时间。尼诺也是那样反复无常，我想我也很难搞清楚他到底是什么样的人。他看起来好像对文学一点也不感兴趣，但莉拉拿了一本戏剧方面的书，说了几句，他就对文学产生了兴趣。我在我带来的书里寻找，看有没有其他文学方面的书，但没有找到。虽然没有找到文学类的书籍，但我发现我的书少了一本。怎么可能呢？加利亚尼老师给了我六本书。现在尼诺拿了一本，有一本我正在看，大理石窗台上有三本，第六本书去哪儿了呢？

我到处找了找，包括在床底下也看了，我想起来那是一本关于广岛的书。我非常不安，一定是我在洗澡的时候，莉拉来拿了那本书。发生了什么事？在经历了鞋子作坊，订婚，恋爱，肉食店，和索拉拉做买卖这些事之后，她现在决定回到小学时的样子？当然，之前已经有征兆了：她和我打的那个赌，虽然结果不是她期望的，但可以肯定的是，她向我展示了她想学习的愿望。但后来怎样了呢，她真的投入学习了吗？没有。但听了我们和尼诺在沙滩上的闲聊，经过了六个在沙滩上晒太阳的下午，这一切让她重新产生了学习的愿望，让她又产生了一争胜负的劲头吗？因此她说出了对奥利维耶罗老师赞誉有加的话？因此她对那个只对大事狂热，对现实生活不太关注的人产生了兴趣，觉得他很帅？我悄悄从我的房间里出去，踮着脚尖走路，轻轻地打开门，避免门发出吱吱嘎嘎的声音。

房子里非常安静，农齐亚已经去睡觉了，斯特凡诺和莉拉还没回来。我进到他们的房间里：房间里乱七八糟，到处都是衣服、鞋子和行李。在一个凳子上面，我看到了那本书——《广岛第二天》，她问都没有问我就把书拿走了，就好像我的书也是她的，就好像我欠她的，就好像加利亚尼老师对我学业的关心，都是因为她一个漫不经心的举动，一句脱口而出的话。我想把那本书拿走，但又有些羞愧，我改变了主意，又把书放回了原处。

- 50 -

那是一个异常乏味的星期天。整个晚上都很热，我因为担心蚊子进来，不敢开窗子，我睡一会儿，醒一会儿。我要去巴拉诺吗？去了会有什么结果？我会和西罗、皮诺和克莱利亚玩上一整天，尼诺会像往常一样游得远远的，或者他一个人待在太阳底下一句话也不说，默默反抗他的父亲？我醒得很晚，我睁开眼睛的时候已经十点了，我感觉到一种遥远的思念，这让我非常不安。

我从农齐亚嘴里得知，皮诺奇娅和里诺已经去海边了，斯特凡诺和莉拉还在睡觉。我把面包泡在牛奶咖啡里，机械地嚼着，我最终还是彻底放弃了去巴拉诺的想法，我有些焦虑，情绪低沉地去了海滩。

在海滩上，我看到里诺在太阳底下睡觉，头发很湿，肥大的身体趴在沙子上，皮诺奇娅在沙滩上走来走去。我让她和我一起走到温泉那里，她很客气地拒绝了。我一个人顶着太阳朝着弗里奥的方向走去，力图让自己平静下来。

早上的时间过得很艰难。从弗里奥回来后我下海游了一次泳，然后躺在太阳底下。我隐约听到了里诺和皮诺奇娅的谈话，就好像我不在场一样。他们嘀咕着：

“你不要走。”

“我得工作，那些鞋子应该在秋季前赶制出来。你看到那些鞋子了吧，你喜欢吗？”

“是的，但莉拉后来加的那个装饰很丑，去掉吧。”

“看起来很好啊，不能去掉。”

“你看到了没？我对你说什么根本都没用。”

“不是这样的。”

“就是这样，你不爱我了。”

“我爱你，你知道我多喜欢你。”

“才不是，你看看我的肚子。”

“我吻你的肚子一万下，整个星期我都一直在想你。”

“那你就别去上班了。”

“不行。”

“这就是说，今天晚上我们要一起走。”

“我们已经出了我们那份钱，你应该在这里度假。”

“我不想再度假了。”

“为什么？”

“因为我一闭眼就做噩梦，我整个晚上都会睁着眼睛。”

“你和我妹妹睡也一样吗？”

“更加糟糕，你妹妹会杀死我的，她肯定想把我杀了。”

“那你和我妈妈睡。”

“你妈妈打呼噜。”

皮诺奇娅的语气变得越来越让人难以忍受，一整天我都没法理解她的怨气。她确实不怎么能睡得着，她希望里诺留下来，她甚至想和他一起回去，我觉得她这是在说谎。后来，我觉得她一定是想告诉里诺一些事，是她没法直说的事情，只能通过蛮横不讲理的形式表现出来。但后来我没继续琢磨她的小性子，我想着其他事情，我首先想到的是莉拉的活跃和开朗。

莉拉和她丈夫出现在海滩上时，我觉得她比前一天晚上还要开心。她想向斯特凡诺展示自己已经学会了游泳，他们俩游得很远——游到了深海，据斯特凡诺说——其实他们距离海岸没几米远。莉拉的动作非常优雅准确，而且很有节奏，她已经学会了转过头，从水里探出头来换气，她很快就把丈夫甩在了身后。她停下来，笑着等他，他笨拙地抡着胳膊，脖子挺得很直，用嘴吹着脸上的水，费力地赶上她。

这种愉快的气氛在下午更浓厚了，他们骑着“兰美达”摩托去兜风了。里诺也想去兜风，但皮诺奇娅拒绝了，她害怕从摩托车上摔下来，把孩子摔掉了。里诺对我说：“莱农，你跟我去吧。”我第一次坐摩托车，斯特凡诺在前面开着，里诺在后面，在风中，我担心自己摔下去，或者碰到什么东西。我感到越来越激动，皮诺奇娅的丈夫汗津津的背部发出强烈的气息。那种嚣张的气焰让他打破了所有规矩。对于那些抗议的人，他用我们城区的方式来回应，忽然刹车，大声威胁，准备随时和别人动手，就是为了捍卫自己为所欲为的权利。那是非常有意思的体验，我回到了那种缺乏教养的小姑娘的时期，和下午在沙滩上，尼诺和他的朋友出现时我所表现出来的完全不一样。

那个星期天，我经常提到那两个小伙子，尤其喜欢提到尼诺的名字。我很快注意到，皮诺奇娅和莉拉表现得好像她们从没和布鲁诺以及尼诺来往过，好像只有我一个人和他们来往。最后的结果是，当她们的丈夫告别我们去码头坐船时，斯特凡诺让我向索卡沃的儿子问好，就好像我是唯一有机会见到他的人，里诺跟我开玩笑说："你喜欢诗人的儿子？还是喜欢那个香肠商人的儿子？你觉得他们俩谁长得帅些？"就好像他的妻子和妹妹无法就此做出判断。

让我很烦的是她们俩在各自的丈夫离开后的表现。皮诺奇娅变得很开心，她感觉自己有必要洗洗头发——她大声说她头发里全是沙子。莉拉闷闷不乐地在家里转悠，最后她躺在了没有收拾的床上，任凭房间凌乱着。当我去她房间对她说晚安，我看到她连衣服都没脱，她正眯着眼睛，皱着眉头，聚精会神地看那本关于广岛的书。我没有说她，只是用有些讽刺的语气说：

"你怎么忽然又想看书了？"

"关你什么事儿。"她回答我说。

- 51 -

星期一，尼诺出现了，像是我的愿望招来的一个幽灵，他早上十点就出现了，而不是像往常一样，下午四点才来，这对于我们是一个大惊喜。我们刚到海滩上，每个人都满脸怨气，认为别人占用厕所时间太长。皮诺奇娅尤其焦虑，因为她睡觉时把头发压得乱七八糟。尼诺还没解释他为什么今天没按照平常的时间过来，皮诺奇娅就率先开口了，她有些凶巴巴，甚至有些恶狠狠地问尼诺：

“布鲁诺怎么没来？他是不是有更有意思的事情要做？”

“他父母在家呢，他们中午走。”

“他父母走后，他会来吗？”

“应该会来。”

“假如他不来的话，那我就回去睡觉了，跟你们三个在一起，我烦都烦死了。”

尼诺给我们讲他在巴拉诺的周末过得多糟糕，现在已经大早上了，但他不能直接去布鲁诺家，就直接来了海滩。尼诺说话的时候，皮诺奇娅插了两三次嘴，满怀怨气地问我们，谁能和她去游泳。我和莉拉都没有理她，她一个人气呼呼地下水了。

随她去吧！我们更乐意倾听尼诺列举他父亲的种种不是。“他是个骗子。”这就是尼诺对他父亲的定义，他说他父亲是一个游手好闲的人，申请延长了假期，借口说自己得了什么病，让一个在医疗系统工作的医生朋友给他开了一个证明。他带着痛恨说：“我的父亲是一个彻头彻尾的自私鬼。”这时候，他没有任何征兆地吻了一下我的脸颊，这让我惊得简直要跳起来，那是一个非常响亮、热烈的吻，随后他马上说了一句：“能见到你，我真是太高兴了。”然后他又有一点尴尬，就好像他才意识到，在我面前的这种豪爽的表现可能会冒犯到莉拉，他说：

“我可以也吻你一下吗？”

“当然。”莉拉回答说。他轻轻地吻了莉拉一下，没有发出声音，只是用嘴唇轻轻碰了一下。在那之后，他开始用非常激动的语气谈起了贝克特的戏剧：啊！他多么喜欢那些被埋在地里、只露出头的人；那句“当下在你心中燃起火焰”的话是多么美；曼迪和丹·鲁尼说了很多精彩的话，他都很难找出莉拉提到的那句——嗯，一个人瞎了，聋了，哑了，甚至是失去了味觉和触觉，才能更真切地感受到生活，这种概念本身就很有意思。按照他的解释，作者想表达的是：我们需要去掉所有阻止我们生活在当下的过滤器，才能充分享受到真实的生活。

莉拉表现得很不安，她说她试想了一下，“纯粹的生活状态”让她感到害怕。她有点夸张地感叹：“一个不能看，不能说，不能表达，也不能倾听，没有任何依附、任何容器的生活，是一种变形的生活。”我记不住她的原话，但我可以肯定，说到“变形”这个词时，她做出了一个表示非常厌烦的动作。尼诺反复嘀咕着那个词——“变形”，就好像那是一句脏话。后来他又分析起来，比之前更加激动，直到后来，他忽然脱掉了身上的汗衫，露出了他瘦骨嶙峋、黝黑的身体，他拉住了我们的手，把我们拖到了水里。这时候我非常幸福地叫喊着：“不，不，不要，我很冷，别这样。”他回答说：“我们终于也有了非凡的一天。”莉拉在笑。

这时候我想，也许莉拉错了，确实存在另一个尼诺：不是那个阴郁的男孩——不是那个一心想着全世界、全人类命运的男孩，而是眼前这个男孩——一个会玩儿，会把我们拖下水的男孩；一个抓着我们，推着我们，把我们拉向他的男孩；一个向远处游去，让我们追赶，让我们抓住他，让我们把他摁到水下，假装我们要把他淹死的男孩。

布鲁诺来了之后，气氛变得更好了。我们几个人一起散步，这时候皮诺奇娅的心情慢慢变好了，她要下海游泳，她要吃椰子。从那时候开始，接下来的整个星期，我们都觉得那两个男孩在早上十点来找我们很自然，我们在海滩上一直待到太阳落山，直到我们说：“我们该走了，要不然农齐亚该生气啦。”他们也顺势说他们要回去学习一会儿。

我们已经变得多亲密啊。假如布鲁诺和莉拉开玩笑，称她为卡拉奇太太，她就会伸出拳头来捶一下他的肩膀，然后追着他跑；假如他对皮诺奇娅非常关注，因为她怀着孩子，皮诺奇娅会让他把手搭在她的肩膀上，说："我们走吧，我想喝汽水。"至于尼诺呢，现在他经常拉着我的手，把一只胳膊搭在我的肩膀上，另一只胳膊搭在莉拉的肩膀上，用手捉住她的食指和拇指。我们之间的界限在消除，最后我们五个成了兴高采烈、很容易高兴起来的伙伴。我们玩这样那样的游戏，谁要是输了，就要受罚。通常受罚的人要去亲别人，但是那种开玩笑的吻，比如说：布鲁诺要亲莉拉沾满沙子的双脚，尼诺要亲我的手、脸蛋、额头、耳朵，或是敲我的耳朵后面。我们还玩拍球，莉拉非常擅长这个游戏，尼诺也一样。但是最活跃、最会玩儿的人是布鲁诺，他和皮诺奇娅总能赢，无论是和我以及莉拉玩，或是和莉拉以及尼诺玩，还是同尼诺与我玩，他们一直都在赢，因为我们所有人在皮诺奇娅面前都达成了一个默契。她在沙滩上跑啊，冲啊，在沙子里打滚，完全忘记了自己的状态，我们就赶快收场，让她赢，也只是为了让她平静下来。布鲁诺会好心地劝她，让她坐下来，然后喊道："皮诺奇娅得分，太棒了！"

就这样，一天一天，有一种幸福开始蔓延。莉拉拿我的书去看，这不再让我觉得很烦，我反而觉得那是一件很美好的事。我们讨论的时候，莉拉开始说自己的想法，尼诺在那里仔细地听着，好像找不到反驳的话，这让我也觉得很好。让我狂喜的是，在那种情况下，他常会忽然停止和她说话，转而和我讨论起来，就好像这样可以帮他找回自己的观点。

有一次，莉拉谈了她读的那本关于广岛的书，就发生了类似的事情。那本书引发的讨论非常激烈，因为我知道尼诺对美国持有批判态度，他不喜欢美国在那不勒斯建立的军事基地，但是他又深受他们生活方式的吸引，他说他想研究研究。因此，当莉拉说美国在日本投原子弹是一场犯罪，比军事犯罪还要严重，已经和战争没有多少关系了，那是一场对尊严的侵犯时，他觉得很受伤。

"你记不记得珍珠港事件？"他很小心地说。

我不知道什么是珍珠港事件，但我发现莉拉知道。她对尼诺说珍珠港事件和广岛事件的性质完全不同，无法进行比较，珍珠港事件是一场很下流的战争行动，但广岛事件是一场非常愚蠢非常可怕的报复行为，比报复更糟糕，那是一场纳粹屠杀，她最后总结说："美国人应该被送上军事法庭，作为最可耻的战犯，他们做的那些可怕的事情，只是为了吓唬那些活着的人，让他们彻底趴下。"在这场激烈的讨论中，尼诺没有反击，反倒心事重重地沉默了。然后他对我说话，好像莉拉没在跟前一样。他说，那个事件本身不是出于残酷，也不是出于报复，而是为了一次性结束那凶残的战争，正是通过那种新型的武器结束所有的战争。他说话的时候声音很低沉，眼睛看着我的眼睛，就好像他只在意我的认可。那是一个非常美好的时刻。他在那个时刻非常帅。这时候我那么激动，以至于眼泪从我的眼睛里冒了出来，很难再咽下去。

星期五又来了，那是非常炎热的一天，我们大部分时间都在水里，忽然我感觉什么东西被破坏了。

我们在回家的路上，刚刚和两个小伙子告别，太阳快要落山了，蓝色的天空上披着红霞。在度过了情绪高昂的好几个小时后，皮诺奇娅这时候忽然变得沉默，她把包丢在地上，坐在了路边，开始愤怒地叫喊起来——非常小声的叫喊，几乎是在呻吟。

莉拉眯了一下眼睛，盯着她的嫂子看，就好像在看一个非常丑陋、她无法面对的东西。我有些担心地走到她跟前，问：

“皮诺奇娅，怎么了，你不舒服吗？”

“我受不了身上的湿泳衣。”

“我们身上的泳衣都是湿的啊。”

“我受不了！”

“别着急，起来吧，我们走。你肚子不饿了吗？”

“不要跟我说别着急！你说别着急的时候让我很烦。我再也受不了你了，莱农，你还有你的别着急。”

她接着一边拍着大腿，一边哭哭啼啼起来。

我察觉到莉拉没有等我们，她已经一个人走远了。我察觉到，她做出这个决定并不是因为她很烦，或者是因为漠不关心，她这么做另有原因，这个原因非常炽热，好像待在我们身边会灼伤她一样。我帮皮诺奇娅站起来，帮她拿着包。

- 52 -

慢慢地，皮诺奇娅平静了下来，但那天晚上她一直拉着脸，就好像我们做了什么对不起她的事似的。后来她甚至对农齐亚也不是很礼貌，说面条煮得不好，莉拉叹了一口气，然后用方言狂轰滥炸骂了她一通。皮诺奇娅决定那天晚上睡在我的房间。

她睡得很不安稳。另外，两个人待在那么小的房间里，热得连气都喘不过来，身上的汗把衣服都浸湿透了。我后来不得不打开窗子，但马上就被蚊子包围了，这让我彻底没办法睡觉，天刚亮我就起床了。

现在我的心情也很坏，我的脸上有三四处蚊子叮的包，让我简直没法见人。我去了厨房，农齐亚已经在洗我们的衣服了。莉拉也起床了，她已经喝了牛奶，正在看另一本我的书——不知道她是什么时候偷去的。她一看见我进来，就向我投来了审视的目光，她做了一个无辜的表情，问了一个出乎我意料的问题：

“皮诺奇娅怎么样？”

“我不知道。”

“你生气啦？”

“是呀，我整个晚上都没有合眼，你看看我的脸。”

“看不出来。”

“那是你什么都看不见。”

“尼诺和布鲁诺也会看不见的。”

“这跟他们有什么关系？”

“你很在乎尼诺吗？”

“我已经跟你说了一百次了，我不在乎他。”

“别激动。”

“我很平静。”

“我们要当心皮诺奇娅。”

“你要当心她，她是你嫂子，不是我的。”

“你生气啦？”

“是的，是的，是的。”

那天比前一天更加炎热，我们焦虑不安地向海滩走去，坏心情好像感染一样，传染到我们每个人身上。

在半路上，皮诺奇娅发现她没带毛巾，就又发了一次神经。莉拉低着头向前走，根本就没有回头。

“我去给你拿。”我自告奋勇说。

“不，我要回家去，我不想去海边了。”

“你觉得不舒服吗？”

“我很好。”

“那为什么呢？”

“你看看我的肚子。”

我看了看她的肚子，不假思索地说：

“那我呢，你看看我的脸给蚊子叮成什么样了？”

她开始大喊大叫起来，她对我说：“你是个白痴！”然后她加快脚步，赶上了莉拉。

我们到了沙滩上，她马上向我道歉，她说，你那么老实，那么规矩，这让我很愤怒。

“我很老实？”

“我想说你很好。”

“我一点儿也不好。”

莉拉一直盯着弗里奥方向的那片海水看，她尽量不受我们影响，最后她冷冰冰地说：

“你们别闹了，他们要来了。”

皮诺奇娅嘟囔了一句，“你那位来了。”忽然她的声音变得柔软，她往嘴唇上涂了口红，尽管她之前已经涂得够多了。

那两个男孩子的心情比我们还坏。

尼诺用一种充满嘲讽的语气对莉拉说：

“今天晚上，你们的丈夫都要来了吧？”

“当然。”

“你们要做什么好玩的事？”

“我们吃饭、喝酒，然后去睡觉。”

“明天呢？”

“明天我们吃饭、喝酒，然后去睡觉。”

“他们星期天晚上也在吗？”

“不在，星期天我们吃饭、喝酒，只在下午睡觉。”

我隐藏起我那种自嘲的语气，硬着头皮说：

“我有空。我不吃不喝，不睡觉。”

尼诺看着我，就好像他看到了一个他之前从来没有注意到的问题，他用一只手摸了一下我右边的颧骨，我那里被蚊子叮了，肿得比其他地方明显。

他很严肃地对我说：

“好吧，明天早上七点我们在这里见面，然后我们一起去爬山，回来之后，在海边待到很晚。你觉得呢？”

我感觉到血管里涌起一阵欣喜的热潮，我很释然地说：

“好吧，早上七点，我带上吃的。”

皮诺奇娅有些沮丧地问：

“那我们呢？”

“你们有丈夫。”他嘀咕了一句，他在说“丈夫”这个词的时候，就好像在说蛤蟆、毒蛇和蜘蛛。皮诺奇娅听到这句话之后，忽然站了起来，向海岸边走去。

“她最近有点儿过于敏感，”我替她开脱说，“那是因为她怀孕的缘故，她通常不这样。”

布鲁诺还是用他那种耐心的语气说：

“我陪她去买椰子。”

我们的目光跟随着他，他个子很小，但很结实，胸脯很厚实，大腿很强壮，他迈着稳健的步子在沙子上走着，他很从容，就好像脚下不是滚烫的沙子。当布鲁诺和皮诺奇娅走向海滨浴场时，莉拉说：

“我们去游泳。”

- 53 -

我们三个人一起向大海走去，我走在中间，他们俩在两边。尼诺当时对我说：“我们明天早上七点见。”很难描述我当时的感受，一种突如其来的胜利感。当然，我为皮诺奇娅反复无常的心情感到遗憾，但那种遗憾很微弱，根本影响不到我的愉快心情。我终于对自己感到满意，一个长长的、激动人心的周末在等着我；当时我觉得很自豪，我出现在那里，跟我生命中最重要的人在一起，即使是我父母、我的弟弟妹妹也没办法和他们相比。我拉着他俩的手，发出一声幸福的叫喊，我把他们拉到了翻涌着水花的冰冷的海水里。我们像一个人似的，扎进海水里。

一进到海里，我们就松开了拉着彼此的手。我从来都不喜欢冰冷的海水打湿头发，还有海水在头皮上和耳朵里的感觉。我马上就浮出了水面，把水甩开。我看到他们已经游了起来，为了跟上他们，我也开始游了起来，我马上就发现这是一件很艰难的事情：我没办法直线向前游，我的头在水里，我也能不慌不忙地用手臂划水，但我的右胳膊要比左胳膊有力，所以我总是偏离路线，另外我还担心呛水。我试着跟上他们，我近视，但我还是希望一直能看到他们。我想，他们会停下来的。我的心跳得很快，我慢了下来，最后停了下来，漂在水上，看着他们信心满满地一个挨着一个游向远处。

也许，他们游得太远了。我也一样，当时一时兴起，我游得比平时那条安全线要远，平常从安全线那里，我游两下就能回到岸上，莉拉自己也从来没有超过那条线。但现在她在和尼诺较劲儿。尽管她没有什么经验，但她毫不让步，她跟着他越游越远了。

我开始担心。假如她没有力气了怎么办？假如她不舒服了呢？尼诺很会游泳，他会帮助莉拉，但假如他抽筋了呢？假如他也撑不住了呢？我看着周围，海浪把我推向左边。我不能在这里等他们，我该回到岸上。我看了一眼脚下——那真是一个错误，天蓝色变成了深蓝，下面的颜色越来越深，就像黑夜，尽管太阳照射着海面，海上波光粼粼，泛白的地方好像连着天际。我感觉到脚下有一道深渊，没有着落，如同一个死亡的陷阱，随时都会有东西上来，刺穿我，捉住我，撕咬我，把我拉向大海深处。

我尽量平静下来，我喊道："莉拉！"但我没戴眼镜，什么都看不到，眼前全是白茫茫的海水。我想着第二天我和尼诺的郊游。我慢慢往回游，我仰着身子，划动着手臂和腿，一直游到了岸上。

我坐在浅水区，费力地看着远处海面上他们黑黑的脑袋，就像两个浮标，我觉得舒了一口气。莉拉不仅仅没事，而且她还赶上了尼诺，和他游得一样快。她是那么起劲儿，那么夸张和勇敢。我站起来，走到了坐在我们的东西旁边的布鲁诺身边。

"皮诺奇娅呢？"我问。

他很羞怯地笑了一下，我觉得他是为了掩饰自己的难过。

"她走了。"

"去哪儿了。"

"她回家了，说她要收拾行李。"

"行李？"

“她想离开这里，她没办法离开她丈夫那么久。”

我拿了我的东西，我让他看着尼诺，尤其是看着莉拉，我浑身湿漉漉地跑了回去，想看看皮诺奇娅到底怎么了。

- 54 -

那是一个非常糟糕的下午，到了晚上情况更糟了。我看到皮诺奇娅真的在收拾行李，农齐亚没办法让她平静下来。

“你不要担心，”农齐亚不慌不忙地劝她，“里诺自己会洗内裤，他会做饭，另外他父亲在家呢，还有其他朋友。他也不会觉得你在这里只是为了自己开心，他明白你在这里是为了休息，为了生一个漂亮健康的宝宝。来吧！我帮你把东西放好。我从来都没有度过假，但现在感谢上帝，我们有钱了，但也不能浪费钱，享受一下也没有罪，你们的经济条件也允许。皮诺奇娅，我的闺女啊！里诺已经工作了整整一个星期，他现在很累，马上就来了。你别让他看到你这个样子，你了解他，他很容易担忧，他一担忧就会发火，他一发火，结果会怎么样呢？你想回去和他在一起，他已经出发了，很快就能和你在一起了，现在你们碰了面，你们应该高高兴兴地在一起，你现在这副样子，会搞得大家都不开心。你觉得这样好吗？”

农齐亚苦口婆心，但皮诺奇娅根本听不进去。这时候，我也开始加入到劝说的行列，最后我们从她的行李里把东西掏出来，她又放进去，还大喊大叫，等她平静下来，又重新开始。

后来莉拉回来了。她靠在门框上，皱着眉头看着我们，额头上出现了一道长长的皱纹，就站在那儿看着皮诺奇娅那副迷乱的样子。

“你没事儿吧？”我问。

她点了点头。

“你现在游得真好。”

她什么都没有说。

她脸上的表情看起来喜忧参半，能看得出来，皮诺奇娅的任性胡闹已经让她实在受不了了。她嫂子又一次闹着要离开，告别这里，又懊悔这个没做，那个没做，为她的丈夫里诺叹息，她又自相矛盾地说她舍不得这里的海水、花园的味道和海滩。尽管莉拉什么都没有说，她没有像往常那样说些充满恶意和讥讽的话。最后，她嘴里冷冷地冒出一句话，并不是要求大家恢复正常情绪，更像是宣告一件迫切的、会威胁到所有人的事情：

“他们快要到了。”

这时候，皮诺奇娅彻底崩溃了，她一下子扑到床上已合起来的行李旁边。莉拉做了个鬼脸，回去收拾打扮了。她没过多久就回来了，穿了一件很紧身的红色衣服，把乌黑的头发扎了起来。她第一个听到“兰美达”摩托的声音，从窗子探出头去，充满热情地打了一个招呼，然后用一种满是鄙夷的语气，很严肃地对皮诺奇娅说：

“你赶紧去洗洗脸，把身上的湿泳衣换掉。”

皮诺奇娅看着她，没有任何反应。两个姑娘之间迅速地传递着某种东西，那是她们情感的秘密投射，她们自己内心深处发射出来的极小的分子使她们千疮百孔，是那漫长的一秒之内的颤抖，我捕获到了那一点，我不明白那具体是什么，但她们知道，她们相互了解，她们心照不宣，皮诺奇娅知道莉拉了解她的情况，她明白莉拉想帮助自己，虽然是带着鄙夷，因此她照着莉拉说的做了。

- 55 -

斯特凡诺和里诺一下子就闯了进来。莉拉要比之前一个星期更加深情，她拥抱了斯特凡诺，让他拥抱了自己。斯特凡诺从口袋里拿出了一个小盒子，她打开来看到一条金链子，上面带着一个心形坠子，这时候她发出了一声欢呼。

当然，里诺给皮诺奇娅也带了一个小礼物，皮诺奇娅也竭尽全力，想和莉拉一样表现得欢呼雀跃，但她还是掩藏不住她自己的痛苦和脆弱。里诺的亲吻和拥抱，还有礼物，让她匆忙地掩盖了自己的内心，使她恢复到了一个幸福的妻子的模样，但持续的时间很短，她的嘴唇开始颤抖，她的眼泪像喷泉一样，她用哽咽的声音说：

“我已经收拾好行李了，我一分钟也不想再在这里待下去了，我只想和你在一起。”

里诺笑了，这种强烈的爱情让他很感动。他回答说：“我也只想和你在一起。”最后他明白，他妻子想告诉他的不仅仅是有多想念他，她说的是她真的想离开，她已经做好准备了，她通过那种让人无法忍受的哭泣来表达她要走的决心。

他们关上房门商量，但商量的时间很短，里诺回到我们跟前，对他母亲吼着说：“妈妈，我想知道发生了什么事情。”他母亲还没回答，他就恶狠狠地对着妹妹说：“假如是你的错，假如真是你的错，我会打破你的脸……”然后他对着他妻子的方向吼了一句：“够了！我受够了，烦死了，你赶紧出来，我很累，我想吃饭。”

皮诺奇娅肿着眼睛出来了。看到她以后，斯特凡诺开了一个玩笑，想缓解一下情绪，他拥抱了妹妹，叹了一口气说：“啊，我的宝贝妹妹，你们这些女人真让我们抓狂啊。”这时候，似乎他忽然想到了自己之前抓狂时的情形，他亲了亲莉拉的嘴唇，看到另一对那么不幸福，他感觉自己非常幸福，因为他们俩现在出乎意料的快活。

所有人都坐在桌子前，农齐亚一声不吭地给我们盛饭。但这次是里诺受不了了，他吼着说他肚子不饿了，他把满满一盘子蛤肉面条摔到了厨房中间。我觉得很害怕，皮诺奇娅哭了起来。斯特凡诺的语气也变了，变得很不耐烦，他对妻子说：“我们走吧，我带你去饭馆吃。”他们在农齐亚和皮诺奇娅的抗议声中离开了厨房，一阵寂静之后，我们听到了“兰美达”摩托发动的声音。

我帮着农齐亚把地板擦干净。里诺站了起来，回房间去了。皮诺奇娅把自己关进了洗手间，但过了一会儿，她就到房间里去找她丈夫了，关上了房门。这时候，农齐亚开始嘟囔了，似乎忘记了自己是一个非常温顺好脾气的婆婆：

“你看到没，那个烂婆娘让里诺多受罪！她到底怎么啦？”

我跟她说我不知道，事实上我也确实不知道，整个晚上我都在安慰她，把皮诺奇娅的情感合理化。我说假如我肚子里怀着孩子，我也会和她一样，想一直待在丈夫身边，感觉到自己受到保护，感到放心，我承担作为母亲的责任，他承担作为父亲的责任。我说假如莉拉来这里是为了生孩子，能看出来，这个疗养是非常有效的，海水在她身上起到了作用。你看看斯特凡诺来的时候她脸上的幸福表情就知道了。皮诺奇娅已经备受宠爱，她渴望日日夜夜每分钟都和里诺恩爱，否则的话，她内心会不安和痛苦。

那个时刻，气氛很祥和，我和农齐亚已经收拾完了厨房，锅碗瓢盆都洗得干干净净，她对我说："莱农，你真会开导人啊！你一定会有一个美好的未来。"她的眼里涌出了泪花，嘀咕说，莉拉本应该上学，那是她的命运。"但我丈夫不愿意让她上学，"她接着说，"我也没有办法反对。那时候家里没有钱，否则的话她也会和你一样，但她后来结婚了，她走上了另一条路，再也回不了头了，我们都受生活摆布啊……"她祝我幸福，"你要找一个像你一样，上过学的小伙子。"她问我是不是真的喜欢萨拉托雷的儿子。我否认了，但我告诉她，第二天我要和尼诺去爬山，她非常高兴，还用香肠和奶酪给我做了一些三明治。我把那些三明治用纸包了起来，放进袋子里，和我去海边用的毛巾还有其他东西放在一起。她让我出去的时候要自己小心，然后我们就互道晚安了。

我回到我的小房间里，关上房门开始读书，但很难集中注意力。心想，第二天早早出去，一定会很舒服，空气清新又芬芳。我喜欢大海，甚至喜欢皮诺奇娅还有她的哭泣和争吵，以及莉拉和斯特凡诺之间的和解，他们的感情每个星期都在增进。我多么渴望尼诺啊！希望每一天他都能出现在我身边，和我的朋友们在一起，多么高兴啊，虽然他们相互不了解，虽然有时候我们无法掩盖内心深处的一些坏情绪。

斯特凡诺和莉拉回来了，我听到了门打开和关上的声音，听到他们在压低了嗓门说话，听到了他们开水龙头冲洗的声音。我关上了灯，我听到窗外芦苇丛发出窸窸窣窣的声音，还有鸡圈的骚动声。最后，我睡着了。

但我马上醒了过来。我屋里有人！

“是我。”莉拉低声说。

我看到她坐到了我的床沿上，我想打开灯。

“别开灯，”她说，“我只待一小会儿。”

但我还是打开了灯，坐了起来。

她就在我的眼前，身上穿着一件发白的粉红色睡衣。她的皮肤晒得黝黑，显得她的眼白很白。

“你看到我今天游得多远了吗？”

“你很棒，但今天你让我很担心。”

她非常自豪地摇了摇头，微笑了一下，就好像说她在海里已经很自如了。忽然，她变得很严肃。

“我要告诉你一件事情。”

“什么事情？”

“尼诺吻了我。”她说。她一口气说了发生的事情，就像一个忏悔的人，甚至尝试对自己掩盖一些无法坦白的东西：“他吻了我，但我紧闭着嘴唇。”

- 56 -

她对我讲述得非常详细——她当时游了很长时间，已经筋疲力尽了，但她很高兴证明了自己很厉害，她靠在尼诺身上，是为了省些力气，漂在水上。但尼诺利用她靠近的机会，嘴唇紧紧地贴在了她的嘴唇上，她马上闭上了嘴巴，他尝试用舌尖打开她的嘴巴，但一直没有打开。“你疯了吗，”她推开尼诺时说，“我已经结婚了。”尼诺的回答是：“我比你丈夫更早爱上你，早在我们的班级竞赛那次，我就爱上你了。”莉拉命令他再也不要那样，然后他们游向了海岸。“他那么使劲儿，把我的嘴唇都弄疼了，”她最后说，“到现在还疼呢。”

她等着我的反应，但我控制了自己，没问任何问题，也没有做出评价。她建议我第二天不要和他单独去爬山，除非布鲁诺也去。我冷冰冰地告诉她，假如尼诺吻了我的话，我不会觉得有任何问题，因为我既没有结婚，也没有男朋友。“唯一的遗憾就是，”我补充说，“我不喜欢他。他如果吻我的话，我的感觉会像在吻一只死老鼠。”这时候，我假装实在忍不住打了个哈欠，她看了我一眼，我感觉到她的目光里包含着温情和欣赏，然后她去睡觉了。从她离开房间到第二天黎明，我一直都在哭。

事到如今，每当我想起当时的痛苦，我一点儿也不理解当时的自己。但是在那天夜里，我感觉自己已经没有活下去的理由。为什么尼诺是那种人？他亲了娜迪雅，亲了我，还亲了莉拉。他怎么可能是我爱的那个人，那个一本正经、有思想的人。几个小时之后，我还是无法接受这个事实：他在面对世界大问题的时候很深刻，但是对待个人情感却是那么轻浮。我开始思考我自己，我感觉恍然大悟，像我这样一个矮矮胖胖的女孩，戴着眼镜，很用功却并不聪明，假装自己很有文化，懂得很多知识，但实际上却并不是这样，尽管只是一个假期，我怎么能奢求他喜欢上我呢？除此之外，我有没有真正想过他？我非常仔细地分析了我的行为。没有，我没办法清晰地说出自己的欲望。我不仅在别人面前掩饰我的情感，我面对自己也是满腹犹疑，并没有很确信。为什么我从来没有清楚地告诉莉拉我对尼诺的感情呢？在她夜里告诉我那件事情之后，我为什么没有大声说出这件事情在我内心勾起的痛苦呢？为什么在尼诺亲吻她之前，我没有告诉她，他也亲了我呢？是什么促使我这么表现呢？我控制我内心深处的情感，因为我害怕自己内心对事物、对人、对赞美以及成功的疯狂渴望？我害怕那种疯狂的渴望，在我的欲望不能得到满足的时候，会在我的内心爆发，会产生一些更糟糕的感情，比如说促使我把尼诺漂亮的嘴巴比成一只死老鼠的感情？尽管我一直推着自己向前走，实际上我一直随时准备后退？为什么当事情行不通时，我总是摆出一张甜美的笑脸，发出幸福的笑声？为什么我迟早都要给那些让我遭受痛苦的人找到合理的理由？

我一边问自己这些问题，一边哭泣。天已经亮了，我感觉自己想明白了发生的事情。尼诺真心以为自己爱上了娜迪雅；加利亚尼老师对我赞誉有加，这些年里尼诺也是带着欣赏和喜欢的眼光看着我。但是现在呢，在伊斯基亚岛他遇到了莉拉，他明白了从他小时候开始——可能将来永远都是——莉拉都是他唯一的挚爱。是的，这就是事情的真相。我怎么能因此谴责他呢？他错在哪里？在他们的故事里，有一种强烈、高昂、选择性亲和的东西。我回想着一些诗歌和小说中的句子，想让自己平静下来。也许，上学对于我的用处就是这个：让我学会平静下来。莉拉点燃了尼诺内心的火焰，在很多年里，这团火一直在他的心里，但他却一直都没有意识到，现在火焰燃烧起来了。他除了爱莉拉还有什么选择？尽管莉拉并不爱他，尽管她已经结婚，不能靠近，无法拥有：婚姻是永恒的，一直到死，除非到最后的审判，在地狱的暴风雪中这场婚姻才会消解。当黎明来临的时候，我觉得我把事情想清楚了。尼诺对莉拉的爱是不可能的，就像我对他的爱。只有在这种不可实现的情况下，在大海中央，尼诺给莉拉的那个吻才说得过去。

那个吻。

这不是一种选择，就那么发生了：尤其是莉拉懂得如何使事情发生，而我不能，现在我怎么办呢？我会去赴约，我们会爬上艾普梅奥山？或者不去？我今天晚上和斯特凡诺还有里诺回那不勒斯去，我会说我母亲给我写信了，她需要我回去帮忙？我知道尼诺爱莉拉，他吻了莉拉，我怎么能还和他一起爬山呢？我怎么能每天看着他们在一起，在海里越游越远？我感到筋疲力尽，直到我睡着了。当我忽然惊醒，我的分析管用了，我真的控制住了痛苦。我跑去赴约了。

- 57 -

我很确信他不会来，但当我走到海滩上，他已经在那里了，布鲁诺没有来。但我马上明白，他不想费劲去找上山的路，在那些不熟悉的小路上探险。他跟我说，假如我坚持的话，他会陪我去的，但是天气那么热，他预言我们一定会很累，而且也不一定会找到什么比下海游泳更舒适的事情。我开始很担心，我担心他会说他想回去学习。但出人意料的是，他说他要去租一条小船。他把自己身上的钱数了又数，我也拿出了自己的零用钱。他微笑了，很客气地说：“你已经准备了三明治，我来租船。”几分钟过后，我们已经在海上了，他在划船，我坐在船尾。

我感觉好一些了。我想，也许莉拉说谎了，尼诺根本就没有吻她。但我心里却有一个声音在说，不是这样的！我自己是那种人，有时候我会说谎，也（尤其会）对自己说谎；但是她却不是，在我的记忆里她从来没说过谎。我只需等待，用不了太久，尼诺自己会对我说清楚。我们来到了大海中央，他放下了船桨，跳到了水里，我也下水了。他没有像往常一样游得很远，消失在大海微微起伏的波浪里。他向深海潜了下去，消失了，很快又在不远处出现了，又重新潜了下去。我对深海不是很熟悉，有些害怕，只敢围着船在近处游，不敢离开太远，后来我累了，就笨拙地爬上了船。过了一会儿，他也回到船上，坐在船桨那里，开始有力地划船，沿着和海岸平行的地方，向皇帝角划去。一直到那时候为止，我们只聊了三明治、炎热的天气、大海。我们庆幸没费劲儿去艾普梅奥。让我惊异的是，他还没有提到他在书中，在杂志和报纸上看到的那些问题，尽管有时候我担心冷场，就抛出一些话题作引子，想点燃他对世上的事的热情，但他没有聊那些，他脑子里在想着别的。后来他撇下了船桨，盯着石壁看了一会儿，还有在天上飞的海鸥，然后问我：

“莉娜跟你什么都没有说吗？”

“说什么？”

他抿了一下嘴唇，很不自在地说：

“好吧，我告诉你发生了什么事情：昨天我吻了她。”

开场白就是这个。那天后来他一直在谈论他们俩。我们又下水游了泳，我们去礁石和岩洞那里探险，我们吃了三明治，喝了我带的水，他想教我划船，但我们谈论的事情还是他们俩。最让我感到震撼的是，他从来没有把自己的个人的问题，转化成一个普遍的问题，就像他通常会做的那样。他只谈论他和莉拉，莉拉和他，他没有谈论爱情。他没有说他为什么爱这个人，而不是另一个人。他不停地问我关于她的事情，还有她和斯特凡诺的关系。

“为什么她会嫁给他？”

“因为她爱他啊。”

“不可能。”

“我可以向你保证，事情就是这样的。”

“她是因为钱才嫁给他的，为了帮助她的家人，也为了安置她自己。”

“假如是因为钱，她可以嫁给马尔切洛·索拉拉啊。”

“他是谁啊？”

“一个比斯特凡诺更有钱的人，为了得到她，做了很多疯狂的事情。”

“她呢？”

“她不想跟他。”

“因此，你觉得她嫁给那个卖香肠的是因为爱情？”

“是的。”

“她下海游泳是为了生孩子？这又是怎么回事儿？”

“这是医生说的。”

“她想生孩子吗？”

“刚开始的时候不想要，现在我不知道。”

“那他想要吗？”

“他很想要。”

“他爱莉娜吗？”

“非常爱。”

“你呢？作为外人，你觉得他们之间怎么样？”

“莉娜和谁都会有问题的。”

“也就是说？”

“他们结婚的第一天就出了问题，但错在莉娜身上，她不知道怎么适应自己的新身份。”

“现在呢？”

“现在好一些了。”

“我不相信。”

说到这里，他表现得越来越怀疑。但我坚持自己的看法：莉拉从来没有像那段时间那样爱自己的丈夫。我越是坚持这么说，他越是不信。我用非常明确的语气说，他们之间什么事情都不会发生，我不希望他抱有什么幻想。但说到这里，话题并没有结束，对我来说越来越明显的是，在天海之间度过的那天，我越是详细地谈论莉拉，对他来说就越享受。他并不在乎我说的每个字都会让他痛苦，他想让我讲述我知道的一切，无论好坏，他要我们在一起的每一个小时、每一分钟都充满她的名字。我不停地说着莉拉。刚开始的时候，这让我很痛苦，但慢慢地，事情发生了变化。我感觉到，那一天我跟尼诺谈论莉拉，这可能是未来几个星期我们三个人相处的一种新的方式。我和她都不会拥有尼诺，但是我们俩在整个假期都会获得他的关注，她作为他无望爱恋着的对象，我作为一个充满智慧的谋士，会阻止他和她的疯狂行为。这种可能的中心地位让我稍微感到一丝慰藉。莉拉跑来跟我说尼诺吻了她；他呢，在那个吻的推动下，想要告诉我发生的事情，这让他和我待了整整一天。对于他俩来说，我都成了必不可少的人。

实际上，尼诺已经离不开我了。

“你觉得，她会不会喜欢上我？”后来他问我。

“她已经做了决定，尼诺。”

“什么决定？”

“她决定爱她的丈夫，和他生一个孩子，她来这里就是为了这个。”

“那我对她的爱呢？”

“你爱过她之后，又一次爱上她，有可能她会觉得很感激。但假如你不想遭受痛苦，你就不能有所期待。莉娜这个人，你越是对她付出感情，越是欣赏她，她就会变得越残忍，她一直都是这样。”

直到太阳落山，我们才告别。有那么一小会儿，我觉得自己度过了美好的一天。但在回家的路上，我就已经开始感觉到难过。我怎么可以承受那种痛苦呢？我和尼诺谈论莉拉，和莉拉谈论尼诺，从明天开始见证他们的讨论、游戏、拥抱和抚摸。我决定回家之后，要告诉他们我母亲让我回那不勒斯。但我刚进去，莉拉就非常严厉地对我说：

“你去哪儿了？我们都去找你了。我们需要你，你要帮助我们。”

我后来知道，那一天他们过得很糟糕，都是因为皮诺奇娅，她折腾了所有人。最后，她叫喊起来，说她丈夫如果不让她回家，那就是不爱她，她愿意和孩子一起死掉。里诺实在没有办法了，就把她带回了那不勒斯。

- 58 -

第二天我才知道皮诺奇娅为什么要离开。晚上没有她在，我觉得是好事——没人哭哭啼啼，吵吵闹闹，家里很安静，时间静悄悄地过去。当我回到我的小房间里，莉拉跟了上来，我们的对话表面上无关紧要。我说出自己的想法，但我很小心，并没有说出自己真实的感受。

“你知道她为什么想要走？”莉拉问我，她说的是皮诺奇娅。

“因为她想和丈夫在一起。”

她摇了摇头，很严肃地说：

“她被自己的感情吓到了。”

“什么意思？”

“她爱上了布鲁诺。”

我觉得很惊异，我从来都没想到过这种可能。

“你是说皮诺奇娅？”

“是的。”

“那布鲁诺呢？”

“他根本就没有察觉到。”

“你确信？”

“是的。”

“你怎么知道？”

“布鲁诺的目标是你。”

“胡说。”

“这是尼诺昨天跟我说的。”

“但他今天对我什么也没说。”

“你们今天都做什么了？”

“我们今天租了一条船。”

“只有你们俩？”

“是的。”

“你们谈论了什么？”

“很多事情。”

“包括我告诉你的那件事？”

“什么？”

“你知道的。”

“接吻的事儿？”

“是的。”

“没有，他什么都没有说。”

尽管长时间晒太阳，在海里游泳让我晕乎乎的，但我还是没有说错话。莉拉去睡觉的时候，我觉得自己好像在床单上漂浮着，这个黑暗的房间好像被红蓝色灯光笼罩着。皮诺奇娅急匆匆地离开了，是因为她爱上布鲁诺了吗？布鲁诺要的不是她，而是我？我想着皮诺奇娅和布鲁诺之间的关系，我重新回想她说过的话、她的声调、动作，我越来越觉得莉拉说得对。我忽然对斯特凡诺的妹妹产生了好感，因为她有强烈要求离开的勇气。但布鲁诺喜欢我这件事，我觉得不是真的，他根本连看都没有看过我一眼，更何况，假如就像莉拉说的，他的目标是我，他应该会来赴约，而不是让尼诺来，或者至少他们可以一起来。无论如何，无论是真是假，我都不喜欢他，个子太小，头发太卷，没有额头，而且牙齿太尖了。不行，不行，我想，我不会模棱两可，我会很明确。

第二天早上十点，我们到了沙滩上，两个小伙子已经在那里了，他们沿着沙滩来回走。莉拉三言两语就解释了皮诺奇娅没有来的原因：她要工作，她和丈夫一起回去了。尼诺和布鲁诺都没有表现出一丝一毫的遗憾，这让我觉得很不安。她怎么能就这样无声无息地消失，一点痕迹都不留呢？皮诺奇娅和我们一起待了两个星期，我们五个人一起散步，聊天，开玩笑，一起下海。在那十五天的时间里，一定会发生让她铭记一生的事情，她永远都不会忘记自己的第一次度假。但我们呢？我们通过不同的方式都关注过她，但实际上，她走了，我们一点儿都不觉得缺少了什么。比如说，对于她的忽然离开，尼诺一句话都没有说；布鲁诺只是严肃地说了一句：“真遗憾，我们都没有打招呼。”一分钟之后我们已经开始谈论其他事情了，就好像她从来没有来过伊斯基亚岛，从来没有出现在琪塔拉海滩。

我一点儿也不喜欢那种迅速的角色转换。尼诺通常都是对着我和莉拉说话的，或者更多时候只是对我说话，而现在他只和莉拉说话，就好像我们现在是四个人，他不用再承担和我聊天的责任。布鲁诺呢，一直到上个星期六，他都在照顾皮诺奇娅，现在他转向了我，还是用那种羞怯、体贴的方式，就像对他来说我和皮诺奇娅之间没有什么差别，虽然她是一个结婚怀孕的女人，而我不是。

我们第一次沿着海岸散步，开始的时候是四个人肩并肩走着，但很快布鲁诺看到一个海浪冲上来的贝壳，他说：“很漂亮。”于是他低下头去把贝壳捡起来。出于礼貌，我就停下来等他，他把贝壳送给了我，那是一个再普通不过的贝壳。这时候尼诺和莉拉没有停步，继续向前走，后来就成了我们两对男女在海滩上散步，他们俩走在前面，我们俩走在后面。他们谈论得很热烈，我尽量没话找话和布鲁诺聊天，布鲁诺很吃力地回应我。我试着加快脚步，但他很不情愿地走在后面。我很难和他建立一种实质性的接触，他总是泛泛而谈，我记得他说到大海、天空和海鸥，但很明显他在扮演一个角色，一个他认为适合我的角色。和皮诺奇娅在一起的时候，他应该谈论了其他事情，否则，就很难理解他们怎么能那么愉快地度过那么长时间。除此之外，尽管是说一些有趣的事情，我也很难搞清楚他在说什么。假如是询问时间，要一根香烟，或者一点水，他的声音很响亮，发音很清楚，但当他开始扮演那个追求者的角色（“这贝壳，你喜欢，看看多漂亮，我送给你”），他就会结结巴巴，他说的既不是意大利语，也不是方言，而是一种非常尴尬的语言，他声音很低，吞吞吐吐，好像对自己要说的话很羞怯。我点着头，但我不知道他在说什么，同时我侧耳倾听着尼诺和莉拉在聊什么。

我想象着，他在说他正在研究的那些严肃问题，或者她正在卖弄她从书上看到的观点，就是她从我这里拿去的那些书上面写的。我常常试着加入他们的谈话，重新获得话语权，但是每次我靠近他们，我听到的句子都让我很迷惘。我感觉到，他正在和莉拉谈论他在我们的城区度过的童年，语气非常激烈，甚至有些夸张，她静静地听着，并没有打断他。我觉得很不自在，我失去了自己的领地，只能留在后面，和布鲁诺打发时间。

我们决定一起下水游泳，我根本没有机会像之前一样，夹在他们俩中间。布鲁诺说都不说，就把我推到了水里，把我头发弄湿了，让我很恼火。当我从水里浮上来时，尼诺和莉拉已经游到了离我几米远的地方，他们漂在水上聊天，非常严肃。他们在水里待的时间要比我们长，但一直没有远离海岸。他们一定是聊得太投入了，甚至放弃了远距离游泳的爱好。

午后，尼诺第一次对我说话。他说得非常仓促，好像他自己也知道会被回绝：“我们吃完晚饭见个面好吗？我们来接你们，然后再把你们送回去。”

他们从来都没邀请我们晚上出去。我用疑问的眼神看了一眼莉拉，但她的目光却看向了一边。我说：

“莉拉的妈妈在家里，我们不能总让她一个人待着。”

尼诺没有回应，布鲁诺也没说什么。但游完泳之后，在我们分开之前，莉拉说：

“明天晚上我们要去弗里奥，我要给我丈夫打电话，我们可以一起吃冰激凌。”

她的这个提议让我很烦，让我更恼火的是之后发生的事情。两个小伙子向弗里奥方向走去，她在收拾自己的东西时就开始责备我，就好像整整一天，一个小时又一个小时，一件小事又一件小事，到最后尼诺的那个请求，一直到我和她截然不同的回答，证明我是个不可理喻的、难以捉摸的人：

“为什么你一直和布鲁诺在一起？”

“我？”

“是的，你。你以后再也不要让我单独和那人在一起。”

“你在说什么？你们自己走在前面，从来都没停下来等过我们。”

“我们？是尼诺一个人走得飞快。”

“你可以说，你要等等我。”

“你应该告诉布鲁诺：走快点儿，要不然跟不上他们。拜托了！看他那么喜欢你，晚上你们自己出去好了。你想说什么就说什么，想做什么就做什么。”

“我在这里是为了你，不是为了布鲁诺。”

“我不觉得你在这里是为了我，你总是想干吗就干吗。”

“假如你觉得受不了我了，那我明天早上就走。”

“是吗？那明天晚上我应该一个人和他们俩去吃冰激凌？”

“莉拉，是你说你想和他们吃冰激凌的。”

“我不得不那么说，我要去给斯特凡诺打电话，如果在弗里奥遇到他们，那我们怎么解释？”

在家里我们还是用那种语气在说话，在吃完晚饭之后，当着农齐亚的面也是那么说，那不是真的争吵，而是一种试探，我们在交流一些我们不明白的事情。农齐亚有些不安地听我们的交谈，后来她说：

“明天吃完晚饭，我也跟你们一起去吃冰激凌。”

“路很远。”我说。但莉拉马上插嘴说：

“我们又不用走着去。我们雇一辆机动三轮，我们是有钱人。”

- 59 -

第二天早上，为了迎合两个男生的新时间表，我们不是十点去的海滩，而是九点，但是他们没在那里。莉拉变得很烦躁，我们等呀等，直到十点钟他们还是没出现，十点之后也没有出现，直到下午时他们才出现，脸上带着一种心照不宣、有些痞气的表情。他们说，既然晚上要和我们在一起，他们决定提前学习。莉拉的反应让我很吃惊——她把他们赶走了！她用一种很粗暴的方言，一字一句地说，他们想什么时候学习就什么时候学习，下午、晚上、夜里，马上回去学习，没人拦着他们。尼诺和布鲁诺都佯装她在开玩笑，他们继续微笑着，她穿上了太阳裙，冲动地抓起提包，大步流星地向大路走去。尼诺马上跑去追她，但没过多久就回来了，一脸沮丧。没办法，她真的生气了，一点儿也不想听解释。

“会过去的。”我假装很平静地说，我和他们一起游泳。我在太阳底下擦干身体，吃一块三明治，有气无力地和他们聊天，然后我说我也要回去了。

“那今天晚上呢？”布鲁诺问。

“莉娜要给斯特凡诺打电话，我们会去镇上的。”

但是莉拉发脾气的事情让我非常激动。她的那种语气、那种做法是什么意思呢？他们只是没按时赴约，她有什么权利生气呢？为什么她不能控制一下自己，对待这两个青年男子，就像对待帕斯卡莱或者安东尼奥，甚至是索拉拉兄弟那样？为什么她表现得像一个非常任性的小姑娘，而不像卡拉奇太太？

我气喘吁吁地回到家里。农齐亚在洗毛巾和泳衣，莉拉在她的房间里，她坐在床上写东西，那是一件不正常的事情。她把笔记本放在膝盖上，眼睛眯着，额头紧皱着，我的一本书在她的床单上。已经有多长时间我没有看到过她写字了？

“你刚才的反应有些过激了。”我对她说。

她耸了耸肩，没有从笔记本上抬起目光，她一直在那里写，写了整整一个下午。

晚上她梳妆打扮，就像她丈夫要来一样，她叫车子把我们拉到弗里奥。让我惊讶的是，农齐亚从来都没有晒过太阳，她非常白，她让女儿把口红和胭脂借给她，她给自己嘴上和脸颊涂了一点。她说，我可不想像个死人似的。

我们很快就遇到了那两个小伙子，他们俩在酒吧门口，就像站在岗亭旁边的哨兵。布鲁诺只是换了一下衬衣，他还穿着短裤。尼诺穿着长裤，一件白得耀眼的衬衣，头发非常桀骜不驯，他很费劲地把头发梳理整齐，这使他看起来没有平时帅气。他们看到农齐亚也来了，马上变得不自然起来。我们在酒吧入口屋檐下的一张桌子前坐了下来，点了千层冰激凌。让我们惊讶的是，农齐亚一聊起来就没完没了。她只是对着两个男孩子说话，她赞美尼诺的母亲，她记得她当时非常美；她还讲了战争时期的一些事情，还有那些发生在我们城区的事情。她问尼诺是不是还记得，他说他不记得了，她总是很确定地回答说：“你回去问你母亲，她一定会记得的。”莉拉马上就表现得很不耐烦，她说她要去给斯特凡诺打电话，然后她就进了酒吧，里面有电话亭。尼诺一下变得一声不吭，布鲁诺马上代替他和农齐亚说话。我注意到，他这时候并没有那种和我单独交谈时的畏畏缩缩，这让我很烦。

“对不起。我离开一下。”尼诺忽然说，他站起来走进了酒吧。

农齐亚有些不安，她在我耳边说：

“他不会是去付钱了吧？我是这里最老的，应该我掏钱的。”

布鲁诺听到了她的话，宣布说钱已经付过了，他们怎么能让一位太太付钱呢。农齐亚马上就不说什么了，询问他父亲香肠厂的事情，然后炫耀自己的丈夫和儿子，说他们也是老板，他们有一间鞋厂。

莉拉一直没有回来，我很担忧。我让农齐亚和布鲁诺在那里聊天，我也进到了酒吧里。莉娜和斯特凡诺的通话时间什么时候变得那么长了？我在两个电话亭里都看了，里面是空的。我看了看四周，我站在那里，妨碍了老板的几个孩子为客人服务。这时候我看到了一扇开着的门，是用来通风的，那扇门对着一个院子。我犹疑地探过头去，那里传来一阵旧轮胎混合着鸡圈的味道。院子没有人，但我发现围墙上有一个开口，从那里可以看到一个花园。我穿过堆满生锈废铁的院子，在进入花园之前就已经看到了莉拉和尼诺。夏夜的光线照出了植物的轮廓，他们紧紧抱在一起接吻，他把一只手伸到了她裙子下面，她一边推开，但一边还吻着他。

我马上退了回去，尽量不弄出声音。我回到了酒吧，告诉农齐亚莉拉还在打电话。

“他们吵架啦？”

“没有。”

我感觉到自己好像在燃烧，但那些火焰是冰冷的，我感觉不到疼痛。她结婚了，才结婚一年多，我痛苦地想。

莉拉一个人回来了，尼诺还没有回来。她看起来无懈可击，然而我能感觉到她衣服和身体里的凌乱。

我们等了一会儿，还是没有看到尼诺，我感觉我痛恨他们俩。莉拉站了起来说，“我们走吧，时候不早了。”我们已经坐上了回家的车子，这时候尼诺跑着赶了过来，很愉快地和我们打招呼：“明天见！”他大喊着，我从来都没有见他那么热情过。我想，莉拉结婚的这件事情对于他们来说都不是问题，但那件我亲眼看到的事情，那么千真万确，让我觉得有些反胃，我只能一直把手放在嘴边。

莉拉回家后马上就上床了，我在床上枉然地等着她过来告诉我发生的事情，还有将要发生的事情。事到如今，我觉得那时候她自己也不知道会发生什么。

- 60 -

接下来的几天里，情况越来越明朗。通常尼诺来的时候都会带一份报纸，或者一本书，但后来就不再那样了。那些关于人类处境的话题慢慢消失了，后来只剩下一些非常抽象的句子，都引向了一些比较私人的交谈。莉拉和尼诺慢慢习惯了总是一起游很远，游到从海岸上看不到的地方，要么就让我们跟他们一起散步，但要分成两对，从不会让我走在尼诺的旁边，也不会让莉拉走在布鲁诺旁边。他们俩走在后面成为一件自然的事情。有时候我忽然转过身子，我感觉自己给他们造成了一种撕裂般的痛苦，因为他们的手和嘴会不得不马上向后转去，就像一个神经质的动作。

我觉得很痛苦，但我必须承认，我内心深处还是难以置信。那些痛苦像浪潮一样，一阵阵袭来。我觉得我在见证他们的一场并无实质内容的演出：他们在过家家，扮演男女朋友的游戏。他们俩都知道自己不是，他们也不可能是男女朋友：他们其中一个已经有女朋友了，另外一个甚至已经结婚了。我时不时地看着他们，他们就像堕落的天使——他们曾经那么聪明，那么棒，他们现在那么笨，热衷于一个这么愚蠢的游戏。我打算对莉拉，对尼诺，对他们说：你们以为自己是谁啊，赶紧回到现实中来吧！

但我做不到，在两三天之内，事情进一步发生了变化。他们已经不再隐藏自己了，开始手拉着手，带着一种冒犯别人的厚颜无耻，就好像他们已经决定不再隐瞒了。他们经常假装吵架，只是为了相互拥抱，然后厮打，最后抱成一团在沙子上打滚。我们散步的时候，他们只要看到一间荒废的破房子，一间只剩骨架的老工厂，或者一条通往荒草深处的小径，就会像小孩子一样去探险，而且不会邀请我们一起去。他们走远的时候，他走在前面，她跟在后面，默默地走着。当太阳落下的时候，他们之间的距离很近。刚开始的时候，他们只有轻微的肩膀的接触，手臂、腿和脚的碰触。后来，在下午那些漫长的游泳之后，他们紧挨着躺在莉拉的毛巾上，莉拉的毛巾是最大的。很快，尼诺很自然地用手臂挽着她的肩膀，她的头靠着尼诺的胸脯。有一次，他们甚至一边笑着，一边吻着嘴唇，那是一个非常轻盈、愉快的吻。我想：

她疯了，他们疯了。假如这个情景被某个从那不勒斯来的人看到了，假如那个人认识斯特凡诺，那怎么办呢？假如那个给我们找房子的商人看到了又会怎么办呢？假如农齐亚这时候忽然来海边看看呢？

我简直不能相信他们的毫不遮掩，但每次他们都能打破界限。仅仅在白天见面对于他们来说已经不够了，莉拉决定每天晚上都要给斯特凡诺打电话，但她很无礼地拒绝了农齐亚要陪伴我们的提议。吃完晚饭之后，她强迫我一起去弗里奥，她很快给丈夫打了一个电话，然后就开始散步，她和尼诺走在一起，我和布鲁诺走在一起。我们从来没在半夜之前回过家，那两个男孩子总会陪我们走回去，我们会沿着黑暗的海岸走。

星期五晚上，也就是说斯特凡诺来的前一天，她忽然和尼诺吵了起来，不是假装吵架，而是真的吵架了。我们三个人在一张桌子前吃冰激凌，莉拉去打电话了。尼诺满脸不屑，他从口袋里拿出了几页纸，正反面都写了字，他看了起来，并没有事先解释那是什么，他完全无视我和布鲁诺之间寡淡无味的对话。当她回来的时候，尼诺看都没有看她一眼，也没有把那几页纸放回口袋里，还是继续读着。莉拉等了半分钟，然后用愉快的语气问道：

“有那么好看吗？”

“是啊。”尼诺眼都没有抬一下，回答说。

“那你就大声读吧，我们想听听。”

“这是我自己的东西，和你们无关。”

“是什么东西？”莉拉问，但我能看出来，她已经知道是什么东西了。

“是一封信。”

“谁的信啊？”

“娜迪雅的信。”

她用一个出人预料的、迅捷的动作，伸手把那几页纸从他手上夺走了。尼诺嘟囔了一句，就好像一只大虫子把他叮了一样，但他没有伸手把那封信抢回来，莉拉这时候很大声地，用一种表演的语气朗诵起来了。那是一封听起来有些天真的情书，字里行间，一句一句都是甜言蜜语，说的都是思念。布鲁诺一声不吭地听着，脸上带着一丝尴尬的微笑。我看到尼诺没有一丝开玩笑的意思，他只是脸色阴沉，盯着自己被太阳晒黑的脚看，他脚上穿着一双拖鞋。我小声地对莉拉说：

“别这样，把信还给他。”

我一开口，她就停了下来，她的脸上作出一个很开心的表情，但她并没有把信还给尼诺。

“你害羞了，是不是？”莉拉问他，“这是你的问题，你怎么会和一个写出这种东西的人交往呢？”

尼诺没有吭声，还是盯着自己的脚看。这时候布鲁诺插了一句，语气也很欢快：

“也许，当一个人爱上别人的时候，不会先检测一下他会不会写情书。”

但莉拉根本没有回头看布鲁诺，她还是接着和尼诺说话，就好像他们要在我们眼皮底下，进行他们私密的讨论：

“你爱她吗？为什么？跟我们解释解释。因为她住在维托里奥·埃曼努埃莱大街上，因为她家里有很多书，也有很多古画？因为她说话的时候声音很嗲？还是因为她是你老师的女儿？”

最后尼诺终于开口了，他干巴巴地说：

“把那几页纸还给我。”

“我还给你，但你要当着我们的面，马上撕掉。”

面对莉拉愉快的语气，尼诺变得非常严肃，用一个字拒绝了，语气很坚定，但声音有些颤抖。

“然后呢？”

“然后我们一起给娜迪雅写一封回信，说你要离开她。”

“然后呢？”

“然后我们当晚就把信寄出去。”

他沉默了一阵子，同意了。

“我们马上动手。”

莉拉有些难以置信地指着那几页纸。

“你真要撕掉？”

“是的。”

“你真要离开她？”

“是的。但条件是……”

“我们听听看。”

“条件是你离开你丈夫，就现在。我们所有人都去电话那里，你打电话告诉他。”

听到这些话，我非常激动，当时我并不明白自己为什么会有那么激烈的反应。在说这些话的时候，尼诺的嗓门很高，头上的头发都竖了起来。在听到这些话之后，莉拉的眼睛马上变成了两条缝，那是我熟悉的表情。现在她的语气会发生变化。我想她这时会变得很坏。实际上也确实是这样，“你怎么敢这么说？”她对尼诺说，“你以为自己和谁在说话？你怎么会把这封信——你和这个有钱人家的贱人的事和我、我丈夫、我的婚姻，还有我生活中的一切混为一谈？你表现得不可一世，但你不明白这是个游戏。你一点儿都不懂，你什么都没有搞清楚，你听见了吗？别摆出那副面孔。我们去睡觉吧，莱农。”

- 61 -

尼诺没有任何挽留我们的意思，布鲁诺说：“我们明天见。”我们坐了一辆机动三轮车回家了。但在回家路上，莉拉一直在颤抖，她抓住了我的一只手，握得紧紧的。她开始用一种前言不搭后语的方式，跟我讲述发生在她和尼诺之间的事情。她渴望尼诺吻她，她让他吻，她渴望他的抚摸，她让他抚摸。“我睡不着觉。假如我睡着了，也会忽然惊醒，会看时间，希望那时候已经是白天，我们要去海边，但通常都是深夜，我再也无法入睡。我满脑子都是他说过的话，我迫不及待地想和他说话，我一直硬挺着。我告诉自己：我又不是皮诺奇娅，我可以想干什么就干什么，我可以开始，也可以结束，这是一个打发时间的方式。我抿着嘴唇，最后我想，是的，吻是什么样的感觉？我发现了接吻的感觉，我之前不知道——我可以发誓，我真不知道——我再也离不开了。我把我的手给他，和他十指交缠，紧紧握着，我觉得放开手对我来说是一件痛苦的事。我错过了那么多事，现在这些错过的东西全部向我涌来。在我已经结婚的时候，才找到做别人的女朋友的感觉。我很激动，我的心在我的喉咙里跳动，在我的太阳穴上跳动。我喜欢所有这一切，我喜欢他把我拖到那些偏僻的地方，我喜欢那种担心被别人看到的恐惧，我喜欢被别人看到的情景。你之前和安东尼奥在一起时就是这样的，对吗？你是不是在离开他的时候会很痛苦，迫不及待地想再见到他？这是不是正常的，莱农？对于你来说，当时也是这样的吗？我不知道这是从什么时候开始的，是怎么开始的。刚开始的时候，我不喜欢他。我喜欢他说的话，他说话的方式，但我不喜欢他的身体。我想：他懂的可真多啊，这个家伙，我要听听，我要学学。现在当他说话的时候，我根本没办法专心去听。我看着他的嘴，我感觉到我自己很害臊，我会把脸转向一边。在很短的时间内，我就变得非常喜欢他，我喜欢他的一切：他的手、他薄薄的指甲、他的消瘦、他皮肤下面的肋骨、他纤细的脖子、他剃得乱七八糟而且总是很粗糙的胡子、鼻子、他胸前的汗毛、他又长又细的腿和他的膝盖，我渴望抚摸他。我想到一些让我恶心的事情，真的让我很恶心的事情，莱农，但我想为他做，让他高兴，让他舒服。”

我在她的房间里，大半个晚上都在听她说话，房间门关着，也没有开灯。她躺在靠窗子那边，月光照亮了她的头发和脖子，还有侧腰，我躺在靠近门那边，就是通常斯特凡诺躺着的那边。我想：她丈夫每个周末都睡在这里，在床的这边，在下午或者夜里，都会把她拉过来，拥抱她。也就是在这张床上，她跟我讲述尼诺的事情。关于尼诺的那些话让她失忆了，抹去了这张床单上夫妻恩爱的痕迹。现在她谈到这些，想象着尼诺紧紧抱着她，她已经忘乎所以了，她感觉不到背叛和愧疚。她对我敞开心扉，说了很多本应该藏在心里的话。她对我说她多么渴望那个人，而那个人是我一直想要的；她是那么确信，对于那个人，我——因为不敏感，没有锐利的眼光，没能力像她那样善于捕捉——从来都没有真正察觉到，从来都没有发现那个人的优点。我不知道她是不是故意的，还是她真的确信：是因为我的错，因为我一直都在隐藏自己，从小学到现在，我一直又聋又瞎，以至于要等到她来了伊斯基亚岛，我才发现萨拉托雷的儿子散发的魅力。啊！我多么痛恨她的自负，我心里充满了愤恨，但我没办法对她说，住嘴！我没办法默默地叫喊着，起身回到我的小房间里去，而是待在那里，时不时地打断她，让她平静下来。

我装出一种不属于我的冷静。“这是大海的缘故，”我对她说，“在户外，在度假的缘故。加上尼诺很会蒙人，他说什么都让人觉得很容易。还好明天斯特凡诺就来了，你会看到尼诺看起来就像个孩子。他真是这样的，我对他很熟悉。在我们面前，他总是一副不可一世的样子，但想一下加利亚尼老师的儿子是怎么对待他的，你记不记得？你马上就会发现，是我们高估他了。当然，和布鲁诺相比，他简直太棒了，但无论如何他都是那个铁路员工的儿子，一心想着读书。你要记住，尼诺是我们城区的一员，他是在那里长大的。你要记住，在学校里你要比他学得好，尽管他年龄比你大。还有，你看到他怎么利用他的朋友了吧，让他的朋友付钱买所有东西：饮料、冰激凌。”

我说这些话时很痛苦，因为我觉得我在说谎，尤其是我的这些话用处不大：莉拉嘟囔了几句，很小心地反驳，我又反驳回去。最后她生气了，开始捍卫尼诺，她的语气就好像在说：只有我知道他是什么样的人。她问我为什么要一直贬低他，问我为什么要那么针对他，“他帮过你，”她对我说，“他想帮你在杂志上发表你写的那些傻话。有时候我不喜欢你的做法，莱农，你贬低所有人、所有事，包括那些让人看一眼就爱上的人。”

我没法再平静下去，我再也受不了她了，我说了我爱的那个人的坏话，就是为了让她好受一些，现在我生气了。“你想干什么就干什么吧，我要去睡觉了。”我不耐烦地说。她马上改变了语气，还拥抱了我，紧紧地拥抱着我，让我留下。她在我耳边轻轻说：“告诉我，我应该怎么办？”我烦躁地推开她，低声说那应该是她自己决定的事情，我不能替她决定。“皮诺奇娅，”我对她说，“她是怎么做的？她做得要比你好。”

我们说了些皮诺奇娅的好话，忽然她叹息着说：

“好吧，明天我不去沙滩了，后天我和斯特凡诺回那不勒斯去。”

- 62 -

那是一个非常糟糕的周六。她真的没去沙滩，我也没去，但我一直都在想着尼诺和布鲁诺白白等我们的情景，可是我不敢说：“我想去一趟海滩，游一圈就回来。”我也不敢问：“我应该怎么办呢？准备行李，我们走？还是停在这里？”我帮助农齐亚打扫卫生，做午饭和晚饭，我时不时去看一眼莉拉。她根本就没有起床，一直在看书，在那个笔记本上写啊写，她母亲叫她吃饭的时候，她根本就不搭腔，当她母亲再次催促她时，她竟狠狠地把门关上了，整个屋子都仿佛在发抖。

“在海边待得太久，容易让人发神经。”当我们单独吃饭的时候，农齐亚说。

“是呀。”

“她有没有怀孕？”

“没有。”

下午，莉拉从床上起来，吃了点东西，在洗手间待了很长时间。她洗了头发，化了妆，穿了一件漂亮的绿色裙子，但脸上还是紧绷着。无论如何，她还是热情地欢迎了丈夫的到来，他看到莉拉时，就像电影里那样亲吻了她，时间很长，很热烈。我和农齐亚在旁边站着，就像两个尴尬的观众。斯特凡诺说我家人向我问好，说皮诺奇娅回去之后，再也没有使小性子，他很详细地说了索拉拉兄弟对里诺和费尔南多做出来的新鞋子非常满意。他提到的最后一件事情让莉拉很不爱听，她的好情绪瞬间被破坏了。刚开始她强颜欢笑，但当她听到索拉拉的名字时，就开始对他恶语相向，她说那两个混蛋爱怎么想就怎么想，她根本不在乎，那跟她的生活没关系。斯特凡诺有些难过，他皱起了眉头。他清楚地感觉到前几个星期的幻觉消失了，他带着那种柔顺的微笑回答她。他说他只是想告诉她城区里发生的事情，她没必要用那种语气。但无济于事，莉拉马上把那个夜晚变成了一场无法调和的战争。无论斯特凡诺说什么，她都会恶狠狠地反驳。他们去睡觉时，还一直在吵架，直到我入睡，满耳朵都是他们的争吵。

黎明时分，我早早地醒了。我不知道该怎么办。我收拾了自己的东西，等着莉拉做出决定，如果我去海边，可能会遇到尼诺，那是莉拉永远不会原谅我的事情，于是我还是待在了我的小房间里，继续绞尽脑汁地想。最后，我决定留下一张纸条，上面写着我去玛隆蒂海滩了，会在下午回来，我说我要在离开伊斯基亚岛之前，去跟内拉打个招呼。我写的时候真心实意，但现在我知道我当时是怎么想的：我想要撞一撞运气，假如我在那里撞见去问他父母要钱的尼诺，那莉拉是没有办法指责我的。

结果那天乱七八糟的，还浪费了不少钱。我租了一条船，让船夫把我带到了玛隆蒂海滩。我来到了萨拉托雷一家常待的地方，结果，我只看到了熟悉的太阳伞。我四下张望，只看到了正在游泳的多纳托，他也看到了我，挥舞着双臂向我打招呼，马上就跑了过来，他告诉我，他妻子和几个孩子都去了弗里奥，去找尼诺了。我觉得非常难过——命运对我不仅很讽刺，而且很轻蔑，不仅仅从我这里拿走了儿子，还交给我一个黏糊糊、色迷迷的父亲。

我想摆脱多纳托去找内拉，但他并没有放过我，他马上把自己的东西收拾了起来，说要陪我去。在路上，他就开始用一种甜腻的声音，厚颜无耻地跟我说起了之前我们之间发生的不愉快。他请求我的原谅，他嘀咕说，他不能控制自己的心，一边叹息，一边说我那时候多美，现在更美了。

“太夸张了！”我说。尽管我知道我应该很严肃，拒他于千里之外，但我还是紧张地笑了起来。

他虽然扛着太阳伞和其他一大堆东西，但这并没妨碍他滔滔不绝。他说从本质上来说，年轻人的问题在于他们无法看清自己，不能客观认清自己的感情。

“有镜子啊，”我反驳说，“镜子是客观的。”

“镜子吗？镜子是最不可靠的，我敢打赌，你觉得自己没你的那两个朋友漂亮。”

“是的。”

“但实际上，你比她们好看得多。你要相信这一点，你看看你那头美丽的金发，你的动作。你应该解决的问题只有两个：第一个就是泳装，这泳装不能展现你的身材；另一个就是你的眼镜的款式，这个款式真是选错了，埃莱娜！这眼镜太重了。你的脸蛋那么精致，从脸上就能看到你饱读诗书，但你需要一副轻便一点的眼镜。”

慢慢地，我觉得听他说话没那么烦了，他像一个女性美方面的专家。尤其是当他用一种客观、自信的语气说话时，我情不自禁地想：他说的是真的吗？我只是不懂打扮自己。换句话说，我从哪里找到钱买适合我的衣服，适合我的泳衣和眼镜呢？我正要开始抱怨自己的贫穷，他面带微笑对我说：

“还有，假如你不相信我的眼光，你也许已经察觉——我希望你已经察觉到了，上次你来找我们的时候，我儿子看你的目光。”

只有在这时候，我才发现他在说谎，他说那些话是为了激起我的虚荣心，想让我自我感觉良好，然后出于感激之情靠近他。我觉得自己很愚蠢，很受伤，不是因为他还有他的谎言，而是因为自己的愚蠢。我毫不留情地打断了他的话，这让他有些尴尬。

一到内拉家，我就和内拉聊了起来，我告诉她，可能我们当晚都要回那不勒斯了，所以来向她打个招呼。

“很遗憾，你要走了。”

“啊，是啊。”

“你和我一起吃饭吗。”

“不了，我要赶紧走了。”

“假如你走不了，你一定要再来一次，不要总是来去匆匆的，你要待一整天，晚上留下来也可以，你知道床还在呢，我有很多事情想跟你聊聊。”

“谢谢。”

这时候萨拉托雷插了一句，他说：

“我们都盼着你来呢，你知道我们都多么爱你。”

我很快就走了，因为内拉的一个亲戚要开车去港口，我不想错过搭车的机会。

在路上，我惊异地感觉到，尽管我内心很抗拒，萨拉托雷的话还是起到了作用。我想：不，可能他没有说谎。他可能真的可以透过表面看到事情的实质，他也许真的看到了他儿子看我的目光。假如我那时候很美，假如尼诺真的觉得我很有魅力——事情的确是那样，尼诺吻了我，还拉着我的手——现在是看清事实的时候了：莉拉从我这里抢走了他，莉拉吸引了他，让他远离了我，也许她不是故意这么做的，但无论如何，事情的结果就是这样。

我忽然决定去找他，不顾一切要见他。现在我们马上要走了，莉拉的魅力对他起不到任何作用了，现在她决定要回到她原本的生活里了，我和他之间或许可以重新开始。在那不勒斯，我们可以以朋友的形式见面，无论如何我们可以谈论莉拉，然后我们会接着谈论我们的话题、我们读的书。我会展示出对他喜欢的东西的热爱，这一点我肯定要比莉拉好，甚至会超过娜迪雅。是的，我应该马上和他谈谈，告诉他我要离开这里，告诉他我们在城区，在国家广场上，在迈佐卡农内大街见面，你想在哪里见面都可以，越早越好。

我租了一辆机动三轮车，让司机把我带到了弗里奥镇上布鲁诺家的门口。我在那里叫门，但是没人出来。我在小镇里转悠，心里越来越难受，最后我步行向海边走去，走了很长时间。好运气来了，我迎面看到了尼诺，他遇到我也非常高兴，那是一种很难控制的高兴——他的目光是灼热的，动作很夸张，声音也很高。

“我昨天和今天都一直在找你们。莉娜在哪儿？”

“和她丈夫在一起。”

他从短裤口袋里拿出了一个信封，把信封塞到了我的手里，用的力气简直太大了。

“你能不能把这个交给她。”

我很烦。

“没用的，尼诺。”

“你交给她。”

“今天晚上我们就要走了，回那不勒斯。”

他做了一个痛苦的表情，用沙哑的声音说：

“谁决定的？”

“是她。”

“我不相信。”

“事情就是这样，她昨天晚上告诉我的。”

他想了一下，指着那个信封说：

“求求你了，无论如何要交给她，马上交给她。”

“好吧。”

“你向我保证。”

“我已经跟你说了，好的。”

他陪我走了很长一段路，一路上都在说他母亲和弟弟妹妹的坏话。“他们都在折磨我！”他说，“还好他们已经回巴拉诺去了。”我问他布鲁诺怎么样，他做了个很不耐烦的手势，说他在学习呢，也说了他的坏话。

“你不学习吗？”

“我学不进去。”

他把头缩在肩膀中间，有些忧伤。他开始跟我说，有的人会犯一种错误，对自己产生错误的认识，因为老师出于自己的目的，让你相信你很厉害。他说他现在发现，他想学习的东西并不是他真正感兴趣的。

“你在说什么？忽然就变了？”

“只需要一瞬间，你的生活就可以发生翻天覆地的变化。”

都是很普通的话。发生了什么？我已经认不出他了。我对自己发誓，我要帮他恢复到他原来的样子。

“现在你太激动了，你不知道你在说什么，”我用我最擅长的理性语气说，“一到那不勒斯，我们见面谈谈吧，假如你愿意的话。”

他点了点头，但很快，他几乎是带着愤怒，叫喊着说：

“我不上大学了，我想找份工作。”

- 63 -

他一直陪我，我们一起都快走到我住的地方了，我担心会遇到斯特凡诺和莉拉，就匆忙地和他告别，走上家门口的台阶。

“明天早上九点。”他喊道。

我停了下来。

“如果我们离开这里了，那我们在那不勒斯见面，你去老城区找我……”

尼诺做了一个“不”的手势，态度非常坚决。

“你们不要走！”他在说这句话的时候就好像是一句威胁，一句对命运的命令。

我最后跟他打了一个招呼，顺着楼梯向上跑去，我很懊悔自己没有检查一下那个信封里有什么。

家里的气氛很糟糕，斯特凡诺和农齐亚在交谈，莉拉不是把自己关在洗手间，就是关在自己的房间里。我进屋的时候，他们俩都用一种带着敌意的目光看着我。斯特凡诺开门见山，沉着脸很不客气地说：

“你能不能跟我说说，你和那位在搞什么鬼？”

“什么意思？”

“她说她在伊斯基亚岛待烦了，想去阿玛尔菲海滩。”

“我不知道这是怎么回事儿。”

农齐亚也插了一句，但不是通常那种充满慈爱的语气：

“莱农，你不要让她想七想八，我们有钱，但也不能把钱从窗子扔出去。现在又提到阿玛尔菲，这又是哪一出呢？我们已经付了在这里住到九月的钱。”

我生气了，我说：

“你们搞错了！莉娜让我做什么，我就做什么，我怎么能决定她的事情。”

“那你现在就去跟她说说，让她好好想想，”斯特凡诺也爆发了，“下个星期，我会回到这里，我们一起过圣母升天日，我们会玩得很开心，现在我不想看到她胡搅蛮缠。操！你觉得我应该把你们带到阿玛尔菲去吗？假如阿玛尔菲也不行，那我带你们去哪儿呢，去卡普里吗？然后呢？别折腾了，莱农。”

他的语气让我害怕。

“她在哪儿？”我问。

农齐亚指了指卧室。进到她的卧室之前，我确信她已经准备好了行李，已经铁了心要离开，即使挨揍也要走。但当我推开房门，发现她竟然还穿着睡衣，躺在凌乱的床上。房间和往常一样，乱糟糟的，行李堆在一个角落里，是空的。我晃了晃她，说：

“莉拉。”

她嘀咕了一句，睡眼惺忪地看着我，问：

“你去哪儿了？你见到尼诺了吗？”

“见到了，这个是给你的。”

我有些不情愿地把那个信封给了她。她打开信封，从里面拿出一张纸。她看了之后，整个人忽然振奋起来了，就好像打了一针兴奋剂，困倦和不适一扫而空。

“他说什么？”我很小心地问道。

“不是写给我的。”

“那是什么？”

“是写给娜迪雅的，他要和她分手。”

她把那封信放到了信封里，然后还给了我，让我帮她藏好。

我手里拿着那封信，感觉有些迷茫。尼诺要和娜迪雅分手？为什么呢？为什么莉拉要求他那么做？就是为了要占上风吗？我非常非常失望。他放弃了加利亚尼老师的女儿，就是因为他要和这位肉食店的老板娘谈情说爱！我什么也没说，看着她在那里穿衣服，打扮自己。最后，我还是忍不住问：

“你为什么要对斯特凡诺提出那个荒谬的请求，要去阿玛尔菲？我不明白你想干什么。”

她微笑着说：

“我也不知道为什么。”

我们从房间里出去。莉拉过去亲了亲斯特凡诺，很愉快地偎依着他，我们决定陪他到港口，我和农齐亚坐着机动三轮车，他和莉拉坐着“兰美达”摩托。我们在等船的时候吃了一个冰激凌，莉拉对她丈夫很温柔，交代了很多事情，还答应他每天晚上都会打电话给他。在上船之前，斯特凡诺把一只手臂搭到了我肩膀上，在我耳边嘀咕了一句：

“对不起，我当时真是太生气了。这次没有你，我真不知道怎么收场。”

那是一句非常客气的话，但我也听到了言外之意：你跟你朋友说说，拜托了！假如她再使劲儿拽的话，绳子总有一天会断的。

- 64 -

那封信上写着娜迪雅在卡普里的地址。斯特凡诺乘坐的那艘汽艇刚刚离开，莉拉就拉着我们来到了烟草百货店，我和农齐亚聊天时，她买了一张邮票，把地址抄在信封上，把信寄了出去。

我们在弗里奥闲逛，我当时太紧张了，一直在和农齐亚说话。我们回到家里之后，我把莉拉叫到了我的小房间里，跟她开诚布公地说了我的想法。她默默地听着，但有些漫不经心，就好像一方面她知道我跟她说的这些事情的严重性，另一方面，她又沉浸在自己的想法里，把我的话当成耳边风。我对她说："莉拉，我不知道你是怎么想的，但我觉得你在玩火自焚。现在斯特凡诺高高兴兴地回去了，假如你每天晚上给他打电话，他会更高兴。但是你要小心：他过一个星期就会回到这里，会一直待到八月二十号。你想你能这样继续下去吗？你想你可以拿别人的生命开玩笑吗？你知道吗？尼诺已经不想继续上学了，他想找一份工作。你跟他说了什么？你为什么要让他离开他的女朋友？你要毁掉他吗？你们想毁掉自己吗？"

听到最后一句话，她忽然爆发出一阵笑声，但笑得有些不自然。她用一种开玩笑的语气对我说，谁知道呢。她说我应该为她感到高兴，这是一件很有面子的事。为什么呢？因为她只是一个鞋匠的女儿，只有小学毕业的水平，而且已经是卡拉奇家的人了，但她战胜了我老师那个精致高雅的女儿，她要更加精致；因为我上的那所学校里，学习最好的男生，也可能是整个那不勒斯、甚至全世界最优秀的男生——这当然是根据我之前说的说法，离开了那个有钱人家的小姐，只是为了讨她的欢心。她在说这些时，带着一种越来越明显的讽刺，就好像在向我揭示她的一个残忍的报复计划。我当时一定满脸不悦，她应该觉察到了，但她好像没办法停下来，她一直在用那种语气说话。她是说真的吗？在那时候，她真实的感受是什么？我感叹了一句：

“你演的这出戏给谁看啊？给我看吗？你想让我相信，尼诺为你会做出任何疯狂的事情？”

她眼睛里的笑意消失了，脸色阴沉下来，马上换了种语气说：

“不，我是在欺骗自己。根本不像你想的那样，我是那个为他疯狂的人。这种感觉之前从未有过，我很高兴现在我能有这种感觉。”

她好像觉得非常难堪，连一声招呼也没打就去睡觉了。

我也筋疲力尽，在半睡半醒之间，我尽力说服自己：她最后一句话是真的，前面的都是在演戏。

接下来的一个星期里，我有了其他证据。首先，在星期一我就明白了，皮诺奇娅离开之后，布鲁诺的注意力真的转移到了我身上，他现在觉得时机已经成熟，他要在我面前表现得像尼诺在莉拉面前一样。我们下海游泳时，他很笨拙地把我拉到他身边，想吻我，让我喝了一大口海水，我不得不咳嗽着马上回到岸上。我讨厌他，这一点他应该能感受到。我们在晒太阳时，他过来躺在我身边，就像一条被棒子打了的狗，我会很客气，但态度坚决地告诉他：“布鲁诺，你很可爱，但我和你之间只能是普通朋友，不可能有别的感情。”这时候他会很沮丧，但并不会放弃。

在莉拉和斯特凡诺通话结束后，那天晚上，我们四个人又一起到沙滩上散步，我们坐在冰冷的沙子上看星星，莉拉用手肘撑着沙滩，尼诺枕着她的肚子，我枕着尼诺的肚子，布鲁诺枕着我的肚子。每个人都看着群星，用种种溢美之词赞美上天的宏伟杰作。不，并不是每个人，莉拉就没有，她一直沉默着，当我们把那些溢美之词，还有感叹和惊异的话说完，她说，夜晚的天空让她害怕，她看不到任何上帝的杰作，只能看到一块块玻璃碎片在一潭沥青里闪烁。这些话让我们都沉默了。她总是习惯于最后一个说话，作总结性的发言，这让我非常恼火，因为这样她就有更充足的时间思考，用只言片语，就能让我们之前未经太多思考说的那些话化为乌有。

我感叹说："害怕什么啊？夜空多美。"

布鲁诺马上表示支持我，尼诺却迎合了莉拉的观点。尼诺轻微动了一下，示意我从他的肚子上移开，他坐起来，开始和她聊了起来，就好像只有他们俩。他们说着天空、庙宇、秩序和混乱。最后他们站起来，一边说着话一边消失在黑暗中。

我依旧躺在那里，用手肘支撑着身体，少了尼诺热乎乎的身体作枕头，布鲁诺的头压在我的肚子上，让我很难受。我说对不起，然后捋了捋他的头发。他起来了，用手臂环抱住了我的腰，把脸贴到了我的身上。我说别这样，但他还是把我推到了沙滩上，用嘴在寻找着我的嘴唇，而且一只手按住了我的胸部。我用力地推开他，大声说别那样，我非常不客气，一字一句地对他说："我不喜欢你，我已经告诉你了。"他非常尴尬地停了下来，坐起来，用很低沉的声音说："你真的一点儿也不喜欢我吗？"我跟他解释说，那不是可以用数量来衡量的东西。我说：

"这不是好看不好看的问题，也不是可爱不可爱的问题，对于我来说，有的人会吸引我，但有的人却不会，都是我发自内心的感受。"

"你一点儿也不喜欢我？"

我叹了一口气说：

“不。”

说完这个字，我就哭了起来，边哭还边说着类似这样的话：

“你看到了吧？我无缘无故地哭呢，我是个笨蛋，你在我身上浪费时间，不值得的。”

他用一只手指抚摸我的脸颊，又一次想拥抱我，他低声说：“我想送给你很多很多礼物，你这么漂亮，值得拥有很多礼物。”

我马上愤怒地抽身而出，对着黑暗大喊着，声音撕心裂肺：

“莉拉，赶紧过来，我要回家了。”

那两个男孩陪我们一直走到家门口的台阶那里，然后离开了。我们在上台阶时，在黑暗中，我迫不及待地对她说：

“你想去哪儿去哪儿，你想干什么干什么，我再也不想陪你了。布鲁诺已经是第二次对我动手动脚了。我不想单独和他在一起，明白吗？”

- 65 -

有些时候，我们会用一些毫无意义的话、荒谬的做法掩盖我们真实的感情。现在，在抵抗了一阵之后，我开始逐渐顺从布鲁诺了。当然，我仍然不喜欢他，即使是安东尼奥，我当时也没有特别喜欢。在我们生命的不同阶段，对男人能不能产生感情，通常是看他们符不符合我们心目中的男人形象。在布鲁诺·索卡沃的生命的那个阶段，他非常慷慨，也很客气，对他产生一点感情也是很容易的，我拒绝他和他本身讨厌不讨厌没有任何关系，实际上我针对的是莉拉，我想让她有所顾忌。我想让她意识到自己的处境，以及她让我陷入的处境，我想让她对我说："好吧，你说得对，我错了，我晚上再也不和尼诺消失在暗处，我再也不让你和布鲁诺单独在一起，从现在开始，我要表现得像一个有夫之妇的样子。"

但实际上她并没有这样说，她只是说："我会和尼诺说说这件事，你看吧，布鲁诺再也不会烦你了。"一天又一天过去了，我们还是在早上九点和那两位男生见面，晚上半夜的时候才分开。星期二的晚上，莉拉和斯特凡诺打完电话之后，尼诺就说：

"你们还没见过布鲁诺的房子，想上去看看吗？"

我马上回绝，说我肚子疼，想快点回家。尼诺和莉拉面面相觑，有些不知所措，这时候，布鲁诺什么也没有说。我感觉到了他们的不悦，尴尬地说：

"要么改天吧。"

莉拉没说话，但当我们单独在一起的时候，她感叹了一句："你就是不想让我如意，莱农。"我回答她说："假如斯特凡诺知道我们俩单独去了他们住的地方，他不仅仅会怪你，也会怪我。"不仅仅如此，在家里我还挑拨农齐亚，让她对女儿的行为感到不满，让她批评莉拉晒太阳的时间、游泳的时间、晚上在外面游荡的时间都太长了。最后我表现得好像要缓和她们母女俩之间的关系，说："农齐亚太太，明天晚上您来和我们一起吃冰激凌吧，您会看到我们没做什么出格的事情。"莉拉非常愤怒，她说她一整年都关在肉食店里埋头工作，她有权享受一点儿自由。农齐亚也失去了耐心，说："莉娜，你在说什么？自由？什么自由？你已经结婚了，你应该意识到你丈夫的存在。莱农可以自由一些，但你不行。"她女儿听了这话，摔门就走了。

但是第二天还是莉拉赢了：她母亲依然待在家里，我们出去给斯特凡诺打电话。“十一点整，你们必须回到这里来。”农齐亚拉着脸对我说，我回答她说：“好吧。”她用一种意味深长、审视的目光看了我一眼。她现在很警惕：她是来监管我们的，但她没有好好监管我们，她害怕我们会搞出什么乱子，但她想着自己的青春都白白牺牲了，觉得没办法阻止我们出去玩。我向她保证了几次：“十一点整回来。”

跟斯特凡诺的电话打了最多一分钟，莉拉从电话亭出来，尼诺又问我：

“今天晚上，你没有问题吧，莱农？要不要来看看我们住的地方？”

“来吧。”布鲁诺也试图说服我，“你们来喝点儿东西，待一会儿就回去。”

莉拉表示同意，我什么都没说。那栋房子从外面看起来很老，保养得也不好，但房子里面很新：地窖又干净又敞亮，装满了葡萄酒和香肠，还有大理石台阶，上面是铁艺的扶手，房门看起来很结实，上面装着熠熠生辉的金色把手，窗棂也是金色的，房间很多，摆放着电视、黄色的沙发，厨房里是天蓝色的橱柜，卧室里那些衣柜看起来像是哥特式教堂。我第一次清楚地感觉到：布鲁诺家确实很有钱，要比斯特凡诺一家有钱。我想，假如母亲知道索卡沃香肠厂的老板的儿子追求过我，而我在他家里做过客，我非但没有感谢上帝的恩赐，没有想办法嫁给他，还拒绝了他两次，她一定会打死我的。从另一个方面，正是因为我想到了我母亲，想到了她的那条瘸腿，才让我更觉得自己配不上布鲁诺。这个房子让我觉得胆怯。为什么我会在那里？我在干什么？莉拉表现得很自在，她常常笑，我感觉自己好像发烧了一样，嘴里很苦。我开始说“好的”，仅仅是为了避免说“不”带来的尴尬。你想喝点儿这个吗？你想听这张碟片吗？你想看电视吗？你要吃冰激凌吗？我忽然意识到时间已经很晚了，但尼诺和莉拉又消失了，这让我觉得非常不安，他们去哪儿了？他们有没有可能关在了尼诺的卧室里面？有没有可能莉拉在这方面也没有尺度？有没有可能……我不愿再想下去。我站了起来，对布鲁诺说：

“太晚了。”

他非常客气，但还是有一丝忧伤。他低声说：“你再待一会儿嘛。”说第二天他很早就要离开，要去参加一个家庭聚会。他还说他一直到下周一才能回来，有好几天看不到我，他会觉得非常难受。他轻轻地握住我的一只手，说他很爱我，还有其他类似的话。我轻轻抽出了手，他没有再尝试别的身体接触。他一直在说着他对我的感情，他通常是沉默寡言的，这时候却滔滔不绝起来，我没有办法打断他。最后我终于有机会说：“我真的该走了。”这时候，我抬高了嗓门喊道：“莉拉，拜托了，出来吧，已经十点一刻了。”

过了几分钟，他们俩出现了。尼诺和布鲁诺陪着我们找了一辆机动三轮车，布鲁诺向我们道别，就好像他不是回那不勒斯待几天，而是要去美国，一辈子不回来了。在路上，莉拉用一种讨好的语气对我说，就像是宣布一个重大新闻：

“尼诺对我说，他很欣赏你。”

“我一点儿也不欣赏他。”我马上不客气地回答了她，我很严肃地对莉拉说：

“假如你怀孕了呢？”

她在我的耳边说：

“没有这个危险。我们只是拥抱接吻。”

“哈！”

“无论如何，我都不能怀孕。”

“你已经怀过一次了。”

“我告诉你我不会怀孕。他知道该怎么做。”

“他是谁？”

“尼诺。他会用套子。”

“什么？”

“我不知道，他是这么说的。”

“你不知道是什么东西，那你就相信了？”

“就是放在上面的东西。”

“放在什么上面。”

我想逼她说出那个词。我想她明白，她对我说的话前后矛盾。开始她向我保证他们只是接吻，然后她说尼诺是不会让她怀孕的人。我非常生气，我希望她能感到羞耻。但实际上，她对发生的每件事都感到高兴。到家的时候，她对农齐亚非常友好，她还强调说，我们提前回来了，然后就去准备睡觉了。她没有关房门，当她看到我已经准备好睡觉了，叫住我说：“你在我这里待一会儿吧，关上门。”

我坐在床边，但我很努力地表现出，我对她以及所有的一切都感到厌烦。

“你要跟我说什么？”

她小声说：

“我想去尼诺那里睡。”

我惊讶得目瞪口呆。

“农齐亚怎么办呢？”

“等一下，你不要生气。时间不多了，莱农。斯特凡诺星期六就来了，他会在这里待十天，然后我们就要回那不勒斯了，一切都会结束了。”

“什么一切都结束了？”

“就是现在这些日子，这样的夜晚……”

我们讨论了很长时间，我觉得她脑子很清醒。她小声说，将来再也不会发生类似的事情了。她嘀咕说，她爱他，她想得到他。她用的是这个动词——爱，这是只有在书上，或者电影里才能找到的词，在我们的城区里，没人用这个词，我在自言自语时，才会用到这个词，我更倾向于用的词是“喜欢”。她不一样，她爱，她爱尼诺。但她非常清楚地知道，那种爱会遭到扼杀，需要提早结束。她会那么做的，从星期六晚上开始，她会扼杀那份爱情，我应该相信她。但是在剩下来的短暂时光，她打算献身于尼诺。

“我想和他整日整夜都待在床上。”她说，“我想和他拥抱着睡在一起，想什么时候吻他都可以，想怎么抚摸他都可以，包括在他睡着的时候，然后我们就永别了。”

“这是不可能的。”

“你要帮我。”

“我怎么帮你？”

“你应该说服我母亲，说内拉邀请我们去巴拉诺待两天，我们会睡在那里。”

我沉默着。看来她已经打算好了，她已经有了计划。当然，这可能是她和尼诺一起想出来的，也许他专门让布鲁诺离开也是这个缘故。谁知道他们是从什么时候开始做打算的，可能是在他们聊完新资本主义，聊完新殖民主义、非洲、拉丁美洲、贝克特，聊完罗素之后。尼诺已经不再讨论这些问题了。他们的脑子现在只是想着如何利用我骗过农齐亚和斯特凡诺。

“你简直疯了，”我气愤地说，“假如你母亲相信，但你丈夫永远不可能相信这事儿。”

“你只要说服我母亲就好了，让她放我们去巴拉诺，我说服她不要把这件事情告诉斯特凡诺。”

“我不会答应的。”

“我们不再是朋友了？”

“不是了。”

“你不再是尼诺的朋友了？”

“不是了。”

但莉拉很擅长把我卷入她的事情之中。我没办法抵抗。我嘴上说着我不愿意，但同时，我觉得如果我不再是她生活中的一部分，不能再参与她的奇思怪想，我一定会觉得苦闷。从根本上来说，她的这场欺骗，难道不是她那些充满想象力、充满风险的一贯做法吗？我们俩一起并肩作战，应付所有人，我们第二天要化解农齐亚的阻挠；后天我们会很早一起出去，到弗里奥我们会分开，她会去布鲁诺和尼诺的住处，而我会坐船去玛隆蒂海滩。她会和尼诺整天整夜在一起，我会在内拉那里待一天，晚上睡在巴拉诺。第二天我会在午饭的时候回到弗里奥，在布鲁诺家和她见面，然后一起回家。一个完美的计划。她策划着这些大小巨细的事情，想一步一步不出破绽地执行下去，这让我的脑子也活跃起来了，她拥抱着我，祈求我。这就是一次新的历险，我们俩一起，我们又一次要攫取那些生活不想给予我们的东西。我是希望她无法获得那种欢乐，让尼诺遭罪？还是希望他们都失去理智，无法控制自己的欲望，被激情席卷，然后陷于危险之中？我不知道。那天夜里，有那么一刻，我想到了我一直在跟随着她的思路，支持她的冒险行为，这是我们漫长友情中重要的一部分，也是我展示自己爱情的方式——她说的是友谊，但我很绝望地想到了爱情——爱情，对尼诺的爱情。就在这时候，我说：

“好吧，我会帮你的。”

- 66 -

第二天，我跟农齐亚讲了那些连我自己都觉得羞耻的谎话——居然是用奥利维耶罗老师做了幌子，更可耻的是，这是我的想法，而不是莉拉的。老师那时候住在波坦察，不知道情况有多糟糕呢。“昨天，”我对农齐亚说，“我遇到了内拉·因卡尔多，她跟我说了她表姐的事情，奥利维耶罗老师正在康复，她现在在内拉那里度假，期望大海能让她完全康复。明天晚上，内拉要给奥利维耶罗老师庆祝生日，邀请了我和莉拉，我们当时都是她最好的学生。我们真的很想去，但聚会会持续到很晚，我们没有办法去。内拉跟我们说，我们晚上可以住在她家里。”

“住在巴拉诺？”农齐亚皱着眉头问我。

“是啊，聚会是在那里。”

一阵沉默。

“莱农，你去吧！莉拉不能去，她丈夫会生气的。”

莉拉这时候说：

“我们不告诉他。”

“你说什么？”

“妈妈，他在那不勒斯，我在这里，他不会知道的。”

“但凡做过的事儿，迟早都会被人知道的。”

“不会的。”

“肯定会的，够了。莉娜，我不想跟你再说了。假如莱农想去，她可以去，你要留在这里。”

我们就这样纠缠了一个多小时，我强调说老师的健康状况很糟糕，谁知道这是不是最后一次向她表达感谢的机会。莉拉是这样跟她母亲说的：“你跟爸爸说了多少次谎，坦白说吧，你为了拥有自己的时间和空间，不是出于恶意，而是出于好意要做一件该做的事，但是他又不同意的事情，你为此一定说过谎的。”说来说去，农齐亚开始说，她从来都没对费尔南多说过任何一个小小的谎言，然后她承认她说过一个、两个……很多个。最后她带着一种混合了母亲的自豪和愤怒的语气对莉拉叫嚷着说：“我生你的时候到底出了什么错？打嗝了吗？抽筋了？停电了？灯泡闪了？抽屉柜上的水盆掉地上了？一定是出了什么错！你天生就是那么让人受不了，和别的姑娘不一样。”她说到这里，整个人变得很伤感，好像心软了。但是很快她又怒气冲冲，说不应该为了见一个老师而对自己的丈夫说谎。莉拉这时候感叹说：“我现在仅有的那点文化，都是这位老师教的。”最后农齐亚做出了让步，但给我们定了一个具体的要求：星期六下午两点，我们要准时回到家里，一分钟也不能耽搁 。“假如斯特凡诺事先来了，没有看到你怎么办？拜托了，莉娜，你一定不能让我难做人，明白吗？”“明白。”

我们去了沙滩，莉拉兴高采烈的，她拥抱了我，亲吻了我，说她这一辈子都欠我的。但是我已经开始觉得愧疚，因为我提到了奥利维耶罗老师，使她成为这场聚会的核心，我想象着她充满活力地给我们上课，她的处境应该比我当时看到的还糟糕。当时她被救护车拉走的情景历历在目，可能她现在的身体状况要比我在医院里看到的还要让人揪心。想出这个借口的成就感很快就消失了，和莉拉合谋时的惊心动魄消退了，我内心充满悔恨。我在想，我为什么要帮助莉拉，为什么要为她的不忠打掩护。

从根本上来说，莉拉是想背叛她的丈夫，她想破坏神圣婚姻的束缚，她想摆脱她作为妻子的处境，她想做一件疯狂的事情，斯特凡诺假如发现了的话，会打破她的脑袋。我忽然回想起她对那张婚纱照做的事情，我觉得胃里很难受。现在我想，她还是那样，但不是对一张照片，而是对卡拉奇太太本人。在这种情况下，我还是卷入了其中，帮了她一把。尼诺只是一个工具！是的，是的，就像那些剪刀、胶水和颜料，她利用尼诺来搅局。她就是推动着我做了一件这么糟糕的事情，为什么我让她牵着走呢？！

在沙滩上，我们看到尼诺在等着我们。他非常焦急地问：

“怎么样了？”

她回答说：

“办好了。”

他们俩跑去游泳，根本就没有邀请我一起去。当然，即使他们叫我去，我也不会去的。因为我内心非常不安，我觉得很冷。即使我下了水，也还会害怕水太深，最后还不是会一个人留在海滩上！

那天有风，天上有一缕一缕的云彩，海浪有点大，他们毫不犹豫地跳入水中，莉拉高兴地叫喊了一声。他们很幸福，他们沉浸在自己的故事里，他们充满能量，因为他们马上就要得到自己渴望的东西了，无论付出什么代价他们都愿意。他们稳稳当当地用胳膊划水，很快消失在海浪中间。

我觉得自己被友情绑架了，那是一种让人难以忍受的感觉。一切都那么曲折，是我让莉拉来到了伊斯基亚岛，是我利用她来追随尼诺，那是一种无望的追随。我放弃了我在迈佐卡农内书店的工资，为了得到她的钱。我现在服务于她，是女佣的角色，我要协助自己的女主人，掩护她的通奸行为。我要为她的行为做准备，我要帮助她得到尼诺，我要让她替代我得到他，让他上——是的，让他上，和他干上一天一夜，给他口×。我的太阳穴突突地跳，我用脚后跟蹬了两三下沙子，在脑子里回想着我小时候听过的那个词——口×，这个词让人想入非非，夹杂着其他性幻想。这时候，学校消失了，书中那些漂亮的句子也消失了，拉丁语和希腊语翻译也从脑子里消失了。我盯着耀眼的海面，绵延的水面一直在起伏，水天相连，能隐约看到一道白色的水浪间，有尼诺和莉拉的影子，他们是两个小黑点。我不知道他们是一直向前游呢，要游向海平面的云层那里，还是正在往回游。我渴望他们被淹死，渴望死亡会剥夺他们明天要享受的欢乐。

- 67 -

我听见有人叫我的名字，我马上回头去看。

“我看得没错吧。”一个男人阴阳怪气的声音。

“我早说了，是她。”一个女人的声音。

我马上就听出来那是米凯莱·索拉拉和吉耀拉！我站了起来，他们和吉耀拉的弟弟一起来的，她弟弟叫雷洛，是一个十二岁的小男孩。

我很高兴地欢迎了他们，尽管我一直没有说：你们坐吧。我希望他们能赶快走开，希望他们正在为什么事儿赶时间，但吉耀拉仔细地把她和米凯莱的毛巾铺到了沙滩上，把包、香烟、打火机放在了上面，然后对她弟弟说：你躺在热沙子里，现在刮风呢，你泳衣是湿的，会感冒的。怎么办？我强忍着不看海里，以为这样他们就不会往海里看。我假装对米凯莱很关注，他开始用他特有的那种漠然、漫不经心的语气和我聊了起来。他们放了一天假，因为那不勒斯太热了，他们早上坐汽艇来，晚上坐汽艇回去，呼吸一下新鲜空气。马尔蒂里广场的那家店里现在有皮诺奇娅和阿方索，也可以说是阿方索和皮诺奇娅，因为皮诺奇娅没什么用，而阿方索很能干。他们是听了皮诺奇娅的建议，才决定来弗里奥的。皮诺奇娅说：你们一定会找到她们的，只要沿着海滩走。的确是这样，走着走着，吉耀拉就喊了一声：那不是莱农吗？这时候，我重复说了好几次，见到你们真高兴。米凯莱沾满沙子的脚不小心踩到了吉耀拉的毛巾上面，她说了一句："小心一点儿！"我的努力都无济于事。现在他们说完了他们来伊斯基亚岛的理由，我知道他们下面要问的问题。他们在发问之前，我已经在他们的眼里读到了这个问题：

"莉娜去哪儿了？"

"她在游泳。"

"浪这么大，还游？"

"也没有那么大啦。"

无法避免的是，他和吉耀拉都转过头去看海面，海上全是小小的白色浪花。他们已经坐在了毛巾上，看得不是很仔细。米凯莱和吉耀拉的弟弟争执，因为男孩还想下水游泳。"你在这里乖乖待着吧！"他对男孩说，"你想淹死吗？"然后把一本漫画书塞给他。米凯莱对女朋友说："我们再也不要带他来了。"

吉耀拉对我说了很多恭维话。

"你看起来真棒，皮肤晒得黝黑发亮，头发越来越金黄了。"

我微笑着，并没有觉得飘飘然，我唯一想的事情是：我应该想办法把他们带走。

"你们去家里休息一下吧，"我说，"农齐亚在家呢，见到你们，她一定会很高兴。"

他们都拒绝了，他们过两个小时要坐汽艇回去，动身前想多晒一会儿太阳。

"我们去水吧那里喝点儿东西吧。"我说。

"好的，我们等等莉娜，一起去。"

这时候对于我来说无疑是个无比紧张的时刻，我很费劲地没话找话，我先是问了很多问题，所有我能想到的问题：吉耀拉的父亲在甜食店里怎么样啦？马尔切洛怎么样了，他有没有找到女朋友？米凯莱觉得新设计的鞋子怎么样？他父亲怎么想？他母亲怎么想？他爷爷怎么看等等。最后我站了起来说："我去叫莉娜。"我来到海边，大声喊了起来："莉拉！回来吧，米凯莱和吉耀拉在这里呢。"一点儿用也没有，她没有听到我的叫喊。我回来坐在海滩上，又和他们一起聊了起来，想分散他们的注意力。我希望莉拉和尼诺回到岸上时，能发现吉耀拉和米凯莱在这里，在他们看到这一切之前，不要做出一些亲昵的动作。但吉耀拉在听我说话，米凯莱连假装听我说的态度也没有——他来伊斯基亚岛的目的就是为了遇到莉拉，和她聊聊新鞋子的事情。这一点我可以确信。他一直看着波浪越来越汹涌的海面。

最后他看到莉拉了，她从海里出来，和尼诺手拉着手，他们是那么耀眼的一对，别人根本不可能看不到，两个人都很高，都很优雅，他们的肩膀碰在一起，他们在相视微笑着。他们完全沉浸在自己的世界里，根本没有觉察到我不是一个人在那里。莉拉看到米凯莱的时候，她放开了尼诺的手，但已经太晚了。吉耀拉也许什么都没有觉察到，她的弟弟在看漫画书，但米凯莱看到了那一幕，他转过身来看我，就好像要在我的脸上得到确认，确认刚才发生在他眼皮底下的事情是真的。他应该看到了我的惊恐，他很严肃，用那种决断的缓慢语气说：

“十分钟，我们就是打个招呼，马上就走。”

实际上他们待了一个多小时。我介绍说，尼诺是我们小学时一个同班同学，我强调说他还是我高中同学，当米凯莱听到尼诺的名字，就问了尼诺一个最让他烦的问题。

“你就是那个在《罗马报》和《那不勒斯晚报》上写文章的人的儿子？”

尼诺很不情愿地点了点头，米凯莱盯着他看了一会儿，就好像要在他眼睛里找到那种血缘关系。最后他不再和尼诺说话，只和莉拉说话。

莉拉很客气，话里经常也带刺，有时候有些邪恶。米凯莱对她说：

“你哥哥吹牛说，那些新鞋子款式都是他想出来的。”

“这是事实。”

“因此那些鞋子都是破烂儿。”

“你看着吧，这些破烂要比之前的样式卖得还要好。”

“有可能吧，但你要来店里的话才会卖得更好。”

“已经有吉耀拉在那里了，她卖得很好啊。”

“吉耀拉要在甜食店里帮我。”

“那是你的事，我要在肉食店里看店。”

“太太，你看吧，你如果来到马尔蒂里广场上，那就是一张王牌。”

“王不王牌，你都不要想了，我就待在我该待的地方。”

他们一直用这种语气说话，就好像在玩踢球的游戏。我和吉耀拉时不时想插几句，尤其是吉耀拉，她异常愤怒，因为她男朋友在谈及她的未来时，根本就不问她一句。至于尼诺呢——就我觉察到的——他发懵了，或者他在欣赏莉拉能那么自如地应付米凯莱，她能用方言和他针锋相对，寸步不让。

最后索拉拉家的年轻男人放弃了，他们要走了，他们的太阳伞还有东西都在很远的地方。他和我告别，然后很热烈地和莉拉告别，再一次重申说等着她九月去店里。他非常严肃地对尼诺说，就像命令一个下属去买包烟那样：

“跟你爸爸说，他写文章说他不喜欢店里的装修，他做得不对。他拿了钱就应该写店里所有一切都很好，要不然他会见不到钱的。”

尼诺很惊异，有些不知所措，也许是因为很屈辱，他没有回答。吉耀拉拉着米凯莱的手，他有些机械地让她拉着，他们俩走远了，后面跟着吉耀拉的弟弟，他一边走，还一边看着漫画书。

- 68 -

我非常气愤，也很害怕，我对自己做的事、说的话都感到不满意。米凯莱和吉耀拉刚一离开，我就对莉拉说，而且我故意让尼诺也听到：

“他看到你们了。”

尼诺有些窘迫地问：

“他是谁？”

“是一个自以为是的克莫拉黑社会成员，简直是一坨狗屎。”莉拉满脸鄙夷地说。

我马上补充了一句——尼诺也应该知道：“那是她丈夫的合伙人，他会把今天看到的一切告诉斯特凡诺。”

“发生的什么事儿？”莉拉否认说，“没有什么可讲的。”

“你很清楚，他们会告密的。”

“是吗？谁他妈在乎。算了吧。假如你不愿意帮我，该发生什么事儿就让它发生吧。”

她不管我在不在场，就和尼诺商量第二天的事情，就好像遇到了米凯莱·索拉拉之后，她的劲头倍增一样，而尼诺就像一个快要没电的玩具，嘟囔了一句：

“你确信你不会因为我的缘故而陷入麻烦？”

莉拉用手抚摸了一下他的脸颊，说：

“你不想来了吗？”

那个抚摸好像又激活了他。

“我只是为你感到担心。”

我们很快和尼诺告别，回家去了。在路上，我对她讲述了一些可能出现的可怕场景：“今天晚上，米凯莱一定会和斯特凡诺讲这件事情，斯特凡诺也许明天早上就会跑来，在家里看不到你，农齐亚会让他去巴拉诺找你，在巴拉诺也找不见你，你会失去一切。莉拉，你听我说，这样一来，你不仅会毁掉自己，而且会毁掉我，我妈妈会打死我的。”但她只是在漫不经心地听我说话，微笑着对我说了类似这样的话：“我很爱你，莱农，我会一直爱你，但我希望你在一生中，至少要感受一次我现在的感觉。”

这时候我想：活该你遭殃！晚上我们没有出去。莉拉对她母亲很温和，她想自己做饭，自己盛饭，收拾桌子，洗盘子，最后她还跟她妈妈非常亲密，坐在她膝盖上，抱着她的脖子，用额头顶着母亲的额头，忽然很忧伤。农齐亚不是很习惯女儿的这种亲昵，她应该非常尴尬，后来她忽然哭了起来，眼睛里充满泪水，在不安中她说了一句让人百感交集的话：

“我求求你了，莉娜，没有人像我，拥有你这样的女儿，别让我难过。”

莉拉充满温情地和她妈妈开了一句玩笑，陪她去了房间。第二天早上是莉拉来叫醒我的，我觉得非常痛苦，不想起床实施那个该死的计划。一辆电动三轮车把我们带到了弗里奥，我又跟她说了可能出现的可怕场景，但她都无所谓：假如内拉不在呢？假如真的家里有客人，没地方给我住呢？假如萨拉托雷全家人决定来到弗里奥看儿子呢？她的回答总是带着玩笑的语气：“假如内拉没在，尼诺的妈妈会接待你；假如没地方住，那你回来和我们一起住；假如萨拉托雷全家人都来布鲁诺家，他们敲门，我们也不会开门……”我们一直都在说这些。还不到九点，我们就已经到了目的地。尼诺已经在窗前等着了，他跑来开门。他只是向我打了一个招呼，然后把莉拉拉进了门里。

在到达这所房子的大门之前，一切还是可以挽回的，但之后一切都无法逆转了。莉拉掏钱，让我坐着同一辆三轮车直接去巴拉诺，在路上我意识到，我真的没办法恨他们。虽然我对尼诺感觉到怨恨，对莉拉也心怀嫉妒，甚至希望他们俩死掉，但我又渴望奇迹会发生，让我们三个人都平安无事。我总是顺着他们的意思，我意识到自己对他们的情感不是仇恨，我恨的是我自己，我鄙视我自己。在岛上，电动三轮车开动时，风吹着我的身体，带来了青草和树木在清晨散发的气息，但是我快快不乐。我内心深处能感受到他们的感受，我没有办法不想到在空房子里，他们拥抱亲吻，他们的激情席卷了我，让我很不安。我爱他们俩，因此我没办法爱我自己，感受到自己的感受，我没有办法像他们一样充满盲目的力量，来表达我自己的生命需求。我当时的心情就是这样。

- 69 -

我到了内拉那里，像往常一样，我受到了内拉和萨拉托雷一家人的热烈欢迎。我摆出一副最甜美的面孔——那是我父亲收小费时的面孔，是我的祖先为了避开危险时做出的表情，他们总是那么惊恐，那么低三下四，那么讨人喜欢。我用讨好的语气，说了一句又一句谎言。我说卡拉奇家里有客人，我那天晚上没地方住。我说我希望我来这里不是一件很冒失的行为，这样突如其来，假如这里不方便的话，那我就回那不勒斯几天。

内拉拥抱了我，她再三说我能去找她，对于她是莫大的幸福。我没和萨拉托雷一家人去海边，尽管几个孩子都在抗议，坚持让我陪他们去，莉迪亚也在坚持，让我尽快去找他们，多纳托说他会等着我一起下海。我和内拉待在家里，我帮她收拾屋子，做午饭。谎言，他们通奸的情景，我对他们的掩护，还有一种无法描述的嫉妒，一切都裹挟着我。我嫉妒莉拉，因为她把自己给了尼诺；我也嫉妒尼诺，因为他占有了莉拉。忽然间，我觉得没那么沉重了。我觉得内拉好像对萨拉托雷家人没那么多成见了。她说，他们夫妇俩好像找到了一种平衡，他们俩之间关系好了，就不怎么烦她了。她给我说了奥利维耶罗老师的事情：她专门给老师打了电话，告诉她我去看她，她感觉奥利维耶罗老师比之前更虚弱了，但要比之前乐观。总之，我们平静地交流了一些信息，但没说几句，话题就扯开了，我又一次感觉到了当时处境的沉重。

“她一个劲儿地表扬你。”内拉在谈到奥利维耶罗老师时说，“但当她知道你和两个已经结了婚的朋友来看我时，就问了我很多问题，尤其是关于莉娜太太。”

“她说了什么？”

“她说她教了那么多年书，从来没有遇到过那么聪明的学生。”

提到莉拉之前的优异，这让我很不安。

“是真的。”我承认。

但内拉做了一个不赞同的表情，我在她的眼里也看到了。

“我表姐是一个好老师，”她说，“但我觉得这次她判断错了。”

“不，她说得没错。”

“我能告诉你我的想法吗？”

“当然了。”

“我说了你不会难过吧？”

“不会。”

“我不喜欢莉娜太太，你要比她好得多，你比她漂亮，也比她聪明。我和萨拉托雷夫妇也说了我的感受，他们也这样认为。”

“你们这么说，是因为你们爱我。”

“不是这样的，你要小心啊，莱农！我知道你们很要好，我表姐告诉我了。我不想说那些和我无关的事，但我一眼就能看穿一个人，莉娜太太知道你比她强，因此她对你，不像你对她那么实诚。”

我笑了，做出一副怀疑的样子问：

“你觉得她会害我吗？”

“我不知道。但她是个害人精，从她脸上都能看出来，只要看一下她的额头和眼睛就能发现。”

我摇了摇头，按捺住内心的喜悦。啊！假如事情一直那么清晰明了就好了。但我已经知道——尽管和我现在所知道的不一样，我们之间一切都要更加复杂。我开了个玩笑，笑了，内拉也笑了。我对她说莉拉给人的初步印象总是不好，从小她就像个小恶魔，她的确也是这样，但是她没有恶意，她的脑子很好使，她无论做什么总是能做得很好。假如她有机会学习，那她会成为像居里夫人那么厉害的科学家，或者像格拉齐亚·黛莱达一样的小说家，或者像尼尔德·伊奥蒂①——陶里亚蒂②的情人。当听到最后两个名字，“我的天哪！”内拉感叹了一下，打趣地在胸前划了一个十字。她微笑了一下，最后她又想起了一件事情，她想在我耳边说一个秘密，那是萨拉托雷对她说的，按照他的看法，莉拉是一个近乎很丑的美人，就是那种男人看了她会被迷住，但也会害怕的那种女人。

“怎么会害怕？”我低声问。她用更低的声音回答说：

“男人会担心自己那玩意儿不管用，软了，或者害怕她拿出一把刀给割了。”

她笑了，笑得胸口乱颤，甚至笑出了眼泪。我没有办法控制自己，我觉得很不自在，这是之前从来没有过的感觉，这不是我

---

① 尼尔德·伊奥蒂（Nilde Iotti，1920—1999），意大利政治家，意大利第一个女议员。

② 陶里亚蒂（Palmiro Togliatti，1893—1964），曾任意大利共产党总书记。

母亲的那种笑，不是懂得男女之事的女人那种猥亵的笑，内拉的笑声里混合着纯洁和粗鲁，那是一种老姑娘的笑，这让我也不得不跟着她笑了起来。她是一个好女人，我想，她为什么会为这种事情发笑？这时候我也看到了年老的自己，胸中也带着这种苍白和恶意。我想：我将来可能也会像她这样笑。

- 70 -

吃午饭的时候，萨拉托雷一家都回来了。他们在地板上留下了很多沙子，还带来了海水和汗水的味道，他们用很愉快的语气责备了我，说让几个孩子白白等了我一上午。我摆好盘子，吃完后又收拾桌子，洗碗，最后我跟着皮诺、克莱利亚和西罗出去了，我和他们走到苇丛边上，帮他们砍了一根芦苇来做风筝。和孩子们待在一起，我觉得很自在。他们的父母休息，内拉在阳台上的躺椅上打盹的时候，时间过得飞快，我非常投入地在做风筝，从来没有想起过尼诺和莉拉。

下午晚些时候，我们一起去了海边，内拉也去了，她是去放风筝的。我在沙滩上跑前跑后，后面跟着三个孩子，他们看到风筝要飞起来，都张口结舌，但是当他们看到风筝旋转了几圈之后，出人意料地掉在了沙滩上时，就会大声地惊叫。我尝试了很多次，一直都没让风筝飞起来，尽管多纳托在太阳伞那里对着我大喊，告诉我应该怎么做。最后我投降了，我浑身是汗，对皮诺、克莱利亚和西罗说："让你们的爸爸放吧。"几个孩子把萨拉托雷拉了过来，他看了看芦苇做的风筝架子，还有天蓝色的纸、风筝线，他研究了一下风向，然后倒退着跑了起来，尽管身体很沉，但他还是充满活力，一跳一跳地向前跑着。几个孩子在他旁边跑着，兴高采烈，我也重新打起了精神，跟着他们一起跑，最后我也被他们的幸福感染了。我们的风筝越飞越高，已经飘在了天上，不用跑了，只要拉住线就好了，西罗、克莱利亚或者皮诺都可以放了，当然我也可以。后来萨拉托雷就把风筝线给了我，但他待在我的身后，我的脖子都能感觉到他的呼吸，他说："这样，拉一下，放开。"后来天就黑了。

我们一起吃饭。吃完饭，萨拉托雷一家人去镇子上逛，多纳托、莉迪亚还有三个孩子，他们都晒得通红，穿着过节的衣服。尽管他们非常热情地邀请我和他们一起出去，但我还是和内拉留在了家里。我们收拾好了屋子，她帮助我在厨房的角落里支好我的床，然后我们在阳台上乘凉。漆黑的天空中有一些白色的云朵，看不到月亮。我们说到了萨拉托雷的几个孩子真是聪明，内拉有些昏昏欲睡。这时候，白天和夜晚发生的事情忽然一下子都涌上心头。我踮起脚尖，悄悄走了出去，来到了玛隆蒂海滩上。

我不知道米凯莱·索拉拉有没有把他看到的事情说出去，不知道事情进展得怎么样了，不知道农齐亚在古奥托路上的房子里有没有睡着；或者斯特凡诺是不是已经乘着最后一趟汽艇来到了岛上，他没有看到妻子，正在火冒三丈，农齐亚正在尽量安抚女婿；不知道莉拉有没有打电话给她的丈夫，确保他在那不勒斯，在离得很远的新城区的那所房子里。现在莉拉正和尼诺在一起，这对秘密的情人毫无恐惧，他们正在享受自己的夜晚。这个世界上的每样东西都生死未定，都充满了风险，那些不接受风险的人，那些不了解命运的人，在角落里日渐衰落。我忽然明白为什么我没能拥有尼诺，而莉拉能够拥有他。我不能追随那些真实的感情，我无法使自己打破陈规旧矩，我没有莉拉那么强烈的情感，她可以不顾一切去享受那一天一夜。我总是落在后面，总是在等待，而她总是去主动获取她想要的东西，让她充满激情的东西，她总是竭尽所能，根本就不害怕别人的鄙视、讥笑和唾骂，也不害怕挨打。总之，她应该拥有尼诺，因为她认为自己是爱他的，这就意味着她可以主动占有他，而不是希望他采取主动。

我一个人在黑暗中走下了斜坡，有一轮月亮出现在稀疏的云朵中间，夜晚非常芬芳，可以听到海浪让人沉醉的声音。在海滩上，我脱了鞋子，沙子很冷，海面上波光粼粼，闪烁着蓝灰色的光。我想：是的，莉拉说得对，事情的美丽都是一种假象，天空是让人恐惧的苍穹；我现在活着，距我十步之遥就是海水，这一点儿也不美，这是让人恐惧的情景；我是这个沙滩、这片海的一部分，我是熙熙攘攘的万物中的一员。这是一种宇宙性的恐怖；这时候，我是一个无穷小的分子，通过这个分子，我能觉察到对万物的恐惧；我在倾听大海的声音，我感觉到沙子的冰冷和潮气；我想象着整个伊斯基亚岛，想着尼诺和莉拉的身体缠绕在一起，斯特凡诺一个人睡在他们的新房子里——那所房子现在也没有那么新了。我想他们今天疯狂地享乐，就是为了滋养明天的暴力。啊，这是真的，我太害怕了，我希望这一切尽快终结，我担心那些噩梦般的人会吞噬我的灵魂。我渴望从暗中涌出一群群恶狗、毒蛇、蝎子，还有巨大的水蛇。我渴望我坐在这里的时候，在海岸上，从黑夜中冒出来一些凶手，把我砍碎。是的，是的，我应该接受这样的惩罚，因为我做了不该做的事情，我活该倒霉。有一种非常搅扰人心的东西，让我无法安然度过今夜、明天，还有将来的一天又一天，一个小时又一个小时，我会越来越觉得自己不合时宜。我当时想的就是这些——一个非常沮丧的女孩的心思。我在那里待了不知道多久，我听到有人叫我：“莱农。”有一只冰冷的手指抚摸了一下我的肩膀。我吓了一跳，心头一惊，马上转过头去看，我认出了多纳托·萨拉托雷，我的呼吸变得急促，他就好像史诗里的神奇药水，那种可以让人起死回生的药水。

- 71 -

多纳托跟我说，内拉醒过来看我没有在家里，她很担心，莉迪亚也有一点担忧，就让他去找我。他是唯一觉得我没在家里是很正常的人。他向两个女人保证，他说：你们去睡吧，她一定是去沙滩上看月亮了。然而出于谨慎，也为了满足两个女人的要求，他就出来看一下。事实也是如此，我正坐在海滩上倾听大海的喘息，注视着神圣美丽的天空。

他差不多就是这么说的，然后他坐在了我的身边，低声说他了解我就像他了解自己，我们对于这些美丽的事情都同样敏感，我们都欣赏美，同样需要找到合适的词语来表达出夜晚多美丽多温柔，月亮多迷人，大海的波光怎样粼粼，就好像两只动物在黑暗里，在芬芳的晚风里相遇，并能够认出彼此。当他说话时，我明显地感觉到他的声音很做作，很可笑，他的诗意是那么拙劣，他充满激情的话里其实隐藏着想扑倒我的欲望。但我想：也许我们真是一样的，也许我们真的注定这样庸俗。我把头靠在他的肩膀上，说：“我有点儿冷。”他马上就用一只胳膊搂住了我的腰，把我慢慢拉向他，问我好些了吗。我回答说：“是的。”像一声叹息，萨拉托雷用食指和拇指抬起了我的下巴，轻轻把他的嘴唇放到了我的嘴唇上，他问："这样怎么样？"他一下一下地吻着我，力度越来越大，然后接着低声问："这样，这样呢？你还冷吗？你好些了吗？"他的嘴唇很热，也很湿，越来越深入到我的嘴唇里，那些吻持续的时间越来越长，他的舌头掠过我的舌头，顶着我的舌头，探入到我嘴巴的深处。我感觉好多了，我又振奋起来了，寒意在撤退，在消散，我忘记了恐惧。他的手去掉了我的寒冷，是渐渐去掉的，那些寒意好像有很多层，每一层都很薄，萨拉托雷很灵巧，他小心翼翼一层一层地把它们去掉，并没有破坏它们的完整性。他的嘴也很灵巧，他了解我的身体，要比安东尼奥更了解，甚至比我自己更了解，安东尼奥可能永远也不会知道那么多。我明白了，我有一个隐藏的自己，他的手指、嘴唇、牙齿、舌头能把她发掘出来。一层又一层，那个隐藏的自我失去了藏身之所，恬不知耻地显露出来，萨拉托雷知道怎么能防止那个自我害羞地逃开，他知道如何让她留下来，就好像那是他那些深情的动作、那些时缓时急的揉捏的最终目的。整个过程中，我从来都没有后悔过，我任凭这件事发生，我没有犹豫，我觉得很自然，我希望事情就是这样发生的。也许，萨拉托雷后来忘记了他华丽的辞藻，这对于我是一种释放，他和安东尼奥不一样，他不希望我的介入，他没有把我的手拉过去，让我抚摸他。他只是说他喜欢我的一切，他只是在我的身体上仔细地投入他的激情，他很自豪，想展示他非常了解女人。他甚至都没有问我你是不是处女，可能他非常清楚我的情况，他十拿九稳。我感觉到了一种渴望和快感，一种全然忘我的感觉，让我不仅仅忘记了身处何处，也忘记了周围的一切，还有他的身体——在我的眼睛里他是那么年老，我忘了我给他贴的那些标签——尼诺的父亲、多纳托、铁路员工、诗人和记者。他意识到了我的渴望，他进入了我。我感觉到他开始的时候很温柔，然后是很果断干脆的一击，让我的腹部有一种撕裂的感觉，但那种剧痛很快被一种有节奏的起伏抹去，一种撞击和厮磨，掏空了又填满了，还有一种狂热的欲望冲击，直到最后，他猛地抽身而出，趴在了沙滩上，发出一阵呻吟。

我们默默地待了一会儿，大海，还有恐怖的天空，让我觉得很茫然。萨拉托雷又开始了他拙劣的抒情，他以为是他的甜言蜜语让我委身于他，其实他的那些话我最多只能忍受两句。我猛地站了起来，抖掉了头发里和身上的沙子，我整理好衣服。这时候，他居然厚着脸皮说："我们明天在哪儿见呢？"我用意大利语带着一种义正言辞的语气说，他不应该那么问，他不应该再找我，无论是在海边还是在城区。他露出了一个怀疑的微笑，我跟他说了安东尼奥·卡普乔，梅丽娜的儿子会做出什么，米凯莱·索拉拉更不用说了，我跟他很熟，只要我说一句话，那就有他好看的。我对他说，米凯莱已经等不及想狠揍他一顿了，因为他拿了钱，却没有写马尔蒂里广场上那家的店铺的好话。

一路上我都在威胁他，我要让他清楚地知道我的态度，让他不要再那样对我讲话；我的语气让我自己都很惊讶，从小我习惯于用方言说那些威胁的话，现在我用意大利语也能说，而且效果很好。

- 72 -

我担心那两个女人醒着，但是她们都睡了，她们还没有担心到睡不着觉的地步。她们认为我很懂事，她们相信我，所以都睡过去了。

第二天早上我起来的时候很愉快，尽管尼诺、莉拉和发生在玛隆蒂海滩的事，时不时会浮现在我眼前，但我感觉很好。我和内拉聊了很长时间，和萨拉托雷一家人吃早饭，我对多纳托佯装出来的父亲般的慈爱也不反感。我从来都没有觉得和那个虚伪自负、夸夸其谈的男人发生性关系是一种错误。但我坐在桌前，看着他，听他说话，想到是他让我失去了处女之身，这让我觉得有些恶心。我和他们一家人去了海边，和几个孩子一起下海游泳了，我要给他们留下一个好印象。我非常准时地回到了弗里奥。

我在楼下叫了尼诺，他马上露脸了。我不愿意上去，一方面是因为我们要快点回去，另一方面是因为我不想看到并且记住尼诺和莉拉两个人单独相处了几乎两天的房间。我在下面等着，莉拉一直没有下来。我忽然觉得很不安，我想象着斯特凡诺可能一大早就出来了，会比平时提前几个小时到这里，他正在向我们住的那个家里走去。我又叫了一次莉拉，这时候尼诺又探出头来，他示意让我再等一分钟。他们一刻钟之后才下来，在门口竟然还无所顾忌地拥抱亲吻。莉拉向我跑了过来，但她忽然停了下来，好像忘记了什么东西，她又转身回去吻了尼诺。我的目光看着别处，有些尴尬，这时候有一个想法挥之不去，那就是我觉得自己长得不够好，无法真正吸引别人，而他们看起来非常漂亮，每个动作都很完美。这时候我不得不叫喊起来："莉娜，快一点！"她好像被一个看不到的东西扯着一样，一种残酷的力量，她的一只手慢慢沿着他的肩膀滑了下来，一直到他的手指，就好像跳舞的动作一样。最后她终于走到了我跟前。

我们坐三轮车回到家里，一直都没有说几句话。

"都还好吧？"

“还好，你呢？”

“也很好。”

我没有说我的事情，她也没有说任何她的事情，但我们没有说话的原因很不同。发生在我身上的那些事情，我根本就不想说出来。那是一件赤裸裸的事情，关于我的身体，我身体的机械反应，别人身体的一小部分第一次进入到我的身体里，我并不在乎那个人是谁。在夜色中，萨拉托雷的身体对我来说并没有特别的意义，除了一种陌生的感觉，还有一种如释重负的感觉，就好像一场没有到来的暴风雨。莉拉没有说话，我觉得很明显，她找不到话来表现自己。我感觉到她处于一种没有思想，没有意识的状态，就好像发生在尼诺房间里的事情让她忘乎所以，甚至让她失去了讲述的能力。我们之间的这种差别让我很难过。我试着回想发生在沙滩上的事情，想找出一些和她的迷失、幸福和痛苦近似的感情。我意识到我并没有在玛隆蒂沙滩、在巴拉诺留下什么，包括那个新的自我。我把一切都带走了，因此我没有那种迫切感，那种我在莉拉的眼睛里，在她半开着的嘴巴里，还有紧紧握着的拳头里看到的迫切。我和她不一样，我并不想马上回去，和我离开的一切重聚。从表面上看来，我的情况要更坚固、更稳定一些，但实际上，我在莉拉旁边，觉得自己像泥潭，像吸了太多水的泥浆。

- 73 -

还好我后来才看到了她的日记。在那本日记里，她很详细地记载了和尼诺度过的那一天一夜，日记里非常详细地记载了一些我没法知道的事情。莉拉对于性的愉悦只字未提，她记下的东西和我的体验没有任何共同之处。她说的是爱，她用一种令人惊异的方式描述爱。她说从她结婚的那天开始，一直到伊斯基亚岛的那几天，她都没有意识到自己处于死亡边缘。她非常详细地描述了那种死亡逼近的感觉：没有精神，昏昏欲睡，在大脑中央感觉到一种强烈的压力，就好像在脑子和头骨之间有一个气泡，一直在膨胀，她感觉到所有一切都在移动，都迫不及待地离开，每个人、每样东西移动的速度都太快，都会撞到她，让她受伤，让她的眼睛疼，就像让她肚子疼一样。她说所有这些都伴随着感官的迟钝，就好像她被裹在了棉絮里，她的伤口不是来自于真实的世界，而是来自于她的身体和棉絮之间的空隙，她感觉自己是被那团棉絮包裹着。她承认，她觉得那种逼近的死亡非常坚硬，让她不再关注其他事情，首先是她自己，就好像所有一切都不重要了，都应该被毁掉。有时候，她被一种不加思考直接表达自己的疯狂冲动控制住了：去最后一次表达自己，在她变成梅丽娜那样的女人之前；在她根本不看有没有卡车开过来就穿越大路之前，在她被撞倒被拖走之前。在加利亚尼老师的家里，在尼诺邀请她跳舞的时候，他解围（解救，她用的是这个词）的举动吓到了她，在她拒绝的时候就是这样表述的。后来在伊斯基亚岛，一天又一天，他一直在充当解救者的身份，他让她恢复了感觉，尤其是让她感觉到了自己。是的，他激起了她的感觉，一行行句子，核心的东西就是复活，是一种欣喜若狂的复活，突破一切束缚，还有一种无法言说的乐趣，好像是一种新的束缚，一波又一波。他和她，她和他，他们一起重新学会生活，会排除那些生活的毒，重新营造一种新生活——一种纯粹思考和生活的欢乐。

她的话非常美，我只是简述了一下。假如当时在我们回家的三轮车上，她告诉我她的感受，我可能会更加痛苦，因为她那种充沛的体验会更加凸显我的虚空。我会明白她遭遇了一种我可以了解的东西，那是我对于尼诺的感受，但实际上我并不了解那种感受，也许我永远也不会了解，我只能浮光掠影，有一点粗浅的感觉。我会明白她不是在玩一场夏天的轻浮游戏，而是内心感受到一种极端强烈的冲击，这种感觉从头到脚席卷了她。但当我们结束了密谋，回到了农齐亚身边，我还是没有办法摆脱那种不平等的感觉——这在我们的故事中反复出现，我正在失去一些东西，而她得到了。我感觉到我有追上来的必要，我想向她讲述我怎么在天海之间，在黑夜的玛隆蒂沙滩上失去了处女之身，我可以不提尼诺父亲的名字，我可以虚构一个水手，一个倒卖美国香烟的走私犯，我想告诉她发生在我身上的事情，告诉她那有多美妙。但是我明白我根本不在乎这些，讲述我自己的体验还有那些快感对我来说无关紧要，我只是想诱使她说出自己体验，她和尼诺感受到的乐趣，并和我的感受进行对比，我希望我能胜过她。好在我感觉到了她是不会说的，我只会傻乎乎地暴露自己，所以我像她那样保持沉默。

- 74 -

我们一回到家里，莉拉马上就找到话说了，她变得兴高采烈。农齐亚看到我们，总算松了一口气，但她对我们还是很不客气。她说她一个晚上都没有合眼，老是听见屋子里有奇怪的声音，她害怕是鬼魂或是凶手。莉拉拥抱了农齐亚，但被农齐亚推开了。

“你玩得开心吗？”农齐亚问。

“太开心了，我想把所有一切都换了。”

“你想换什么？”

莉拉笑了。

“我想想再告诉你。”

“你还是先告诉你丈夫吧。”农齐亚的语气里带着一丝出人意料的刻薄。

莉拉惊异地看了她一眼，那是一种欢喜夹杂着感动的惊异，好像母亲的建议很正确，而且很及时。

“是的，我会告诉他的。”她说着就回到了房间，然后把自己关进了洗手间。

过了很长时间，她从洗手间里出来，还是穿着内衣，她招手让我去她的房间，我很不情愿地过去了。她用一种火热的目光看着我，很急迫地说了一句这样的话：

“我想学他学的所有东西。”

“他上大学呢，学的东西都很难。”

“我想看他看的那些书，我想明白他想的那些事情，我想学会那些东西，不是为了大学，而是为了他。”

“莉拉，你不要发疯了。我们已经说过，一次就够了，你和他见这一次就结束了。你怎么了，冷静一下吧，斯特凡诺快要来了。”

“你觉得假如我努力一下，我能不能了解他知道的东西。”

我受不了了。我已经明白并且一直对自己掩盖的事在那时候变得昭然若揭：她也觉得尼诺是唯一能拯救她的人。她现在感受到了之前我感受到的，她是通过自己的方式感受到的。我了解她是什么样的人，毫无疑问，她会打破任何屏障，会坚持到底。我很坚决地对她说：

“不可能的，那些东西都很难，你已经跟不上了，你从来都不看报纸，你不知道现在谁在执政，你甚至不知道那不勒斯的市长是谁。”

“你知道这些事情吗？”

“我不知道。”

“他认为你知道，我告诉过你，他很欣赏你。”

我脸红了，嘀咕了一句：

“我正在学习，我常常不懂装懂。”

“就是不懂装懂，慢慢也能学会，你愿意帮助我吗？”

“不，莉拉，这不是你应该做的事情，你放过他吧，因为你的缘故，他已经说他要退学了。”

“他会学习的，他生来就是学习的料。无论如何，他也有很多不知道的东西。假如我学习那些他不知道的东西，他用得着的时候，我会告诉他，这样我就对他有用了。我要改变一下，莱农，马上要改变。”

我又忍不住给她泼冷水：

“你结婚了，你应该放弃这种想法，你不符合他的需求。”

“那谁符合他的需求。”

我想刺激她，就说：

“娜迪雅。”

“他为了我，已经把她甩了。”

“那样就好了吗？我不想再听你说下去，你们俩都疯了，你们想干什么就干什么吧。”

我一肚子火，回到了我的小房间里。

- 75 -

斯特凡诺还是在通常的时间来了，我们仨都装出一副愉快的样子，欢迎了他的到来。他很客气，但也有点不安，就好像在他温和的面孔下面掩藏着什么不安的事情。从那天起，他的假期开始了，但我觉得很奇怪，因为他没有带行李。莉拉好像没有注意到这一点，但农齐亚问：“斯特！我看你有些不在状态，你有什么心事吗？你妈妈还好吧？皮诺奇娅呢？鞋子的事情怎么样了？索拉拉是怎么说的，他们满意吗？”他回答说一切都正常，我们吃了晚饭，但整个晚上大家都没怎么说话。刚开始，莉拉努力做出一副心情很好的样子，但她看到斯特凡诺都是用一些单音节词答话，态度也冷冰冰的时候，她也生气不说话了。只有我和农齐亚想尽一切办法避免冷场，但冷场已经成了定局。直到吃水果的时候，斯特凡诺才面带一丝微笑，对他的妻子说：

“你和萨拉托雷的儿子一起游泳吗？”

我感觉自己喘不过气来了。莉拉很不耐烦地回答说：

“有几次。怎么了？”

“有几次？一次？两次？三次？五次？到底多少次？莱农，你知道吗？”

“有一次，”我回答说，“两三天前他过来看我，我们一起游了泳。”

斯特凡诺脸上还带着一丝微笑，然后对他妻子说：

“你和萨拉托雷的儿子关系那么亲密，你们游完泳回来，还手拉着手？”

莉拉盯着他脸，看着他的眼睛问：

“是谁告诉你的？”

“艾达。”

“又是谁告诉艾达的。”

“吉耀拉。”

“谁告诉吉耀拉的？”

“吉耀拉是亲眼看见的！她和米凯莱一起来的，他们来找你们。你不是和那个混蛋还有莱农一起下水游泳，而是你们俩单独游泳。”

莉拉站了起来，心平气和地说：

“我出去一下，我去走走。”

“你哪儿都别去！坐着回答我的问题。”

莉拉站着，而且脸上带着一种很明显的厌烦，但我能察觉到那是一种鄙视，她忽然用意大利语说：

“我嫁给你简直是太蠢了，你一文不值。你知道米凯莱·索拉拉想让我去他店里，你知道因为这个缘故，假如吉耀拉能把我杀了的话，她绝对不会手软，你怎么办，你相信她？我不想在这里听你说什么了，你就像一个木偶一样任人摆布。莱农，你陪我出去吗？”

她走向门口，我也要起身，但是斯特凡诺忽然一跃而起，抓住了她的一条胳膊，对她说：

“你哪儿都别去，你要告诉我，你是不是单独和萨拉托雷的儿子一起游泳了，你是不是和他手拉手？”

莉拉想甩开他，但她做不到。她恶狠狠地说：

“放开我，你真让我恶心。”

农齐亚这时候也过来了。她说了女儿几句，说莉拉不应该那么说斯特凡诺。但是很快，她又用一种让人吃惊的语气，几乎是叫喊着让她女婿别再那样，莉拉已经回答了他了，吉耀拉是因为嫉妒才会那么说的，那个点心师傅的女儿不怀好意，她很担心失去自己在马尔蒂里广场的那家店里的位子，她想把皮诺奇娅也赶走，一个人在那里当主子，她对鞋子一窍不通，她也不懂怎么做点心，所有都是莉拉的功劳，包括新肉食店的好生意，所以，她的女儿莉拉不应该受到这样的待遇。

她真的是发火了，从她的脸上、圆睁着的眼睛，还有后来她喘不过气来的表现上都能看得出来。总之，她是一口气说了上面的话。但斯特凡诺根本一个字都没听进去。他丈母娘的话还没有说完，他已经把莉拉拖到厨房里去了，对着她叫喊说："现在你回答我，马上回答我。"然后，我听到莉拉用一种很难听的话在咒骂他，她拽着橱柜门在反抗他，他那么用力，结果那扇门都被拽了下来，橱柜歪斜着，摇摇欲坠，里面的盘子和杯子剧烈地晃动着，莉拉像在飞一样被从厨房里拖了出去，身体撞到了走廊的墙上，最后被拉到了卧室里。转眼间，她丈夫抓住了她，按住了她的胳膊，就好像她是一个带柄的杯子，把她摔到了床上，然后重重地关上了身后的门。

我听见了钥匙在钥匙孔里转动的声音，这种声音让我害怕。在那些漫长的瞬间，我亲眼看到斯特凡诺的身体里住着他父亲的灵魂，真的是堂·阿奇勒的阴魂，让他脖子上的血管暴起，额头上也全是一条条蓝色的血管。虽然我很害怕，但我觉得我不能坐着不动，就像农齐亚那样。我抓住门把手，摇了起来，我用拳头敲击着木门，恳求着："斯特凡诺，拜托了！这都不是真的，放过她吧。斯特凡诺，不要伤害她。"但他已经完全沉浸在自己的愤怒里，我听见他在叫喊，说他想知道真相，因为莉拉不说话，更糟糕的是，听起来她好像不在房间里一样，有一阵子我觉得他在自言自语，自己扇自己的耳光，在摔东西。

“我去叫一下房东。”我对农齐亚说。我跑下了楼梯，我想问问房东有没有另一副钥匙，或者找房东的侄子，他是一个很强壮的男人，也许能把门撞开。但是我白费力气，我敲了一阵子门，房东不在，假如她在的话，她也不会开门的。这时候，斯特凡诺的叫喊声简直要冲破墙壁，传到街上、芦苇丛里，传到大海那边去，然而，好像除了我，没人听到他的叫喊，因为附近没有人探出头来，也没有人觉察到。我只能听到农齐亚恳求的声音，要比斯特凡诺的声音小，她威胁说，假如斯特凡诺打她女儿的话，她会把这事情告诉费尔南多和里诺，他们真会把他杀了的。

我跑了回来，但不知道该怎么办。我用整个身子的重量砸向房门，我说我已经叫了警察，他们马上就到。我看到莉拉一直没出声，我接着喊：“莉拉，你还好吗？拜托了，莉拉，告诉我你怎么样了？”这时候我们才听到了她的声音。她不是对我们说的，而是对着丈夫冷冰冰地说：

“你想知道真相吗？是的，我和萨拉托雷的儿子手拉着手去游泳。我们游到深海那里，我们接吻，互相抚摸。是的，我让他上了一百次，所以我发现你简直是坨狗屎，你一文不值，你只想要那些恶心的事情，真让我想吐。这样好了吗？你高兴了吧？”

莉拉说完，斯特凡诺再也不吭气了。沉默，只有沉默。我停止了撞门，农齐亚也不哭了。外面的声音变得清晰起来，汽车经过的声音，远处的人声，甚至还有母鸡扇动翅膀的声音。

过了几分钟，斯特凡诺开始说话了，但他的声音很低，我们基本听不见他在说什么。我明白他在想办法安静下来，他说了很多断断续续、很短的话：“让我看看你怎么样了。”“乖乖的，别这样。”莉拉的坦白，对他来说简直难以忍受，以至于他认为这是莉拉在故意说谎。他觉得莉拉为了伤害他才这么说的，是一种夸大其词，就像一记重拳能让他一下躺倒。这样的话，言外之意就是：假如你还没有意识到你是在捕风捉影，在信口开河诬蔑我，我现在就给你醒醒脑，你听好了！

但对于我来说，莉拉的话听起来实在太可怕了，就像斯特凡诺的拳打脚踢一样可怕。我察觉到在他温和客气的面孔之下，隐藏着一种让我恐惧的暴力，同时我也受不了莉拉的勇气，她就那样肆无忌惮地说出了真相，就好像那是一句谎言。她对斯特凡诺说的每个字，让他恢复了理智，却让我觉得痛苦，他觉得那是一句谎言，但我知道：那是真相！当肉食店老板的声音清楚一点儿了，我和农齐亚都觉得最糟糕的时刻已经过去了，堂·阿奇勒已经从他儿子身上撤离了，斯特凡诺恢复正常了，又成了那个温和、好说话的斯特凡诺。斯特凡诺的和颜悦色让他成为一个成功的商人，这暴力的一面让他觉得很迷失，他不明白自己的声音、手和胳膊怎么了。尽管莉拉和尼诺手拉手的情景有可能还在他的脑子里，但莉拉说出来的那一连串的话，还是让他觉得不可能是真的。

门没有打开，钥匙转不动，一直到天亮的时候门锁才动了，斯特凡诺的声音变得非常忧伤，就好像是低沉的恳求。我和农齐亚一直在外面等了好几个小时，我们陪伴着相互鼓励，我们说话声音很小，里面的人说话声音也很小。“假如我把这事儿告诉里诺的话，”农齐亚小声说，“他会把斯特凡诺杀了的，一定会把他杀了的。”我就好像完全相信她的话，也小声说：“拜托了，您别告诉他。”但同时我想：在莉拉结婚以后，里诺和费尔南多就再也没有动过她一根指头，但自从她出生以后，他们是什么时候想打她就打她。然后我又想，所有男人都一样，只有尼诺是一个例外。我叹了一口气，但我的怨恨却越来越重，现在事情很明确了，莉拉会把尼诺据为己有，尽管她已经结婚了，他们会一起摆脱这让人作呕的现实，但我却永远无法摆脱。

- 76 -

天刚刚亮，斯特凡诺就从卧室里出来了，莉拉没有出来。他说：

“你们收拾一下行李，我们走吧。”

农齐亚满脸不悦，忍不住指着被他摔坏的东西，说这些东西要给房东赔偿。他回答说——就像之前农齐亚叫喊的那些话刻在了他脑子里，他迫切地需要反驳——他说他一直在出钱，他还会继续出钱。“这房子是我付的房租。”他用虚弱的声音说：“您的假期是我掏的钱，您所有的一切，您的丈夫、您儿子都是我给他们的钱，因此您少啰嗦，收拾行李走吧。”

农齐亚不吭声了。过了一会儿，莉拉从房间里出来，她穿着一件黄色的长袖连衣裙，戴了一副很大的眼镜，像电影明星戴的那种。她没和我们说话，在港口也没有说话，在汽艇上也没有，一直到了我们的城区她也没有开口。她径直和丈夫回家去了，招呼也没有打。

至于我，从那时候开始，我决定只为我自己活着。从回到那不勒斯开始，我就是这么做的，我决定和莉拉划清界限。我没有再去找莉拉，也没有再去找尼诺。我默默地忍受了我母亲的痛斥，她说我去伊斯基亚岛享受，根本没有考虑家里需要钱。我的父亲，尽管他不停地赞美我健康的肤色和金发，但他也没少说我。我母亲当着他的面骂我的时候，他马上就会附和："你长大了，该懂事了，要给家里挣钱了，我们太需要钱了。"

赚钱，真的很紧迫。我本应该问莉拉要她许诺给我的钱，因为我陪她去了伊斯基亚岛，但我已经决定不再见她，尤其是斯特凡诺跟农齐亚说了那些难听话之后（在某种意义上来说，那些话也是说给我听的），我没去找她要钱。出于同样的原因，我也绝对不会再像以前一样，接受她给我买学校的教材。有一次我遇到了阿方索，我让他转告莉拉，那一学年的书我已经搞到了，不用她操心了。

八月十五圣母升天日过了之后，我又去了迈佐卡农内街上的书店，因为我是个守规矩、勤快的售货员，另一方面也因为我的容貌，在海边晒了太阳之后，我看起来漂亮多了，书店老板开始拒绝了一下之后，又让我去那里上班了。但他要求我在开学之后还继续留在那里上班，下午要去，整个学校教科书的销售季，我都要留下。我答应了他的要求，我开始在书店里上班，每一天，每一天都很漫长。我接待那些来卖书的老师，他们的包里装着出版社赠送的书，用不了几里拉就能收来，还有那些学生拿着旧书来卖，要的钱就更少了。

有一个星期我非常焦虑，因为我的月经一直没来。我害怕是萨拉托雷让我怀孕了，我太绝望了。表面上我一本正经，但心里惊慌失措，我整夜都睡不着觉，我没有去寻求任何人的建议和安慰，我把一切都藏在心里。终于在一天下午，我在书店肮脏的厕所里看到了血迹，那是我在那段时间里，少有的快乐时刻之一。对我来说，这次月经好像是一种象征，彻底消除了萨拉托雷对我身体的侵犯。

九月初，我想尼诺应该已经从伊斯基亚岛回来了，我开始害怕，但又希望他能露脸打个招呼。但他没有在迈佐卡农内大街出现，也没有在城区出现。至于莉拉呢，我只是隐约看到过她一两次，有一次是在星期天，斯特凡诺开着车疾驰而过，她坐在丈夫旁边。短短的几秒钟就足使我恼怒。发生了什么事？她是怎样解决那些问题的。她仍然拥有以前所拥有的一切：汽车，斯特凡诺，有洗手间、电话和电视的房子，漂亮的衣服还有富裕的生活。除此之外，谁知道她脑子里又在密谋着什么。我知道她是什么样的人，即使尼诺放弃她了，她也不会放弃尼诺。但我马上抑制住了我的这种想法，因为我想遵守我和自己的约定：我要过自己的生活，把他们排除在外，并不再为此痛苦。出于这个目的，我开始了一种自我心理训练，对于她的出现基本上不做出任何反应。我学会了控制和淡化自己的情感：假如书店老板的手伸向了我，我会心平气和地推开；假如那些来卖书的顾客非常不礼貌，我也会不露声色，该怎么做就怎么做；甚至是在我母亲面前，我也能做到柔声细语。每天我都想：我命该如此，我要听天由命，接受现实。我出生在这个城市，说这种方言，我没有钱。我付出我所能付出的，获得我所能获得的，忍受那些该忍受的事情。

- 77 -

开学了，十月一日进入教室时，我才意识到这将是我在高中的最后一年了，我已经年满十八岁了，我的学习生涯虽然长得出奇，但也快要结束了。这样更好，我和阿方索聊过很多我们毕业之后可以做的事情。他和我一样，并不是很了解毕业后的出路。

我们会参加一些应聘，他就信口那么一说，但是实际上他也不是很清楚什么是应聘。我们说应聘，获得一个职位，但对于我们来说，应聘这个概念很模糊：我们要参加笔试吗？还要参加口试吗？这样我们就能获得一个职位？一份薪水？

阿方索跟我说他想结婚，无论获得什么职位，有了工作之后他会马上结婚。

“和玛丽莎吧。”

“当然啦！”

有几次我小心翼翼地打听了尼诺的情况，但他不是很喜欢尼诺，他们连招呼都不打。他从来都不明白我喜欢尼诺哪一点。他说尼诺很丑，整个人松松垮垮、歪歪扭扭的。他觉得玛丽莎很漂亮，因为担心我受挫，他马上又补充说：“你也很漂亮。”他很爱美，也喜欢打扮。他很注重外表，胡子刮得很整齐，他会买衣服，几乎每天都去健身房。他跟我说，他在马尔蒂里广场的商店里工作很开心，那里不像肉食店。在鞋店，你可以穿得很优雅，你必须穿得很优雅。你可以说意大利语，去店里的人都彬彬有礼，都上过学。在那里，当你半跪在男女客人面前，帮他们穿上鞋子，你可以非常得体，就像宫廷里恋爱的骑士，但现在他没办法继续待在店里了。

“为什么？”

“哎。”

开始他没有仔细说，我也没有刨根问底。后来他跟我说，皮诺奇娅现在基本一直待在家里，因为她不想太辛苦，她的肚子越来越大了。总之很显然，孩子出生以后，她就更没有时间工作了。按道理，这样一来他的道路就被扫平了，因为索拉拉兄弟对他很满意，也许他高中毕业之后就能马上去那里上班。但现在没有任何可能了，莉拉忽然间冒了出来。仅仅是听到她的名字，我就觉得胃里一阵痉挛。

“这跟她有什么关系呢？”

从阿方索嘴里我得知，莉拉从海边度完假回家之后，就像疯了一样。她还是没办法怀孕，在海里游泳没有管用。阿方索列举了一系列她发疯的事情，有一次，她把阳台上的所有花盆全打碎了。她说她要去肉食店，但她让卡门一个人在那里工作，她自己满街逛。晚上斯特凡诺醒来，看到她没在床上：她在房间里转悠，读书、写东西。后来她忽然平静下来了，或者说，她动用了自己所有的才能，来毁掉斯特凡诺的生活，她唯一的目的是：让斯特凡诺雇用吉耀拉在新肉食店上班，她要去打理马尔蒂里广场上的店铺。

我感觉非常诧异。

“米凯莱一直想让她去那里上班，”我说，“但她不愿意去。”

“以前是这样的，但她改变主意了，她现在不顾一切地想去那里，唯一的障碍是斯特凡诺，但你知道，我哥哥总是听她的。”

我没问其他问题，我不想又一次陷入到莉拉的事情中去。我有些不解地想：她到底在想什么？为什么忽然想去市中心工作？但我很快就不再想这件事情，因为我有很多问题要面对：书店、学校、老师的提问和课本。有些课本是我自己买的，但大部分都是我从书店里偷的，这对我来说并不是什么问题。我又开始刻苦学习，尤其是在夜里，一直到圣诞节放假之前，下午我都在书店里忙碌。假期之后，我就没继续在书店里上班了，加利亚尼老师给我找了两份家教，我都很努力地做着。我要上课，要带家教，根本没有时间做其他事情。

每个月底，我把挣的钱交给我母亲，她把钱收到口袋里，什么话都不说，但她早上会起得很早，为我准备早餐，有时候甚至会精心给我做鸡蛋羹。我还躺在床上，就听见她用勺子咚咚地敲着碗，她做的鸡蛋羹真是入口即化。至于学校老师呢，他们都一致认为我是学校里最优秀的学生，因为整个学校也是死气沉沉吧，我毫不费劲地一直保持着全班第一名的位置，尼诺毕业之后，我就成了整个学校最优秀的学生之一。我很快就发现，加利亚尼老师虽然一直对我很慷慨，但我不知道什么地方得罪她了，她对我不像之前那么客气了。比如说，当我把她借给我的书还给她时，她表现得很不高兴，因为书里全是沙子，她把那些书拿走了，没说她会再借给我其他书；比方说她再也没有给过我她看过的报纸，我省吃俭用买了几次《晨报》，但后来停了，因为我厌烦了，那都是白花钱；比方说她再也没有邀请过我去她家，尽管我很希望再看到她的儿子阿尔曼多。但她还是一直公开表扬我，给我很高的分数，建议我去参加一些研讨会，甚至是看一些很有意义的电影，那些电影是几位神父在阿尔巴门公开放映的片子。直到圣诞节前夕，有一次在学校门口，她叫住了我，我们一起走了一段路。她开门见山地问我尼诺现在怎么了。

“我一点儿也不知道。”我回答她说。

“告诉我事实。”

“这就是事实。”

我后来得知，在那个夏天过后他再也没有出现过，她和女儿都没有再见到过他。

“他和娜迪雅分手了，方式非常糟糕，”作为母亲的加利亚尼带着怨恨说，“他从伊斯基亚岛给娜迪雅写了几行字，让她非常痛苦。”最后她抑制住了自己的情感，用老师的语气说：“哎，只能这样了，你们都是孩子，痛苦有助于成长。”

我点了点头，然后她问我：

“他也离开你了吗？”

我的脸红了。

“我？”

“你们在伊斯基亚岛没有见过吗？”

“见过，但我们之间什么也没有。”

“真的？”

“绝对没有。”

“娜迪雅很确信，尼诺是因为你才离开她的。”

我非常有力地反驳了这种可能，我说我可以和娜迪雅见面，当面告诉她我和尼诺之间从来都没有发生过什么，也永远不会发生什么。加利亚尼老师很高兴，她向我保证说，她会告诉娜迪雅的。我当然没有提到莉拉，不仅仅因为我已经决定做我自己的事情，还因为提到她，会让我不可避免地陷入痛苦。我试着不再提这些事情，但加利亚尼老师又说到了尼诺。她说关于尼诺，传出几种不同的版本。有人说，他非但没有参加秋季的考试，而且已经不上学了；有人发誓说，有一天下午在阿莱内奇亚街上看到他，他一个人，已经醉得不省人事了，他摇摇晃晃，一边走，一边从瓶子里喝酒。她最后总结说，可能是因为很多人都不喜欢尼诺，所以有人爱说他的坏话。但如果真是那样的话，就太遗憾了。

“我觉得肯定不是真的。”我说。

“希望吧。那个男孩，真是没办法把握。”

“的确。”

“他很出色。”

“是呀。”

“如果你打听到他在搞什么，请告诉我一声。”

然后我们就分开了，我跑去给一个住在玛格丽特公园的中学女生上希腊语课，但我的心绪很难平息下来。在那栋有些幽暗的大房间里，我受到了礼貌的接待。房子里有很多奢华的家具，地上铺着地毯，地毯上的图案是打猎的场景，还有高级军官的老照片，还有各种各样展示这个家族权威和富裕的标志。所有这些让我的那位十四岁的学生身心都变得迟钝，让我也觉得难以忍受。在当时的情况下，我必须非常注重我的用词和动词的变位。我脑子里不停地回想着加利亚尼老师描述的尼诺的样子：穿一件破旧的外套，皱巴巴的领带，拖着长腿踉踉跄跄地走路，手里拿着一个空瓶子，在喝完之后把瓶子摔在路边的石头上。在伊斯基亚岛之后，他和莉拉之间发生了什么？也许事情和我预料的完全不一样，很明显她后悔了，一切都结束了，她回到了之前的生活。但尼诺却没办法再回到从前。他从一个对于这世界上的所有事都能提出细致解答的年轻学者，变成了一个颓废、被遗弃的人，因为他和肉食店老板娘的爱情落空了。我想着，等我遇到阿方索，我会问他有没有尼诺的消息。我想去找玛丽莎，向她打探她哥哥的事情，但我强迫自己把他从脑子里清除出去。这件事情会过去的，我想。他找过我了吗？没有。莉拉找我了吗？没有。为什么我要操心他，还有她呢，他们什么时候操心过我？我还是继续上课，继续走我自己的路。

- 78 -

圣诞节之后，我从阿方索那里得知，皮诺奇娅生了一个男孩，取名费尔南多。我去看她，想象着她会躺在床上，非常幸福地给孩子喂奶。但我看到她时，她已经起身了，穿着睡衣和拖鞋，脸色也不好。她母亲说："你在床上躺着吧，别太累了。"但她毫不客气地让她别啰嗦。她把我带到摇篮前，很忧愁地说："我什么都做不好，你看看他多丑，我摸到他都觉得受不了，看都看不下去。"尽管这时候玛丽亚站在门口，低声说了一句安慰她的话："你说什么呀，皮诺奇娅，他很漂亮。"但她还是继续愤怒地说："他很丑，比里诺还要丑，他们家里所有人都很丑。"她抽泣了一下，眼睛里全是泪水，她绝望地喊道："这都是我的错，我选错丈夫了！当你是个小姑娘时，你不会想那么多。现在你看看，我生的这是什么儿子啊，他的塌鼻子就像莉娜……"然后，就前言不搭后语地骂起了她嫂子。

我从她那里得知，莉拉那个"婊子"已经在马尔蒂里广场上的店铺里上了十五天班了，都按照自己的意思折腾。吉耀拉不得不做出让步，回到索拉拉兄弟的甜品店里去了，皮诺奇娅自己也不得不做出让步，因为她现在有了孩子，不知道到什么时候才能脱身。像通常一样，所有人都不得不做出让步，首先是斯特凡诺。现在每天莉拉都要玩一种新花样：她去上班的时候，穿得像去电视台做节目，简直和迈克·邦乔尔诺[①]的嘉宾一样，假如她丈夫没开车送她去，那她就让米凯莱送她去，毫不顾忌什么。她不知道花了多少钱买了两幅画，根本就看不出来画的什么，她把那两幅画挂在店里，也不知道是出于什么目的；她买了很多书，摆在一个书架上，架子上不放鞋子，却放着那些书。她搞来了一

① 迈克·邦乔尔诺（Mike Bongiorno，1924—2009），美国出生的意大利电视节目主持人。职业生涯始于20世纪50年代的意大利电视台，被认为是意大利电视台最受欢迎的主持人之一。

些沙发，把店里搞得像沙龙一样，有单人沙发、贵妇椅，还有一个水晶碗里放着金帝巧克力，谁想拿都可以，免费的。就好像她在店里不是为了闻顾客的脚臭，而是要做城堡里的贵妇。

“不仅如此，”她说，“还有一件更加糟糕的事情。”

“什么事情？”

“你知道马尔切洛·索拉拉做了什么吗？”

“不知道。”

“你记不记得斯特凡诺和里诺给他的那双鞋子？”

“就是那双莉娜自己设计，亲手做的鞋子？”

“就是那双破鞋，里诺说那双鞋子一下雨就进水。”

“记得，发生什么事儿了？”

皮诺奇娅给我讲了一件让我心神不安的事。事情非常混乱，涉及金钱、阴谋、债务，还有背地里搞的鬼。马尔切洛对于里诺和费尔南多做的新款鞋子很不满意，当然他和米凯莱也是说好了的，他找人加工了莉拉做的那双鞋，但不是在“赛鲁罗”鞋厂加工的，而是在阿芙拉格拉的一个厂子。快到圣诞节的时候，他们贴上了“索拉拉”的标签在各处的商店里销售，尤其是在马尔蒂里广场上的店里。

“他们能那么做吗？”

“他们当然可以那么做，那双鞋子是他的。我哥哥和我丈夫，那两个混蛋把那双鞋子送给他了，他想干什么就干什么。”

“后来呢？”

“因此，”她说，“现在在那不勒斯有‘赛鲁罗’的鞋子，也有‘索拉拉’的鞋子，‘索拉拉’的鞋子现在卖得很好，比‘赛鲁罗’的鞋子还好。索拉拉挣了大钱，现在里诺很恼火，因为他觉得可以接受任何人的竞争，但除了索拉拉——他的合伙人，再加上那双鞋子是他亲手做的，但被他否决了，当时真是太愚蠢了。”

我想起了马尔切洛，那次莉拉拿着一把裁皮子的刀子威胁他。他比米凯莱要慢一拍、羞涩一些，他做这样无理的事情，有什么必要呢？索拉拉家倒腾的东西已经够多了，有些是光明正大的，有些不是，他们的势力一天天在增长。他们从他们爷爷辈开始就已经和城里的权贵有交情，他们支持别人，也获取别人的支持。他们的母亲放高利贷，她有一本红色的册子，让半个城区的人都感到畏惧，可能赛鲁罗家和卡拉奇家也从他们家借了钱。对于马尔切洛来说，也就是对于他和米凯莱来说，马尔蒂里广场上的鞋店不过是他们家里用来捞钱的众多“源泉”之一，当然不是最主要的。他有必要这么做吗？

皮诺奇娅的故事让我很烦：在金钱之外，我感觉到了一种让人不堪的东西。马尔切洛对于莉拉的爱已经结束了，但那个伤口还在，而且已经感染了。他已经不再依赖她了，他感觉到自己要报复之前羞辱过他的那些人 。“里诺，”皮诺奇娅跟我说，“他和斯特凡诺一起去抗议了，但没有什么结果。”可以想象索拉拉兄弟是怎么对待他们的，索拉拉兄弟横行霸道惯了，因此整个过程都是他们在说话。最后马尔切洛说，他和他弟弟会做一系列“索拉拉”牌的鞋子，在之前推出的那双鞋子的基础上做一些改进。最后他含糊地说：“我们看看你们做的新鞋子市场反馈如何，然后再决定是否继续保留在市场上。明白吗？”明白了。马尔切洛想从市场上抹去“赛鲁罗”的牌子，用“索拉拉”的牌子替换“赛鲁罗”，这样会给斯特凡诺带来很大的经济损失。我心想，我应该离开这个城区，离开那不勒斯，他们之间的这些纠纷跟我有什么关系呢？但这时候，我问：

“莉娜是什么反应？”

皮诺奇娅的眼里闪出一道恶狠狠的光。

“问题就在她身上。”

莉娜对这件事情一笑而过。里诺和她丈夫非常气愤，她是这样说的：“是你们送给他的，又不是我送的；是你们要和索拉拉兄弟搅在一起，又不是我；是你们两个混蛋，我能干什么呢？”她实在太讨厌了，搞不清楚她站在哪一边，是站在家人一边，还是站在索拉拉兄弟那边。米凯莱又一次坚持让她去马尔蒂里广场的店里，这是真的，她忽然就答应了，她还一个劲儿地折腾斯特凡诺，让他同意。

“斯特凡诺为什么要同意呢？”我问。

皮诺奇娅长长地叹了一口气，满脸不悦。她说斯特凡诺同意了，是因为他知道米凯莱一直都很在意莉拉，而且马尔切洛也一直都很喜欢她，她可能会挽回局面。但里诺不信任他的妹妹，他很害怕，晚上睡不着觉。他和费尔南多抛弃的那双鞋子被马尔切洛利用了，大家都很喜欢，卖得很好。假如索拉拉兄弟直接和莉拉交涉，假如她像之前那样，总是那么让人讨厌，拒绝给家里人设计新的鞋子，反倒去给索拉拉设计鞋子，那会发生什么呢？

“不会发生这种事情的。”我对皮诺奇娅说。

“是她告诉你的吗？”

“不是，夏天之后我再也没有见过她。”

“那你为什么会这么说？”

“我了解她，莉娜对一个东西产生好奇的时候，她会非常努力地去研究。但当她完成之后，会失去所有兴趣，就再也不管了。”

“你确信是这样的？”

“是的。”

玛丽亚对我说的话感到高兴，就赶紧用我的话来让女儿放心。

“你听到了吧？”她说，“没有问题的，莱农知道自己在说什么。”

但实际上我一点儿都不知道，一方面我在卖弄口才，但另一方面我很了解莉拉的不确定性。我迫不及待地想离开那间屋子。我想，这些龌龊的事情，马尔切洛·索拉拉的报复，所有人对钱的忧虑和追求，汽车、房子，还有家具和假期，我和这件事情有什么关系呢？莉拉从伊斯基亚岛回来，在尼诺之后，怎么能和这些黑社会分子周旋起来了？我想我会拿到高中毕业证，我会参加应聘，会找到一份工作，我会摆脱这些让人恶心的现实，我要远走高飞。但我看到玛丽亚抱着的孩子，我的心软了，我说：

“他真漂亮。”

- 79 -

最后，我还是没能忍住，我一直在向后退，最终我还是妥协了：我问阿方索星期天有没有空，我邀请他和玛丽莎一起出去走走。阿方索很高兴，我们一起去了弗利亚街上的一家披萨店。我打听莉迪亚还有几个孩子的情况，尤其是西罗，然后我问尼诺在忙什么。一提起尼诺，玛丽莎就很烦，她有些不情愿地回答了我。她说尼诺有一段时间发疯了，最后甚至和他父亲打了起来，她最敬爱的父亲觉得他简直没救了。她不知道他为什么会变得那么不可理喻：他不想再继续学习，他想离开意大利，但后来忽然间他的疯劲儿过去了：他恢复到了之前的样子，又重新开始参加考试。

“那他现在还好吧？”

“就那样吧。”

“他快乐吗？”

“对于他来说，算是快乐吧。”

“他只学习吗？”

“你是想问他是不是有女朋友？”

“才不是，我想说他出不出去玩，他去不去跳舞。”

“我怎么知道？莱农，他总是在外面，现在他迷上了电影、小说和艺术。他很少回家，每次回家就马上和爸爸争论，就是为了激怒他，和他争吵。”

尼诺恢复正常了，我觉得松了一口气，但同时我有一种苦涩的感觉。他现在喜爱电影、小说和艺术？人的变化可真快啊，兴趣和情感的变化居然这么快。以前对于他来说，文学只是辞藻的堆积，只是一系列表面上看起来流畅的语言一句句放在一起，谁的句子多，就可以多堆砌一些。我感觉到自己很愚蠢，我忽视了我喜欢的东西，来适应尼诺喜欢的东西。是的，是的，我应该接受现实，每个人都应该走自己的路。我只希望玛丽莎没有告诉尼诺我们见面了，我打听过他的事情；我也希望阿方索不要和莉拉说起我们的会面。我想，这个夜晚之后，我再也不会提到尼诺和莉拉。

我投入到我的学习中去，我拼命增加学习时间，使自己日日夜夜都很忙碌。那一年，我玩命地学习，甚至有些钻牛角尖，但同时我也接了一些家教，挣了不少钱。我给自己设定了铁一般的纪律：要比小时候的学习方法更加严格。每天的时间都是安排好的，从凌晨起来一直到深夜，像一条直线。在过去因为有莉拉，我有时候会偏离轨道，有一些惊喜和新发现。现在，我要从自己身上发掘所有的潜力。我已经十九岁了，我不能依靠任何人了，我永远也不需要任何人！

高中最后一年的时光飞速地过去了，简直就像一天一样。我整日和天文、地理、几何学还有三角学做斗争，迫不及待地想了解一切，但实际上我很清楚我的基础很薄弱，我没有办法克服这些问题，然而我喜欢尽我所能。我没有时间去电影院？我只记住电影的名字和剧情。我没有去过考古博物馆？我花了半天的时间很快去看了一眼。我从来没有参观过卡波迪蒙特的画廊？我去那里待了两个小时，然后离开。总之，我有太多事情要做，马尔蒂里广场上店里的鞋子关我什么事？我从来都没有去过那里。

有时候我会遇到皮诺奇娅，她总是推着费尔南多的小车出来，看得出她已经彻底垮了。我会停下来和她聊几句，漫不经心地听她抱怨里诺、斯特凡诺、莉拉还有吉耀拉，她抱怨所有一切。有时候我会遇到卡门，她也是满腹牢骚，因为自从莉拉离开了新肉食店之后，她就落到了玛丽亚和皮诺奇娅的魔爪之下，我让她发泄了一会儿，让她好好诉说一下对恩佐·斯坎诺的思念之情。她一天一天算着日子，等着恩佐退伍，她说哥哥帕斯卡莱在工地上劳作，还要参加共产党的活动。有时候我也会遇到艾达，她一看到我就开始说莉拉的坏话，但她对斯特凡诺很满意，她提起斯特凡诺的时候，满脸温柔，不仅仅是因为斯特凡诺给她涨工资了，也因为他很勤劳，干活不马虎，对人也很好。艾达总是替斯特凡诺抱不平，说他娶了那样一个对他冷冰冰、恶狠狠的老婆，真是太不应该了。

她告诉我安东尼奥提前退伍了，因为他精神崩溃了。

“为什么？”

“你知道他是什么样的，你曾经都让他崩溃过。”

这些话让我很受伤，但我尽量不去想。一个冬日的星期天，我偶然遇到了安东尼奥，我几乎认不出他来了，他变得奇瘦无比。我对着他笑了一下，等着他停下来和我交谈，但他好像没有看到我，继续向前走了。我叫了他一声，他回过头来，脸上带着一个茫然的微笑。

“你好，莱农。”

“你好，见到你真高兴。”

“我也很高兴。”

“你在做什么？”

“没做什么。”

“你不回修理厂上班吗？”

“已经没有位子了。”

“你很能干，可以在别的地方找个工作。”

“不行，假如我的病治不好，我就没办法工作。”

“你得了什么病？”

“害怕。”

他当时的确是这么说的：害怕。在科尔德农斯，有一天夜里他在放哨，他想起了很小很小的时候，他父亲跟他玩的一个游戏：他父亲用一支笔在左手的五个手指上画上眼睛和嘴，然后他动着这些手指，让这些手指相互交谈，就好像它们是五个小人一样。那是一个非常好玩的游戏，他想起这件事，不禁热泪盈眶。但在那天晚上，在他执勤的时候，他感觉到他父亲的手进入到了他的手上，他觉得自己的每个手指都变成了小人，很小很小，但都很完整，这些小人在笑，在唱歌。他害怕起来，他用手疯狂地拍打岗亭，拍得手都出血了，但他依然觉得那些手指还在唱歌，欢笑，一刻也不停。后来他值完班，去睡觉时才感觉好一些。休息了一下，第二天早上他什么事儿也没有了，但他心里还是很恐惧，担心手的病会复发。实际上他的病还是复发了，越来越频繁，他的手指在白天也会唱起歌，笑起来。后来军队的人觉得他疯了，就把他送到了医生那里。

“现在我是好了，”他说，“但还有可能复发。”

“告诉我怎么可以帮你。”

他想了一下，就好像真的在考虑一些可能，最后他低声说：

“没人能帮我。”

我马上明白：安东尼奥对我已经没有任何感情了，我已经完全从他的脑中被清理出去了。那次见面之后，我每个星期天都习惯性地去他的窗下叫他。我们在院子里散步，有一句没一句地聊着，直到他说他累了，我们就各自回家。有时候梅丽娜也下楼，化着浓妆，我和安东尼奥还有他母亲会一起走一圈。有时候艾达也下来，我们会走得远一些，但通常都是我们三个在说话，安东尼奥默不作声，后来这就成了一个习惯。我还和安东尼奥一起去参加了尼科拉·斯坎诺的葬礼，尼科拉是那个在我们城区卖菜的小贩，恩佐的父亲，他得了肺炎，忽然就死了，恩佐请假回来的时候，尼科拉已经死了。我和安东尼奥还一起去安慰帕斯卡莱、卡门还有他们的母亲朱塞平娜，因为我们得知了帕斯卡莱的父亲，就是杀死堂·阿奇勒的那个木匠，因为心脏病发作死在了监狱里面。当我们得知卡罗·莱丝塔的死讯时——那个卖肥皂和日用品的商人在他的地下室里被人打死了，我们也是在一起的。我们谈了很长时间，整个城区都在谈论这件事情，这些闲话有的是事实，有的是残酷的想象，有人说他被打死了还不够，他们还把一个刀片插进了他的鼻子里。有人说这是一个流窜到这里的罪犯干的，那个犯人抢了那天的营业款，杀了人。但后来帕斯卡莱跟我们说，他听说了另一个版本，他觉得可能性更高：卡罗欠索拉拉的钱，因为他好赌，他借了索拉拉母亲的高利贷去还赌债。

“然后呢？”艾达问，她对于男朋友的大胆推论总是有些怀疑。

“他不想给放高利贷的还钱，就被杀了。”

“得了吧，你就知道胡说。”

有可能是帕斯卡莱夸张了，但是首先我们不知道谁杀了卡罗·莱丝塔，其次，出事以后，虽然那个店还是卡罗的妻子和大儿子在经营，但索拉拉用了很少的钱就把那个地下商店，还有里面的所有货物买了下来。

“因为他们慷慨。”艾达说。

“因为他们全是恶棍。”帕斯卡莱说。

关于这件事情，我不记得安东尼奥当时是否做了评论。疾病困扰着他，从某种程度上来说，帕斯卡莱的话让他的病情更加严重了，他觉得他身体的失调已经延伸到了整个城区，通过那些恶性事件表现出来。

对于我们来说，最可怕的事情发生在那年春天一个温暖的星期天。那天，我、安东尼奥、帕斯卡莱和艾达在院子里等着卡门，她上楼去拿毛衣了。过了五分钟，卡门从窗口探出头来，对她哥哥喊道：

“帕斯卡莱，我找不见妈妈：家里的厕所从里面反锁了，我叫她，她也不答应。”

帕斯卡莱马上上楼了，他一步两个台阶，我们跟在后面。跑上楼，我们看到卡门焦急地站在厕所门口，帕斯卡莱正在尴尬地敲门，他很有礼貌地一下一下敲着门，但是没人回答。安东尼奥这时候指着门，对他的朋友说：“别担心，我会给你修好的。”他抓住门把手，门把手几乎被拽了下来。

门开了。

朱塞平娜·佩卢索一直是一个非常勤劳、和蔼客气、很有活力，能面对一切挫折的女人。自从她丈夫被关进监狱之后，她从来都没有放弃他。我记得在她丈夫被抓，人们说他杀死了堂·阿奇勒时，她竭尽全力地抗争。四年前的新年夜，她欣然接受了斯特凡诺的邀请，和几个孩子一起去斯特凡诺家里庆祝，她很高兴几个家庭能和好。当她女儿在莉拉的帮助下，在新城区的肉食店开始工作时，她也很幸福。但如今，她丈夫死了，很明显，她厌倦了。短短的几天，她变得瘦小而苍白，失去了以往的活力，瘦成了皮包骨。她把洗手间吊灯的链子取了下来，用一根晾衣服的铁丝穿过固定在天花板上的铁钩，她上吊了！

看到眼前的情景，安东尼奥第一个失声痛哭起来。朱塞平娜的孩子卡门和帕斯卡莱倒是比他容易平静下来。安东尼奥用惊恐的声音对我说："你看见了吗，她脚上没有穿袜子，她的指甲很长很长，一只脚的指甲上有刚涂上去的红色指甲油，另一只脚上却什么也没有！"我没注意到这个细节，但是他看到了。他退伍回来之后，尽管精神出了问题，但他觉得自己要像一个男人，他比之前更加确信：遇到危险的时候，他要第一个向前冲，没有恐惧，他会解决任何问题。但他非常脆弱，在经历了这件事之后，有好几个星期，他在家里每个阴暗的角落都会看到朱塞平娜。他的精神状况更加糟糕了。为了帮助他，让他平静下来，我竭尽全力照顾他，连自己的一些事情都忽视了。他是整个城区唯一和我来往比较密切的人，这种情况一直持续到我高考。在朱塞平娜的葬礼上，我隐约看见莉拉在她丈夫身边，她拥抱了抽泣的卡门。她和斯特凡诺送来了一个很大的花圈，紫色的条幅上写着："卡拉奇夫妇哀挽！"

- 80 -

因为考试的缘故，我没有再去找安东尼奥。正好是那段时间，有两件事情就碰巧一起发生了。安东尼奥来找我，他看起来好了很多，他对我说他接受了一份工作，是给索拉拉兄弟做事。我一点也不喜欢他说的那些话，我觉得那是他疾病的另一种体现。按理说，他最该痛恨索拉拉兄弟！为了保卫妹妹，他从小和他们打架；他、帕斯卡莱还有恩佐曾经联合起来，狠狠揍了马尔切洛和米凯莱一顿，还把他们的那辆“菲亚特1100”汽车砸了。尤其是，他离开了我是因为我去找马尔切洛帮忙，想让他不用参军。为什么现在他却要这么卑躬屈膝？他想给我解释，但说得很混乱。他说在当兵时学会了一件事情，就是一个士兵应该服从任何比他级别高的人。他说有秩序要比没有秩序好。他说他学会了如何偷偷跑到一个人身后，把他杀掉，而这个人根本就不会察觉他的到来。我明白了，他这样做和他生病有一定的关系，但最大的问题是——贫困。他去了索拉拉的酒吧，想找份工作。马尔切洛自然不会放过凌辱和刁难他的机会，然后说每个月给他一些钱——他是这么说的——但没有说明要他具体做什么，只是说让他听候指示。

“听候指示？”

“是的。”

“听候指示做什么？”

“我不知道。”

“算了吧，安东！不要跟他们搅在一起。”

但是他没有算了。因为这份工作，他最后甚至和帕斯卡莱、恩佐吵了起来。恩佐退伍了，他比之前更加沉默，更加不容置辩。病不病的，他们可不管，他们没办法原谅安东尼奥的选择，尤其是帕斯卡莱，尽管他已经和艾达订婚了。帕斯卡莱开始威胁安东尼奥说，尽管安东尼奥是他大舅子，但他再也不想看见他。

我从这些麻烦里抽身而出，把精力都集中在了高考上，我不分昼夜地学习。有时候天气太热了，实在让人受不了，我才会暂时放下功课，回忆前一年夏天的事情，尤其是七月的那几天——皮诺奇娅离开之前，我、莉拉还有尼诺三人的快乐时光——或者说我觉得是快乐的时光。但很快，我就驱散了那些回忆、那时的情景还有说过的话，我不能分神。

这场考试对我的人生起到了决定性作用。我在两个小时的时间里写了一篇作文，是关于意大利浪漫主义诗人贾科莫·莱奥帕尔迪①诗歌中的“自然”，我在文中加入了一些我背诵过的句子，还有在意大利文学史课本中学到的优美词句。尤其是拉丁语和希腊语考试，我表现优异，我交卷的时候，我的那些同学，包括阿方索才开始做题。我成功地引起了监考老师的注意，尤其是一位年纪很大、非常消瘦的女老师，她穿着一套粉红色的套裙，头发是天蓝色的，像刚从理发店里出来，她对我微笑了好几次。真正的好运还是发生在口试的时候。所有的老师都表扬了我，我尤其获得了那个染着蓝色头发的女老师的认可。我的陈述深深打动了她，不仅仅是我说的内容，还包括我陈述的方式，都深深打动了她。

“您写得很好。”她的口音很陌生，但我知道，那是距离那不勒斯很远的地方的口音。

“谢谢。”

---

① 贾科莫·莱奥帕尔迪（Giacomo Leopardi，1798—1837），意大利浪漫主义文学重要代表，主要作品有《但丁纪念碑》（1818）、《道德小品》（1824）等。

“您真的以为，任何事情都无法永恒，包括诗歌？”

“莱奥帕尔迪是这么想的。”

“您确信？”

“是的。”

“您是怎么想的？”

“我想，所有美的东西也是一种欺骗。”

“就像莱奥帕尔迪笔下的花园？”

我根本就没有读过莱奥帕尔迪的花园，但我回答说：

“是的，就像一片晴朗的海面，一抹夕阳，或者夜晚的天空，都是对恐怖的一种掩盖，假如去掉掩盖在表面的东西，剩下的就只有恐惧。”

我感觉文思如泉涌，我说得很自然，但实际上，那都不是临场发挥，我只是把我在笔试中写的东西又讲了一遍。

“您将来上大学，想上哪个专业？”

我根本就不知道大学的专业，我对此知之甚少，那些词汇对我来说很陌生。我只能回避这个问题，我说：

“我会去参加应聘。”

“您不去上大学了？”

我的脸变得滚烫，就好像我无法掩盖某个错误。

“不去。”

“您需要工作？”

“是的。”

然后我就出去了，我回到了阿方索还有其他同学身边。过了一会儿，那位老师来到了走廊里，走到了我跟前，跟我谈了很久，关于比萨的一个学院。她说假如我参加一个像刚才那样的考试，我就可以去上大学，不要钱。

"假如您过两天来这里，我会给您说明所有要准备的资料。"

我听她说话，就像在听一件永远不可能和我真正有关的事情。两天之后，我回到了学校，只是因为我觉得如果不去的话，老师会生气，会给我一个不怎么样的分数。让我震惊的是，她给了我很多非常详细的信息，还帮我填写了一张表格。我后来再也没见到过她，我甚至不知道她叫什么，然而我对她满怀感激。她一直都用"您"来称呼我，后来还很自然、很亲切地拥抱了我。

考试结束了，我通过了考试，平均每门九分。阿方索也考得不错，平均每门七分。在永远离开那所中学，在毫无遗憾地离开那栋灰色的、破破烂烂的建筑之前，在我的眼里，它唯一的价值就是尼诺也在那里上过课。我看见了加利亚尼老师，过去和她打招呼。她恭喜我得到了那么优异的成绩，但她的语气里没有热情，也没有给我推荐夏季要读的书，更没有问我拿到了高中毕业证之后会干什么。她冷淡的语气让我有些生气，我以为我们之间的误会已经化解了呢。问题在哪里？以前是尼诺离开了她的女儿，再也没有出现，她就觉得我和尼诺一样不可靠、不正经，都是不可信赖的人？我已经习惯于讨得所有人的喜欢，别人对我的喜欢，对我来说是一层亮闪闪的盔甲。

加利亚尼老师不再关注我，这让我觉得很难过，这也促使我做出了一个重要的决定，我没有和任何人谈起我的决定（假如不能和加利亚尼老师说，那我还能和谁说呢？）——我申请了比萨高等师范学院。我开始努力地赚钱，因为之前我给一些有钱人家的孩子上了一年的课，他们对我的工作很满意，说我教得很好，我的名声便传了出去，整个八月我每天都很忙。我收了好几个学生，他们都要补课：拉丁语、希腊语、历史、哲学甚至是数学。在八月结束的时候，我发现我赚了很多钱，算起来有七万七千里拉。我把五万里拉给了我母亲，她的反应非常夸张，几乎是一把把那些钱从我的手上抓了过去，藏在了文胸里，就好像我们不是在自家厨房，而是在大街上，她担心那些钱会被抢走。我留了两万里拉给自己，我把这些钱藏了起来。

出发去比萨的前一天，我才对我的家人说我要去比萨参加考试。“假如他们录取我的话，”我宣布说，“那我就去上学，不用花家里一分钱。”我是用意大利语说的，说得很坚定，就好像说方言会让这些话变得没有分量，就好像我的父亲、母亲还有弟弟妹妹不应该也不能明白我正在做什么。实际上他们听我说这些，显得很不自在，我觉得在他们眼里，我已经不是我了，是一个在不合适的时候来家里做客的外人。最后我父亲说：“你想做什么就去做吧，但是你要记住，我们没办法帮助你。”然后，他就去睡觉了。我的小妹妹问能不能和我一起去。我母亲什么都没有说，但在离开前，她在桌子上给我放了五千里拉。我盯着那些钱，看了很长时间，我没有碰那些钱，就好像我要拿着这些钱去挥霍，做一些任性的事情。最后，我还是突破了自己的心理屏障，我想：这是我挣的钱！我把钱收下了。

我是第一次离开那不勒斯，离开坎帕尼亚大区。我发现我害怕所有东西：我害怕坐错火车；害怕尿急但找不到厕所；担心如果天黑了，我在一个陌生的城市里会迷路，担心会被偷。和我母亲一样，我把所有钱都放在文胸里了，有好几个小时，我都在惴惴不安中度过，同时我又莫名其妙地感觉到自由。

我觉得一切都好起来了——除了考试，那位染着天蓝色头发的老师没告诉我，这次考试要比高中毕业考试难，尤其是拉丁语，对于我来说简直太难了，但那只是冰山一角：每一场考试对于我的才能都是一种残酷的考验。我开始拖泥带水、结结巴巴，我常常假装我知道答案，但就是说不出来。语文老师对我的态度很糟糕，就好像我的声音也会让他厌烦，他说："这位小姐，您在写议论文的时候，根本不是在议论，而是在信口开河；我看到您非常大胆地谈及了一些问题，但根本无视文章该有的结构。"我觉得很沮丧，信心尽失，那位老师也注意到了这一点，他满脸讥讽地看着我，他让我谈一谈最近我读的书。我想象他当时说的是某个意大利作家的作品，但我当时没有明白，我紧紧抓住了掠过我脑子的东西——只有在琪塔拉海滩上读的塞缪尔·贝克特的丹·鲁尼，我开始谈了起来，那个盲人丹·鲁尼尽管已经瞎了，他还想成为聋子和哑巴……老师嘲讽的表情，渐渐变得不安和惶惑起来，他很快就打断了我，把我交给了历史老师。情况并没有好转。历史老师问了我一系列问题，都非常详尽。到最后，我从来都没有感觉到自己像那时候那样无知，甚至在我学习最差、考试成绩最糟糕的那些年，我的处境也没有那么窘迫。我能回答所有问题，但都是用一种非常笼统的方式。一旦他问我一个比较具体的问题，我就会回答不上来。最后他满脸嫌弃地问我："除了简单的学校课本之外，你从来都没有读过别的书吗？"

我回答说：

"我研究了民族国家的概念。"

"你记不记得书的作者？"

"费德里克·查波德。"

"我们听听你看懂了多少。"

他仔细地听我讲了几分钟，忽然间就让我停了下来，让我感觉到自己说了很多蠢话。

我哭了很长时间，觉得因为轻率，我亲手丢掉了自己的前途。然后我想：我这么绝望是很愚蠢的，我知道自己从来都不是真的出色。莉拉才是真的出色，尼诺也是真的出色。我只是虚荣而已，现在好了，我受到了惩罚。

但实际上，后来我通过了考试。我将会拥有一个自己的房间，一张自己的床，不用晚上搭起来，早上又拆掉，还有一张写字台和所有我需要的书籍。我——埃莱娜·格雷科，一个门房的女儿，在十九岁的时候，终于要摆脱这个城区了，我要离开那不勒斯了，一个人离开！

- 81 -

直到离开前的几天，我才开始了匆忙的准备，带上了几件破衣服，很少的几本书。我母亲满怀怨气地说了一通："假如你赚到钱，就通过邮局给我们汇回来。唉——！现在谁帮你几个弟弟做作业啊？你走了，他们学习会退步的。你走吧！赶紧走，谁在乎呢。我一直都知道，你老觉得你要比我强，比所有人强。"接着是我父亲夸大其词、充满愁苦的话："我这里疼，不知道是怎么回事儿。你到爸爸跟前来，莱农！等你回来的时候，不知道爸爸我是不是还活着。"我的弟弟妹妹们一个劲儿地问我："假如我们去找你，我们能不能住在你那里，能不能和你一起吃饭？"最后帕斯卡莱跟我说："你要小心一点儿，不要只顾学习，都忘了自己的身份，莱农！你要记住自己的出身和立场。"还有卡门，她精神很脆弱，她还没有从她母亲的死讯中缓过来，她和我打了个招呼，忽然就哭了起来。阿方索也来了，他很震惊地低声说："我就知道你会继续学习。"然后是安东尼奥，他根本不听我说什么，要去哪里，要去做什么，而是重复了好几次："现在我感觉很好，莱农！一切都过去了，都是当兵害的，我现在好了。"然后是恩佐，他只是抓起我的手用力地握了一下，让我痛了好几天。最后是艾达，她只是问我："你有没有告诉莉拉？你有没有告诉她？"我微笑了一下，她又说："你跟她说说吧，否则她一定会气死的。"

我想象着，阿方索已经告诉了莉拉我要去比萨上大学的事，或者是卡门，或者是她丈夫会告诉她，因为艾达一定会跟斯特凡诺说这事儿。假如她没有主动来祝贺我，我想那一定是因为这则消息让她很不安。从另一个方面来说，就算她什么也不知道，已经有一年多了，我们见面了也只是稍微打个招呼，我现在专门为这件事去找她，肯定显得不合时宜。我不想当面告诉她我的好运。因此我把这个问题放在一边，致力于完成出发前要做的最后几件事。我给内拉写了一封信，跟她讲了发生在我身上的事情，我问她要了奥利维耶罗老师的地址，我想告诉老师这个好消息。我去拜访了我父亲的一个表弟，他答应我要给我一个旧行李箱，然后在我当过家教的几家走了一圈，把最后的一些课时费收了回来。

我觉得这也是我告别那不勒斯的一个机会。我穿过了加里波第大街，走上了法院路，来到了但丁广场，然后坐了一辆公共汽车。我去了沃美罗，先是在斯卡拉蒂街上走了一圈，又去了桑塔雷拉，最后，我坐缆车到了阿梅德奥广场。我那些学生的母亲们都觉得很遗憾，对我有些恋恋不舍，除了给我上课的钱，她们还请我喝咖啡，几乎都送了一份礼物给我。那一天的行程结束时，我发现自己距离马尔蒂里广场很近。

我走上了菲兰杰里路，我不确信自己要做什么。我想起鞋店开张时的情景：莉拉穿得非常阔气，但她内心还是非常不安，她担心自己没有从根本上改变，还是和那个富人区的姑娘们不一样，没有她们精致。我想，现在我真的发生了改变，虽然我一直穿着那些破破烂烂的衣服，但我有了高中毕业证，我正要去比萨上大学。我不是表面发生了变化，而是根本上发生了变化，自然，很快表面也会发生变化，而且不仅仅是表面的变化。

那样的想法让我觉得非常高兴。我在眼镜店橱窗门口停了下来，研究了陈列的镜架。是的，我应该换一副眼镜，我现在戴的这副眼镜挡住了我的脸，我需要一副更加轻便的镜框。我看到了一副圆形镜架，比较纤细，镜片很大。我会把头发盘上去，我会学着化妆。我离开眼镜店的橱窗，来到了马尔蒂里广场。

那时候，很多家商店的卷帘门都放下来了，索拉拉鞋店的卷帘门落下来了四分之三。我看了看四周。我根本不知道莉拉现在的习惯，一点儿也不知道。她在新肉食店上班的时候，尽管她家离店铺就几步路，但她不会回家吃饭，她会待在店里和卡门吃点儿东西，或者我有时候放学后会去找她，她和我聊几句。现在她在马尔蒂里广场上班，就更不可能回家吃午饭了，太麻烦了，而且时间也不够。也许她现在在某个餐吧里，也许由鞋店的售货员陪伴着，正在海上散步，或者她正在店里休息。我抬起手，拍了拍卷帘门，没有人回答，我又敲了敲门，还是没有人回应。我叫了几声，听见里面有脚步声。莉拉的声音问：

“谁啊？”

“埃莱娜。”

“莱农！”我听见她喊了一声。

她把卷帘门拉了上去，出现在我面前，我已经有很长时间都没有看到过她了，即便连远远望见她的影子也没有，我觉得她变了。她身上穿着一件白衬衣，一条蓝色的紧身裙子，她的发型和妆容都像往常一样精致。但她的脸好像变宽变平了，我觉得她的整个身体也变宽变平了。她把我拉了进去，然后放下了卷帘门。商店里灯火通明，富丽堂皇，里面的陈设都变了，真的不再像一家鞋店，而更像一个沙龙。她说了一句发自肺腑的话："莱农，你遇到了一件大好事呀，我真高兴你过来跟我告别。"她当然是知道比萨学院的事情了，我觉得她是真诚的。她紧紧拥抱了我，在我脸颊上亲了两下，眼睛里全是泪水，她不停地说："我真是太高兴了。"然后，她对着厕所门喊了一句：

"出来吧！尼诺，你可以出来了，是莱农。"

我感觉自己喘不过气来：洗手间的门开了，尼诺真的出现了，还是他通常的样子，低着头，手放在口袋里。他的表情很紧张。"你好。"他低声说。我不知道对他说些什么，就伸出了手，他有气无力地握了一下。莉拉这时候用短短几句话，简明扼要地跟我说了一些非常重要的事情：他们偷偷见面，几乎有一年了，为了我好，她决定不再把我卷入这场混乱的欺骗之中，因为假如他们被发现了，那我也要倒霉。现在她已经怀孕两个月了，她要把所有的事情跟斯特凡诺坦白，她想离开他。

- 82 -

莉拉用一种我熟悉的语气在说话，就是那种非常决绝的语气，排除了感情色彩，她只是很快地陈述了事实，几乎是带着一种鄙夷的语气，就好像她很担心：假如她的声音有一丝颤抖，或者下嘴唇按捺不住地抖动，每件事情都会决堤泛滥，会让她失措崩溃。尼诺低着头坐在沙发上，他最多只是点点头，表示认可。他们一直手拉着手。

她说他们心惊胆战地在这鞋店里会面，最后的结果是，她做了尿检，发现自己怀孕了，现在他们要做一个决断，不能再像这样下去了。她和尼诺需要自己的房子，自己的生活。她想和他一起分享友谊、书籍、讲座、电影、剧院和音乐。“我再也受不了了，”她说，“我们要生活在一起。”她已经攒了一笔钱，正在打算在弗莱格雷区租一套房子，每个月租金两万里拉，他们会在那里住下来，等着孩子出世。

怎么能这样？没有工作？尼诺还得学习？我忍不住说了一句：

“离开斯特凡诺有什么必要呢？你很擅长说谎，你已经对他说了那么多谎，你可以继续的。”

她眯着眼睛看着我，她明显地感觉到，在我作为朋友的好心的建议之下掩藏的讽刺、敌意和鄙视。她也看到尼诺忽然抬起了头，他的嘴唇半闭，欲言又止，好像要说什么，但为了避免争执，没有说出来。她回答说：

“说谎是为了避免挨打，但是现在我宁可被杀死，也不愿意这样下去了。”

和他们告别时，我祝愿他们一切都好，为了自己好，我希望再不要见到他们。

- 83 -

比萨高等师范的那些年对于我来说非常重要，但对于我和莉拉之间的友谊毫无助益。我满怀羞怯、缩头缩尾地来到了大学。我意识到我所说的意大利语是一种书面意大利语，听起来简直正式得有些可笑，尤其是在我说出一长串精心构思的复句，却找不到一个合适的词汇的时候，我会在句子里夹杂那不勒斯方言，我开始非常努力地纠正自己。我根本不了解，或者说对于言谈举止的教养了解得太少：我说话声音太大，吃饭时会吧唧嘴。看到别人不自在的反应，我不得不控制我自己。我急切地想要表现出我的热情和友好，但我有时候会打断别人的谈话，说一些和自己无关的事情，说一些过于隐秘的事情，我需要学会客气，但要保持距离。有一次，我问了一位罗马姑娘一个问题，她模仿我的语气来回答，后来大家都笑了。我觉得很受伤，但我也假装笑了，用那不勒斯方言腔调回应了一下，就好像是在自嘲。

在最初几个星期，我一直都想离开那里，想回家去，回到我习惯的那种朴素平凡的生活中去，我一直在做思想斗争，内心很挣扎。但很快，我的谦卑慢慢让我变得突出，那些女生、男生、校工和老师都开始喜欢我。表面上看来，这事轻而易举、自然而然，但我花费了多少心思我自己最清楚。我学会了控制自己的声音和动作，我学会了遵循那些写在书上或者约定俗成的行为规则，我尽量掩盖了我的那不勒斯口音。而且，我让每一个人都看到我很出色、值得尊敬，但我从来都不会用高傲的语气说话，我对自己的无知进行自嘲，考试成绩优异时，我自己还假装很惊异。我尽量避免树敌，当女生中有人对我表示出敌意，我就会把目标对准她，我会对她非常客气殷勤，同时也很老练得体，直到让她改变了态度，很友好地来找我，但我也不会改变态度。我在老师面前也是一样，当然在他们面前，我更加小心翼翼，目的还是一样：我要获取他们的欣赏和喜爱。于是，我总是神情专注、微笑甜美地出现在那些最严厉、最棘手的老师面前。

我按时参加考试，学习时还是采用那种严格的自我要求和自我约束。我太害怕考试成绩不好，让我失去我费尽心机得到的“人间天堂”——我自己的空间、我自己的床、我自己的写字台、我自己的椅子、我自己的书，书——很多书。在这个和那不勒斯的破败城区截然相反的城市，周围那些学习的人，会很乐意和我谈论他们学习的东西。我一直都极端努力地学习，这使得老师从来都没给过我低于满分三十分的分数。在短短一年里，我成了这所大学里最有前途的学生之一，就是走在路上，有人会友好地和你打招呼的那种学生，我会很客气地和他们打招呼。

在我的大学生涯中，有两个非常艰难的时刻，都发生在刚开始的几个月里。那个罗马来的女生嘲笑了我的口音，有一天早上她污蔑了我，她当着很多其他女生的面，说她包里的钱没有了，让我要么马上还给她，要么她就去校长那里告发我。我明白，这种时候我不能一笑了之，我狠狠地甩给她一个耳光，然后用方言破口大骂。所有人都吓傻了，我被认为是那种好脾气的人，我的反应让她们感觉很突然。那个罗马的女生没有说话，她堵住流血的鼻子，她的一个朋友陪她去了洗手间。过了几个小时，她们两个一起来找我，那个说我偷了钱的女生向我道歉，说钱找到了。我拥抱了她，我说她的道歉很诚恳，我接受了，我当时真是那么想的。在我生长的那个环境里，我学到的是，如果真做错什么事情，也不要道歉。

另一次是参加圣诞节前的联欢晚会。那是一场新生舞会，大家都要去。女生们一直在谈论这个问题。到时候，骑士广场上的所有男生都会来，那将是一个近乎伟大的时刻，会让大学里男生和女生相识。让我郁闷的是，我没有什么像样的衣服可穿。那年秋天很冷，雪下得很早。我觉得雪很迷人，但我很快发现，路上结冰是一件非常烦人的事情，如果没有戴手套双手会被冻得发麻，脚上会长冻疮。我的衣柜里有两件冬天穿的衣服，一件是我母亲两年前给我做的，一件是我从姑姑那里继承过来的旧大衣，还有我自己编织的一条蓝色披肩。我只有一双鞋子，是中跟的，已经换过好几次底了。我很烦恼，像那样的晚会，我不知道该怎么办。

我要不要向我的同学借一件衣服？为了那场晚会，她们中的大部分人都在定做衣服，假如我穿上日常的衣服，很可能会很没有面子。但在和莉拉经历了那些事之后，我无法忍受自己穿上其他人的衣服却发现根本不合适我。

我可以假装生病吗？我想逃避，但又觉得如果那样我一定会很痛苦，我身体好好的，非常渴望参加那场舞会，就像娜塔西亚要去和安德烈王子或者库拉金王子跳舞，但是我却不得不一个人待在宿舍里，盯着天花板，听着外面传来的音乐，还有人们聊天和欢笑的声音。最后我做出了一个选择，一个可能会让我丢脸的选择，但我确信自己不会后悔。我洗了洗头发，把头发扎起来，涂了口红，穿上了我仅有的两件衣服中的一件，带上唯一一件起眼的东西——我的蓝披肩。

我去参加舞会了，刚开始我很不自在。我的着装并非没有一点好处，起码这样不会激起别人的嫉妒，反而会让别人有愧疚感，给了我更多的照顾。有好几个我认识的女生都好心地给我作伴，男孩子也经常请我跳舞，让我忘记了自己的窘迫。除此之外，那天晚上我还认识了弗朗科·马里，他长得不怎么样，但非常风趣，也很聪明，他比我大一岁，是个厚脸皮的家伙，花钱如流水。他是雷焦艾米利亚省有钱人家的儿子，是一个活跃的共产党，但对于自己党派的社会民主倾向持有批评态度。后来，我和他度过了大部分的空闲时间。他给我买各种各样的东西：衣服、鞋子、新大衣还有新镜框，让我的眼睛还有脸都露出来了，还有很多政治文化方面的书，那是他最关注的问题。从他那里，我知道到了斯大林时期的可怕历史，他促使我阅读了托洛茨基的作品，因为那些书籍，我建立了一种反斯大林的态度，我相信在苏联——革命被中断了，需要重新开始。

他掏钱让我第一次出国旅行，我们去了巴黎，那里召开了一次全欧洲青年共产党大会。但我没有机会好好看看巴黎城，我们大部分时间都在烟熏火燎的地方度过。对于巴黎，我的印象是：街道要比那不勒斯和比萨的绚丽，还有非常刺耳的警笛声。让我惊异的是，巴黎不但街上有很多黑人，而且在弗朗科发表讲话的地方，也有很多用法语发表长篇大论的黑人，他们发言之后，很多人都为他们鼓掌。当我把我的经历告诉帕斯卡莱时，他根本无法相信，他说，想不到是我，的确是我，经历了这些事情。随后他陷入很尴尬的沉默，我告诉他我读的书，我已经是个托洛茨基主义者了。

和弗朗科在一起，我也养成了一些习惯。这些习惯后来一些老师也谈过，也指出来过，这些习惯在我身上根深蒂固：即使是在读科幻小说，也要用“研究”这个动词；对于每一种研究过的资料，都要做一些资料详细小卡片。每次当我读到那些讲述社会不平等的文章或者片段时，我都很激动，然后收集下来。他很重视对我进行“再教育”——他用的就是这个说法，我很乐意接受他的教育，但最大的遗憾就是，我没办法爱上他。我很喜欢他，我喜欢他不安的身体，但我从来都没有觉得他是我生命中必不可少的部分。我对他仅有的一点喜欢，也在他被大学开除之后消失了：他有一门考试得了十九分，后来被学校开除了。有那么几个月我们一直在通信，他还想再考进来，他说他这么做是为了和我在一起。我鼓励他再次参加考试，但是他失败了。我们又通了几次信，后来就很长时间都没有再联系了。

- 84 -

一九六三年末到一九六五年末发生的事情差不多就是这些。绕过莉拉，单纯地讲述我自己的事情是多么容易啊。时间沉寂下来，那些年发生的重要事件就像飞机场传送带上的行李匆忙滑过，你只要把它们拿下来，写在纸上就好了。

但要讲述这些年发生在她身上的事情，就要复杂得多，就像传送带会一会儿快，一会儿慢，有一些急转弯，那些行李会脱离轨道，会掉下来，会打开，里面的东西会散落出来，她的东西会和我的东西搅和在一起，我不得不捡起来。回到和我相关的讲述（尽管我觉得没有什么困难），有些话在我现在听起来，会觉得有些太泛泛。比如说，假如莉拉取代我去上了比萨师范学院，她会不会也像我一样逆来顺受，强颜欢笑？那次我扇了那个罗马女生一个耳光，是不是也是她对我的影响？她又是如何——尽管距离很远——荡除我故作的柔顺，给我那些必要的决心和勇气，甚至告诉我那些骂人的话？还有我的轻率，怀着无数的顾忌和担忧，我跑到了弗朗科的房间里，我如果不是学她，那是学谁？她过去和现在展现出的那种爱的能力都让我感到不悦，当我察觉在弗朗科身上我感觉不到爱情时，和她对比，我证实了自己情感上的脆弱。真相难道不是这样吗？

是的，是莉拉让我的讲述变得艰难。我的生活推动着我，我总是想象着假如她在我的位置上，假如她有这份幸运，她会怎么做。她的生活不停出现在我的对面，出现在我说的话里，出现在我的那些决绝的动作里。我的话里常常有她影响的痕迹，是她在暗地里左右着我，有时候多一点，有时候少一些。我还没有考虑过那些她从来没说过的话，那些我可以推测到的话，那些我不知道的事情，后来我在她的笔记里读到的事情，都是经过过滤的，有些是真的，有很多隐含的事情，还有的是谎言。所有的这些事情，都带着对逝去的时光的艰难衡量，而这一切都建立在不可靠的语言的基础之上。

我必须承认，很多事情我都没有看到，比如说莉拉遭受的那些痛苦。她选择了尼诺，因为和尼诺的幽会，她怀了尼诺的孩子，而不是斯特凡诺的孩子。由于爱情，她做了一件在我们生活的那个环境中不可理喻的事情：离开丈夫，放弃了自己刚刚获得的富裕生活，冒着自己和情人，还有肚子里的孩子被杀死的危险离开了。我觉得她是幸福的，就像小说、电影或者漫画书里的那种惊心动魄的幸福。那段时间里，我唯一真正感兴趣的并不是夫妻生活的幸福，而是激情的幸福，那种善恶交织的混乱，这一切都发生在她的身上，而不是我身上。

我错了。现在，让我们回到斯特凡诺带着我们离开伊斯基亚岛的那个时刻，我从那时候开始讲。

汽艇离开海岸，莉拉意识到从那天开始，她再也不会看到尼诺在海滩上等她，他们不会再讨论、交谈，喃喃低语，他们再也不能一起游泳，再也不会接吻、拥抱和相爱。她感觉到一种尖锐的痛苦。在短短几天时间里，卡拉奇太太的生活——平衡，失衡，策略，战争，战斗和联盟，供货商还有客户，在秤上短斤缺两，抽屉里的营业额——所有一切都失去了意义，变得虚假，只有尼诺是具体真实的。那是非常糟糕的一段时间。她想得到他，她日日夜夜都渴望他，她在黑暗的房间里，在床上紧紧抱着自己的丈夫，就是为了短暂地忘记她的情人几分钟。在那短短的几分钟里，她的感觉那么清晰，那么具体，那么细致入微，这让她推开斯特凡诺，就好像他是一个陌生人，她就会躲到床脚去哭，开始破口大骂，或者逃到卫生间里，把门反锁上。

- 85 -

在刚回到那不勒斯的那段时间里，她想过晚上溜走，回到弗里奥去，但她明白，她丈夫很快就会找到她；她想向阿方索打听一下，让他问玛丽莎知不知道她哥哥什么时候从伊斯基亚岛回来，但是她担心小叔子会把这件事情告诉她丈夫，所以就没问；她在电话目录上找到了萨拉托雷家的号码，她打了电话，是多纳托接的，她说她是尼诺的朋友，他没说几句就挂了，声音有些恼怒；她很绝望，甚至想坐船去伊斯基亚岛。九月初的一个下午，就在她打算下决心启程的时候，尼诺出现在了挤满人的肉食店门口，胡子拉碴，而且已经彻底喝醉了。

卡门正要把这个流浪汉一样的小伙子赶走，莉拉拦住了她。“我去吧。”她对卡门说，然后把尼诺拉开了，动作很坚定，声音很冰冷。卡门·佩卢索当然没认出那是萨拉托雷的儿子，因为在她的眼里这时的尼诺完全是一个发疯了的陌生人，和当时那个和她们一起上小学的男孩全然不同。

莉拉马上就采取了行动，她看起来还是老样子，是一个可以解决一切问题的女人。但实际上，那时的她甚至不知道自己身处何处——那些堆满货物的墙壁消失了，街道也变得陌生，有苍白外墙的新楼房也不见了，尤其是她感觉不到自己所面临的风险。尼诺！尼诺！尼诺！她只感觉到快乐和欲望。他出现在她的面前，终于又一次出现了她的面前，他身上的每个特征都很清楚地显示出，他遭受了巨大的痛苦，而且，痛苦还在继续着，他在寻找莉拉，他同样渴望她。还在街上，他就想不顾一切地抓住她，亲吻她。

莉拉把他拉到了自己家里，她觉得那里是最安全的地方。路人？她已经看不到他们了。邻居呢？她也完全无视。她刚把房门关上，他们就开始做爱，没有任何顾忌。她只想马上得到尼诺，刻不容缓和他融为一体。直到一切都平息下来了，那种需求还是很强烈。这个城区、邻居们、肉食店、街上、铁路传来的声音，以及斯特凡诺和卡门可能正在焦虑地等着她，所有这些开始慢慢回到她的脑海里，她清楚地知道，这些事情就像需要尽快理清的物品一样，会让他们遇到麻烦，他们一不小心，这些杂乱无章的事情就会顷刻倒塌。

尼诺责备她说，她走的时候连个招呼都没打，然后就紧紧地抱住她，还想要她。他想马上带她远走高飞，但却不知道应该去哪儿。她说她愿意，她愿意。他们俩都疯了。和尼诺不同，莉拉此刻感觉到时间在溜走，分分秒秒都在飞快过去，他们被人发现的风险在增大。她和尼诺躺在地板上，看着天花板上垂下来的吊灯，那吊灯在他们的上面就像一种威胁。起初，她只想马上拥有尼诺，无论发生什么，她开始盘算，怎样才能继续紧紧拥抱着他，而不用担心吊灯会从天花板上砸下来，不用担心地板会裂开，她倒向一边，尼诺倒向另一边，让他们永远分开。

“你走吧。”

“不走。”

“你疯了吗？”

“是的。”

“求你了，走吧。”

她说服他走了。她等着卡门责备她，等着那些邻居们说闲话，等着斯特凡诺从另一个肉食店过来打她。但什么事儿都没发生，她松了一口气。后来，她给卡门涨了工资，对她丈夫更加殷勤，她想出一切借口和尼诺偷偷见面。

- 86 -

刚开始的时候，最大的问题不是流言蜚语，而是那个她深爱的男孩。他不顾一切抓住她，吻她，撕咬她，进入她，好像他渴望一辈子都这样，嘴唇吻着她，进入她的身体。他无法忍受分开的时候，他觉得很害怕，害怕她又一次消失，因此他靠酒精麻醉自己，他不再学习，不停地抽烟。好像对于他来说，除了他们俩，这个世界上已经不存在其他任何问题，假如他要说话，也是些充满醋意的话，他说他无法容忍她继续和丈夫生活在一起。

“我已经放弃了一切，”他精疲力尽地嘀咕说，“你呢？什么都不想放弃吗。”

“你打算做什么？”她问。

尼诺一言不发，好像不知道她问的什么意思，或者他会发火，就好像这个问题让他很生气。他绝望地说：

“你不想要我了！”

但是莉拉想要他，她想要，要了之后还想要。但她希望他继续学习，她希望他依然能点燃她的思想，就像在伊斯基亚岛时那样。小学时那个天分满满的女童，那个让奥利维耶罗老师着迷的小姑娘，那个写了《蓝色仙女》的女孩，又一次表现出新的活力。是尼诺，在一个黑暗的角落里找到了那个小姑娘，并且把她拽了出来。那个小姑娘现在希望他能振作起来，恢复到之前的样子——一个年轻的学者，帮助她成长，让她甩掉卡拉奇太太的身份。渐渐地，她做到了。

我不知道事情是怎样发生转变的，但尼诺一定是意识到了这一点，为了不失去莉拉，他不能只做一个疯狂的恋人。或者，事情并非如此，也许他只是意识到激情已经掏空了他的脑子。但无论因为什么，他又开始学习了。莉拉对此感到很满意：他慢慢恢复了正常，他又成了她在伊斯基亚岛认识的那个男孩，这对于尼诺来说也很重要。她不仅又一次拥有了尼诺，还再度拥有了尼诺的话语、思想。但他们难得见面。尼诺买了很多书看，他读亚当·斯密，读乔伊斯，但都觉得兴味索然，他想让莉拉一起读，见面的时候他想谈论那些书，但一直都没办法实现。

卡门现在越来越迷惑了，她不明白莉拉到底有什么急事，她总是找这样或者那样的借口，消失几个小时。此刻，她正皱着眉头看着莉拉。即便在肉食店最忙碌时，莉拉也总是让她一个人去接待顾客，自己似乎什么也看不见，什么也听不见，完全沉浸在自己的书里，全神贯注地在笔记本上写东西。只有你叫她：莉娜！拜托了，帮我一下吧，她的目光才会从书上移开，一只手指尖掠过嘴唇，说，好的！

至于斯特凡诺，他一直处于非常恼火和默默忍受的状态之间。每次他的大舅子、丈人还有索拉拉兄弟询问他时，他都觉得心里很苦——海水浴也泡了，可孩子还是没有怀上。另外，他的妻子还常拿鞋子的事情刺激他，她阅读的爱好也回来了，总是大半个晚上都沉浸在小说、杂志和报纸里，好像对真实生活已经失去了兴趣。对斯特凡诺，莉拉有时候是拒绝，有时候是心平气和，但完全心不在焉。斯特凡诺审视着莉拉，他不明白发生了什么，或者他没时间，也没愿望去了解她。离开伊斯基亚岛之后，他的一部分——最暴力的那部分，总是推动他要大吵一场，做出最后的了断；但他的另一面——那个慎重或者说怯懦的自我，又在克制着那个暴力的自我，假装什么事儿也没有。他想：这总比她不断找茬儿好。至于莉拉呢，她似乎对斯特凡诺了如指掌，她尽量让丈夫保持这种状态。晚上，他们俩都下班回到家里，她对丈夫很温和，但在晚饭和聊天之后，她就会专心进入到阅读的世界，那是一个丈夫无法进入，只属于她和尼诺的世界。

在那个阶段，对于她来说，尼诺代表什么呢？一种性的狂热？让她处于一种长时间的性幻想之中。一种思想的迸发？她想和他一样，达到他思想的高度。这使得他们就像是一种比较抽象的秘密伴侣——他们处于一个封闭的空间，那里既是他们的心灵寓所，又是他们思想的熔炉，他们思考这个世界的复杂性。他是在场的、活跃的，而她是一个影子，紧紧跟随着他，是一个慎重的建议者，一个忠心耿耿的合作者。

仅有的几次，他们见面不是短短的几分钟，而是一个小时，这一个小时就成了他们滔滔不绝的言语和性的交流，他们在各个方面都那么投契，那么激昂，这使得分开后的时刻，使得她回到肉食店，回到斯特凡诺的床上变得难以忍受。

“我受不了了。”

“我也受不了了。”

“那我们怎么办呢？”

“我不知道。”

“我想一直和你在一起。”

“或者至少每天可以在一起几个小时。”她接着说。

但她怎么能每天都抽出这些时间呢？尤其是还要保证安全。在家里和尼诺见面是非常危险的，在街上和他见面就更不用说了。而且，如果斯特凡诺万一打电话到肉食店里，假如她不在，还要找一个说得过去的理由，这也是要冒风险的。就这样，一方面是尼诺的不耐烦，另一方面是丈夫的不满，简直让她没法应付，确切地讲，她走投无路，根本想不出办法。但莉拉并没有坐以待毙，对于她来说，世界就好像一盘棋，只要移开一道绘制的背景，移动一下棋子，就可以别开生面。这是游戏，重要的是，这是她的游戏，是他们俩的游戏，可以继续玩下去的游戏。至于未来，未来是明天，是后天，是大后天，那些残杀和流血的场面，经常会出现在她的笔记里。她从来都不写自己会被杀死，但她会记下社会上发生的一些暴力事件，有时候她还会虚构一些故事，虚构一些女人被杀死的故事，她会侧重描写凶手的残忍，四处泼溅的血。她会写出一些报纸上不会提到的细节，眼睛、脖子、乳房、肚子和下身都是恐怖的伤口。好像她要把那种可能出现的暴力死亡落在纸上，使这种结局成为可控的。

- 87 -

就在这种可能以暴死收场的游戏中，莉拉加入了她的哥哥、她的丈夫和索拉拉兄弟的冲突，她利用了米凯莱——因为米凯莱一直都觉得她是管理马尔蒂里广场上的店铺最合适的人选。她忽然改变了立场，不再拒绝米凯莱的提议，经过一场吵吵嚷嚷的协商，她最终获得了自主权，还有一份不菲的工资，每周付一次，就好像她不是作为卡拉奇太太，而是作为一个外人接受了鞋店的工作。她根本就不管她哥哥的反应，她哥哥现在受到“索拉拉”新牌子的威胁，她的做法让他感觉到一种背叛；她也不管她丈夫的态度，刚开始她丈夫非常愤怒，威胁她，但又要求她和索拉拉兄弟协调一些很复杂的事情——他和索拉拉母亲有借款合同，他们要协商放款和还钱的事情；她还要躲过米凯莱的甜言蜜语，他一直在店里转悠，想要看她要在店里怎么折腾，另外，他希望莉拉能越过里诺和斯特凡诺，直接为他设计“索拉拉”牌鞋子。

莉拉早就预感到了：她哥哥和父亲会被踢开，索拉拉兄弟会把一切都据为己有，斯特凡诺会被牵着鼻子走，会越来越依赖他们。如果是在刚开始，这种情景一定会让她很恼怒，但在那个时候，她在笔记本上写道，她觉得这一切都无所谓。当然，里诺的情况让她揪心，他的小老板身份已经快维持不下去了，这让她难过，尤其是他现在结婚生子了。现在在她眼里，所有那些过去的关系已经没有太大意义，在情感上，她的心里只有一个对象——尼诺，她把注意力都集中在了尼诺身上。假如之前她做的所有努力都是为了让她哥哥发财，那么她现在的所有做法就是为了博取尼诺的欢心。

她第一次去马尔蒂里广场上的店铺，看要怎么改造一下，让她震撼的是，之前挂着她的婚纱照的画板被烧了之后，墙上还留着发黄的痕迹。她想：我一点儿也不喜欢这里，我一点儿也不喜欢这里还留有尼诺出现之前发生的痕迹。她忽然想起了，因为一些莫名其妙的原因，她人生的重要时刻总是发生在市中心的这个地方。在这里，很多年前那天晚上，他们跟千人军街街上的年轻人发生了冲突，让她决定摆脱贫穷；在这里，她为自己当时的决定而感到懊悔，她毁了那张婚纱照，她期望这种破坏和撕裂作为一种装饰出现在店里；就在这个鞋店里，她发现自己流产了；在这里，现在她们家的制鞋事业要收场，要被索拉拉兄弟吞并；也是在这个地方，她的婚姻会结束，她会从身上把斯特凡诺的一切都扯开，他的姓，还有源自于他的一切。她指着墙上烧过的痕迹，对米凯莱·索拉拉说："真难看！"然后，她走到人行道上，看着中心广场上的石头狮子，那些狮子让她害怕。

她让人把店里粉刷了一遍；厕所没有窗子，她让人把一道通往院子、之前被封上的门打开了，装上了亚光玻璃，可以透一点光进来；又买了一位画家的两幅画，那是她在起亚塔莫内画廊看到的，她觉得很喜欢；她雇了一个售货员，但不是在我们的城区找的，而是马特尔德伊区的一个女孩，学过文秘专业。商店要在下午一点到四点关门，她和那个售货员可以得到充分休息，并且获得了老板的许可，那个姑娘对她很感激。她还要当心米凯莱，因为米凯莱很盲目地支持她的革新，但他希望知道她在做什么，把钱花在什么地方了。

她选择去马尔蒂里广场工作，让她在我们城区比任何时候都更加孤立了。一个嫁得很好的姑娘，从一无所有到过上了富裕的日子；一个漂亮的姑娘，本可以在自己家里做女主人，经营丈夫的产业，为什么要早早起来离家去市中心，工作一整天呢，而且是做别人的雇员，让丈夫的生活变得复杂，让年事已高的婆婆在新肉食店里操劳。皮诺奇娅和吉耀拉尤其不满，她们都想尽一切办法往她身上抹黑，这一点是不言而喻的。出人预料的是卡门的态度，她一直都很感激莉拉，因为莉拉一直以来都照顾着她，但是莉拉刚刚离开肉食店，她就跟莉拉一刀两断了，就好像在一头猛兽的利爪前忽然缩回了手。她感觉自己被背叛了，因为她完全没法适应从朋友兼同事的身份，急转而下，成了斯特凡诺母亲的丫鬟。但她只能听天由命。刚开始，她甚至和她男朋友恩佐讨论这个问题，但恩佐不赞成卡门那种刻薄的态度，他还是用他特有的言简意赅的方式，摇摇头，说两句，与其说是在捍卫莉拉，不如说是在表示自己的立场：他总是对的，这一点不容置疑。

“无论我做什么都是错的，她做什么都是对的。”卡门很恼怒地说。

“谁说的？”

“你。你总是说莉娜怎么想，莉娜怎么做，莉娜知道自己在做什么。而我呢？她把我一个人撇在这里，就这么自己走了！当然啦，她走了是好事儿，我抱怨一下就不应该，是不是？你就是这么想的吧？”

“不是。”

尽管他言简意赅，只说“是”或者“不是”，卡门还是想不开，她很痛苦。她感觉到恩佐对一切都很厌烦，包括她在内，这让她更加愤怒：自从他父亲去世之后，自从他当完兵回来之后，他一直都在做他该做的事情，还是过之前的生活，但当他当兵的时候，他已经开始在晚上学习，不知道要考一个什么证书。现在他封闭在自我的世界里，像一头猛兽一样在咆哮——在内心咆哮，但表面上很沉默——卡门再也受不了他了，尤其让她不能接受的是，一提到那个坏女人，他就会有些激动。她对着恩佐一边哭一边叫喊：

“莉娜简直太恶心了，她根本就不在乎别人，你喜欢她这一点，我知道。但是假如我像她那么做，你会撕破我的脸。”

艾达一直都是斯特凡诺的忠实拥护者，谁让斯特凡诺是她的老板呢，她总是指责老板的妻子胡作非为。当莉拉去了市中心，在那家奢华的店里当售货员，艾达就变得更加刻毒了。她会对所有人说莉拉的坏话，舌头带刺，毫不掩饰，但她尤其生安东尼奥和帕斯卡莱的气：“她把你们所有人都骗了，你们这些男人。”她说：“因为她能把握你们的心理，她就是个婊子。”她就是这么说的，满怀愤怒，就好像安东尼奥和帕斯卡莱代表了所有男性，而所有男人都一个德行。她会骂自己的哥哥，因为哥哥不和她站在一边，她嚷嚷着说：“你闭嘴，因为你也从索拉拉那里拿钱，你们都是他们公司的人。我知道，你听从一个女人的使唤，你帮她装修商店。她说，你把这个挪挪地方，把那个挪挪地方，你就按照她说的去做。”在她的男朋友帕斯卡莱面前，她的态度就更糟糕了，他们矛盾越来越大了，她经常骂骂咧咧，她对帕斯卡莱说：“你太脏了，又脏又臭。”帕斯卡莱向她道歉，说他刚刚干完活，还没来得及洗澡。但艾达会变本加厉、不留情面地说他，任何时候都不放过他。帕斯卡莱为了安生一点儿，只能在莉拉的问题上做出让步，如果不让步的话，他们可能就要分手。需要说明的一点是，事情并没有就此打住：直到那个时候，帕斯卡莱经常对女朋友和妹妹发火，说她们忘记了莉拉之前给过他们的好处，直到有一天早上，他看见莉拉坐在米凯莱·索拉拉的“朱丽叶塔”跑车上，我们的朋友浓妆艳抹，穿得像一位高级妓女，米凯莱载着她去马尔蒂里广场，帕斯卡莱承认自己已经无法理解这件事了，莉拉根本不用为生计发愁，她为什么要把自己卖给这样一个人呢？！

像往常一样，莉拉根本就没有注意到周围人们的敌意，她投身到自己的新工作中去了。很快，店里的销售直线上升。人们去店里除了消费，还为了和那个非常漂亮、活跃、风趣的年轻女人聊几句，她在鞋子中间摆着书籍——她阅读的书籍。她唇齿轻启，说着一些好听的话，还会递过来一些巧克力，来这里的人，要么是律师或者是工程师的妻女，或者《晨报》的记者，要么是在俱乐部流连的各个年纪的花花公子。对于他们来说，好像莉拉并不急于卖给他们“赛鲁罗”或者“索拉拉”鞋子，她只是想让他们坐在沙发或者软椅上，聊几句。

唯一的障碍是米凯莱，他经常会在工作时间出现在店里，碍手碍脚，还会用他那种阴阳怪气的调子，话里带话地说：

“你嫁错了人了，莉娜！我的眼睛看得很准：你看看，你多么擅长和人打交道啊，这对我们很有用。我们联手的话，用不了几年，整个那不勒斯都是我们的了，我们想干嘛就干嘛。”说到这里，他就会凑上来亲她。

莉拉会把他推开，但他也不会沮丧，还会笑着说：

“好吧，我会等的。”

“你想在哪儿等都可以，但别在这里等，”她回答说，“如果你继续在这里等着的话，我明天就回肉食店。”

米凯莱来得少了，尼诺就来得多了。在马尔蒂里广场的那几个月里，他和莉拉终于有了可以相处的时间，每天三个小时，除了星期天和法定节日——这对他们来说简直难以忍受。在一点整的时候，售货员会把卷帘门拉下来四分之三，然后离开，尼诺会从洗手间的小门进去，在售货员回来之前，在四点整离开。有很少的几次，出现了一些意外情况，有两次是米凯莱和吉耀拉来了，还有一次让人比较紧张——斯特凡诺忽然出现了，尼诺钻到了厕所里，然后从通向院子的那个小门离开了。

我觉得，对于莉拉来说那是一个比较不安的时期，也是一个非常兴奋的时期。一方面，她继续扮演一位年轻太太的角色，让鞋店的生意有了神奇的转机，富有创新性；从另一个方面来说，她为尼诺读书，为他学习，为他思考。因为也有一些比较重要的人物会出现在鞋店里，她觉得这些人会对尼诺有用，就和他们套近乎。

就是在那个阶段，尼诺在《晨报》上发表了一篇有关那不勒斯的文章，这让他在大学的圈子里小有名气。我当时根本不知道有这么回事儿，幸亏我不知道，我已经被卷入了他们在伊斯基亚岛的事情，如果后来再掺和进去的话，我可能一辈子都无法从这个阴影里出来了。尤其是，我读了那篇文章，看了没几句我就发现那是出自莉拉之手——文章并没有太多技巧，信息量也不是很大，却带着一种敏锐的直觉，能发现那些表面上看起来很遥远的事情之间的联系——尤其是写作中运用的那种语气，让我确信是她。尼诺从来都不会这样写东西，那时候不会，后来也不会，那是莉拉特有的文风。

- 88 -

后来，莉拉发现自己怀孕了，她决定结束在马尔蒂里广场上的这个权宜之计。一九六三年深秋的一个星期天，她拒绝去婆婆家吃饭——她通常就是这种态度，她精心地做了一顿饭。斯特凡诺去索拉拉的店里买甜食了，他会给自己的母亲和妹妹送去一些，让她们原谅自己周末的缺席。莉拉这时候把她的一些内衣、裙子还有一双冬天穿的鞋子装到了她蜜月旅行时用的行李箱里，然后把行李箱藏到了客厅的门后面。她把所有用过的锅都洗干净了，很用心地把晚饭摆在厨房的桌子上，她从抽屉里拿出一把切肉的刀，放在洗碗池旁边，用一块抹布盖了起来。然后，她等着丈夫回家，她打开窗子，让晚饭的气味散开，她待在阳台上，看着经过的火车和在阳光下闪闪发光的铁轨。外面的冷空气吹散了房子里的热气，这没让她觉得不适，反而让她充满力量。

斯特凡诺回来了，他们坐到了桌子前吃饭。他很烦，因为他牺牲了母亲做的美味，他对于莉拉用心做的那餐饭一个字的赞赏都没有，只是用比平常更不留情面的语气提到了他的大舅子里诺，但说起外甥时，又是一种比平常更加疼爱的语气。他提到外甥时，好几次都说“我妹妹的孩子”，好像里诺和他外甥没多大关系。吃甜点时，他吃了三块，她一块都没有吃。斯特凡诺仔细地擦了擦嘴上的奶油，对她说：

“我们去睡一下吧。”

莉拉回答说：

“从明天起，我再也不去鞋店了。”

斯特凡诺明白，有事儿要发生了，而且绝不是什么好事。

“为什么？”

“因为我不想去了。”

“你和米凯莱、马尔切洛他们吵架了吗？”

“没有。”

“莉娜，别乱来，你很清楚，我和你哥哥现在跟他们的关系很紧张，你不要在这个节骨眼上捣乱。”

“我不捣乱，我不去上班了。”

斯特凡诺沉默了，莉拉明白，他已经开始意识到事情的严重性了，他想敷衍过去，他担心她说出索拉拉兄弟对她的羞辱和冒犯——那些无法让人原谅的事情，假如莉拉说出来的话，他就不得不采取行动，造成不可避免的决裂，这他现在还做不到。

“好吧，”他决定开始说话了，“那你就别去了，你回肉食店吧。”

她回答说：

“我也不想去肉食店。”

斯特凡诺有些不安地看着她。

“你想待在家里？很好，是你自己要去上班的，我又没有让你去，是不是？”

“是的。”

“那你就待在家里，这对我来说是好事儿。”

“我也不想待在家里。”

他已经快要失去耐性了，但他还是忍住了自己的不安和焦虑。

“假如你不想在家里待着，那我能知道，你他妈想干什么？”

莉拉回答说：

“我想离开这里。”

“你想去哪里？”

“我不想再和你在一起了，我想离开你。”

斯特凡诺不知道该怎么应对，他笑了。那些话听起来那么荒唐，以至于开始的几分钟，他觉得很释然。他用手捏了捏她的脸颊，脸上带着他惯有的那丝微笑说他们是夫妻，夫妻是不会分开的，他答应莉拉，接下来的那个星期天会带她去阿玛尔菲海滩，他们可以放松一下。但她心平气和地回答说，他们没有理由再继续生活在一起了，他们从开始就错了，他们订婚的时候，她也只是有点喜欢他而已，现在她很明确地知道，她从来都没有爱过斯特凡诺，现在被他养着，帮他赚钱，和他一起睡觉，她再也无法忍受了。她说完这席话之后，斯特凡诺扇了她一个耳光，让她坐在了椅子上。斯特凡诺要过来捉住她的时候，她站了起来，跑到了洗碗池那里，拿起了放在抹布下面的刀子。斯特凡诺正要打她，莉拉用刀子对准了他。

“你来吧，我会杀死你的，就像他们杀死你父亲一样。”她对斯特凡诺说。

斯特凡诺停了下来，他听到了莉拉提到了自己父亲的结局，忽然有些懵。他嘀咕了几声：“来吧，杀了我吧，你想干什么都行。”他做了一个很厌烦的动作，长长地打了一个哈欠——一个他按捺不住的哈欠，嘴张得很大，眼泪都出来了，眼睛里亮晶晶的。他转过身去，还在低声说着很不满的话：“走吧，走吧，我把一切都给你了，我让你想干什么就干什么，我让你摆脱了贫穷，我让你哥哥、你父亲，让你全家人发财，你就是这样报答我的，真是没良心。”他来到桌前，又吃了一块甜点。他离开了厨房，进到了卧室里。从卧室里，他忽然喊了一句：

“你根本无法想象，我有多爱你！”

莉拉把刀子放在了洗碗池边上，她想：“他不相信我会离开他，他也不相信我有别人了，他没办法相信。”这时候她鼓起勇气，想去卧室里向他坦白尼诺的事情，告诉他自己怀孕了。但她丈夫在睡觉，好像忽然被催眠了一样，她穿上外套，拿过行李，离开了那所房子。

- 89 -

斯特凡诺睡了一整天，当他醒来时，发现妻子没在家里，他假装什么事也没发生，这是他从小就学会的态度，当他被父亲吓到时——他父亲哪怕什么都不干，仅仅出现在他面前都会吓到他，为了面对这种恐惧，他练就了一种腼腆的微笑，还有处变不惊的态度。他使自己置身于事外，一方面可以按捺住自己的恐惧，另一方面他要抑制住自己的冲动，就是想用双手撕开她的胸膛，把她的心脏挖出来的冲动。

晚上他出门了，做了一件非常大胆的事情：他跑到了艾达——他的售货员的窗子下面，叫了她好几声，尽管他知道她要么在电影院，要么和帕斯卡莱在外面约会。艾达露脸了，她满脸幸福，但也很不安。她没有出去，因为梅丽娜的病要比平时严重一些，安东尼奥自从给索拉拉兄弟干活之后，就一直在外面，没有准点儿，当时有她的男朋友帕斯卡莱在家里给她做伴。斯特凡诺还是上去了，他在卡普乔家里打发了一个晚上，他一直都没有提到莉拉，他和帕斯卡莱聊政治，和艾达聊肉食店的事情。当他回到家里，他假装莉拉回娘家了，在睡觉之前，他仔仔细细地剃了胡子，整个晚上都睡得很沉。

第二天，情况变得很烦人。马尔蒂里广场上的售货员通知米凯莱说，莉拉早上没去上班。米凯莱给斯特凡诺打电话，他回答说妻子生病了，这场病可能要持续一阵子。后来农齐亚过来，看女儿是不是需要照顾，但没人开门，她在商店关门之后又去看了，斯特凡诺刚刚下班回去，正坐在电视前，电视声音开得很大。他听见有人敲门，诅咒了一句，去开了门，让农齐亚进来坐下。农齐亚刚开口问："莉拉怎么样了？"他回答说，莉拉离开他了，然后就嚎啕大哭起来。

两家人都跑来了：斯特凡诺的母亲、阿方索、里诺、费尔南多、皮诺奇娅和她的孩子。他们因为不同的原因都感到很害怕，只有玛丽亚和农齐亚真正担心莉拉的安危，她们一再地问莉拉到底去哪里了。其他人都因为一些和她没有多大关系的原因在争吵——里诺和费尔南多都很生斯特凡诺的气，因为他没有采取任何行动来阻止鞋厂的倒闭，他们说他根本就不懂莉拉，让她去索拉拉兄弟的店里上班，那简直是一个下策；皮诺奇娅非常愤怒，她对着丈夫和公公叫喊着说，莉拉一直很疯狂，她才不是牺牲品，斯特凡诺才是受害者。这时候阿方索鼓起勇气说要去报警，到各个医院里打听一下。大家更加激动了，所有人都针对阿方索，就好像他把大家得罪了一样，尤其是里诺，他说这事儿传出去，要让整个城区人笑掉大牙。最后是玛丽亚小声说：她没准是去找莱农了。这种推测是站得住脚的，得到了大家的认可，除了阿方索。他们还是在争吵，但大家都一致认为，莉拉是因为受不了斯特凡诺，还有索拉拉兄弟，决定去比萨了。“是的，”农齐亚感叹说，“她就是这样的，一有问题就去找莱农。”从那时候开始，大家都开始为她那么任性感到气愤，都说她一个人坐火车，跟谁也不打招呼就走了，到那么远的地方去。另一方面，莉拉来我这里的这个推论那么有说服力，大家都放心了，然后都觉得好像事情就是那样。只有阿方索说：“明天我出去找找。”但是很快就被皮诺奇娅阻止了：“你要上班，你不能走。”费尔南多也嘀咕了一句：“我们让她安生几天吧，让她平静一下。”

这就是第二天斯特凡诺给那些问起莉拉的人的答复：“她去比萨找莱农了，她要休息一下。”但当天下午农齐亚就开始焦虑，她找到了阿方索，打听我的地址。阿方索没有我的地址，他根本没有我的地址，而且，除了我母亲，没人有我的地址。阿方索让农齐亚去找了我母亲，我母亲天生对谁都不是很热情，或者是为了保护我，让我专心学习，不要分心，她给了农齐亚一个不完整的地址，也有可能她知道的地址就是那个，我母亲写字很吃力，我们俩都知道她不会用到我给她的那个地址。无论如何，农齐亚和阿方索一起给我写了一封信，他们都绕弯子问我莉拉是不是在我这里。他们写的地址是比萨大学，除了我的姓名，没有别的，等这封信到我这里时，已经过去很长时间了。我读了那封信，莉拉和尼诺的做法让我觉得更加气愤，我没有回信。

在莉拉离开的第二天，艾达除了要在老肉食店里忙活，要照顾自己全家人，照顾男朋友，还要去帮斯特凡诺收拾屋子，给他做饭，这让帕斯卡莱的心情糟糕到了极点。他们吵架时，他对艾达说："你拿的工钱又不是当仆人的。"她的回答是："当仆人总比跟你浪费口舌强。"为了平息索拉拉兄弟，阿方索马上被派到马尔蒂里广场上班去了，他在那里很自在：每天早上很早出去，穿得好像要去参加婚礼，晚上回来时，也心满意足，他喜欢在市中心工作。至于米凯莱呢，随着卡拉奇太太的消失，他变得很强硬，他把安东尼奥叫去，对他说：

"给我找到她。"

安东尼奥小声说：

"那不勒斯很大，米凯！比萨也很大，意大利更大，我从哪里开始找？"

米凯莱回答说："从萨拉托雷的大儿子那里开始找。"他瞪了安东尼奥一眼，这个眼神的意思很明确，然后他说："假如你把我让你找她的事告诉别人，我就让人把你送到阿威尔莎疯人院里，你永远都出不来了。放聪明点儿，你看到的所有事情，只能告诉我，明白吗？"

安东尼奥点了点头。

- 90 -

那些人和东西，它们的轮廓和形状消失散开，这是莉拉一辈子最害怕的事情。在她的家人里面，她最喜欢的是她哥哥，他的扭曲变形让她很害怕，在斯特凡诺从男朋友变成丈夫的过程中，他身上发生的变形也让她恐惧。后来从她的笔记中我才知道，新婚之夜对她的影响有多大，她害怕丈夫的身体变得扭曲，害怕他内心的欲望、愤怒和冲动使他变形了，或者说事情正好相反，他的扭曲是因为他的内心本来就阴险、卑鄙、怯懦。她尤其害怕自己夜里醒来，看到他在床上变形了，变成了一块快要破开的肉瘤，他身上的肉会掉下来，还有周围的每样东西、家具、整个房子还有她自己——他的妻子，也会破裂，会被那肮脏恶心的活物吞没。

门在她的身后关上了，她就好像进入了一道白烟里，别人看不到她。她带着行李，穿过整个城区，坐上了地铁，到了弗莱格雷区。莉拉感觉留在身后的是一个软溜溜的空间，里面居住着一些无法描述、失去形状的生物；她终于走向了一个坚实的地方，可以容纳她，容纳她的全部，她和周围的人都不会变得支离破碎。穿过一些荒凉的街道，她到达了目的地——一栋民房的三楼，她走进一套房子里，那套房子有两个房间，状况糟糕得很，家具很破旧，厕所里只有一个马桶和一个洗脸池。这房子是她一个人找的，尼诺要准备考试，另外，他正在给《晨报》写一篇新文章，还在修订之前写的一篇评论，那篇文章被《南方新闻》退稿了，有一本名为《北方和南方》的杂志说可以发表。她看了房子，租了下来，预付了三个月的房租。现在她进到这房子里，觉得非常愉快。她很惊异地发现，甩开了那些似乎一辈子都会黏着她的东西，她感到一种愉悦——愉悦，是的，她就是这样描述的。失去了新城区的舒适生活，她一点都不觉得遗憾。她闻不到屋子里的霉味，她看不到卧室角落里湿气形成的霉斑，她觉察不到窗子透射进来的灰暗的光，她离开了那个舒适的环境，又回到了她童年时期经历过的穷苦环境，但她一点儿也不难过。她觉得，就像一种神奇的魔法让她从一个痛苦的地方消失了，出现在了一个幸福的地方。我觉得，那一次她感受到了一种自我消除、人间蒸发的乐趣，她告别了过去所有的一切——过去的身份、大路、鞋子、肉食店、丈夫、索拉拉兄弟、马尔蒂里广场还有我，在另外的崭新的地方重新开始。她现在唯一的身份是尼诺的情人，尼诺会在晚上到达那里。

显然，他很激动，他拥抱了她，吻了她，有些茫然地看了看四周。他把门和窗都紧紧地关了起来，就好像怕有人忽然闯入。他们开始做爱，那是他们在弗里奥的那夜之后，第一次在床上做爱。后来，他起身开始学习，抱怨说灯光太暗。她也从床上起来，帮助他复习，他们一起重新检查了给《晨报》写的文章，直到夜里三点，他们才拥抱着入睡。莉拉觉得很安全，尽管外面在下雨，尽管玻璃在颤抖，尽管这个房子很陌生。尼诺的身体是多么清新啊，修长纤细，和斯特凡诺的身体多么不一样，他的气味是多么让人倾心。她感觉自己来自一个幽灵一样的世界，终于到了一个真实、有生命力的地方。早上她的脚刚踩到地上，就不得不马上跑到厕所去呕吐，她关了上门，不让尼诺听到。

- 91 -

他们的同居生活持续了二十三天。她离开了之前的生活，她越来越轻松；她离开了结婚后享受到的富裕生活，但她一点儿也不觉得遗憾；她离开父母、弟弟妹妹、里诺，还有她的小侄子，但她一点儿也不觉得忧伤；她的钱会花完，但她一点儿也不担心。她唯一在乎的事情是和尼诺一起醒来，一起睡去，在他学习或者写东西时，陪在他身边，他们会进行激烈的讨论，会激起她头脑里的风暴。晚上他们一起出去，一起去电影院，去参加新书推介会，或者政治辩论。他们经常回家很晚，他们走回家，两个人紧紧挽在一起，为了御寒，或者是躲雨，他们会一边走，一边嬉笑打闹。

有一次他们一起去听一个作家的讲座，他写书，也拍电影，他的名字叫帕索里尼。所有和他相关的东西都会引起争议，尼诺一点都不喜欢他，他撇了撇嘴说："他是个娘娘腔，喜欢乱搞，没别的。"他有些不愿意去，说他更愿意在家里学习。但莉拉很好奇，拉着他出去了。那次见面会的地方，就是以前加利亚尼老师让我去参加活动，我拉着莉拉一起去的地方。她听了讲座后非常激动，拉着尼诺到了作家跟前，她想和帕索里尼说话。但尼诺有些焦虑，想尽一切办法要带她离开，尤其是当他看到在对面马路上有人在高声叫骂。"我们走吧，"他很担心地说，"我不喜欢他，我也不喜欢法西斯分子。"莉拉是在打架斗殴中长大的，她一点也不想抽身而去，最后尼诺拉着她到了一个胡同里，她挣脱了，笑着回敬了那些骂人的人。她很快就顺从尼诺的意思，离开了那里，因为冲突开始时，她在那些斗殴的人群里看到了安东尼奥。他的眼睛和牙齿很耀眼，就好像金属一样，和其他人不同，他没有叫喊。她觉得他打架太投入了，没有看到她，但这件事情破坏了他们那天晚上的心情。在回家路上，她和尼诺的关系有些僵：他们就帕索里尼谈到的事情产生了很大分歧，就好像他们去的是不同的地方，听了不同人的演讲。不仅仅如此，他那天晚上开始怀念他们在马尔蒂里广场的商店里的那段时间，那些匆忙的、激动人心的幽会，同时他也感觉到莉拉身上那种让他不安的东西。莉拉也发现了他的不耐烦，为了避免气氛更加恶化，就没有跟他说，那些打架的人中，她看到了一个城区的朋友——梅丽娜的儿子。

从那天开始，尼诺越来越不愿意带她出去了。他先是说他要学习，那也是事实，但有时候他会忍不住说，在公众场合，她好几次都有些过分。

“怎么过分了？”

“你总是很夸张。”

“也就是说？”

他带着怨气列举了一连串事情：“争论的时候，你的声音太大了，别人让你小声的时候，你马上就和别人吵起来了，自言自语地和做讲座的人搭话也不合时宜，你不应该那么做。”

莉拉知道自己不应该那么做，但她确信在和尼诺在一起，一切都是可能的，包括跨越人与人之间的距离，和那些重要的人物对话。在索拉拉的鞋店里，她不是经常和一些重要人物打交道吗？要不是通过她的一个客户，他怎么能在《晨报》上发表他的第一篇文章？那又怎么样呢？“你太害羞了，”她对他说，“你不明白，你要比他们都好，你做的事情要比他们的重要。”她吻了他。

但在接下来的几个晚上，他总是找各种借口一个人出去。他在家里学习，总是抱怨楼里很吵，或者会叹息说他又要去找他父亲要钱。他父亲会问他一连串问题：你在哪里住，在做什么，你是不是在学习？或者，面对莉拉那种能把相距遥远的事情联系在一起的能力时，他没有表现出往常的热情，而是摇摇头，变得很不耐烦。

过了一阵子，他的心情那么糟糕，考试成绩那么落后，为了继续学习，他不再和她一起上床睡觉。莉拉说："太晚了，我们去睡觉吧。"他会漫不经心地回答说："你去睡吧，我马上来。"他看着被子下面她凹凸有致的曲线，他渴望热乎乎的被窝，但他也很害怕。他想：我还没有毕业，我没有工作；假如我不想浪费生命，我要加倍努力；但现在我和一个结了婚、怀着孕的女人在一起，她每天早上都要呕吐，她打破了我的节奏。当知道《晨报》不会发表他的那篇文章时，他觉得很痛苦。莉拉安慰了他，建议他把那篇文章投给别的报纸。最后她补充说：

"明天我打个电话问问。"

她想给那个在索拉拉的鞋店认识的编辑打电话，想知道问题出在哪里。他叹了一口气说：

"你不要给任何人打电话。"

"为什么？"

"因为那个烂人从来都对我没兴趣，对你也一样。"

"不是这样。"

"真是这样，我又不是白痴，你只会给我惹麻烦。"

"你想说什么？"

"我不应该听你的。"

"我到底做了什么？"

"你把我的脑子搞乱了。因为你就像一滴水：叮叮叮！如果一切不按照你的方式来，你就不放手。”

“文章是你构思的，你写的。”

“是呀，但你为什么让我重写了四遍。”

“是你自己重写的。”

“莉娜，我们明说吧，你选一个你喜欢的事情，你回去卖鞋子，卖香肠，但你不要想着成为另一个人，还把我也搭进去。”

他们在一起生活了二十三天，就好像神灵用一团雾把他们隐藏起来，让他们不被打扰，享受彼此。这些话伤到了她内心深处，她对尼诺说：

“你滚！”

他愤怒地把外套套在毛衣外面，摔门离开了。

莉拉坐在床上想：他过十分钟就会回到这里。这里有他的书、他的笔记，还有他的剃须刀和肥皂。最后她哭了起来：我怎么会想着和他一起生活，想着帮助他呢？这是我的错，我解放了自己的思想，我让他写了那些不该写的东西。

她躺在床上等着，她等了整整一晚上，但尼诺到第二天都没有回来，后来也没有回来。

- 92 -

我现在要讲的事情是我听不同的人在不同的时间里说的。我从尼诺开始吧。

尼诺离开弗莱格雷区的房子以后，躲到了他父母家里。他母亲对他很好，对这个浪子，她简直太好了。但还不到一个小时，他就跟父亲吵了起来，开始骂脏话。多纳托用方言对他喊道，要么他就离开家，要么就留下，他不应该随随便便离开一个月，连个招呼都不打，回家就只是为了要钱，就好像钱是他自己挣的一样。

尼诺躲进了自己的房间，他想了很久。尽管他想马上回到莉拉身边，请求她的原谅，告诉莉拉他很爱她，但他重新考虑了自己的处境，他确信自己落入了一个陷阱，那不是他的错，也不是莉拉的错，而是欲望的错。他想：比如说现在，我迫不及待地想回到她身边，不停地吻她，承担起自己的责任；但理智告诉我，今天我在失望透顶时所做的是正确的——莉拉和我不合适！莉拉怀孕了，她肚子里的孩子让我害怕。我应该去找布鲁诺，让他借给我一些钱，我应该离开那不勒斯，就像埃莱娜一样，去别的地方学习。

他想了一个晚上，第二天又想了一整天，一方面他觉得自己真的离不开莉拉，一方面他又觉得恐惧，因为他想起了她那些缺乏教养、肆无忌惮的做法，她那种过于聪明的无知，还有她的思想，那些思想都很大胆，不知道她是怎么想到的。

他有些无法控制自己，晚上他打电话给布鲁诺，说要出去找他。天下着雨，他跑到了公车站，在车子开动之前上了车，但是忽然间他改变了主意，他在加里波第广场下车了。他坐地铁去了弗莱格雷区，他迫不及待地想拥抱莉拉，想站着要她，一进家门马上要她，就在入口的墙壁上。现在这是最紧要的事情，后面的事再考虑吧。

天很黑，他大步流星地在雨中走着，他没有看到有个人正迎面向他走过来。他被狠狠地推了一把，被推倒在地。那个人开始对他拳打脚踢，脚踢拳打。那个打他的人不停地对他说话，但语气里并没有愤怒：

“离开她，再也不要见她，再也不要碰她。快点说：我要离开她，说我再也不见她，再也不碰她。你这个混蛋！你这个烂人！你喜欢？啊！你喜欢搞别人的老婆。你说：我错了，我要离开她。”

尼诺很顺从地说了那些话，但那个打他的人并没有停手。与其说是因为疼痛，不如说是因为害怕，他晕了过去。

- 93 -

打尼诺的人是安东尼奥，但关于这件事情，他并没有对自己的老板透露半个字。米凯莱问他有没有找到萨拉托雷的儿子时，他说找到了。当米凯莱焦急地问，顺着这个线索，有没有找到莉拉，他说没有。米凯莱问他有没有莉拉的消息，他说莉拉还没有找到，唯一可以绝对确认的事情是：萨拉托雷的儿子和卡拉奇太太之间绝对没有任何瓜葛。

当然，他在说谎，其实他很快就找到了尼诺和莉拉，是一个非常偶然的机会找到的。有一天晚上，他要和那些共产党打架，那是他的工作，他让几个人挂了彩，他没有继续再打，他看到莉拉和尼诺两个人走开了，就跟了上去。他发现了他们住的地方，他明白他们现在生活在一起。在接下来的几天，他搞清楚了他们在做什么、他们的生活。看到他们时，他感觉到很嫉妒，同时也很欣赏。他欣赏莉拉，他想她怎么可能离开她家——一套非常漂亮的房子，离开她的丈夫、肉食店、汽车、鞋子、索拉拉兄弟，跟一个身无分文的穷学生在一起，而且住在一个比他们的城区还破的地方？这个姑娘到底怎么了！勇气？疯狂？同时，他对尼诺的嫉妒一点点在加强，那个又干又瘦的家伙，简直就是坨狗屎，但莱农喜欢他，莉拉也喜欢他，这让他觉得很痛苦。萨拉托雷的儿子到底有什么？他有什么好？他整日整夜都在思考这个问题。他钻进这个牛角尖里出不来了，以至于他的病又犯了，尤其是手的毛病，现在他不停地把手十指交叉，握在一起，好像在祈祷。最后，他决定要解放莉拉，尽管在那个时候她并不想被解放，但是他想一件事情是好是坏，人们都需要时间来了解，帮助他们，就意味着在他们生命中的某一个时刻，帮他们做一件他们做不到的事情。米凯莱·索拉拉并没有让他去打萨拉托雷的儿子，情况正是如此：他没有告诉米凯莱事情的核心部分，他没有理由做这些。打尼诺一顿，那是他自己的决定，他用了一段时间做决定，因为他想让尼诺离开莉拉，把她丢弃的东西再归还给她。她放弃之前的生活，这是他无法理解的事情。他打了尼诺，是为了解恨，因为他很讨厌尼诺——一个不值一提的小白脸，弱不禁风的竹竿身材，竟然让我们两个姑娘过去和现在对他都那么倾心。

至于我呢，我必须承认，多年之后他跟我讲起这件事情时，我觉得自己很了解安东尼奥的想法。我的心软了，我抚摸了一下他的脸颊，安慰他，对他曾经的强烈反应表示理解。他脸红了，有些语无伦次，他说他不想让我觉得他是一个畜生：“后来，我把他拽了起来，他晕乎乎的，我陪他到了一个药店，我把他丢在药店门口，然后回到了城区，我和帕斯卡莱、恩佐说了这件事情。”

他们俩不再拿他当朋友，很不情愿和他见面，尤其是帕斯卡莱，尽管帕斯卡莱和安东尼奥的妹妹订婚了，要做他的妹夫。但安东尼奥已经不在乎他们的态度，他把自己卖给了索拉拉兄弟，他假装什么事儿也没有，他假装他们的敌意只是一种不悦，并没有危及他们的友情。他没有说尼诺的事情，他只是说他找到了莉拉，现在她需要帮助。

“我们要帮她做什么？”帕斯卡莱用一种恼怒的语气说。

“帮助她回到家里：她没去找莱农，她现在住在弗莱格雷区一个很破的地方。”

“她一个人住吗？”

“是的。”

“她为什么要这么做？”

“我不知道，我没有跟她说话。”

“为什么？”

“是米凯莱·索拉拉让我找的她。”

“你就是坨狗屎，法西斯！”

“我谁都不是，我只是完成了一项工作。”

“很好，你现在想让我们做什么？”

“我没有告诉米凯莱，我找到她了。”

“然后呢？”

“我不想失去我的工作，我要挣钱。假如米凯莱知道我跟他撒谎了，他会解雇我。你们去找她，把她带回家。”

帕斯卡莱又一次骂了他，骂得很难听，但在这种情况下，安东尼奥没有反驳。他未来的妹夫帕斯卡莱说，莉拉离开她丈夫和所有的一切，她最终也离开了索拉拉鞋店，是因为她发现嫁给斯特凡诺是一场错误，她做得对，当然他不会去把她接回来。这时候，安东尼奥有些激动。

“你想把她独自一个人撇在弗莱格雷区？”安东尼奥有些不安

地问，“一个人，而且没有钱？”

“为什么，我们是有钱人吗？莉娜是大人了，她知道怎么生活。她做了这个选择，总是有自己的原因，我们就别打扰她了。”

“每次我们需要帮助时，她总是会出手帮忙的。”

提到了莉拉给大家的钱，还有帮助，帕斯卡莱有些脸红。他嘀咕了几句关于富人和穷人，还有城区内外的女性处境的一些话。他说要掏钱的话，他愿意出一些。但是恩佐——他一直默不作声，他用一个不耐烦的手势打断了帕斯卡莱的话，然后问安东尼奥：

“你把地址给我，我去问问她到底是怎么想的。”

- 94 -

第二天他真的去了。他坐了地铁，在弗莱格雷区下车，找到了那条路还有那栋房子的大门。

那一段时间，我对恩佐一无所知，他的生活不是很称心，一切都让他难以忍受：他母亲总是在诉苦、抱怨，他弟弟妹妹需要抚养，蔬菜市场上的黑社会勒索，拉着小车在外面叫卖，他赚的钱越来越少了，帕斯卡莱关于共产党的那些唠叨，还有他和卡门的关系，都让他很烦。但他的性格很内向，让人很难猜到他到底是个什么样的人。从卡门那里，我得知他在偷偷学习，他想通过自考获得一个工业管理的证书。我和卡门聊天的那次——可能是圣诞节，她跟我说，自从春天他从部队回来，一直到圣诞节，恩佐才吻了她四次。她很气愤地补充了一句：

“可能他不是个男人。”

当一个男人不怎么在意我们时，我们这些姑娘家经常说他不是个男人。恩佐是男人，不是吗？我对男人内心深处的东西一点儿也不懂，我们之中没人懂，对于他们那些无法理解的行为，我们都会说这句话。有些男人，比如说索拉拉兄弟，比如说帕斯卡莱、安东尼奥、多纳托·萨拉托雷，再比如说我在比萨高等师范的男朋友弗朗科·马里，他们都通过不同的方式渴望我们：霸道的、低三下四的、漫不经心的、关注的，但是毫无疑问他们是渴望我们的。但另外一些男人，比如说阿方索、恩佐和尼诺，他们的感觉就完全不同——他们和我们之间总是有一定的距离，就好像我们之间有一道围墙，要越过这道围墙，那是我们的事儿。恩佐当完兵之后，他的这个特点就更加明显了，他不会做任何讨好女孩子的事情，实际上他没做讨好任何人的事情。他的身材本来就不高大，加上他的那种自我克制和压抑，就好像整个人变得更加小了，但密度很大，充满能量。他脸上的皮肤就像一张在太阳底下张开的帐子，不动声色，他走路时只有腿在动，身体其他部分都不动，手臂不动，脖子和头，甚至是头发都纹丝不动，就像一只金色头盔一样。当他决定去找莉拉时，他告诉了帕斯卡莱和安东尼奥，这并不是和他们商量，他用一种非常简洁明了的方式说了他的决定，好像没有任何商量的余地。他去弗莱格雷区也没有任何忐忑。他找到了那条路，还有那扇大门，他上了楼梯，非常坚定地敲了门。

- 95 -

十分钟后，一小时后，甚至是第二天，尼诺都没有回来，不见了踪影。莉拉的心情变得很坏，她觉得自己不是被抛弃了，而是被侮辱了，就好像她自己也承认她并不适合尼诺，但她觉得无法忍受：在仅仅二十三天之后，他就从她的生活中消失了，通过一种让人难以接受的方式，肯定了这一点。因为一时愤怒，她把他留下的一切东西都丢了：书籍、内裤、袜子、毛衣甚至一段铅笔。丢了之后，她又感觉非常后悔，又哭了起来。终于哭完了，她觉得自己很丑陋，脸肿着，而且很愚蠢。她觉得心酸，她想到是尼诺——她爱的尼诺，也爱着她的那个尼诺，让她遭受这些痛苦。那套房子忽然间好像露出了它的本来面目，那是一套非常破败的房子，透过它的墙壁能听到整个城市的噪音。她闻到很糟糕的气味，看到蟑螂从门底下爬进来，还有天花板上潮气形成的霉斑，她第一次感觉到童年的经历又抓住了她，不是充满幻想的童年，而是那种悲戚残酷的童年，充满了威胁和暴力的童年。但她忽然发现，那个从小都能给她带来安慰的幻想——变成有钱人，已经从她脑子里消散了。尽管她在弗莱格雷区遭受的贫困，要比童年在我们城区经历的还要阴暗，尽管因为怀孕的缘故，她的处境变得更加糟糕，尽管在短短几天时间里，她花掉了身上的所有钱，她发现财富并不是一种奖励，或者筹码，财富对于她来说，已经失去了任何意义。我们童年的时候梦想过的保险箱，里面装满了金币和宝石，后来被青春期时那些脏兮兮、臭烘烘的钱币——那是她在肉食店工作时抽屉里的钱，或者被马尔蒂里广场上鞋店里彩色金属盒子里的钱替代。这种想象已经失效了，不再对她构成任何诱惑。对金钱和物质的占有彻底让她失望了。对自己，以及对她肚子里的孩子，她什么都不想要。对她来说，富裕意味着拥有尼诺，现在尼诺走了，她感觉自己很贫穷，那种贫穷是金钱无法消除的。她现在的处境没有任何东西可以弥补——她从小犯了太多错误，所有这些错误都导向了最后的这个错误：她相信萨拉托雷的儿子离不开她，她也离不开他，他们的命运会有所不同，但他们会永远相爱，他们除了相爱再也不需要别的。她觉得自己错了，她决定再也不出门，再也不去找他，再也不会吃任何东西，只是等着她还有她的孩子就这样慢慢意识模糊，消失，直到她脑子里变得一片空白，甚至没有一丝一毫的东西能让她变得气急败坏，也就是说，她要彻底放弃自己！

这时候，有人敲门。

她以为是尼诺，打开门，看到的却是恩佐。看到恩佐，她并没有失望。她想着他可能来送一些水果给她，就好像在很多年前，他们小时候，在校长和奥利维耶罗老师组织的那场竞赛上，他被打败了，他用一块石头砸破莉拉额头的那次。她笑了起来，恩佐认为她的笑是一种病态的反应。他进来了，但出于尊敬，让门开着，他不愿意让邻居认为她是一个接客的妓女。他看了看周围，看到她颓唐的样子，他还没有发现当时还看不出来的事情——她怀孕了，但他推测出，她真的需要帮助。他还是用那种严肃的方式，不带任何感情，在她停止笑之前，他说：

“我们走吧。”

“去哪儿？”

“回到你丈夫那里。”

“是他让你来的？”

“不是。”

“是谁让你来的？”

“没人让我来。”

“我不走。”

“那我就留下来陪你。”

“一直吗？”

“一直到你做决定。”

“工作呢？”

“做烦了。”

“卡门呢？”

“你更重要。”

“我会告诉她的，她会离开你的。”

“我自己跟她说，我已经决定了。”

然后他开始低声说话，但和她保持着距离。她用一种很不正经的语气，嬉笑着回答他，就好像他们说的没有一句话是真的，他们在戏说着那些已经消失了很久的世界、人和情感。恩佐意识到了这一点，他沉默了一会儿。他在房间里转了一圈，找到了莉拉的行李箱，然后把抽屉里、衣柜里的东西找出来，装到了箱子里面。莉拉任凭他做这些事情，因为她觉得，眼前的恩佐并不是一个实实在在的人，而像一个影子，就像电影里的一样，尽管他在说话，那也仅仅是光产生的效果。他把行李收拾好了之后，过来和她说话。他说了一段让她很惊异的话，还是用那种冷淡但有力的方式：

“莉拉，我很爱你，从我们很小的时候，我就开始爱你。但我从来都没有告诉过你，因为你很漂亮，也很聪明，我却很矮，也很丑，我太渺小了。现在，你回到你丈夫那里去。我不知道你为什么会离开他，我也不想知道。我只知道，你不能待在这里，你不应该生活在这个糟糕的环境里。我陪你到你们家楼下，我等着你。假如他对你不好，我就上去把他杀了；假如他不打你，他很高兴你回去，那就算了。我们说好了，假如你和你丈夫过不下去，是我把你带回去的，我会把你接走。好吗？”

莉拉不笑了，挤了挤眼睛，那是她第一次非常专注地听他说话。到那时候为止，莉拉和他之间的联系很少，但我在场的那几次，总是感觉很惊异。他们之间有一种很难说明的东西，是自童年起就存在的一种模糊的东西。我觉得她很信任恩佐，她觉得他是一个可靠的人。当恩佐拿起行李，向开着的门走去时，她犹豫了一下，跟了上去。

- 96 -

恩佐陪莉拉回家的那个晚上，他真的在莉拉和斯特凡诺的窗子底下等着，假如斯特凡诺动手打她的话，他极有可能会上去把斯特凡诺杀了。但斯特凡诺没有打她，事情正好相反，等着她的是一套干净整洁、舒适的房子。他的反应就好像妻子真的去了比萨，和我待了一阵子，尽管没有任何证据证明事情真的是这样。莉拉呢，她没有说这个借口，也没有找别的借口。第二天早上起床时，她很不情愿地对斯特凡诺说："我怀孕了。"斯特凡诺非常高兴，在她说出第二句话——"孩子不是你的"时，他笑了起来，好像是一种发自内心的快乐。她用越来越愤怒的声音，把那句话重复了两三遍，她还握紧了拳头打斯特凡诺，他过来爱抚她，吻她，小声说："别这样，莉娜！别这样，别这样，我太高兴了。我知道我对你不好，我们现在别吵了，不要跟我说这些话了。"他的眼睛里充满了幸福的眼泪。

一直以来，莉拉都知道，人们说谎是为了保护自己，避免受到事实真相的伤害，但让她诧异的是，她丈夫居然能用那么欢快的心情欺骗自己。但她已经不在乎了，不在乎斯特凡诺，也不在乎自己，在她毫无感情地重复了几次“孩子不是你的”之后，她沉浸在孕期的那种麻木和迟钝之中。她想，斯特凡诺不愿意现在痛苦，好吧！他想怎么觉得就怎么觉得吧，他不想现在痛苦，那就以后痛苦吧。

她开始说自己想做什么，不想做什么。她不想继续在马尔蒂里广场上的商店里工作了，也不想在肉食店里工作了；她谁都不想见，亲戚朋友，尤其是索拉拉兄弟；她想在家里做一个专职的妻子和母亲。他同意了，他确信用不了几天，莉拉就会改变主意。但实际上，莉拉后来一直待在家里，她对斯特凡诺的买卖一点儿都不关心，对她哥哥和父亲的鞋厂也一样，对于她丈夫和她自己的亲戚们发生了什么，也毫不过问。

有两次皮诺奇娅带着儿子来了，她儿子叫费尔南多，小名迪诺，但她没有开门。

有一次里诺来了，他非常焦虑不安，莉拉接待了他，她听哥哥说了索拉拉兄弟的所作所为，怎么让他气愤，赛鲁罗的鞋子慢慢从店里撤出，现在鞋子作坊陷入困境，斯特凡诺总是想着自己的事儿，再也不投资了。当他终于沉默下来了，莉拉对他说：“里诺，你是哥哥，你比我大，你有妻子和儿子，拜托了！你过你自己的日子，不要老来找我了。”里诺听了这话非常难过，他沮丧地走了，走之前说，所有人都越来越有钱了，只有他，因为他妹妹不管娘家人，不管赛鲁罗家的人，她现在只为卡拉奇家打算，他现在正在失去好不容易才得到的一切。

甚至米凯莱·索拉拉也放下架子来看她，在刚开始，一天来两次，他只在确信斯特凡诺不在家的时候才来。但她从来都不开门，她默默坐在厨房里，屏着呼吸，后来有一次，他实在受不了这种待遇，在离开之前，他从街上吼道："你以为你是谁啊？婊子！我们俩有协议的，你没有遵守协议。"

莉拉只接受农齐亚和斯特凡诺母亲玛丽亚的拜访，她们都很关心她怀孕的事情。她不再呕吐了，但脸色有些发灰。她感觉自己身体内部变大、肿胀了，内部的变化比外表还明显，就好像身体里的每个器官都在发胖。她的肚子好像是一个肉球，孩子在里面吹气。这种膨胀让她很害怕，她担心会发生一直以来她最害怕的事：她会破裂，四处蔓延。最后，她忽然觉得她肚子里的孩子，那个荒谬的生命存在，那个正在扩张的肉疙瘩，最后会从她身体下面出来，就像一个带着绳子的玩偶，她爱他，通过他，莉拉才能找到自己。她担心因为不了解，因为无知，她会犯错，她开始读所有那些能找到的资料，想搞清楚怀孕是怎么回事儿，她的肚子里在发生什么，应该怎样面对分娩。在那几个月里，她很少出去，她不再买衣服，也不买家里用的东西，每次她母亲或者阿方索来看她时，她都让他们捎几份报纸，这是她唯一花钱的地方。有一次卡门来了，向她要钱，她说她没有钱，让卡门去找斯特凡诺，卡门沮丧地走了。除了她肚子里的孩子，她什么事、什么人都不在乎了。

这件事情伤害了卡门，她变得比之前更加充满敌意。她首先不能原谅莉拉的是，她中断了她们在新肉食店里的联盟，其次是她不能原谅莉拉不再给她钱，但她尤其不能原谅的是莉拉的做法。就像外面传的那样，莉拉走了，消失了又回来了，还能继续扮演阔太太的角色，拥有一套漂亮的房子，很快还要生一个孩子。她愤愤地想，真是越不要脸，得到的越多，而她从早忙到晚，不仅没有任何让她高兴的事，糟糕的事情却一件接一件地发生了。先是父亲死在了监狱里，母亲通过那种决绝的方式结束了生命，她都不愿意再提这事儿。现在是恩佐，有一天他在肉食店前面等她，他说他觉得他们没有必要再继续下去了。就这些，他还是像往常一样寡言，没有任何解释。她跑到哥哥帕斯卡莱跟前去哭诉。他们去找恩佐，让他解释一下，但恩佐也没有跟他们解释，现在他们也不说话了。

复活节放假的时候，我从比萨回到那不勒斯，我在小花园里遇到了卡门，她向我诉苦。"我真蠢，"她哭着说，"他当兵的时候，我一直在等他。我太傻了，我从早到晚一直拼命干活，就为了几个小钱。"她说这一切都让她很厌烦，没有任何过渡，她忽然就骂起了莉拉。最后她甚至说，莉拉和米凯莱·索拉拉有一腿，因为有人看到他在卡拉奇家的房子周围转悠。"戴绿帽子，大把的票子，"她很气愤地说，"她就是靠这个过活。"

关于尼诺，她没有说任何一个字。城区的人居然不知道她和尼诺的事，这简直是一个奇迹。安东尼奥在那几天跟我讲了他打了尼诺，还有他让恩佐去接莉拉的事，但他只跟我说了，我确信，他一辈子除了对我说过这件事，没有对其他任何人讲过。其余的事情，我是从阿方索那儿听到的。在我不断的盘问下，他跟我说，听玛丽莎说，尼诺去米兰上学了。通过他们，星期六做弥撒时，我在大路边上偶然遇到了莉拉，让我觉得有一丝欣喜的是：关于她的生活，我知道的比她还要多些。通过我知道的这些事实，很容易推测出她把尼诺从我这里抢走之后，并没有得到什么好处。

她的肚子已经很明显了，在她消瘦的身体上，简直像一个肿瘤。她的脸也不像其他孕期的女人那样充满光彩，而是脸色发青，颧骨上的皮肤有些紧绷发亮，她变丑了。我们俩都假装什么事儿也没有。

“你怎么样了？”

“很好。”

“我能摸摸你的肚子吗？”

“摸吧。”

“那件事情呢？”

“哪件？”

“伊斯基亚岛的事。”

“已经结束了。”

“真遗憾。”

“你在做什么？”

“上学，现在我有一个自己的房间、所有我需要的书，还有一个类似于男朋友的人。”

“类似于？”

“是的。”

“他叫什么名字？”

“弗朗科·马里。”

“做什么的？”

“他也在学习。”

“你戴的这副眼镜真好看。”

“这是弗朗科给我买的。”

“这件衣服呢？”

“也是他买的。”

“他很有钱？”

“是的。”

“我为你感到高兴。你学习怎么样？”

“拼命学呢，假如学习不好的话，会被开除的。”

“你要当心一点儿。”

“我很当心。”

“你命好。”

“哎。”

她说她七月会生产，有一个医生给她定期做检查，就是那个建议她去海边的医生，一个医生，而不是城区的一个接生婆。“我很害怕孩子，”她说，“我不想在家里生孩子。”我看书上说，最好在医院里分娩。她微笑着，抚摸了一下肚子，说了一句不是很明确的话：

“我还在这里，只是为这个。”

“怀着孩子，感觉很幸福吧？”

“不，我觉得很讨厌，但我乐意。”

“斯特凡诺很生气吗？”

“他想相信对他有利的事情。”

“也就是说？”

“也就是说，有段时间我发疯了，我去比萨找你去了。”

我假装什么也不知道，很惊异地说：

“在比萨？我和你？”

“是的。”

“假如他问我，我就这样说？”

“你想怎么说都可以。”

我们告别了，说我们会通信，但我们从来都没有通过信，我也没有打听她生孩子的事。我时不时会冒出一种邪恶的念头：我希望会发生一些什么意外，让那个孩子没法被生下来。但我马上就会打消这种念头。

- 97 -

在那段时间，我经常会梦见莉拉。有一次我梦见她躺在床上，身上穿着一件绿色的睡衣，衣服上全是蕾丝，她梳着两条辫子，那是在现实中从来没有过的事情，她怀里抱着一个穿着粉色衣服的女婴。她不停地用悲戚的声音说：“你给我拍一张照片，不要拍到小孩。”还有一次，我梦见她很高兴地接待了我，叫她女儿过来见我，她女儿和我是同一个名字，她说：“莱农，你过来跟阿姨打一个招呼。”这时候出现了一个非常肥胖的女人，比我们都要老，莉拉让我给这个女人脱衣服洗澡，换尿布，穿衣服。我醒过来想找一部电话，打给阿方索，我想知道莉拉生孩子了没有，情况怎么样，她有没有很高兴。但我当时可能需要学习，或者要考试，我已经忘了，所以后来没有打那通电话。八月份，当我完成功课、考完试后，我没有回家。我给父母写了一封信，撒了些谎，就和弗朗科去维西利亚海边度假去了，他们家在那里有一套房子。在那里，我第一次穿比基尼：泳衣很小，一只手就可以握住的那种，我觉得自己很大胆。

圣诞节的时候，我从卡门那里知道了莉拉遭的罪。

“她差点儿把命丢了，”她说，“医生后来把她的肚子切开了，要不然孩子生不出来。”

“她生了一个男孩吗？”

“是的。”

“孩子还好吧。”

“非常漂亮。”

“她呢？”

“胖了。”

我还得知，斯特凡诺想给这个孩子取他父亲阿奇勒的名字，但莉拉马上反对，他们夫妻吵得很凶。他们已经很长时间没有吵架了，这次吵得不可开交，整个医院都听见了，后来护士不得不过来制止他们。最后，他们给孩子起的名字是里诺，和莉拉哥哥的名字一样。

我一直在听她说，没有插话。我觉得很不快，而为了面对自己的不快，我采取了隔岸观火的态度。卡门发现了这一点，她说：

“我一直在说，一直在说，你一句话都不说，你让我觉得自己像新闻播报员，你根本就不在乎我们了吗？”

“当然不是。”

“你现在多漂亮啊，连声音也变了。”

“我以前的声音很难听吗？”

“你以前的声音和我们一样。”

“现在呢？”

“现在声音小了。”

我在我们的城区待了十天，从一九六四年十二月二十四日到一九六五年一月三日，但是我一直都没有去看莉拉。我不想看到她的儿子，我很担心在他的嘴和鼻子上，或者从眼睛和耳朵的形状上看到尼诺的影子。

在我家里，我的家人都俨然觉得我是一个重要人物，是那种匆匆打个招呼就要走开的人物。我父亲心满意足地看着我，我感觉到了他的满意，假如我和他说话，他甚至会窘迫。他没有问我学的是什么，学的东西会有什么用，之后会做什么工作，这不是因为他不想知道，而是担心听不懂我的回答。我的母亲总是气呼呼地在家里走来走去，我听到她特有的脚步声，我想我当时多么害怕变成她那个样子啊。但幸运的是，我现在已经远离她了，和她完全不一样了，她也感觉到我的心思。包括现在，她跟我说话的时候，好像发生那些糟糕的事情全是我的错：在任何时候，我都能感觉到她声音里的那种不满。和过去不同的是，现在她再也不让我洗碗、收拾桌子、擦地板了。和我的弟弟妹妹在一起，我也有些尴尬，他们很费劲地和我说意大利语，他们还经常纠正自己说错的地方，自己也觉得不好意思。但我和他们在一起，尽量表现得和之前一样，他们慢慢地也习惯了。

晚上我不知道怎么打发时间，我们之前的那些朋友已经不一起玩儿了。帕斯卡莱现在和安东尼奥的关系很糟糕，想尽一切办法想躲开他。安东尼奥谁也不想见，一方面是因为他没有时间，索拉拉兄弟总是派他出去干这干那，另一方面是因为他不知道说什么，他不能讲他工作上的事儿，他也没有私人生活。艾达在肉食店里干完活儿之后，要么就去照顾她母亲还有弟弟妹妹，要么很累，心情很糟糕，早早就上床睡觉了，她和帕斯卡莱都不怎么见面了，这让帕斯卡莱很心焦。卡门现在痛恨所有的人、所有的事，可能也恨我，她痛恨在新肉食店里的工作，痛恨卡拉奇家里的人、抛弃她的恩佐还有总是和她吵架的哥哥。是的，恩佐，最后是恩佐，现在他母亲阿孙塔得了重病，恩佐不仅在外面卖命赚钱糊口，还要照顾母亲，晚上也很忙碌——恩佐再也没有出现。让人惊异的是，他最后取得了工业管理的证书，他通过自考，艰难地取得了一个证书，这让我觉得很好奇。我想，谁能想到呢。在回到比萨之前，我想办法联系到了他，我们一起散步，聊了一会儿。我非常热烈地恭喜他获得的成就，他做了一个表情，表示那没什么大不了的。他现在话越来越少了，最后只剩下我一个人在说话，他什么也没有说。我记得，我们一直都没有提到过莉拉，一个字都没有说过，尽管如此，他表现得好像我一直在谈论莉拉一样，在我们分开之前，他忽然说：

“无论如何，莉娜是整个城区最好的母亲。”

这句话让我的心情一下变得很坏，我从来都不觉得恩佐是一个特别敏感的人，在当时那种情况下，他走在我身边，他好像听见了——就好像听见我已经大声说出来了一样——我对我们的朋友莉拉的无声谴责，好像是在我没有察觉的情况下，我的身体表明了这个立场。

- 98 -

出于对小里诺的爱，莉拉开始出门了。她给孩子穿一身天蓝色或者白色的衣服。她让孩子躺在小推车里，那小推车是她哥哥花了一大笔钱买的，她一个人在新城区散步。孩子稍微一哭，她就会马上跑到肉食店里，在婆婆感动的目光里，还有顾客的恭维声中给孩子喂奶。这时候，卡门会埋头干活，一个字也不说。孩子一哼唧，她就给孩子喂奶，她爱给孩子喂奶，喜欢那种感觉，奶水从她身上出来，喂饱孩子，使她胸脯越来越小。这是她写在笔记本里的，唯一让她觉得幸福的时刻，她害怕孩子断奶的那天。

新城区里只有水泥路，还有一片小小的树林和一些可怜的小树，所以天气好的时候，莉拉开始把孩子推到教堂前面的公园里去。经过那里的人都会停下来看看孩子，夸孩子几句，这让她很高兴。假如需要给孩子换尿布，她就走到旧肉食店里去，她一进去，买东西的人就都会去逗小里诺。艾达穿着干干净净的围裙，她薄薄的嘴唇上涂着口红，脸色苍白，头发整整齐齐，她在斯特凡诺面前是一副高高在上的姿态。她越来越放肆，像主子一样，表现得非常忙碌。她想展示出，那个孩子还有小推车来到这里，让她觉得很麻烦。但莉拉不太在意这事，她丈夫奇怪的态度倒是让她很迷惑，在私下里，他对孩子虽然没有敌意，但是漫不经心，但在公开场合，那些顾客会用一种非常幼稚的声音，柔情蜜意地对孩子说话，要把孩子抱在怀里、亲吻他时，当着那些顾客的面，斯特凡诺连看都不看一眼孩子，表现得很冷漠。莉拉到肉食店的后面，洗干净小里诺，很快给他穿好衣服，马上就回到小公园里。在公园里，她仔细地端详着儿子，在他脸上寻找尼诺的痕迹，她在想，是不是斯特凡诺看到了她没有看到的特征。

但很快，她就不再纠结此事。日子一天天过去，她一点感觉也没有。她全身心地照顾着孩子，她读一本书要花好几个星期的时间，她一天只看两三页。假如孩子睡着的话，在小公园那里，她会看着头顶上长出新叶的树枝，在皱巴巴的笔记本上写几行。

有一次，她发现在距离几步远的教堂里，正在举行一场葬礼，她就推着孩子过去看了，她发现那是恩佐母亲的葬礼。她看到恩佐了，他挺着胸脯，脸色非常苍白，但她没有过去安慰他，向他吊唁。还有一次，她坐在长椅上，旁边放着孩子的推车，她在看一本绿色书脊的大书，她面前出现了一个非常消瘦的老太太，拄着拐杖，脸颊凹陷，好像被吸进去了一样。

“猜猜我是谁。”

莉拉很难认出她来，但最后通过那双眼睛，她忽然认出那是奥利维耶罗严厉的目光。她很激动地站了起来，要过去拥抱她，但奥利维耶罗老师很嫌弃地躲开了。莉拉给她看了看小车里的孩子，很自豪地说：“他叫里诺。”她看到所有人都赞美她的孩子，她也期望老师能说句好听的话。但奥利维耶罗老师根本就无视那个小孩，她好像只对这位以前的学生手上拿的那本大厚书感兴趣。莉拉的手指夹在她正在看的那页。

“这是什么？”

莉拉马上感觉到很不悦，老师的外表整个都变了，她的声音也变了，但是她的目光和那种不客气的语气没有变，还是像在课堂上提问一样说话。她不动声色，有些不耐烦地回答说：

“《尤利西斯》。”

“讲的是《奥德赛》里的事儿吗？”

“不，讲的是我们现在的生活有多么低俗。”

“然后呢？”

“就这些。说我们的脑子里全是愚蠢的东西。我们都是由骨头和血肉组成，每个人都差不多，我们只想着吃，喝，干。”

老师在听到最后一个字时，就像在学校里一样批评了她。但莉拉却毫不在意，跟她顶嘴，她笑了。老师有些生气，问她那本书怎么样。她说那本书很难，她也不能完全看懂。

“看不懂你还看？”

“因为有一个我认识的人看了这本书，但他不喜欢。”

“那你呢？”

“我很喜欢。”

“尽管很难懂，你也喜欢？”

“是的。”

“你不要看那些看不懂的书，对你没好处，只有坏处。”

“有很多东西都有害。”

“你不高兴吗？”

“一般。”

“你注定要做些大事儿。”

“我已经做了：我结婚了，生了一个儿子。”

“这每个人都能做到。”

“我跟所有人都一样。”

“你错了。”

“不，是您搞错了，您一直搞错了。”

“你小时候没有教养，到现在还是没有教养。”

“这说明，您没有把我教好。”

奥利维耶罗老师仔细地看着莉拉，莉拉在她的脸上看到了不安。老师想在她的眼睛里找到她小时候的聪慧，想确信自己并没有看走眼。此时的莉拉心里想着：我要从脸上抹去所有让她觉得自己没有错的痕迹，我不想听她说我可惜了，浪费了自己的才华。但同时，她觉得自己像是在面对一场考试，她内心很矛盾，等着结果出来。她会发现我是一个笨蛋——她想着这些，感觉到心在怦怦跳，她会看到我全家人都很愚蠢，我的祖先都很愚蠢，我的后代也会一样愚蠢，小里诺也会是一个笨蛋。她觉得有些恼怒，她把书放在了包里，抓住了小车把手，低声地嘀咕了一句，她要走了。这个老疯了！她觉得自己可以对别人指手画脚。她把老太太一个人丢在小花园里，老师那么瘦小，她用手抓着拐杖的把手，她已经病入膏肓，但还硬撑着。

- 99 -

她开始热衷于开发孩子的智力。她不知道要买什么书，就让阿方索去问书店的人。阿方索给她带了几本，她都非常认真地进行研读，还做了笔记。在她的笔记里，我看到了她做的读书笔记，还有如何阅读那些难度比较高的书。她一页一页看得很认真，但总是过不了多一会儿，她就不知道书上在说什么了，于是她就联想到其他事情上去；然而她手指还是机械地翻着书页，强迫自己一行一行往下看。最后尽管她没有完全看懂，但是她仍然感觉到那些话还是进入了她的脑子，给她带来了想法。然后，她就会重读这本书，一边读，一边纠正自己的想法，或者让这种想法扩展开来，直到她再也用不上这本书，去找别的书。

她丈夫晚上回到家里经常看到的一幕是：她还没有做饭，在让孩子玩一些她自己设计的游戏。每当看到这些，他就会非常生气，但她已经习惯于不做任何反应，好像她听不到他说话，就好像家里只有她和孩子。当她终于起身做饭了，那不是因为斯特凡诺饿了，而是她自己饿了。

正是在那几个月，经过长期的相互容忍，他们的关系越来越糟糕了。终于有一天晚上，斯特凡诺对她吼着说，他已经厌烦了，厌烦她、孩子还有一切。有一次他甚至说，他结婚的时候太年轻，根本就不知道自己在做什么。但当她回答说："我也不知道我待在这里干什么，我带着孩子走吧。"这时候，他没对她吼说："滚蛋吧！"他失去了耐心，当着孩子的面打了她，他用被子捂住她，摁在地板上打，这样声音不会很大。莉拉的鼻子流着血，斯特凡诺还在不停地骂她，莉拉还能笑着对儿子说——她一直对孩子说意大利语："爸爸在玩儿呢，我们玩得很开心。"

我不知道为什么，她后来也开始照顾和教育侄子费尔南多，大家都叫他迪诺。极有可能，所有的一切，都源于她需要把小里诺和另一个孩子进行比较，或者事情并不是这样，也许她觉得现在她全身心地照顾自己的儿子，她觉得也有义务关心一下自己的侄子。皮诺奇娅还是觉得迪诺是她失败、糟糕的生活的一个活生生的例子，她总是对着孩子吼，有时候还会打孩子："你有完没完？你想让我怎么办，你想让我发疯吗？"她坚决反对莉拉把迪诺带回家里，让他和小里诺一起玩那些稀奇古怪的游戏。她非常愤怒地说："你看好你儿子，我看好我的，你有时间可以照顾一下你丈夫，要不然你会失去他的。"但这时候里诺过来干涉了。

对于莉拉的哥哥来说，那是一段非常糟糕的时期——他不停地和父亲吵架，因为他父亲要关掉鞋子作坊，他觉得每天拼命干活，只是让索拉拉他们家发财，这让他觉得很厌烦，他不明白为什么要继续下去，他很怀念自己以前的修鞋铺子。里诺不停地和马尔切洛还有米凯莱吵架，但他们对待里诺，就像对待一个蛮横无理的小孩一样，一谈到钱的事情，他们会直接去找斯特凡诺。和斯特凡诺吵架时，里诺骂得尤其凶，因为他妹夫已经不再给他一分钱。他觉得，斯特凡诺已经和索拉拉兄弟达成了秘密协议，准备把所有鞋子生意都转给索拉拉兄弟。他和皮诺奇娅吵架，皮诺奇娅说他欺骗了自己，让她觉得他是个了不起的男人，但实际上任何人都拿他当猴耍——他父亲、斯特凡诺、马尔切洛和米凯莱，随便一个什么人都可以摆弄他。但是当他看到，莉拉因为专注于儿子而忽视了丈夫，引起斯特凡诺的不满，皮诺奇娅不想把自己的孩子交给莉拉，哪怕是一小时，里诺开始干涉了，他亲自把孩子送到妹妹那里去。鞋作坊里的活儿越来越少了，他养成了一个习惯，就是好几个小时待在新城区莉拉的房子里，看着莉拉和小里诺，还有迪诺玩儿。莉拉作为母亲的耐心让他很惊讶，还有她逗小孩玩儿的能力，尤其是他儿子，在自己的家里要么是一个劲儿地哭，要么就是待在小孩用的围栏里，像一个忧伤的小动物，但在莉拉这里，他变得很敏捷，看起来很机灵，很幸福。

“你是怎么做到的呢？”他带着敬意问。

“我就是让他们玩儿。”

“我儿子之前也玩儿。”

“在这里他们一边玩，一边学习。”

“为什么你要花费那么多时间在这个上面？”

“因为我看书上说，在生命的最初几年，这个阶段会决定我们能成为一个什么样的人。”

“我的孩子还好吧？”

“你看嘛。”

“是呀，我看到了，要比你的能干一些。”

“我的孩子小一些。”

“你觉得迪诺聪明吗？”

“所有孩子都很聪明，只要训练他们。”

“莉娜，你训练一下他嘛，你不要像往常一样，做事三分钟热度，你要把他培养成一个非常聪明的孩子。”

一天晚上，斯特凡诺提前回家了，他比平时更加焦虑。他看到大舅子坐在厨房的地板上，房子里乱糟糟的，妻子对他漠不关心，她只照顾孩子。但他没有像平常那样只是拉着脸，而是对里诺说，这是他的房子，他每天看着里诺这样浪费时间，他一点儿也不高兴，现在鞋作坊的生意越来越糟糕，那正是因为里诺一天到晚根本不愿意努力工作。他还说赛鲁罗家的人真不可靠。总之，要么里诺马上走人，要么他就会踢他的屁股。

紧接着就发生了一场大战，莉拉叫喊着说，他不应该这样跟她哥哥说话，里诺这时候也把那些之前出于慎重一直没有说出来的话，或者说得不明确的话吼了出来。他们在相互咒骂，什么难听话都说出来了。在这场混乱之中，两个孩子也一边哭喊着，一边拉扯着手里的玩具，尤其是大的那个在欺负小的。里诺在对着斯特凡诺吼叫，他脸红脖子粗，血管就像电线一样暴突着，他说斯特凡诺在用堂·阿奇勒在城区的人身上压榨的钱轻轻松松地作威作福，接着他说："你什么都不是，你就是一坨狗屎，你父亲至少能做流氓，你连流氓都做不了。"

那一刻太可怕了，莉拉完全吓傻了。忽然间，斯特凡诺用两只手抓住了里诺的腰，像传统的芭蕾舞演员举起舞伴那样，尽管斯特凡诺和里诺身材差不多，尽管里诺这时候在不停地挣扎、叫喊、吐口水，但斯特凡诺还是一下子把他抬起来，甩向了一面墙。很快他又扯着里诺的一条胳膊，拖着他把他拉到了门口。尽管里诺在反抗，尽管莉拉也冲过去，抱着他，恳求他平静下来，然而一切都无济于事。斯特凡诺打开门，把他拽了起来，一脚踢下了楼梯。

事情并没有结束。斯特凡诺气急败坏地走了回来，莉拉明白迪诺也会遭到和他父亲一样的待遇——被扔下楼梯，她马上冲了过去，从后面扑到他身上，用手指抠着他的脸，叫喊着说："他还是一个孩子，斯特！他还是个孩子。"斯特凡诺停了下来，一字一句地说："我受不了了，我他妈再也受不了了。"

- 100 -

一段非常复杂的时期开始了——里诺不再去妹妹的家里了，但莉拉不想放弃，她还想让孩子和迪诺在一起玩，她瞒着斯特凡诺，养成了偷偷去哥哥家里的习惯。皮诺奇娅皱着眉头，满脸不悦，刚开始，莉拉试图跟她解释自己的想法：反应练习，训练游戏，最后她说，她甚至想让整个城区的孩子都加入进来。但皮诺奇娅只是很简单地回应她说："你是个神经病，我根本就不在乎你要做什么丢人现眼的事儿。你要我的孩子跟你在一起？你要杀死他？你要像巫婆一样吃掉他？你随便，我根本就不想要这个孩子，我压根儿就不想要，你哥哥把我的生活毁了，你把我哥哥的生活毁了。"然后，她对着莉拉喊道："那个可怜的男人给你戴了绿帽子，他那是应该的。"

莉拉没有反应。

她没有问皮诺奇娅最后说的那句话是什么意思，她只是下意识地做了一个动作，就像要赶走一只苍蝇一样。她抱着孩子走了，尽管她觉得自己不能再和侄子见面，这很遗憾，但她没有再回来。

她一个人待在那套房子里，她觉得很害怕。她根本不在乎斯特凡诺是不是花钱在外面嫖娼，相反，她很高兴，但到了晚上她无论如何也不能容忍他。但经过这个阶段后，莉拉开始担心起孩子了：假如丈夫在外面有了女人，假如那个女人时时刻刻都想占有他，他可能会发疯，可能会把她赶走。直到那个时刻之前，结束这场婚姻对于她来说是一种彻底的解放，但现在，她很担心自己会失去这套房子，会失去自由时间，还有让孩子好好成长的条件。

莉拉很焦虑，开始晚上睡不着觉。也许斯特凡诺的愤怒不仅仅是他失衡的表现，他糟糕的血统让他打破了以往文质彬彬的掩饰，也许他真的爱上了另一个女人，就像她和尼诺之间发生的事一样，他现在受不了婚姻的牢笼，受不了当一个父亲，甚至受不了肉食店和其他生意。皮诺奇娅说了那句话之后，莉拉开始反复思考这个问题，但她不知道该怎么办才好。她觉得自己应该做个决定，面对这个问题，化解这个问题，但她一直拖着，放任自流，她期望斯特凡诺能安享他的情人，不会搅扰她。最后她想，只要再忍一两年，等孩子再长大一些，她就不会再为这个问题担忧了。

她开始重新安排自己的时间，在斯特凡诺回家时，她总是把家里收拾得干干净净，把晚饭做好，桌子摆好。但自从斯特凡诺和里诺那次吵架之后，他再也没有恢复到之前的温和，他总是皱着眉头，总是很忧虑。

“有什么问题吗？”

“钱的问题。”

“只有钱的事儿吗？”

斯特凡诺怒了：

“‘只有’是什么意思？”

对于他来说，生活中除了钱，没有其他问题。吃完晚饭，他开始算账，一边算账一边骂人：新肉食店的入账远不如从前；索拉拉兄弟，尤其是米凯莱，表现得就好像那些鞋子全是他们的，已经不需要分红了；索拉拉兄弟没有告诉他、里诺还有费尔南多，就把“赛鲁罗”牌的一些旧款式，花很少的钱让郊外的那些鞋匠制作，他们还设计了一些“索拉拉”牌的新款式，实际上也只是在莉拉设计的基础上，稍稍做了改变；这样一来，他丈人和大舅子的鞋作坊真要倒闭了，他在里面投的钱也要打水漂。

“你明白吗？”

“明白了。”

“那你就少跟我找茬。”

但丈夫的话莉拉并没有全信，她觉得丈夫是夸大其词，夸大了那些早就已经存在的问题，是为了掩盖新的麻烦，是为了掩盖对她越来越多的敌意，掩盖他心理越来越严重的失衡。他把所有错误，尤其是他和索拉拉关系的恶化，都归到了莉拉身上。有一次，他冲着她嚷嚷：

“你到底把米凯莱那个混球怎么啦？我能知道吗？”

她回答说：

“没什么。”

他说：

“不可能没什么，每当我们一讨论问题，他都会提到你，根本不听我说什么。你要跟他谈谈，看他要什么，你不去的话，小心我撕破你的脸。”

莉拉几乎是脱口而出：

“假如他要睡我，那我怎么办，让他睡？”

她马上就后悔自己说的话了——有些时候，鄙视占了上风，她就没法再谨慎，但话已经出口了，斯特凡诺扇了她一个耳光。那个耳光不太狠，不像往常那样，是整只手掌扇下来，这次他只用了指尖。但他后面说的话非常狠毒，他满脸厌烦地说：

“你读书、学习，但你还是那么粗鲁，我受不了你这样的女人，你让我觉得恶心。”

从那时候开始，他回家越来越晚了。星期天他也不像往常一样睡到中午，而是很早就出去，消失一整天。她稍微一提到家庭生活中的一些具体问题，他都会发火。比如说，天气热了，她想带孩子去海边，她让丈夫安排这事儿。

他回答说：

“你坐大巴去托雷卡瓦塔海边。”

她鼓起勇气说：

“在海边租个房子不是更好吗？”

他回答说：

“为什么？租房子让你从早到晚当婊子吗？”

他出去了，晚上没有再回来。

没过多久，事情就明朗了。莉拉带着孩子去市中心，她想找一本书，因为她读的一本书里提到过这本书，但是她找不到。她走着走着，一直走到了马尔蒂里广场上，她想问一下阿方索，他还在马尔蒂里广场的鞋店里做主管，他对自己的工作很满意，莉拉想让他帮着找一下那本书。她遇到了一个很帅的小伙子，穿得很得体，那是她见到过的最帅的小伙子之一，他叫法布里奇奥，他不是一个顾客，而是阿方索的朋友。莉拉和他聊了一会儿了，发现他懂的事情可真多。他们聊了很久的文学、那不勒斯的历史，还有如何教育小孩子。法布里奇奥在大学里工作，对这方面非常了解。阿方索在那里默默地听他们聊，当孩子哼唧的时候，他马上去哄孩子。后来，来了一个顾客，阿方索去接待了。莉拉和法布里奇奥又聊了一会儿，她已经有很长时间没有跟人这样聊过天了，她觉得很多思想都被激发了。当这个年轻男人要走的时候，他带着一种天真的热情在她脸颊上吻了一下，他也吻了阿方索，非常响亮的两个吻。他在门口对着她喊了一句：

“跟你聊得真开心啊！”

“我也很开心。”

莉拉的脸色阴沉下来了，阿方索还在接待顾客，她想起了她在这个地方认识的那些人，想起了尼诺，还有卷帘门被拉下来，他们在幽暗里温柔的对话。尼诺总是在一点钟偷偷到这里，幽会之后，在四点钟消失。她觉得那是想象中的事情，简直太奇异了，她很不自在地看看四周。她并不怀念那段时光，并不怀念尼诺。她只是觉得时间已经过去了，当时觉得重要的事情，现在已经没那么重要了。她脑子有一团乱麻缠绕，但她不想理清。她推着孩子正要走，米凯莱·索拉拉进来了。

他非常热情地跟莉拉打了一个招呼，逗了逗小孩，他说小里诺长得和莉拉很像，简直一模一样。他请莉拉去餐吧喝了一杯咖啡，最后决定送她回家。他们一上车，他就说：

“离开你丈夫，马上离开。我今天就可以把你和你儿子接过来。我在伍美罗区买了一套房子，就在艺术家广场那里。如果你愿意，我马上带你去看看，我买这房子的时候，想的就是你。在那里，你想干什么都可以：读书，写作，发明些什么，睡觉，说话，大笑，你和孩子在一起。我就想看着你，听你说，听你笑。”

米凯莱第一次没用那种嘲讽的语气说话。他开着车，用不安的眼神瞄着她，想看看她的反应。一路上，莉拉都盯着自己眼前的路，试图把奶嘴从小里诺的嘴里掏出来，她觉得他叼奶嘴的时间太长了，但孩子在一直推开她的手。她一直没有打断米凯莱的话，直到米凯莱不说话了，她问：

“你说完了？”

“是的。”

“那吉耀拉呢？”

“这跟吉耀拉有什么关系呢？你告诉我，你愿意不愿意，然后我们再看。”

“不，米凯莱，我的回答是：不！我不想要你哥哥，我也不想要你。首先，我不喜欢你，也不喜欢你哥哥；其次，因为你们总想着可以毫无顾忌地得到一切，对人没有任何敬意。”

米凯莱没马上做出反应，他嘀咕了一句奶嘴的事儿，说：

“给他吧，别让他哭了。”然后他阴着脸说：

“你好好想想吧，莉娜，可能明天你就会后悔，你就会来求我。”

“不会的。”

“是吗？那你听我说。”

他告诉了她一件所有人都知道的事情，他说：你母亲、你父亲，还有你那混蛋哥哥都知道，但是他们一个字都不说，就是为了想过安生日子，斯特凡诺找了艾达做情人，这已经有很长一段时间了，在你去伊斯基亚岛度假之前就已经开始了。“你在外面度假，”他对莉拉说，“她每天晚上都会去你家。”莉拉回来之后，他们俩消停了一段时间，后来他们又忍不住重新开始了，中间分手了一次。莉拉从城区消失的那段时间，他们又搞在了一起。最近，斯特凡诺在雷蒂费洛区租了一套房子，他们在那里见面。

“你相信我说的话吗？”

“相信。”

“然后呢？”

什么然后？她丈夫有一个情人，这个情人是艾达，这一点儿也没让她觉得不安，但是让她觉得荒谬的是，他来伊斯基亚岛接她时说的那些话，那些举动，她回想起了那些叫喊、殴打，还有离开的情景。她对米凯莱说：

“你真让我觉得恶心，你，还有斯特凡诺，你们所有人。”

- 101 -

莉拉忽然觉得自己是有理的那方，这让她平静了一些。那天晚上，她把小里诺放在床上，等着斯特凡诺回家。他是在后半夜回来的，看到莉拉坐在厨房桌子前。莉拉从书上抬起了目光，她说她知道了他和艾达的事情，她知道他们什么时候开始的，但她一点儿也不在乎："你是怎么对我的，我就怎么对你。"她是微笑着，一字一句地说的，然后对他重复说——她过去已经告诉过他几次，两次还是三次？小里诺不是他的儿子。最后她说，"你想做什么都可以，想跟谁睡觉都可以，但关键是——"她忽然叫喊道，"你再也不要碰我。"

我不知道她脑子里是怎么想的，也许她只是想把事情说清楚，或许她希望一切都爆发出来。她等着他说明一切，狠狠揍她一顿，把她从家里赶出去，或者强迫她——合法妻子，伺候他的情人。她已经做好了准备，带着那种傲慢的表情，就好像一个有钱人买什么都可以。但这时候，她没有听到任何解释的话，斯特凡诺没有宣布他们的婚姻已经结束了，他否认了这件事。他阴着脸，很平静地说，艾达只是肉食店里的一个售货员，外面传的谣言是没有根据的。他很气愤，他大声说，假如她再说一次关于他儿子的难听话，他就会把她杀了，小里诺简直和他是一个模子刻出来的，一模一样！所有人都这么说，她再怎么抹黑也没用。最后——这是一件最让人惊异的事情，他像前几次一样，向莉拉表达了他的爱，用了一样的话。他说他会一直爱她，因为莉拉是他的妻子，因为他们是在神父的面前结的婚，什么都不能把他们分开。当他过来要拥抱她时，被她推开了，他抓住了莉拉，一下把她抱起来，把她带到了卧室里，孩子的摇篮也在卧室里。他把她身上的衣服全撕了下来，强行进入了她的身体。她压抑住自己的哭声，小声地祈求他：孩子会醒的，会看到，听到我们的，求求你，我们去那边吧。

- 102 -

从那天晚上开始，莉拉失去了自己仅有的一点儿自由。斯特凡诺的表现越来越不可理喻了，他觉得既然妻子已经知道了他和艾达之间的关系，他就更加肆无忌惮了，他经常夜不归宿，每隔一个星期天，他就会和情人开车出去，那年八月他甚至和艾达一起出去度假，开着跑车到了斯德哥尔摩。艾达对别人说她去了都灵，她有一个表姐在菲亚特工厂上班，她去找这个表姐了。这时候，斯特凡诺的内心爆发了一种病态的嫉妒：他不愿意自己的妻子出门，他让莉拉通过电话买东西，假如莉拉推着孩子出去透气，在外面超过一个小时，他就会逼问她遇到了谁，和谁说了话，他一直在监视她，比任何时候都像一个丈夫。他好像害怕自己对莉拉的背叛使她有了背叛自己的理由，他在雷蒂费洛区和艾达幽会做的事情，会让他联想到莉拉和她的情人欢爱的细节，甚至比他的行为更过分。但另一方面，他又炫耀自己的情场得意，他不想因为妻子的不忠而显得可笑。

斯特凡诺并不是吃所有男人的醋，他内心有个等级，莉拉很快明白，他尤其是担心米凯莱，因为米凯莱处处都压制他，他落入了索拉拉兄弟的圈套，已经抬不起头了。莉拉从来都没说过那次米凯莱曾经试图吻她，提议让她做他的情人的事，但斯特凡诺已经感觉到了。他觉得米凯莱想要羞辱他，夺取他的妻子，这是要在生意上摧毁他的重要一步。但从另一个方面来说，正是生意上的这种关系，他觉得莉拉应该对米凯莱客气一些。结果是无论莉拉怎么做都不对，都会被丈夫指责。有时候，斯特凡诺会不停地逼问她：“你见到米凯莱了吗？你和他说话了吗？他有没有让你设计新鞋子？”有时候他会吼叫着：“你见到那个混蛋，连招呼都不能打，明白了吗？”他还会翻箱倒柜，想找出她不忠的证据。

她的处境变得更加艰难，先是因为帕斯卡莱的介入，后来是因为里诺。

帕斯卡莱自然是最后一个知道这件事情的，甚至是在莉拉之后：他的女朋友是斯特凡诺的情人。没人告诉他，他是自己亲眼看到的。九月的一个星期天的午后，他看见斯特凡诺和艾达从雷蒂费洛区一栋房子的大门里走了出来，勾肩搭背。艾达之前跟他说，她要和母亲梅丽娜去办一件什么事儿，所以不能和他见面。他自己老在外面，要么是工作，要么是参与政治活动，也没有太在意女朋友的这些托词。他看到他们一起出来，这让他感觉到一种可怕的痛苦，他的内心很复杂，他的第一反应是冲上去把这对奸夫淫妇干掉，但作为一个共产党员，他接受的教育阻止了他这么做。最近一段时间，帕斯卡莱已经成为了这个城区的共产党支部书记，在过去他会像和我们一起长大的男孩子一样，把我们都归为水性杨花的婊子，但现在他通过学习，阅读《统一报》和一些宣传册，并主持大家进行讨论，他觉得自己不能再那么做了，相反地，他努力地使自己相信：我们这些女人并不比男人逊色，我们也有自己的感情，也有我们的思想和自由。夹在愤怒和义理之间，他的内心非常混乱。第二天晚上他没有换工作服，脏兮兮地就跑去找艾达了，说他已经知道了。她一下子松了一口气，承认了自己的所作所为，她哭了，请求他的原谅。他问艾达这么做是不是为了钱，她说她很爱斯特凡诺，只有她知道他是一个好人，慷慨大方，而且很尊重人。最后的结果是，帕斯卡莱一拳砸在了卡普乔家的厨房墙壁上，哭着回家了，他的拳头的骨节生疼。之后，他和妹妹卡门说了一晚上话，他们都很痛苦，同病相怜，一个是因为艾达，另一个是因为恩佐，因为卡门没办法忘记他。

事情的确变得很糟糕，帕斯卡莱尽管被戴了绿帽子，但他决定捍卫艾达和莉拉的尊严。首先，他去找了斯特凡诺，委婉地对斯特凡诺说了一大串话，核心思想是他应该离开妻子，把他的情人艾达扶正；然后他去找了莉拉，说她不能任凭斯特凡诺践踏她作为妻子的权利，还有她作为女人的情感。有一天早上——早上六点半时，斯特凡诺在他出门上班前来找他，他和颜悦色，要给帕斯卡莱一笔钱，让他不要再搅扰他、他妻子和艾达。帕斯卡莱接过了钱，数了数，他把钱撒向空中说：我从小就开始工作，我不需要你的钱。然后就好像抱歉不能奉陪一样，他说他要走了，如果上班晚了，他会被开除的。帕斯卡莱已经走出很远了，好像又想起了一件事情，他转过身，对正弯着腰在地上捡钱的斯特凡诺喊道：你比你父亲那个法西斯猪猡还要糟糕！他们一下子就打了起来。那是非常可怕的情景，如果不是有人把他们拉开了，一定会出人命。

里诺也开始滋事儿，他无法接受妹妹不再教育他儿子迪诺，让他变成一个聪明的孩子；他无法接受妹夫不仅不再给他一个子儿，而且还动手打了他；他无法接受斯特凡诺和艾达堂而皇之地在一起，让莉拉受辱。他采取的行动让人出乎意料，他看到斯特凡诺打莉拉，他也开始打皮诺奇娅；他看到斯特凡诺有一个情人，他也找了一个情人。总之，斯特凡诺怎么样对待他的妹妹，他就怎么对待斯特凡诺的妹妹。

这让皮诺奇娅陷入了绝境：她哭了又哭，恳求了又恳求，求里诺不要再这样，但没有用。里诺让他母亲农齐亚也感到害怕。皮诺奇娅一开口，里诺就会失去理智，开始嚷嚷：我不能这样？我要安静下来？那你去找你哥哥，让他离开艾达，让他尊重莉娜，我们应该是一个团结的家庭，他和索拉拉应该把过去和现在该给我的钱给我。结果是，皮诺奇娅经常蓬头垢面地从家里跑出去，去肉食店找她哥哥，当着艾达和顾客的面哭诉。斯特凡诺把她拉到店铺后面，皮诺奇娅跟他列举了丈夫的要求，但最后却说："你什么也不要给那个混蛋，你马上去我家里把他杀了吧。"

- 103 -

我回那不勒斯过复活节时，当时的情况基本是这样的。我已经在比萨生活了两年半，我是一个成绩非常优异的学生，回那不勒斯过节对我来说变成了一种负担，我回家去，也只是为了避免和我父母发生冲突，尤其是和我母亲。火车刚一驶进那不勒斯，我就开始焦虑，我担心会发生什么意外的情况，使我在假期结束时无法回到比萨师范，比如说生一场大病，让我不得不住院，或者发生其他可怕的事情使我不得不终止学业，因为我的家庭需要我。

我回到家里没几个小时，我母亲就毫不留情地跟我讲完了发生在莉拉、斯特凡诺、艾达、帕斯卡莱，还有里诺身上的那些乱七八糟的事情，她还提到那个鞋作坊快要关门了，说他们以前多么有钱，鼻孔朝天，第一年买跑车，第二年却不得不砸锅卖铁，还欠了索拉拉太太的高利贷，再也张狂不起来了。就在她絮絮叨叨讲这些的间隙，她会停下来对我说："你的朋友莉拉当时都忘了自己是谁了，结婚时像个公主，大汽车，新房子，但你要比她好得多，漂亮得多。"说这些的时候，她做了一个自豪的表情，好像按捺不住自己的感情，然后递给我一个纸条，她当然已经看过了，虽然纸条是给我的：莉拉想见我，她邀请我第二天，也就是星期五，去她家吃午饭。

不止是莉拉邀请了我，实际上我那几天真的非常忙碌。因为没过多一会儿，帕斯卡莱就在院子里叫我，就好像我是从奥林匹亚圣山上下来的，而不是从我父母阴暗破旧的房子里走出来。他想对我表达他对于女性的看法，说他遭受的痛苦，他想知道我对他的态度有什么看法。同样的，在当天晚上，皮诺奇娅对里诺和莉拉的一肚子气，也对我发泄了一下。让我惊异的是，第二天早上，艾达也对我倾诉了她的负罪感和一肚子的怨气。

在他们三个人面前，我都用了一种平静克制的语气。我对帕斯卡莱说他应该保持冷静；我对皮诺奇娅说她首先要照顾好自己的孩子；我对艾达说，她应该搞清楚那是不是真爱。尽管我觉得我说的话都很肤浅，但我又不得不说。艾达的表现尤其使我感到好奇，当她和我说话时，我看着她，就好像她是一本书，她是那个疯寡妇梅丽娜的女儿，是安东尼奥的妹妹，我在她脸上能看到她母亲的痕迹，还有她哥哥的样子。她从小就没有父亲，要面对各种各样的危险，她习惯了吃苦。她在我们的楼里做清洁，她和梅丽娜一起洗了很多年的台阶，梅丽娜经常犯病。索拉拉兄弟在她很小的时候就把她拉上了汽车，我可以想象他们对她做了什么。我觉得她爱上斯特凡诺很正常，斯特凡诺算是一个文质彬彬的老板。她跟我说，她爱他，他们很相爱。“请你告诉莉娜，”她眼睛里充满了激情的光芒，“感情是左右不了的，假如莉娜是他的妻子，我就是愿意为斯特凡诺付出一切，已经为他付出一切的女人。一个男人想要的所有情感和关注，我都可以给他，我们很快还会有孩子，因此他是属于我的，不再属于她了。”

我明白，她要得到她所能得到的一切：斯特凡诺、肉食店、钱、房子和汽车。她要面对的这场战争，差不多是每个人都要面对的。那个时刻，她的脸色非常苍白，两只眼睛红通通的，我试着让她平静下来。她对我奉若神灵，心存感激，这让我很高兴，我用优雅的意大利语给她提建议，这些建议让帕斯卡莱、皮诺奇娅还有她似懂非懂。我带着一丝自嘲想，这就是历史考试、古典文学、教育学还有我训练自己做的那几千张读书卡片的作用：让他们平静几个小时。他们觉得我高高在上，不偏不倚，那些过激的情感和想法通过学习已经升华了。我接受了他们赋予我的角色，但我从来都不提自己内心的不安，还有我的大胆妄为，比如说在比萨的时候，我冒着很大的风险让弗朗科溜到我的房间里，或者我溜到他的房间里，我们单独在维西利亚度假，就像两个已婚夫妇一样生活在一起。我甚至为自己自豪。

但快到午饭的时候，我的那种愉悦变成了不安，我很不情愿地去了莉拉家里。我很担心，她一下子就能让一切恢复我们之前的情况，让我失去自信，让我觉得自己的选择是错的。我很害怕，怕她在小里诺身上指出尼诺的特征，怕她提醒我：那个本属于我的“玩具”，却注定成了她的。但当时的事情并不是这样的，她的儿子马上让我心软了。那是一个非常漂亮的孩子，栗色头发，从他脸上、身上还看不出尼诺的痕迹，他长得很像莉拉，甚至像斯特凡诺，就好像是他们三个一起生的。我觉得莉拉比之前任何时候都要虚弱，她一看到我，眼睛里就冒出了泪花，整个身体都在发抖，我不得不紧紧拥抱着她，让她安静下来。

我发现，为了不在我面前丢脸，她匆匆梳了头，匆忙地涂了一些口红，还穿了一件珍珠灰的裙子，那是她订婚时买的，脚上穿了一双有跟的鞋子。她还是很美，但看上去就好像她脸上的骨头变大了，眼睛变小了，皮肤下涌动的不再是鲜血，而是一种暗色的液体。她非常瘦，我拥抱她的时候，只能感觉到骨头，那件贴身的裙子让她有些肿胀的腹部很明显。

刚开始，她假装一切都很好。我对孩子表现出来的热情让她很高兴，她喜欢我和孩子玩儿，她想给我展示她儿子会说的话，会做的事儿。她很焦急地跟我讲了她在书上看到的育儿方法，那是一种我在她身上从来没有见过的迫切，她跟我说了一些我从来都没有听说过的名字，她强迫儿子做一些她设计的练习。我注意到她现在有一种神经质的反应，那是她嘴部的一个表情：忽然张开嘴巴，然后紧紧抿住嘴唇，就好像为了控制自己的情绪。通常这个表情伴随着眼睛发红，还有嘴唇的收缩，像一个自然反应，把一切都按捺下去，压制在脑子深处。她跟我说了好几次：假如能把这种方式用在城区所有孩子身上，那下一代就会截然不同了，就不会存在好孩子和坏孩子，能干和不能干的差别。最后她看着孩子，忽然哭了起来。"他把我的书撕了。"她流着眼泪说，就好像这是小孩子干的，她给我看了那些被撕成了两半的书。我后来才搞清楚，书不是小孩撕的，而是她丈夫把书撕了。"他现在养成了翻我东西的习惯，"她嘀咕着说，"他不想我有任何思想，他一旦发现我藏着什么东西，即使是最无关紧要的东西，也会打我。"这时候，她从卧室衣柜上面拿了一个金属盒子，交给我说："这些本子里记着我和尼诺的所有事情，我脑子里的想法，还有这些年我们从来都没有谈过的一些事情。你把这些本子带走吧，我很害怕他会找到它，看到里面写的东西，我不想让他看到，这不是写给他的，也不是写给你的，不是写给任何人的东西。"

- 104 -

我很不情愿地拿走了盒子，琢磨我要把这个盒子放在哪里，我拿这个做什么？我们坐在桌子前吃饭。让我惊异的是，小里诺已经会自己吃饭了，他用一套木头餐具吃饭。经过刚开始的羞怯之后，他竟然能用很清晰的意大利语跟我说话，也能准确地回答我的问题，他还问了我一些问题。莉拉让我和她儿子交谈，她几乎什么都没有吃，只是出神地看着盘子。当我要离开时，她对我说：

“我一点儿都想不起来尼诺了，还有在伊斯基亚岛和马尔蒂里广场上的商店里发生的事情，虽然我感觉我爱他超过爱我自己，但我不想知道在他身上到底发生了什么事情，他去了哪里。”

我想她是真诚的，但我没告诉她我所知道的关于尼诺的事情。

“这是一时冲动，”我随口说，“这也有一个好处，就是过一阵子，你就忘了。”

“你幸福吗？”

“还可以。”

“你的头发真漂亮。”

“还行。”

“你要再帮我一个忙。”

“说吧。”

“在斯特凡诺一时冲动，把我和孩子杀了之前，我要离开这个家。”

“你这么说，真让我担忧。”

“对不起，我不应该这么说。”

“告诉我，我可以做什么。”

“你去找恩佐，你告诉他我已经试过了，但我做不到。”

“我不明白。”

“你明不明白不要紧。你要回到比萨了，你有自己的生活。你就这样告诉他：莉娜试过了，但她做不到。”

她抱着孩子陪我走到门口。她对儿子说：

“里诺，跟莱农阿姨说再见。”

孩子笑着对我挥了挥手。

- 105 -

在回比萨之前，我去找了恩佐，我对他说：莉娜让我告诉你，她尝试了，但她做不到。他脸上没有任何表情，我想这个消息可能让他觉得无所谓。“她现在处境非常糟糕，”我补充说，“但我也不知道怎么帮她才好。”他抿了一下嘴唇，表情很沉重，然后我们就告别了。

在火车上，我打开了那只金属盒子，盒子里有八本笔记本——尽管我发誓说我不会打开——我读了起来，刚开始的几行字就让我非常痛苦。回到比萨后，我一天比一天难过，这种状况持续了好几个月。莉拉写的每个字都让我觉得自己很渺小，每一个句子，包括她小时候写的文字，都让我觉得我之前还有现在写的东西一文不值，同时，她写的每页内容都会激发我的联想，我的思想。到那时候为止，我写的东西都显示出：我一直是一个懵懵懂懂的书呆子。到最后，她的那些笔记本我甚至都能背下来了，我觉得那些欣赏我的男女同学，还有老师对我的激励和赞许，以及整个比萨高等师范都显得那么黯淡无光。

假如把我的生活和莉拉在城区里动荡的生活进行对比，过去我所做的一切都好像失去了意义。她匆忙记在那些破烂、散开的本子上的事情，她面对的是一个惊心动魄的世界；而我生活在一个安稳的世界里，一座象牙塔之中，一切都可以被预见到。我感到很忧虑，有好几个月，我都没有办法好好学习。我当时是一个人生活，因为弗朗科·马里已经被学校开除了，我感觉自己一无是处，悲观到了极点。终于我意识到，假如继续这样下去，我也会考一个很糟糕的成绩，被开除回家。最后，在一个深秋的午后，我带着那只金属盒子走出了房门，但当时我并没有想清楚我到底要去哪儿，到底要怎么办。我在索尔费里诺桥上停了下来，我把那盒子丢进了阿尔诺河。

- 106 -

在比萨的最后一年，让我彻底改变了对前三年的看法——我不再喜欢这个城市，还有那些男同学、女同学、教授和考试，我不喜欢这里寒冷的天气，我对于那些在温暖的夜晚，在洗礼堂下举行的政治会议，以及电影俱乐部放的电影都失去了兴趣。整个城市都变得死气沉沉：提巴诺楼、阿尔诺河、五月二十六日大街、圣弗莱蒂阿诺大街、骑士广场、圣劳伦佐街。街道还是那些街道，尽管街上的面包师傅和我打招呼，尽管卖报纸的人和我谈论天气，但我依旧是个外人，我努力模仿的口音还是那么陌生，石头建筑、树木、云彩、天空还有路标的颜色，一切都让我觉得陌生。

虽然，在看了那些笔记之后，在把那个装着笔记的盒子扔掉之前，我已经从那些文字里走出来了，但我依然无法确认，我那些糟糕的情绪是不是因为莉拉的那些笔记。我经过了初到这个城市所经受的冲击，那就像要面对一场激烈的斗争，我经过了每场考试不安的心跳，还有每次都考满分的喜悦，我纠正自己的声音、动作还有穿衣服和走路的方式，就好像我参加了一个演戏比赛，看谁演得好。那张面具戴久了，差不多已经成了我的脸。

忽然间，我意识到了那种"差不多"的感觉。我做到了吗？我差不多做到了。我摆脱了那不勒斯，摆脱了那个破败的城区了吗？我差不多摆脱了。我有新的朋友了吗？男女都有，他们都来自知识分子家庭，比加利亚尼老师和她的孩子们还要有文化？差不多吧。经过一场又一场的考试，我获得老师的欣赏了吗？包括那些最严厉的老师？差不多。在这些"差不多"的背后，我看到了事情的真相，我感觉到了恐惧。我的恐惧就像我第一天来到比萨时的感觉，我害怕那些真正有文化的人，那些从容自在的人。

在比萨高等师范，这样的人很多，他们不仅仅是拉丁语、希腊语或者历史考试成绩好的人。他们都很年轻，几乎都是男生，他们就像著名教授，还有那些上过这所大学的名人一样，出类拔萃，因为他们知道自己努力的方向，他们的学习目的很明确。通过他们的家庭，或者他们明确的研究方向，就可以看到这一点。他们知道如何办一份报纸或者杂志，他们知道如何经营一家出版社，他们知道电视或者电台演播是如何操作的，他们知道怎么拍电影，他们知道大学老师的等级，知道在城市、乡村，在阿尔卑斯山那边，在大海的那边有什么。他们认识那些重要人物，他们知道应该欣赏什么人，应该鄙视什么人，但我却什么都不知道，对我来说，任何一个人，只要他的名字出现在报纸上或者一本书上，他都宛若神明。假如有一个人带着欣赏或是敌意的语气对我说：那是提兹奥，那是卡伊奥的儿子，那是森布尼奥的儿子，我都沉默不语，或者假装知道他在说什么。我猜那都是些非常重要的姓氏，虽然我从来都没有听说过，我不知道他们做了什么重要的事情，我对那些名流一无所知。比如说，我准备得非常充分去考试，但假如教授忽然问我："您知不知道，我是引用了哪些权威著作来讲授这门课程的？"我通常都不知道如何回答，但其他人都知道。因此我在他们中间，总是担心说错话，做错事。

当弗朗科·马里爱上我时，我那种战战兢兢的心情有所减轻。他对我进行再教育，我逐渐习惯了做他的附庸。弗朗科是一个很快乐的人，他对别人很关注，但他很不羁，也很大胆，自信，他觉得自己读对了书，有着正确的立场，他总是用一种权威的语气说话。而我，很少在公开场合说话，我只在私下里表达自己的想法，我总是依仗弗朗科·马里的权威。我后来很厉害，或者说我变得很厉害。在弗朗科·马里的影响下，我甚至可以比他更放肆，有时候更有说服力。尽管我进步很大，但我还是担心自己不够出色，担心自己说错话，担心别人发现了我的无知，担心自己不知道众所周知的事儿。当弗朗科从我的生活中消失之后，恐惧又一次占了上风，而且我证实了一件我本来就心知肚明的事情：他的富裕、良好的教养，在学生中他作为左派代表人物的声望，他的社交广泛，甚至他对校内外权威人物进行批判时的勇气，让他无论走到哪里都自带光环，我作为他的女朋友或者说伴侣，这种光环自然而然也折射到了我身上，几乎可以说，单是他爱我这件事，就公开证明了我的能力，但他被学校开除了之后，从那时候起，我的形象也开始褪色，同学们不再围着我转了：那些出身很好的同学周末不再邀请我和他们一起出行，或者参加聚会，甚至有人又开始嘲笑我的那不勒斯口音。弗朗科过去送给我的那些衣服也过时了，在我的身上变旧。我很快明白，弗朗科出现在我的生命中，掩盖了我的真实处境，但并没有改变它，我还是无法真正融入到这个环境中。我是那种日日夜夜都在努力学习的人，那种成绩很好的学生，受到同学的欣赏和认可，但我永远都不可能达到一种真正的高水平。我一直都会很害怕：害怕说错话，害怕语调太高，害怕衣服穿得不得体，害怕表现得猥琐，害怕自己没有真正的思想。

- 107 -

不得不说，那段时间里我的压抑，还另有原因。所有人都知道，我晚上到过在骑士广场上弗朗科的房间，我和他单独去了巴黎，去了维西利亚，大家觉得我是一个轻浮的女生。我是接受了性解放思想，但我为此付出的代价真是一言难尽。弗朗科是性解放的热烈拥护者，我极力掩藏自己的传统，想在他面前表现得很开放，对他没有成见。我不能到处宣扬他像福音书一样传递给我的思想——他说那些假正经的女人是最糟糕的，那些小资产阶级家庭出身的姑娘，宁可把屁股奉献出去，也不愿意做该做的事情；我也不能跟他们说，我在那不勒斯有一个朋友，她在十六岁就已经结婚了，在十八岁有了一个情人，怀上情人的孩子，后来回到了丈夫身边，谁知道她还会做出什么事情。总之，我觉得我和弗朗科上床，这和莉拉动荡的生活相比，简直不算什么事儿。我不得不忍受女生们含沙射影的话，还有那些男生让人作呕的调戏，以及他们停留在我丰满的胸脯上的目光，我不得不义正词严地推开那些站在我面前，公然说要取代我前男友的人，遭到我拒绝之后，那些男生会用非常粗俗的话攻击我，我不得不忍气吞声。我咬着牙向前走，我告诉自己：这一切都会结束！

一天下午，在圣弗莱蒂阿诺路上的一家咖啡馆，我和两个女生正要从咖啡馆出去，一个曾被我拒绝的男生，当着很多学生的面，一脸严肃地对我喊："那不勒斯！别忘了把我落在你房间的毛衣带给我。"身后一片哄笑声，我出去了，没有接茬。但是我很快发现有一个男生跟了上来，在上课时我已经注意到他了，他的样子很怪，既不像尼诺那种阴郁的年轻学者，也不像弗朗科那种开朗的男生。他戴着眼镜，非常害羞，身体有些笨重，走路有些八字脚。他一直跟我走到了大学，最后终于叫了我：

"格雷科。"

无论他是谁，但他知道我的名字，出于礼貌，我停了下来。那个男生做了自我介绍：彼得罗·艾罗塔。然后他说了一些语无伦次的话，说他为他的那些同伴感到脸红，他没能捍卫我，他痛恨他自己的胆怯。

"捍卫什么？"我用带着讽刺的语气说，但同时也觉得很诧异，一个像他那样的男生，弯腰驼背，戴着一副厚厚的眼镜，还有很搞笑的发型，脸上的表情一本正经，一口的学生腔，他居然觉得自己应该像我们城区的那些小伙子，像法国圣殿骑士一样捍卫我。

"捍卫你的声誉。"

"我没有好声誉。"

他嘀咕了一句什么，我觉得是夹杂着道歉的告别，他走了。

第二天我找了他，上课时我开始坐在他旁边，我们一起散步。他让我很惊讶：他像我一样已经开始准备写论文了，和我一样，他写的也是古罗马文学，但和我不同的是，他不说我的"论文"，而是我的"研究"，有一两次他甚至不小心说那是他的"书"，他正在完成一本书，在毕业之后马上就会出版的书。研究？书？他在说什么？尽管他才二十二岁，但是他的语气很庄重，他引经据典，表现得他好像在师范学院，或者别的什么大学已经有了自己的职位。

"你真的要出版你的论文？"我觉得难以置信，有一次我问他。

他用同样不解的目光看着我说："假如写得好，为什么不能呢？"

"所有写得好的论文都会出版吗？"

"为什么不呢。"

他在研究酒神崇拜，我研究的是《埃涅阿斯纪》的第四卷。

我小声嘀咕了一句：

"可能酒神要比狄多女王有意思。"

"假如你知道怎么研究的话，所有主题都有意思。"

我们从来都不谈论日常生活的事情，也没有谈到美国人可能会把核武器交到联邦德国手里，我们也没有谈论费里尼和安东尼奥尼谁更好的问题。我们没有谈论任何之前我习惯和弗朗科谈论的那些事情，我们只谈论古罗马文学和希腊文学。彼得罗的记忆力惊人：他能把不同文本里的东西信手拈来，就好像这些作品就在他的眼皮底下，但他从来都不会卖弄学问，也不会表现得很自负，我们在一起交谈，就好像是两个学习古罗马文学的人在随便交流。我越和他来往，就越发现他非常出色。我觉得自己永远都不可能像他那么出色，因为在那些我小心翼翼，担心说错丢脸的领域，他却从容自如，表现得深思熟虑，从来都不会信口胡说。

我和他出去走了两三次，经过意大利路，或者从教堂走到公墓，我看到自己的处境又一次发生了变化。一天早上，一个我认识的女生用一种夹杂着愤恨和嫉妒的语气对我说：

“你对那些男生都做了些什么？你居然征服了艾罗塔的儿子。”

我根本不知道彼得罗的父亲是谁，但是我所有的同学提到这个名字的时候都带着敬意，于是我又开始被邀请参加聚会，或者去馆子聚餐。我甚至怀疑，他们邀请我是为了让我也叫上彼得罗，因为他通常都一个人独来独往，忙自己的事情，对集体活动毫无热情。我向周围的人打听，才渐渐明白了我的新朋友的父亲是什么样的权威人物——他在热内亚大学教授古希腊文学，也是一个社会党的要人。得到这个消息之后，在彼得罗的面前，我变得不再那么活跃，因为我害怕自己会说错话，或者过去已经说错话了。当他继续说着自己的论文（论著）的时候，我担心会因为说错话而丢脸，我越来越少说到我的论文。

一个星期天，他气喘吁吁地跑到我的宿舍来找我，想让我和他家人吃饭。他说他父亲、母亲还有姐姐会来大学找他。我马上变得非常不安起来，我想尽量把自己打扮得漂亮一些。我想：在他们面前，我也许会说错虚拟式，我也许会笨手笨脚，他们都是阔人，会有一辆大汽车，还有私人司机。我会说什么呢？我一定会呆若木鸡。但一看到他们，我就平静下来了。艾罗塔教授中等身材，他穿了一件皱巴巴的灰色衣服，脸很宽，满脸疲惫，戴着一副大眼镜，当他摘掉帽子时，我看到他的头顶已经全秃了。他的妻子阿黛尔是一个很瘦的女人，不是很漂亮，但很优雅精致，服饰一点儿也不夸张。他们的汽车和索拉拉兄弟买跑车之前开的那辆“菲亚特1100”一模一样，我发现，车子不是司机从热内亚一路开过来的，而是马丽娅罗莎——彼得罗的姐姐开过来的，她很漂亮，眼睛看起来很聪慧，她马上拥抱了我，亲了我的脸颊，就好像我们已经认识很久了。

“你一直从热内亚开到这里？”我问她。

“是的，我喜欢开车。”

“驾照很难考吗？”

“一点儿也不难。”

她二十四岁，已经在米兰大学教授艺术史了，她研究皮耶罗·德拉·弗朗切斯科。她知道关于我的所有事情，也就是说，她弟弟知道的事儿——我的研究兴趣，她知道，艾罗塔教授和他的妻子阿黛尔当然也知道。

我和他们度过了一个非常美好的早上，他们让我感到很自在。他们和彼得罗不同，我和他父亲、母亲还有姐姐谈论的内容非常广泛。我们在他们住的宾馆餐厅里吃午饭，艾罗塔教授和他的女儿，就一些政治问题进行了调侃和辩论，这些问题我从帕斯卡莱、尼诺，还有弗朗科那里听说过，但我实际上了解得很少，对有些事情甚至一无所知。他们会说出类似这样的话：“你们落入了阶级合作主义的陷阱，你们把这称之为‘陷阱’，我把这叫做‘调解’；这种调解只对天主教民主党人有束缚；中左派的政治很复杂，假如你们觉得它太复杂，可以回来继续做社会党；国家陷入了核危机，迫切地需要改革；你们什么事儿都不知道；你们站在我们的立场会怎么做？革命，革命，还是革命！革命可以把意大利带出中世纪。要不是我们社会党的执政，学生如果在学校里谈论性的问题，可能会被关起来，那些在街上发和平主义传单的人也可能会被关起来；想想看，你们怎么对待《北大西洋公约》的；我们是一贯反战的，反对所有形式的帝国主义；你们和天主教民主党党争，你们还能抗美吗？”

他们快言快语地说着这些话，兴致勃勃地辩论，这可能是他们一直以来养成的习惯。在这对父女身上，我看到了我从来没有过的体验，我永远都不可能有的体验。这种体验是什么呢？我一时也无法具体地说出来，那也许是一种因训练而得来的能力，让世界上的事情成为自己私事的能力；而我，也就是在考试中才能炫耀一下自己知道的信息，我总能考到一个好成绩，但这根本算不上是一种重要的能力，思维模式才是最重要的，不仅仅是把每件事情都缩小为个体的战争，还有自我的表现。马丽娅罗莎很友好，她父亲也一样；他们俩讲话都很严谨，一点都没有加利亚尼的儿子阿尔曼多或者是尼诺身上的那种言过其实；而且，他们在谈论政治问题时，语气里充满了热情，而我在其他场合听人们谈论政治的时候，我都会觉得那些谈话冷冰冰的，只是为了炫耀，和我没有什么关系。现在，他们俩你一句我一句，唇枪舌剑，没有前后联系地谈起了对越南北部的轰炸，这个大学那个大学的学生运动，非洲和拉丁美洲的成千上万个反帝国主义策源地。女儿好像比父亲更了解情况，马丽娅罗莎知道的事儿可真多，她说话的时候好像总是掌握了第一手资料。后来，艾罗塔用一种责怪的眼神看了看他的妻子，阿黛尔对女儿说：

“你是唯一一个没有选甜食的人。”

“我要一份巧克力蛋糕。”她马上停止了长篇大论，做了一个可爱的鬼脸。

我用崇拜的目光看着她，她会开车，她生活在米兰，在大学教书，她毫不羞怯地和父亲进行争论。我呢？我害怕得不敢开口，同时我又为我的沉默感到羞愧。我后来忍不住大声地说了一句：

“在广岛和长崎事件之后，美国人应该作为反人类罪犯，被送上军事法庭。”

一阵沉默。全家人的目光都落在了我身上，马丽娅罗莎说我说得好，然后伸过手来握了握我的手。我备受鼓舞，就接着说了一些我道听途说的事情。我谈到了计划经济、社会党和天主教民主党的波折，谈到革命、非洲、亚洲、幼儿园、皮亚杰、新资本主义、法官和警察的纵容，国家机构里残留的法西斯分子。我说得乱七八糟，毫无头绪。我的心跳得很快，我忘记了我是谁，我在哪里。我感觉到我周围的气氛很友好，大家都很赞同我的话，我很高兴表达了自己的想法，我觉得很有面子。尤其让我高兴的是，这个可爱的家庭中，没有任何人问我，就像通常人们会问的：我从哪里来，我父亲做什么，我母亲做什么。我就是我，我是我，家庭是家庭。

整个下午我都和他们聊天。黄昏的时候，我们在吃饭之前一起散步，每走几步，艾罗塔教授就会遇到一个他认识的人，他们会停下来，热情地和对方打招呼，他们还遇到了两个大学教授和他们的妻子。

- 108 -

但到了第二天，我已经开始觉得难受。我和彼得罗的父母度过的时光，更进一步证明了我在比萨高等师范度过的时光是白费气力。成绩好是不够的，还需要其他东西，我没有那些东西，我没有学会。真是太羞耻了！我那些激动混乱的话语没有逻辑，也没有节奏，一点儿也不像马丽娅罗莎、阿黛尔、彼得罗的话那样，严密又舒缓有致。我拿出了那种学究抠字眼的方式，通过考试，或者通过我正在写的论文得到了展示。但实际上，我表现得过于天真，过于轻率，我不像他们一样拥有盔甲，可以自在地向前走。艾罗塔教授宛若神明，在战斗之前，他给了他的孩子们有魔法的武器。马丽娅罗莎是战无不胜的，彼得罗在学问上也是没的说。我呢？我只能待在他们的身边，映射着他们的光芒。

我越来越担心会失去彼得罗，我去找他，缠着他，我对他产生了感情，我一直都等着他对我表白。有一天晚上，我吻了他，吻在他的脸颊上，他终于回吻了我的嘴唇。我们开始在一些比较隐蔽的地方见面，在晚上出去，等着天黑一点儿，我抚摸他，他抚摸我，但他从来都不愿意进入我。我觉得好像回到了和安东尼奥在一起的那个阶段，尽管他们之间的差别很大。晚上和艾罗塔的儿子出去让我很激动，我可以从他身上获取力量。

时不时地，我想找一部公共电话，给莉拉打过去。我想告诉她，我现在有了一个新男朋友，几乎可以确信，我们的毕业论文会出版，会变成书，就像真正的书一样有封面、标题和作者的名字。我想告诉她，我们俩都有可能在大学教书，他姐姐马丽娅罗莎只有二十四岁，就已经在大学教书了。我还想告诉她：莉拉，你说得对，假如从小学会一些东西，长大就会在各个方面都很从容，就像生来就会一样，但最后我放弃了。为什么给她打电话呢？就是为了默默地听发生在她身上的事情吗？假如她听我说，我会告诉她什么事情呢？我很清楚地知道，发生在彼得罗身上的事情，永远也不可能发生在我的身上。尤其是我知道，他会像弗朗科一样从我的生活中消失。无论如何，这样结束也不错，因为我不爱他，我们俩在黑暗的小胡同里，在草地上一起待着，只是为了不那么害怕。

- 109 -

一九六六年圣诞节假期前夕，我得了一场非常严重的感冒。我给父母家的一个邻居打了电话——在我们的老城区里，终于有人装电话了，我让她告诉我父母，圣诞节我回不去。接下来的几天，我开始发高烧，不停地咳嗽，宿舍的人越来越少了，越来越安静。我什么都吃不下，也喝不下东西。有一天早上，我正精疲力竭、半睡半醒地躺在床上，我听到有人很大声地说话，说的是我们那里的方言，就像城区里那些通过窗子对骂的女人。我听到了我母亲的脚步声，那是我无比熟悉、刻在我脑海里的声音，她没有敲门直接打开门，拎着一大堆包就闯了进来。

这简直不可思议，她几乎没有离开过我们的城区，最多也就是去那不勒斯城里。就我所知，她从来都没有去过那不勒斯之外的地方，虽然如此，她还是坐了一晚上火车，给我带来了提前准备好的圣诞食物，是她专门为我做的。她说话粗声粗气，好像要命令我马上康复，好像会有奇迹出现，让我跟她晚上一起出发回那不勒斯，因为她要马上回去，家里还有我父亲还有其他孩子。

她一边大声嚷嚷着，一边移动房间里的东西，搬东西的时候一点儿也不小心，我担心宿舍的负责人会过来阻止。除了发烧，我还要忍受她，我感觉自己要晕过去了。我闭上了眼睛，希望自己陷入那种晕乎乎的黑暗之中，而她不会跟上来，但没有什么事情可以阻止她，她一直在房间里走来走去，霸道又热心。她跟我说了我父亲、我的弟弟妹妹，还有我们的邻居的情况，当然，还有卡门、艾达、吉耀拉和莉拉的事儿。

我尽量不听她说什么，但她一个劲儿说："你不知道她做了什么！不知道发生了什么事情！"她总是会过来摇晃我的胳膊或被子里的一只脚。我发现，生病使我变得非常脆弱，在这种状态下我要比平时更加敏感，尤其是对那些平时我就受不了的事情。我很恼火，因为她一直絮絮叨叨地在说我的那些同龄朋友们都在做什么，和我相比，她们都很失败。"别说了。"我小声说。但她根本不管，她不停地重复着："你呢，你和她们不一样！"

最让我觉得难受的是，我感觉到，在她作为母亲的自豪后面，隐藏着一种恐惧，就是事情随时都在变化之中，她怕我会失去自己的优势，让她再没有炫耀的资本。她一点都不相信这个世界的稳定性。因此她强迫我吃东西，给我擦汗，让我量了不知道多少回体温。她是怕我死了，她就会失去一个战利品吗？她害怕假如她不是那么强有力，如果她做出让步，假如她没有打起精神，她就不得不灰溜溜地回到城区吗？她不停地和我谈到莉拉，她强调了那么多次，我忽然意识到，她一直都非常在意莉拉，从莉拉小时候起就非常在意她。我想，就连我母亲也意识到：莉拉要比我强，现在我把莉拉甩在身后了，这让她觉得很自豪。但她忐忑不安，她害怕自己失去作为整个城区最幸运的母亲的位置。看看她真是争强好胜！看看她有多骄傲！我能觉察到围绕着我的能量。我想，她的瘸腿让她的生活比别人更艰难，需要付出更多的努力，这让她在家里家外，都表现出一种异乎寻常的残暴。我的父亲是个什么样的人呢？一个非常软弱的小男人，他已经习惯于低三下四，他小心翼翼地伸出手去，就是为了得到一点儿小费。他无法突破任何障碍，进到这栋管理森严的楼里，但是我母亲做到了。

她走了之后，房间里寂静下来了，我松了一口气，因为发烧的缘故，我还觉得很感动。我想象着她独自一个人向人问路，到火车站怎么走，拖着一条有毛病的腿，独自在这个陌生的城市里行走。她不会花钱坐公共汽车，她一直都很小心，绝不会浪费一分钱。但是她一样能做到：她会买到正确的车票，坐上正确的火车，整个晚上都坐在非常不舒服的座位上，或者站着一直到那不勒斯，到了那不勒斯，她还要走很长一段路。她会一口气走到我们的城区，然后又接着擦洗家里，做饭，把大鳗鱼切碎，她会准备一大盘沙拉，还有鸡汤，鸡蛋蜜糕。在她的脑子里，总是想着一件让她觉得慰藉的事：莱农要比吉耀拉、卡门、艾达、莉娜，比所有姑娘都有出息。

- 110 -

按照我母亲的说法，因为吉耀拉的缘故，莉拉的处境变得更加艰难了。所有一切都开始于四月的一个星期天，甜点师傅斯帕纽洛的女儿邀请艾达去教堂的电影院看电影。第二天晚上，店铺打烊了之后，吉耀拉去找了艾达，跟她说："你一个人在这儿做什么？你来我父母家里看电视吧，把梅丽娜也带过来吧。"事情总是一环套一环，她和她男朋友米凯莱·索拉拉晚上出去时，也会拖上她。他们经常五个人一起去吃披萨，吉耀拉、吉耀拉的弟弟雷洛、米凯莱、艾达和安东尼奥。披萨店在市中心的桑塔露琪亚区，米凯莱开车，吉耀拉打扮得花枝招展地坐在副驾驶座上，后面的位子上坐着雷洛、安东尼奥和艾达。

安东尼奥不愿意空闲时间也和他的老板在一起，开始，他和艾达说他有事儿，不能和他们一起吃饭。但是吉耀拉说，他的缺席会让米凯莱非常生气。他把头缩在肩膀里，从那之后，他开始听从命令。他们吃饭时，基本上都是两个姑娘在说话，米凯莱和安东尼奥几乎一句话都不说，而且索拉拉经常会离开他们，去和披萨店老板聊天，他们之间也有各种交易。吉耀拉的弟弟静静地吃着披萨，也很无聊。

两个姑娘最爱聊的主题是艾达和斯特凡诺之间的爱情，她们谈论斯特凡诺送给她的礼物，还有前一年八月，他们一起在斯德哥尔摩度过的愉快假期，艾达向可怜的帕斯卡莱说了多少谎；她们还爱聊在肉食店里，艾达现在是老板娘了。艾达说呀说，越说越激动。吉耀拉在那里听她说，时不时会插一句：

“假如可能的话，教堂应该可以取消婚姻。”

艾达马上不说话了，她皱着眉头说：

“我知道，但太难了。”

“很难，但也不是没有可能，需要去找圣轮法庭。”

“那是什么？”

“具体的我不了解，但圣轮法庭可以摆平所有事儿。”

“你确信？”

“我读到过。”

这种意外的友谊让艾达觉得很幸福，一直到那个时候为止，她一直默不作声，因为发生的事情让她很害怕，同时也有很多顾虑。现在她发现，谈论这件事情让她心里舒服多了，让她觉得理直气壮，负罪感也消失了。让她不自在的是她哥哥对她的敌意，实际上他们每次回家都要吵一架。有时候，安东尼奥简直要扇她耳刮子，他大声地说：

“你他妈为什么要把你的烂事儿告诉所有人？你有没有意识到，你简直就像个婊子，你让我也成了个拉皮条的！”

她用一种她能做到的、最令人生厌的语气说：

“你知道为什么米凯莱·索拉拉要和我们一起吃晚饭？”

“因为他是我老板。”

“这也是一个原因。”

“那还为什么？”

“因为我和斯特凡诺在一起，他是一个重要人物，假如我等着你出息，梅丽娜的女儿还一直都是梅丽娜的女儿。”

安东尼奥失去了耐性，对她说：

“你不是和斯特凡诺在一起，你是斯特凡诺的姘头。”

艾达哭了起来。

“不是真的，斯特凡诺只爱我。”

有一天晚上，事情变得更加糟糕。他们在家里，已经吃完了晚饭。艾达在洗盘子，安东尼奥直愣愣地看着前方，他们的母亲一边哼唱着一首老歌，一边在起劲儿地打扫着地板。后来梅丽娜不小心用扫帚碰到了女儿的脚，这引发了一连串可怕的反应。当时有一种迷信的说法，我不知道现在还有没有，就是假如用扫帚扫过一个未婚姑娘的脚，这个姑娘就会嫁不出去。艾达好像忽然间看到了自己的未来，她向后跳了一下，就好像有一只蟑螂爬到了她脚上，她手上的盘子掉到了地上。

“你扫到我脚上了。”她冲着母亲喊道，她母亲吓得张大了嘴巴。

“她不是故意的。”安东尼奥说。

“她是故意的，你们都不愿意我结婚，让我伺候你们，你们想让我在这里待一辈子！”

梅丽娜一边尝试着去拥抱女儿，一边说不，不，不，但是艾达毫不客气地把她推开了，梅丽娜后退了几步，撞到了一把椅子，跌到了盘子的碎片上。

安东尼奥跑过去扶母亲站起来，但梅丽娜吓得大喊大叫起来，她害怕儿子，害怕女儿，害怕周围的一切。这时候，艾达却毫不相让，她叫喊得比母亲声音还大，她说：

“我要让你们看看，我会结婚的，很快会结婚的，莉娜假如不让开的话，我会让她让开，我会让她从这个世界上消失。”

安东尼奥摔门走了。这次他比平时更加绝望。在接下来的几天里，他极力想从这场悲剧中走出去，他尽量装聋作哑，尽量避免经过旧肉食店。假如他偶然遇到斯特凡诺，也会立刻扭头看向一边，他竭力克制着自己想揍他的冲动。他觉得头很疼，他不明白到底怎么做才是对的，怎么做是错的。他没有把莉拉交给米凯莱，他是不是做错了？假如莉拉没有回到她丈夫身边，他妹妹的处境是不是会发生变化？所有一切都是偶然发生的，他想着这一切都没有任何善，也没有任何恶。但在这时候，他的脑子很容易又卡壳了，就好像为了摆脱那些噩梦，他又开始和艾达吵架了。他对着妹妹喊：“那是一个已婚男人，他的孩子很小，你比我们的母亲还要糟糕，你根本就没脑子。”艾达就会跑去找吉耀拉倾诉，跟她说：“我哥哥疯了，我哥哥想把我杀了。”

就这样，有一天下午，米凯莱把安东尼奥叫去，让他去一趟德国，办一件比较棘手的事儿。安东尼奥没有推脱，相反，他很愉快地出发了，没和妹妹还有梅丽娜打招呼就走了。他想，在国外，那些人说话就像电影里的纳粹分子，他们肯定会用刀捅死他，用枪打死他，但是他很高兴。他觉得，这要比继续看着他母亲和妹妹受罪，但什么也做不了要强，他更乐意被杀死。

坐火车出发之前，他唯一想见的人是恩佐。他发现恩佐很忙，在那段时间里，他在变卖所有东西：驴子、小车、他母亲的小店铺、铁路边上的那片菜园子。他想把卖的钱给一个没有出嫁的姑姑，让姑姑照顾自己的几个弟弟妹妹。

“你怎么办？”安东尼奥问他。

“我要找一份工作。”

“你要改变你的生活？”

“是的。”

“你做得好。”

“我需要这么做。”

“我还是只能做以前的自己。”

“胡说！”

“就是这样，但是也好。我现在要走了，不知道什么时候才能回来，拜托你了，你能不能时不时去看看我母亲、我妹妹还有几个小孩？”

“如果我在城区，我会去看他们的。”

“我们都错了，恩佐，我们不应该把莉娜带回来。”

“也许是吧。”

“一切都一团糟，真不知道该怎么收场。”

“的确。”

“再见。”

“再见。”

他们连手都没有握。安东尼奥到了加里波第广场，坐上了火车。他经过了一场非常漫长、让人难以忍受的旅行，整天整夜，他感觉到各种气愤的声音在他的血管里流淌。仅仅几个小时之后，他就觉得非常疲惫，双脚发麻，自从退伍回来之后，他就没有出过远门。他时不时从火车上下去，在喷泉那里喝一点儿水，但他很担心火车开走。后来他跟我说，在佛罗伦萨的火车站，他觉得很难受，他想：我在这里停一下，我去找一下莱农。

- 111 -

安东尼奥走了之后，吉耀拉和艾达之间的关系更加密切了。吉耀拉跟梅丽娜的女儿建议说——那也是她想了很久的事儿了，不应该再傻等下去了，她应该逼斯特凡诺解决这个问题。“莉娜必须从那个家里出去，”她对艾达说，“你应该住进去，假如你等太长时间，一旦你的魅力消失了，你就会失去一切，包括在肉食店的工作，因为假如莉娜想重新获取自己的领地，她会要求斯特凡诺把你撵走。”吉耀拉最后甚至对艾达讲了自己的亲身经历，因为她当时和米凯莱也遇到了同样的问题。“假如我等着他娶我，”她小声说，“那我就会成老姑婆，我正在折腾他：要么在一九六八年春天之前结婚，要么我就离开他，去他妈的！”

就这样，艾达把斯特凡诺困在了一张网里，一方面是黏糊糊的情欲，让他觉得自己是一个很特别的男人。艾达会在他怀里低声说：“你要做出决定。斯特！要么跟我在一起，要么跟她。我说的不是你要把她和孩子赶到马路上，那是你的孩子，你有义务，但你可以像那些重要的人物或者演员一样，给她一点钱就行了。现在整个城区的人都知道，我才是你真正的妻子，我想一直一直和你在一起。”

在雷蒂费洛区那张很不舒服的小床上，斯特凡诺紧紧拥抱着艾达，对她说，好的。但他回到家里，除了冲着莉拉嚷嚷，一会儿是没干净的袜子穿，一会儿是他又看到莉拉和帕斯卡莱或者其他什么人说话了，他并没有采取什么行动。

这时候，艾达开始抓狂了。在一个星期天早上，她遇到了卡门，卡门带着怨气说她们在两个肉食店的待遇很不一样。说着说着，她们俩就开始说莉拉的坏话，因为各自不同的原因，她们都认为莉拉是她们不幸的根源。最后，艾达忍不住跟卡门讲了她的感情状况，她甚至忘了卡门是她前男友的妹妹。卡门已经迫不及待地想加入这种闲谈，她很享受地听着艾达的故事，她还时不时地火上浇油，提了一些建议，尽可能地伤害艾达，因为她背叛了帕斯卡莱，还会伤害到莉拉，因为莉拉背叛了她。但不得不说，除了满腹的怨气，她还感觉到一种兴致，因为她和这样一个有故事的女人来往，她小时候的玩伴，后来公然成了一个有妇之夫的情人。我们这个城区的女孩子，从小就想着嫁人，长大了之后，我们总是同情做别人情妇的女人，我们觉得这些女人都更让人激动，更加争强好胜，尤其是更时髦。从另一个方面来说，我们都希望那个男人的合法妻子会得一种很严重的病，然后死掉（通常这些合法妻子都是一些非常阴险，或者曾经背叛过丈夫的女人），最后情人就会被扶正，实现她爱的梦想，成为妻子。总之，我们习惯于站在情人这边，使后来的一切都合情合理。卡门尽管有些阴险，她的建议都是出于报复，最后她还是带着激情支持艾达的爱情。她有一天非常真诚、发自内心地对艾达说：“你不能继续这样下去了，你应该把那个烂女人赶走，和斯特凡诺结婚，生你们的孩子。你问问索拉拉兄弟，看他们认识不认识圣轮法庭的人。”

艾达马上就接受了卡门和吉耀拉的建议。有一天晚上，在披萨店里，她直接对米凯莱说：

“这个圣轮法庭，你能不能打通关系？”

他用一种戏谑的语气回答说：

“这我不知道，我可以问问，总是能找到一两个朋友的。但是，你现在拿着属于你的东西就好了，这是最要紧的事儿，其他的你不要太担心，假如有人要害你，你让他来找我。”

米凯莱的话对艾达来说非常重要，她觉得有人给她撑腰了，她一辈子从来都没有这样被支持和认可过。尽管吉耀拉在不停地鼓励着她，卡门也给了她一些建议，但一个非常重要、非常有权威的男性承诺会保护她，这让她觉得非常振奋。那次她很愤怒，因为在八月，斯特凡诺没有像之前那样带她出国旅行，而只是去了几次“海滨花园”，这都没能促使她下定决心。她需要一个真正的、具体的现实：她发现自己怀孕了。

艾达的身孕让她欣喜若狂，但她一直隐瞒这个消息，和斯特凡诺也没有说。有一天下午，她脱掉了白大褂，离开了肉食店，就好像出去喘一口气，她去了莉拉家里。

“发生了什么事儿？”卡拉奇太太打开门，很不安地问她。

艾达回答说：

“没有发生什么你不知道的事儿。”

她进到屋子里，当着孩子的面跟莉拉讲了所有事。她开始的时候心平气和，还谈到了一些演员和自行车运动员，还说到了一个著名自行车运动员的情妇，她自己就像那个情妇，但要更新潮一些。她提到圣轮法庭，她说到了教会和上帝，在某些情况下，假如爱情很强烈，他们可以宣布有些婚姻无效。莉拉一直默默听着，没有打断她的话，这是艾达始料未及的事儿。艾达希望她三言两句就把她惹毛了，然后两人打起来都行，艾达现在变得很焦虑，在屋子里走来走去。她开始说她经常来这所房子，她很熟悉这里，然后她就开始数落莉拉："看看这儿真恶心，脏盘子、灰尘、袜子和内裤丢在地上，那个可怜的男人不可能这样生活。"最后，她简直控制不住自己，她去把卧室地板上的脏衣服捡了起来，然后大声地说："从明天开始，我来收拾屋子。你连床都不会铺，你看看这里，斯特凡诺最烦把床单叠成这样，他跟我说，他已经跟你说了上千次，但都没有用。"这时候她忽然停了下来，觉得很混乱，然后低声说：

"你必须离开这里，莉娜！你不走的话，我会杀了你和孩子。"

莉拉只是说了一句：

"你现在的表现真和你母亲一样，艾达。"

这就是她说的话。我现在能想象她的声音：她从来都不会用煽情的声音说话，她应该是像往常一样，用那种带着冰冷的恶意，或者带着一种疏远的语气说出了这句话。很多年之后，她跟我说，她看到艾达在她家里表现出这种状态，让她回想起了梅丽娜，那个被抛弃的情人，还有萨拉托雷全家人离开城区时的情景，她仿佛看到了那个铁熨斗从窗口飞了出去，差点把尼诺砸死。那是漫长、痛苦的火焰，让她觉得很震撼，现在这种火焰在艾达胸中燃烧起来了，只是现在并不是萨拉托雷的妻子引起的火焰，而是她——莉拉自己。这是一个非常糟糕的、迷惑人眼的一幕，当时我们都没看清楚，但她可能明白是怎么回事。可能她并没有怀着愤恨，也没有带着通常她那种很伤人的决绝，而是感觉到一种苦涩和同情。她当时一定是拉着艾达的手说：

"你坐下吧，我去给你泡一杯甘菊茶。"

但这时候，莉拉说的每句话、每个字，尤其是最后的这种做法，让艾达觉得是一种凌辱。

她马上躲开了，翻着眼睛，眼白大得触目惊心。当她的眼珠恢复了正常，她开始叫喊起来：

“你是说我是个疯子？我和我母亲一样是个疯子？那你更要小心，莉娜。你不要碰我，你让开，你给自己泡甘菊茶去吧！现在让我把这恶心的屋子收拾一下。”

她扫地，擦地板，整理床铺，整个过程一句话都没说。

莉拉的目光一直在跟随着她，她很担心艾达的身体会像运动过快的东西一样破裂。她抱过孩子，出去了，她在新城区里转了很长时间，一直在对儿子说话，让他认识周围的东西，告诉他这些东西的名字，还编了一些童话给他听。但她这么做的时候，与其说是为了逗孩子，不如说是为了控制自己的不安。她远远地看见艾达从大门里出来了，急匆匆地走了，好像要晚点一样。她这才回家去了。

- 112 -

艾达回到上班的地方，她气喘吁吁、非常激动。斯特凡诺阴沉着脸，平静地问她：“你去哪儿了？”她当着那些等着买东西的顾客，回答说：“我去帮着收拾了一下你家，真是太龌龊了。”然后她对着柜台外面的人说：“床头柜上的灰尘那么厚，都可以写字了。”

斯特凡诺什么都没有说，这让那些顾客有些失望。后来到了打烊的时候，商店里已经没有人了，艾达擦洗打扫，总是用眼睛的余光看着情人。他没有什么特殊反应，还是在收银台那里算账，抽着烟味很冲的美国烟。最后他把烟屁股掐灭了，拿过杆子把卷帘门拉了下来，是从里面拉下来的。

“你要干什么？”艾达警惕地问。

“我们走后门。”

说完，他就狠狠打了她的脸，先是用手心，然后是用手背，她靠着柜台，才没晕过去。“你怎么敢去我家里呢？”他用一种压抑的声音说，因为他不想吼出来，“你怎么敢去搅扰我的妻子和儿子？”最后他感觉到自己的心脏快要炸了，他尽量平静下来，那是他第一次打她，他颤抖着低声说：“再也不要这么做了。”然后他离开了商店，让她一个人在那里流血。

第二天艾达没去上班，她被打得不成样子，她出现在莉拉的家里，莉拉看到她脸上的青印子，马上就让她进来了。

“给我泡一杯甘菊茶吧。”梅丽娜的女儿说。

莉拉给她泡了一杯。

“孩子真漂亮啊。”

“是的。”

“跟斯特凡诺长得一模一样。”

“不像。”

“眼睛很像，嘴也很像。”

“不像。”

“你要看书的话，你就去看吧，我来收拾屋子，照顾小孩。”

莉拉盯着她，几乎是用一种调侃的语气对她说：

“你想干什么就干什么，但不要碰我的孩子。”

“你不要担心，我不会伤害他的。”

艾达干起活来了：她收拾屋子，洗衣服，把衣服晒在太阳底下，做了午饭，做了晚饭。最后她停了下来。很入迷地看着莉拉和小孩玩儿。

“他几岁了？”

“两岁零四个月。”

“他还小，你太为难他了。”

“没有，他做他能做到的事儿。”

“我怀孕了。”

“你说什么？”

“真的，我怀孕了。”

“是斯特凡诺的？”

“当然啦。”

“他知道吗？”

“不知道。”

莉拉这时候明白，她的婚姻真的已经解体了，但就像她生命中的其他时刻，她察觉到一些非常重大的变化，她既不觉得懊恼，也不觉得担心和不安。斯特凡诺回到家里，看到妻子在客厅里读书，艾达和孩子在厨房玩耍，整个屋子干干净净、熠熠生辉，弥漫着晚餐的香味。他意识到他的那一顿痛殴没有起到作用，他的脸变得苍白，喘不上气来。

“你走吧。”他低声对艾达说。

“我不走！”

“你到底想干什么？”

“我想待在这里。”

“你要把我逼疯吗？”

“是的，这样我们就是两个疯子。”

莉拉合上了书，她抱过孩子，什么话都没有说，她把自己和孩子关在了小房间里，就是之前我在里面学习的那个房间，现在小里诺睡在那里。

斯特凡诺对他的情人低声说：

“你会把我毁掉的。你不是真的爱我，艾达，你想让我失去所有顾客，你想让我成为一个穷光蛋吗？你知道现在生意已经不太好了。求求你了，你告诉我你要什么，我会给你的。”

“我想一直和你在一起。”

“可以，但不是在这里。”

“就在这里。”

“这是我的家，有莉娜在，还有我儿子。”

“从现在开始，我也要住在这里，我怀孕了。”

斯特凡诺坐了下来，他默默地看着站在他面前的艾达和她的肚子，就好像想通过她的肚子、她的内裤、她的皮肤，看到那个孩子正在成形，一个活生生的孩子正要跳到他身上。这时候，有人敲门。

敲门的是索拉拉酒吧的一个服务生，才十六岁，是刚雇的。他告诉斯特凡诺说，米凯莱和马尔切洛想马上见他。斯特凡诺立刻动身，他觉得这个要求对于他来说就是一根救命的稻草，可以让他躲过家里的这场暴风雨。他对艾达说：“你待在这里别动。”她对他微笑了一下，点了点头。斯特凡诺马上出去了，坐上了索拉拉兄弟的车。他想：我也许真是摊上什么事儿了，我该怎么办？假如我父亲还活着，他一定会拿一根铁棍打断我的腿。女人、债务、索拉拉太太的红本子，是什么地方出了问题？莉娜，是莉娜把我毁了。马尔切洛和米凯莱他们到底要什么，这么着急？

他后来发现他们要的是旧肉食店，他们没有明说，但让他自己猜想。马尔切洛只是说，可以再借给他一笔钱，但是他说“赛鲁罗”鞋子要彻底归他们，他们再也受不了里诺那个不肯吃苦、一点儿也不中用的人。但他们需要抵押，一处不动产？一个店铺？你想想吧。他说完就走了，说他有事儿。这时候，就剩下斯特凡诺和米凯莱面对面。他们讨论了很长时间，看里诺和费尔南多的那个小工厂还有没有救，他们研究了一下，不用马尔切洛说的那个抵押，看能不能解决问题。但最后米凯莱摇着头说：

“需要抵押的，你那些丑事儿，对生意没什么好处。”

“我不明白你说什么？”

“我自己明白。你更爱谁？是莉娜？还是艾达？”

“那不关你的事儿。”

“不能这样说，斯特！假如牵扯到钱，你的事儿就是我的事儿。”

“我该怎么和你说呢，我们都是男人，你知道是怎么回事儿。莉拉是我的妻子，艾达是另一回事儿。”

“因此，你更喜欢艾达？”

“是的。”

“你把情况理清了，我们再谈。”

斯特凡诺度过了一段非常黑暗的日子，为了从这个混乱的旋涡中出来，他和艾达吵架，和莉拉吵架，生意经常都没办法做了，旧肉食店经常关着门。整个城区的人都在看笑话，他们现在还记忆犹新：当时很般配的一对，俊男靓女，还有敞篷车，伊朗的苏拉雅和沙赫过来了，约翰和杰奎琳·肯尼迪过来了，现在闹到这个地步。最后斯特凡诺做出了让步，他对莉拉说：

“我给你找了一个很好的地方，适合你和小里诺居住。”

“你真是太大方了。”

“我每两个星期会来看一次孩子。”

“对于我来说，你不看他都可以，他也不是你的儿子。”

“你真是一坨狗屎，你逼我对你动手吗？”

“想打就打吧，我已经被打皮实了，你考虑你的儿子，我考虑我的。”

他喘息，生气，真想过去打她。

“那个房子在伍美罗区。”

“在哪儿？”

“我明天带你去看看，在艺术家广场。”

莉拉这时候忽然想起了米凯莱之前对她的提议：“我在伍美罗那里买了一套房子，在艺术家广场。假如你愿意，我可以马上带你去看，我买这房子的时候想的是你。你在那里想干什么都可以：读书，写东西，设计点儿什么，睡觉，欢笑，说话，你和孩子待在那里。我只想看着你，听你说话。”

她有些难以置信地摇了摇头，对她丈夫说：

“你真是一个混球！”

- 113 -

现在，莉拉躲在了小里诺的房间里，她想着自己应该怎么办。她父母的家，她现在从来都不回去，她已经从那个家里出来了，她要为自己的生活负责，她不想再回去当女儿。她也不能靠她哥哥，里诺现在已经不可理喻了，他在皮诺奇娅身上报复斯特凡诺的所作所为，他甚至开始和他岳母玛丽亚吵架，他很绝望，一点钱没有，而且还欠了很多债。她只能靠恩佐了，她一直都很信任他，这次也一样，尽管他一直都没出现，好像从这个城区消失了。她想：他答应过我，他说要把我从这个地方弄出去。但有时候她希望恩佐不要信守诺言，她担心自己会拖累他。她不担心恩佐和斯特凡诺之间的冲突，因为丈夫已经放弃自己了，虽然他有着猛兽一样的力量，但他实际上很懦弱。她害怕的是米凯莱·索拉拉——今天不会，明天也不会，但他总会在我意想不到的一天出现在我的面前，假如我不屈服的话，他会让我付出代价，他会让那些帮助我的人付出代价，因此我最好是自己走开，不要卷入任何人，我应该找一份工作，什么工作都可以，只要能挣到一些钱，让孩子有吃的，有地方住。

一想到孩子，她就觉得很无力。小里诺的脑子里会留下什么样的印记呢？什么样的场景和语言。她很担心有些声音已经传到了孩子的耳朵里：不知道在我怀他的时候，他有没有听到过我的声音？不知道他的脑子里留下了什么印记？他有没有感觉到爱，或者感受到被排斥？他有没有感觉到我的激动？怎样才能保护一个孩子，爱他，喂养他，教育他？要做一个滤网，把那些会伤害到他的感情都过滤掉。我失去了他的父亲，他根本就不知道这个孩子的存在，也永远不可能会爱他。斯特凡诺虽然不是他的父亲，但对他付出了一点感情，他因为另一个女人，还有一个更真实的孩子，把我们出卖了。在这个孩子身上会发生什么事呢？现在小里诺知道，我如果去另一个房间，他不会失去我，我会继续在他身边。他在用一些东西，或者一些想象的东西来训练自己——他已经可以自己拿着勺子、叉子吃饭了。他会控制一些东西，改变这些东西的形状；他不仅仅会说一些单词，而且已经开始说一些句子了；他说意大利语，他不说“宝宝”，他说“我”；他已经能认一些字母了，他能把那些字母找出来，拼出自己的名字；他喜欢各种各样的颜色；他的性格很开朗。但眼前的处境太糟糕了，他看到我被打，看到我摔东西，骂人，说方言，我再也不能继续待在这里了。

- 114 -

莉拉小心地从房间里出来，但没看到斯特凡诺，也没有看到艾达。她给儿子准备了一些吃的，自己也随便吃了点儿。她知道整个城区的人都说长道短，流言蜚语。在十一月的一个午后，电话响了。

“再过十分钟，我就到你那里了。”

她一下就听出了那是谁的声音，她一点儿也不意外，回答说：“好吧。”然后她说：“恩佐……”

“嗯。”

“没有人逼你这么做。”

“我知道。”

“这中间牵扯到索拉拉兄弟。”

“谁他妈在乎索拉拉兄弟。”

十分钟后，恩佐准时出现了，他上楼，莉拉已经把自己和孩子的东西放到了两个行李箱里，她把所有首饰放在卧室的床头柜上，包括订婚和结婚的戒指。

“这是我第二次离家出走，”莉拉对他说，“但这一次我不会回头。”

恩佐看了看四周，他从来都没有来过这所房子。她拉了拉他的一只胳臂，说：

“斯特凡诺随时可能会回来，他有时候会提前回来。”

“那有什么问题呢？”他回答说。

他抚摸着一些看起来很昂贵的东西：花瓶、烟灰缸，还有那些亮闪闪的银器。他翻了翻一个小本子，莉拉在上面记着要给孩子和家里买的东西。然后他向莉拉投来了一个询问的目光，问她是不是想好了。他说他在圣约翰·特杜奇奥的一家工厂里找到了一份工作，他租了一间房子，有三个房间，厨房有点儿暗。“斯特凡诺能给你的所有这些，”他补充说，“你再也不会拥有，我没有办法给你。”最后，他说了一句：

“你害怕，可能是因为你还不是很确信。”

“我很确信。”她把儿子抱在怀里，做了一个很不耐烦的表情，“我什么都不害怕，我们走吧。”

他还在后面磨蹭，他从购物本上撕了一张纸，然后写了些什么放在了桌子上。

“你写什么？”

“我们在圣约翰的地址。”

“为什么？”

“我们又不是玩躲猫猫游戏。”

他拿起了行李，开始下台阶。莉拉把门锁上了，把钥匙留在了钥匙孔里。

- 115 -

对于圣约翰·特杜奇奥这个地方，我一无所知。当他们告诉我，莉拉和恩佐去了那里时，我唯一想到的是尼诺的朋友布鲁诺·索卡沃的香肠厂就在那个地方。这个联想让我很不舒服，我已经很长时间都没想起过伊斯基亚岛的那个夏天了，那个幸福的假期已经慢慢褪色了，它糟糕的一面正在显露出来。我发现，那时候的每种声音、每种味道都让我很恶心，记忆中最让我难以忍受的就是在玛隆蒂海滩的夜晚我和多纳托·萨拉托雷之间发生的事情，我哭了很长时间，这有些出乎我的预料。当时发生在莉拉和尼诺身上的事情让我非常痛苦，这使我觉得那个夜晚是愉悦的，但经过很长时间之后，我意识到：在黑暗中，在冰冷的沙子上，我和我所爱的那个男孩的父亲——一个庸俗的男人发生关系，第一次被插入，真是一件不光彩的事情。我为此感到耻辱，这种羞耻感和那段时间我感受到的其他羞耻感混合在一起，让我很崩溃。

我不分日夜地忙着写论文，我纠缠着彼得罗，我大声给他读我写好的部分。他总是很客气，摇摇头，随口引用维吉尔或者其他古罗马作家的段落，说可能对我有用。我记下他说的每句话，然后写到我的论文里，但我很沮丧。我游移在两种截然不同的情绪里。我寻求帮助，但我又觉得很屈辱，我对彼得罗很感激，但也充满敌意，尤其是当他尽一切努力，不让我觉得有负担时。最让我觉得不快的一件事是，我曾去找一位四十岁上下的助教，让他看我的研究成果，他也辅导彼得罗的论文，他是一个严肃认真，但也很热情的人。

我看到他对待彼得罗的态度，好像彼得罗在大学已经有了自己的职位，而我只是一个普通的好学生。我常常因为愤怒、高傲，或者害怕承认自己低人一等，而拒绝和这个老师交谈。我想，我要比彼得罗做得更好！虽然他比我知道的东西多，但是他很灰暗，没有想象力。他的研究方式、给我提建议的方式，太过于小心翼翼了。就这样，我推翻了之前写的东西，重新写，我按照自己认可的方式写。我去找导师时，他听我说了我的想法。是的，他是表扬了我，但轻描淡写，就好像我竭尽全力，也不过如此。我很快明白，彼得罗·艾罗塔在大学有一个未来，而我没有。

关于这一点，有一次我还说了一句很冒失的话。这位助教对我很友好，他说：

“您是一个非常聪慧的学生，您在毕业之后想教书吗？”

我以为他说的是在大学里教书，我高兴地欢呼了一下，脸颊变得滚烫。我说我喜欢教书，也喜欢做研究，我说我愿意继续研究《埃涅阿斯纪》第四卷。他马上发现我理解错了，他有些尴尬。他搪塞说，一辈子学习是好事儿，他建议我去参加一个秋季举行的考试，是幼师学院的招聘。

“我们需要最好的师资，来培养最好的小学老师。”他加强了语气，激励我说。

事情就是这样。我觉得很羞耻，我的自负，还有渴望像彼得罗一样出色的野心一直在增长。我和他唯一的共同点，就是天黑时候，我们在暗处的相互爱抚。他会在我的身上磨蹭喘息，但对我没有进一步的要求。

我觉得很压抑。有一段时间，我没法继续写论文，我看着书上一行行的字，但一个字也看不进去。我躺在床上盯着天花板看，想着自己该怎么办。最后我妥协了，毕业之后我要回到我的出生地，回到那个城区，到一所中学里去教书。当中学老师。是的，要比奥利维耶罗老师等级高一些，和加利亚尼老师一样，或者稍微低一个等级，成为格雷科老师。在城区里，大家会认为我是一个重要人物，一个门房的女儿，从小就很好学，后来学有所成。只有在熟悉了比萨之后，在认识了那些重要的教授，认识了彼得罗、马丽娅罗莎和他们的父亲之后，我才非常清楚地认识到，我走不了太远。我费了很大力气，有过很多希望和美好的时光，我会一辈子都怀念和弗朗科·马里在一起的美好时光。那些年，那些快乐的时光，和他在一起是多么美好啊。当时我没有明白他的重要性，现在我越来越抑郁。下雨、下雪、寒冷的日子，阿尔诺河岸上春天的气息，城市开满鲜花的小路，还有传递给我们的热度，我们一起去选衣服、眼镜，他改造我的热心。我们在巴黎，在国外激动人心的旅行，咖啡厅、政治、文学，虽然工人阶级在逐渐接受现实，但革命将要到来。还有他，夜里他的房间，他的身体。所有一切都结束了，我焦虑地躺在我的小床上，翻来覆去地睡不着觉。我想，也许是我在欺骗自己。事情真的有那么美好吗？我很清楚地知道，那时候我也感觉到羞愧、不自在、耻辱和恶心，我接受、承受和强迫自己。就连最幸福的时刻也经不起严格的推敲，有没有这种可能：一切其实都是假的?！很有可能，在玛隆蒂海滩的黑暗中发生的事情，很快都蔓延到了弗朗科的身上，甚至是彼得罗身上，我一点儿也不想回忆。

有一段时间，我和彼得罗见面很少，我借口说我的论文很滞后，恐怕难以按时完成。有一天早上，我买了一个格子笔记本，开始用第三人称写了在巴拉诺发生在我身上的事儿，还是用第三人称写了发生在伊斯基亚岛的事儿，最后我讲述了那不勒斯和我生活的城区。我改变了人名、地名和故事的背景。我想象，主人公的生活里隐藏着一种黑暗的力量，一种存在，周围的世界被焊接到她的身体上，有着喷灯的火焰的颜色，一种紫蓝色的尖儿，每一种她喜欢的东西都会迸发出火花，但很快就落地，成为一种没有任何意义的灰色结块。我用了二十天写了这个故事，在这段时间里，我没有和任何人见面，只有在吃饭时才会出去。最后我重新读了我写的东西，我一点儿也不喜欢，就放下了。我觉得自己平静了一些，就好像那种羞耻感从我身上转移到了本子上。我又回到了日常生活中，我很快写完了论文，接着和彼得罗见面。

他的友好、他的激励让我很感动。他毕业时，全家人都来了，还有他父母在比萨的很多朋友。我吃惊地发现，我对于彼得罗所面对的一切，他的人生规划，不再有任何敌意。相反，我很高兴他那么命好，我对他的家人非常感激，因为他们邀请我参加他们的庆祝会，尤其是马丽娅罗莎对我照顾有加。我们非常热烈地讨论了希腊法西斯建立的临时政府。

我是第二批答辩毕业的，我没有告诉我父母，我担心我母亲觉得自己有义务来为我庆祝。我穿着弗朗科给我买的衣服去参加答辩，我觉得那件衣服还说得过去。经过很长时间，我终于对自己感觉到满意。在不到二十三岁时，我已经大学毕业了，文学专业，我以满分一百一十分的成绩毕业。我父亲只上过小学五年级，我母亲只上到了小学二年级，据我所知，我的祖先没有人会正儿八经地读书写作。我真是做了件很了不起的事儿。

除了几个班上的女同学，彼得罗也来为我庆祝。我记得那天天气很热，经过了学校的典礼和仪式，我回到房间里想歇一下，把我的论文放下。他在楼下等我，他想带我去吃晚饭。我看着镜中的自己，我觉得自己很美。我拿起写着故事的本子，把它塞到了包里。

那是彼得罗第一次带我去餐馆吃饭，弗朗科以前经常带我去吃饭，他教会了我餐具还有杯子摆放的位置。彼得罗问我：

“我们是男女朋友吧？”

我微笑着说：

“我不知道。”

他从口袋里拿出了一个盒子，递给了我，小声说：

“过去这一年，我都认为我是你的男朋友。假如你不这样认为，那就当是你的一个毕业礼物吧。”

我撕开包装，出现了一个绿色的盒子，里面有一枚带着小钻石的戒指。

“非常漂亮。”我说。

我试了一下，尺寸刚好合适。我想到了斯特凡诺送给莉拉的订婚戒指，要比这个阔气得多。但那是我收到的第一件首饰，弗朗科送过我很多东西，但从来都没送过首饰，我拥有的唯一的首饰是我母亲的银镯子。

“我们是男女朋友，”我对他说，然后从桌子上探过身子，吻了一下他的嘴唇。他脸红了，小声说：

“我还有一个礼物。”

他给了我一个信封，那里面是他的论文做成的书稿。他速度真快啊！我甚至非常愉快地想到。

“我也有一个小礼物给你。”我说。

“什么。”

“一个不值一提的东西，但我不知道送你一个什么真正属于我的东西。”

我从包里拿出了那个本子，递给了他。

“是一部小说，”我说，“是唯一的版本，唯一的一次尝试，我再也不写了。”我笑着补充说：“里面还有几页比较大胆的描写。”

我觉得他有些不安，对我表示感谢，他把那个本子放在了桌子上。我马上就后悔把那个本子给了他。我想：他是一个严肃的学生，有很好的家庭背景，他正要出版一本关于酒神崇拜的论文，他会靠这本书开始他的职业生涯，我错了，我不应该用一个故事来让他陷于尴尬，而且是手写的，不是用打字机打出来的。但即使是在这种情况下，我也没觉得不自在，他是他，我是我。我跟他说，我会去参加幼儿师范的应聘考试，我会回到那不勒斯，我说我们的关系要面临很大的挑战，我在一个南方城市，他在一个北方城市。但彼得罗很严肃，他的想法很明确。他向我说明了他的打算：他需要两年时间，在一所大学里站住脚，然后会娶我。他甚至定下了日期：一九六九年九月。我们从餐厅里出去时，我用开玩笑的语气提醒他："我的礼物呢？"他一时有些没反应过来，然后跑回去取了。

我们散了很长时间步。我们接吻，在阿尔诺河边，他长长地拥抱了我。我问他想不想溜到我的房间里，语气有点儿严肃，也有点儿开玩笑。他摇了摇头，又开始火热地吻我。我觉得，虽然他和安东尼奥之间隔着整个图书馆，但是他们很像。

- 116 -

我回到那不勒斯的生活，那种感觉就像一个人带了一把坏掉的雨伞，在一阵强风下，这把伞在你的头顶合上了。我在盛夏时回到了城区。我想马上找一份工作，但我大学毕业的身份，让我没有办法再像之前那样去外面转悠，找一些零工来做。另一方面，我没有钱，我不好意思向我父母亲要钱，他们已经为我做了很大牺牲。我很快变得焦虑起来，所有一切都让我很烦，街道、大路、小公园，还有那些丑陋的房子，尽管刚开始一草一木，每一种气味都让我感动。我想，假如彼得罗找了别人，假如我没法通过考试，我会做什么呢？我不可能永远待在这个地方，和这些人在一起。

我的父母、我的弟弟妹妹都以我为荣，这一点我能感觉到。他们不知道我毕业了会有什么用，为什么我会回来，他们怎么会在邻居面前，表现出我是全家人的骄傲呢？仔细想想，我只增加了他们的负担而已，我让这个小房子更加拥挤，晚上摆床都是一个问题，我给他们的日常生活造成了麻烦。除此之外，我一天到晚都在看书，站着，或者坐在一个角落里，换个地方，像一个投身于学业的无用雕像，一个非常傲慢、心事重重的人，所有人都不该搅扰我。但他们心里无疑都在琢磨一个问题：她有什么打算？

我母亲最后按捺不住了，她问了我男朋友的事情，其实我没有提过，她是从我手上戴的戒指上推测出来的。她想知道我男朋友是做什么的，他赚多少钱，他什么时候会带着他父母来家里提亲，我结婚之后，会去哪里生活。刚开始，我会给她提供一些信息：他是一个大学老师，但现在还没有工资，赚不了任何钱，他正要出版一本书，其他老师都认为这是一本非常重要的书，我们过一两年就会结婚，他父母住在热内亚，可能我们会去那个城市生活，或者去他工作的城市生活。但通过她看我的目光，我感觉到她根本没听我说什么，她有太多先入为主的观念，她还是会继续问我同样的问题。我和一个从来都没有上门求婚的男人订婚了，他住在很远的地方，虽然教书，但还不挣钱，他会出版一本书，但并不是很有名。她像往常一样变得很烦躁，她已经不能像之前那样对我破口大骂了，她尽量克制着自己的不满，可能她觉得已经没办法对我表示不满了。实际上，语言本身已经变成了一种陌生的东西。我用一种对她来说过于复杂的语言表达自己，尽管我努力用方言说话，当我发现她不明白时，我会简化我的语言，但这些简化的句子显得很不自然、很混乱。我之前非常努力地想抹去我的那不勒斯口音，但并没让比萨人信服，但我的口音却让我母亲、父亲还有我的弟弟妹妹们，甚至是整个城区觉察到了，在路上，在商店里，在房子的楼梯间，人们对我流露出一种混合着敬意和不屑的感情，他们在背地里都叫我“比萨女人”。

在那段时间里，我写了一些很长的信给彼得罗，他给我的回信更长。刚开始，我期望他能提到我给他看的笔记本，后来我自己也忘了这件事儿了。我们在信里没谈论任何具体的事情，我到现在还保留着那些信：信里也没有任何有用的细节来构建当时的日常生活，比如说一块面包的价钱，或者说一张电影票的钱，门房或者老师一个月赚多少钱。就我所知，我们都侧重于谈论他读过的一本书，或者关于我们研究领域的一篇有意思的文章，他或者我琢磨的事儿，还有就是大学生运动，关于一些新先锋派的问题——我不了解这些问题，他却非常了解，以至于他给我写道：“我很愿意写一本小书，用那些被丢弃的稿纸上的文字——就是那些你写上一段，觉得不理想，扔在废纸篓的文字。我正在收集这些资料，我想就这样原样印出来，保留撕裂的痕迹，上面留着草稿上随意画的线，中断的地方，还有随意折过的痕迹，也许这就是我们现在唯一可能的文学。”最后这句话让我很震动。我怀疑，我记得我当时想，他是想通过这种方式来告诉我，他已经看了我给他的笔记本，我送给他的那个故事，他觉得那是一个不合时宜的作品。

那几个星期里，天气持续高温，使我经年苦读的身体很疲惫，我觉得没一点儿力气。我到处打听奥利维耶罗老师的消息，我希望她还活着，这样我就能见到她，我想通过我在学业上的成就，让她感到满意，从而获取一点能量。我从我妹妹那里得知，老师的妹妹来把她接到了波坦察市去住了。我感到非常孤单，我开始怀念起莉拉，想着我们全然不同的生活。我想去找她，看看我们之间的距离到底有多远。但我没有那么做。我只是很随意地和城区的人聊起她，想知道人们对她的看法，说些什么闲话。

我先找了安东尼奥，他不在城区，都说他可能留在了德国，有人说他和一个非常漂亮的德国女人结婚了，一个高大丰满、货真价实的金发美女，蓝色眼睛，还生了一对双胞胎。

我去找阿方索聊天，我经常去马尔蒂里广场的商店里找他。他长得越来越帅气了，像西班牙贵族一样英俊，他说一口非常讲究的意大利语，中间还夹杂着一些让人愉悦的方言词汇。索拉拉的鞋店在他的照料下，发展得一帆风顺。他的工资让他很满意，他在塔比亚区租了一套房子，他一点儿也不惦记着我们的城区、他的兄弟姐妹，还有肉食店里油腻的气味。“明年我就会结婚。”他告诉我这件事情时，并没有满怀激情。他和玛丽莎之间的关系一直都很稳定，现在需要迈出最后一步。我有时候和他们一起出去，他们在一起很合适。她已经不像之前那样爱说话了，现在她说话很小心，尤其是不会说冒犯阿方索的话。我从来都没有问起过她父亲、母亲还有兄弟姐妹。我也从来没有问过她尼诺的情况，她也没有跟我说，就好像尼诺已经彻底从她的生活中消失了一样。

我和帕斯卜莱，还有他的妹妹卡门也见了面，帕斯卡莱还是做泥瓦匠工作，有时候在那不勒斯，有时候在郊县，卡门还是继续在新肉食店里工作。他们很快告诉我的事情是，他们都有了新的恋情：帕斯卡莱偷偷和百货店老板娘的大女儿好了，那个女孩还很小；卡门和大路上加油站的一个伙计好了，那是一个四十多岁的男人，人很好，很爱她。

我去找皮诺奇娅，我已经快认不出她来了。她穿得很糟糕，人很消瘦，也很烦躁，已经听天由命了，身上带着里诺留下的伤痕，里诺为了报复斯特凡诺，一直在打她，最明显的是，她那种无处发泄的不幸感，都体现在她眼睛和嘴周围深深的皱纹上。

最后，我鼓起勇气和艾达也见了面。我想象她和皮诺奇娅的处境一样糟糕，因为她没有名分。她现在住在以前莉娜住的地方，看起来很漂亮，也很开心，她生了一个女儿，起名叫玛丽亚。在她怀孕期间也没有停止工作，她很自豪地告诉我——我也亲眼看到，她是两个肉食店真正的主人，她从一家店跑到另一家店，什么事儿都要过问。

我童年的所有伙伴，每个人都告诉了我一点儿关于莉拉的事儿，艾达好像是知道的最多的一个。尤其是在说到莉拉时，她表现出最大的同情和好感。她很幸福，对自己的女儿、富裕的生活、工作还有斯特凡诺感到满意，我觉得，她真心感激莉拉能给予她这么幸福的生活。她用很欣赏的语气感叹说：

“我做了很疯狂的事情，我承认，但莉娜和恩佐要比我更加疯狂。他们根本不顾一切，包括他们自己，他们的行为吓到了我、斯特凡诺，甚至是吓到了米凯莱·索拉拉那混球。她什么都没有带走！你知道吗？她把所有首饰都留给我了！你知道吗？她在一张纸上写了她去的地方，非常详细的地址，包括门牌号，就好像在说：你们来找我们吧，你们想做什么做什么，谁他妈在乎！”

我让她把地址给我，我抄了下来。我写地址时，她对我说：“假如你看到她，告诉她，不是我拦着斯特凡诺，不让他去看孩子，他实在是太忙了，他也很遗憾自己不能去。告诉她，索拉拉兄弟没有忘记这事儿，尤其是米凯莱。告诉她不要相信任何人。”

- 117 -

恩佐和莉拉搬到圣约翰·特杜奇奥去住了，恩佐开着一辆“菲亚特 600”来接她，那是他刚买来的二手车。一路上他们之间什么都没有说，但他们都在对着孩子说话，莉拉对儿子说话，就好像他是一个成年人，恩佐说一些单音节词，比如说“好”、“是的”。她一点儿都不熟悉圣约翰，她和斯特凡诺去过那里一次，他们只是停在了镇中心喝了一杯咖啡，对这地方并没有留下什么好印象。但帕斯卡莱知道这个地方，他经常去那里做泥瓦匠，也去参与共产党组织的活动，有一次他提到了这个地方，他对那里很不满，说无论是作为工作的地方，还是作为共产党活动的地方，那里都很糟糕，他说：“简直太垃圾，太龌龊了！那个地方创造的财富越多，人就越可怜，尽管我们很强，但我们没办法改变那里的任何事儿。”但帕斯卡莱一直对所有东西都怀有批评态度，所以他的话不能全信。当莉拉坐着“菲亚特 600”来到了这个地方，看到那里道路凹凸不平，房子破破烂烂，还有刚刚建好的大楼。她宁可相信自己正在把孩子带到一个漂亮的小镇，那里面朝大海。她唯一想着的是：怎么跟恩佐把事情说清楚，跟他开诚布公。

她考虑得太多了，反倒说不出来了。“晚点再说。”她想。最后他们来到了恩佐租的房子里，在一栋新修的楼房里，房子在三楼，虽然是新的，但看起来很寒酸。房子里面空荡荡，他说他买了一些基本用品，第二天他会开始买所有需要的东西。莉拉让他放心，说他已经做得够多了。当她来到一张大的双人床前面，她决定把话跟他说清楚。她用一种充满感情的语气说：

“我很敬佩你，恩佐，从我们小时候开始。你现在做了一件更加让我敬佩的事情：你自学成才，还拿到了证书。我知道这需要恒心，我从来都没有恒心。你是我认识的所有人中最慷慨的，你现在为我和小里诺做的事，没有任何人能做到，但我不能和你一起睡。并不是因为我们顶多单独见了两三次，也不是因为我不喜欢你，只是因为我现在没感觉，我就好像这面墙壁，或者这张小桌子一样。因此，假如你能和我生活在同一个屋檐下，做到不碰我，那就好；假如不行，我理解你，明天早上我就开始另找一个地方。你要知道，无论如何我会永远感激你为我做的。”

恩佐静静地听她说完，一直都没有打断她。最后，他指着那张双人床说：

“你睡在这里，我睡在行军床上。”

“我更喜欢睡行军床。”

“孩子睡哪儿？”

“我看到还有另一张行军床。”

“他已经可以一个人睡了吗？”

“是的。”

“你想待多久都可以。”

“你确信？”

"很确信。"

"我不想发生一些糟糕的事，破坏我们的关系。"

"你不要担心。"

"对不起。"

"这样就好。假如你有点儿感觉了，你知道我在哪儿。"

- 118 -

她非但没有找到感觉，反而越来越陌生了。房间里味道很难闻，洗手间的门关不住。我想象着，圣约翰对于她来说就像我们城区的延伸。尽管她已经得救了，但她没有留意自己的下脚之处，她陷入了一个深坑。

小里诺马上让她觉得很担心，这孩子通常都无忧无虑、开开心心，现在白天也爱吵闹，他要斯特凡诺，晚上醒来时也会哭。母亲对他的关注，还有和他一起玩的游戏，已经不再吸引他，那些游戏让他很厌烦。莉拉又想出了一些新游戏，他的眼睛又开始发亮，孩子会过来亲她，想用手摸她的胸部，幸福地叫起来。但是后来他会推开母亲，一个人玩儿，或者躺在地板上的一张毯子上打盹。如果带他出去，没走几步，他就累了，说膝盖疼，想让妈妈抱，假如她拒绝抱他，他就会哭喊着，满地打滚。

刚开始，莉拉还能坚持原则，但渐渐地就开始做出让步。晚上为了让他平静下来，就让他到自己的小床上来和她一起睡。他们一起出去买东西的时候，莉拉会抱着孩子，他是一个长得很结实的小孩，抱起来很沉。最后的结果是：她一只手拎着包，另一只手抱着他，回到家就筋疲力尽了。

她又一次发现没有钱的生活是什么样的，不能再买书，也没有报纸和杂志。她带的所有东西，基本上都是给儿子带的，但这孩子眼看着在长大，那些衣服已经穿不上了。她自己可以穿的衣服也很少，恩佐每天在拼命工作，会给她需要的钱，但他赚的钱很少，除此之外，他还要给亲戚钱，因为他们在照顾几个弟弟妹妹。他们勉强能付得起房租、电费和煤气费。但莉拉一点儿也不担忧，那些她曾经有过的钱、曾经浪费的钱，还有童年遭受的贫穷，在她的脑海里融为一体，都是些没有什么实质性的差别，有钱没钱都一样。她好像最担心的，就是无法延续她给儿子的教育，她努力使儿子回到之前的状态：充满活力，反应灵敏，而且很乖。但小里诺现在好像唯一喜欢做的事情是在楼下的楼梯平台上和邻居家的孩子玩儿。他们在那里争吵、打架、欢笑，吃一些乱七八糟的东西，但看起来很幸福。莉拉从厨房窗子那里看着儿子，他和小朋友在楼梯门外面玩耍。她想，他很棒，比另一个孩子要聪明，尽管那个孩子要大一些。也许我应该接受这个现实，我不能把他一直放在一个玻璃罩子里，我已经给他提供了必要的条件，但从现在开始他要靠他自己，他现在需要和别的孩子打架，抢别人东西，搞得浑身脏兮兮的。

有一天，斯特凡诺出现在楼梯平台上。他离开了肉食店，决定来看一下自己的儿子。小里诺看到他很高兴，和他玩了一会儿，但莉拉发现她丈夫有些厌烦，他迫不及待地想离开。过去，他表现得好像离了她和孩子就活不下去，现在看看他，他一会儿看看表，还打哈欠，几乎可以肯定，他来这里是因为他母亲，或者甚至是艾达让他来的。至于爱情、醋意，通通是过去的事情了，他一点儿感觉也没有了。

"我带孩子出去走走。"

"他总是要人抱的。"

"我会抱着他的。"

"不要抱他，让他自己走。"

"我想抱就抱。"

他们出去了，过了半个小时就回来了，他说他要马上回肉食店。他发誓说，孩子一直都很乖，没要求他抱着。在离开之前，他对莉拉说：

"我看到这里的人都叫你赛鲁罗太太。"

"我就是赛鲁罗太太。"

"我没把你杀了，我不会杀你，因为你是我儿子的母亲。你和你那个混蛋朋友，你们胆子真大，差点儿……"

莉拉笑了，刺激他说：

"看你那操行，你只会欺负那些惹得起的人。"

然后她明白丈夫说的是索拉拉兄弟，斯特凡诺下楼梯时，她在楼梯间对着他喊：

"你告诉米凯莱，假如他出现在这里，我会啐到他脸上。"

斯特凡诺没有接茬，就从路上消失了。他后来又来了，最多四五次吧。最后一次，他见到他妻子，非常愤怒地对着她喊道：

"你简直是你家人的耻辱。你母亲都不想再见到你了。"

"那是因为他们没有明白我和你过的是啥日子。"

"我拿你当女王。"

"我还是当我的叫花子好。"

"假如你怀孕了的话，你要流产，因为名义上你还是我的妻子，我不想你生出的孩子和我姓。"

"我不会生别的孩子。"

“为什么？你已经决定不操了吗？”

“去你妈的。”

“我已经跟你打招呼了。”

“反正小里诺也不是你儿子，但也跟你姓。”

“你这个娼妇，假如你一直这么说，那就是真的了。我再也不想看到你，也不想看到他。”

实际上，他从来都确信小里诺是他的儿子。但他在假装，出于一种机会主义的想法，他更喜欢过安生日子，他要克制莉拉给他情感上造成的混乱。

- 119 -

莉拉会非常详细地和恩佐讲述她丈夫的到访，恩佐会很认真地倾听，几乎从来都不做评论。他是一个不动声色的人，他从来都不跟莉拉讲他工作的事情，他在工厂里做什么，他开心或是不开心。他早上六点从家里出去，晚上七点回来，吃完饭和孩子玩一会儿，听莉拉说话。只要莉拉一说里孩子急需某个东西，第二天他就会想办法搞到所需要的钱。他从来都不说她应该去找斯特凡诺要钱，抚养孩子，他从来都没说她应该找一份工作。他看着她，就好像他活着的唯一的意义，就是到晚上回家时能和她一起坐在厨房里，听她说话。最后他站起身，说完“晚安”就把自己关在卧室里。

后来，莉拉遇到了一个人，对她之后的生活影响很大。有一天下午，她把孩子交给女邻居照看，她一个人出门，她听见身后一阵阵车喇叭的声音，那是一辆很阔气的车子，有人从车窗那里给她招手。

“莉娜。”

她很仔细地看了一眼那人。她认出了那是尼诺的朋友布鲁诺·索卡沃，他有一张狼一样的脸。

“你在这儿做什么？”他问。

“我在这儿生活。”

当时，她没有说太多自己的事儿，在那个年代，这些事情都很难解释。她没有提到尼诺，布鲁诺也没提到他。她只是问布鲁诺有没有大学毕业，他只是说自己决定不再继续学习。

“你结婚了吗？”

“没有。”

“有女朋友吗？”

“有时候有，有时候没有。”

“你在做什么？”

“没干什么，有人为我干活儿。”

她几乎是开玩笑地问他。

“你能不能给我找个活儿？”

“给你找工作？你用得着吗？”

“我要工作。”

“你愿意做香肠和火腿吗？”

“为什么不？”

“你丈夫呢？”

“我已经没有丈夫了，但我有个儿子要养。”

布鲁诺仔细地看着她，想搞清楚她是不是在开玩笑。他有些迷惑，就搪塞说：“那不是个什么好工作。”然后他谈到了夫妻间可能出现的众多问题，他母亲一直在和他父亲吵架。最近他自己疯狂地爱上了一个已婚女人，但他被甩了。这对布鲁诺来说，不是一个很正常的谈话，他把莉拉请到了咖啡厅里，还是谈着自己的那些事儿。最后莉拉说她要走了。布鲁诺问她：

“你真的已经离开了你丈夫？你真的有一个孩子？”

“是的。”

他皱着眉头，在一张餐巾上写了些什么。

“你去找这位先生，早上八点开始他都在，你让他看看这个。”

莉拉有些尴尬地笑了一下。

“这张餐巾纸？”

“是的。”

“这就够了？”

听到她戏谑的语气，他点了点头，忽然变得羞怯。嘀咕了一句：

“那是一个很美好的夏季。”

她说：

“对我来说也一样。”

- 120 -

所有这些我是后来才知道的。我带着艾达给我的地址想马上去圣约翰找莉拉，但是这时候，在我身上也发生了一件重要的事。有一天早上，我正心不在焉地看着彼得罗给我写的一封长信，在那封信的最下面，我看他用短短的几句话，告诉我他让他母亲看了我写的“文本”(他用的就是这个词)，阿黛尔觉得这篇小说写得很好，她让人用打字机打印了出来，交给了一家米兰的出版社，很多年来，她一直在这家出版社做文学翻译，出版社很欣赏这本小说，他们打算出版。

那是一个深秋的早晨，已经快接近中午了，我记得当时天上是一种灰蒙蒙的光。我坐在厨房桌子前面，我母亲正在那张桌子上熨衣服，她那把老熨斗在布料上有力地压过，木桌面在我的胳膊肘下面颤动。我长时间地看着那几行字。我用意大利语轻声地说，只是为了让我自己相信这件事情是真的：“妈妈，这封信里说，他们要出版我写的一本小说。”我母亲停了下来，把熨斗从衣服上拿开，立起来放着。

“你写了一本小说？”她用方言问我。

“我觉得是的。”

“你到底写了没有？”

“写了。”

“他们给你钱吗？”

“我不知道。”

我出去了，我跑到索拉拉的酒吧里，在那里可以打长途电话，比较方便。吉耀拉在柜台那里对着我喊道：来吧，打吧。在尝试了好几次之后，是彼得罗接的电话，但他有事儿，要马上走。他说关于那本小说的事儿，他都在信里告诉我了，他就知道那么多。

“你读了吗？”我非常激动地问他。

“是的。”

“但你没有做任何评论。”

他嘀咕了一句，说他时间很少，他要学习，有很多事儿要做。

“你觉得怎么样？”

“很好。”

“没有别的了吗？”

“是很好。你跟我母亲谈谈吧！我是搞文献的，不是搞文学的。”

他给了我一个他父母家里的电话。

“我没办法打电话，我觉得很尴尬。”

我感觉他有一丝不耐烦，他往常都是很客气，他说：

“你写了一本小说，你现在要承担责任。”

我对于阿黛尔·艾罗塔很不了解，我总共见过她四次，我们只是礼节性地聊过几句。我一直以为她是一个富裕、有文化、好出身的母亲。艾罗塔家的人从来都不谈论自己，他们表现得好像他们在世界上的活动没什么意义，但同时他们又觉得那应该是众所周知的事情。只有在这时候，我才开始意识到她有一份工作，她是有影响力的人物。我很不安地打电话给她，是他们家里打扫卫生的阿姨接的电话，后来阿黛尔接了电话。我们很客气地相互打了招呼，她用“您”称呼我，我也用“您”称呼她。她说出版社的人都很确信那是一本好书，就她所知，他们已经开始起草一份合同了。

“合同？”

“当然了，您已经和其他出版社有交涉吗？”

“没有。我还没再读一读我写的东西。”

“您是一气呵成写的？”她用一种开玩笑的语气问我。

“是的。”

“我向您保证，这本书这样就可以出版了。”

“我还需要改改。”

“您要相信我。一个逗号都不要改，文字里透露出一种真诚和自然，是那些真正的书才有的魅力。”

她又表扬了我，尽管有一种戏谑的意味。她说，据我所知，《埃涅阿斯纪》也没有经过修订。她觉得我已经练了很久写作，她问我抽屉里还有没有什么其他存货，我向她坦白说，这是我第一次写东西，她觉得很惊讶。“天分加上运气！”她感叹说。她对我说，近期出版行业忽然出现了一片空白，我的小说不仅仅被看好，简直是应运而生，他们想在春天推出这本书。

“这么早？”

“您不愿意？”

我马上说不是。

吉耀拉当时在柜台后面，她听到了我的谈话，最后她好奇地问我：

“发生什么事了？”

“我也不知道。”我回答说，就匆匆离开了。

我在城区里转悠，感觉到一种难以置信的幸福，我的太阳穴在跳。我给吉耀拉的回答，并不是因为我不想理她，随便应付她，我是真的不知道到底发生了什么事。这个出人意料的通知到底是怎么回事儿。彼得罗写给我的几句话，我打的长途电话，这一切是不是都不是真的？合同到底是什么？合同里会不会谈到钱，也会谈到权利和义务？我会不会陷入麻烦和危险？我想，几天之后，他们也许会改变主意，这本书不会被出版的。他们会重读我的小说，之前觉得写得好的人，后来会觉得这个故事很空洞，之前从来没有读过的人，看了之后也许会感觉很气愤，居然有人想着出版它。也许，所有的人都会批评阿黛尔，她自己也会改变主意，感觉到很屈辱，会把自己丢脸的事儿算到我头上，会说服她儿子离开我。我正好经过城区的那座老图书馆，我想，我有多长时间没有进去了？我走了进去，里面空荡荡的，散发着灰尘和无聊的气息。我漫不经心地在书架中间走着，用手抚摸着那些破烂的书，我没有看书的标题，也不看作者，只是用手指掠过，掠过那些纸张很旧的书，还有缠在一起的棉线、字母、油墨、书籍，纷乱的词语。我在找《小妇人》，后来我找到了。有没有可能发生的一切都是真的？有没有可能是我，真的是我，命中注定完成了莉拉和我小时候一起计划的事情？再过几个月，就会有一本书出版，印的全是我写的话，线装书，书脊用胶水粘好，封面上写着我的大名：埃莱娜·格雷科。我打破了我们家族长期的文盲半文盲的状况，一个不为人所知的姓氏现在充满了光辉。再过几年，也许是三年、五年、十年、二十年，这本书也会被放到这些书架上，出现在我出生的这个城区的图书馆里，会被编号，人们会来这里借这本书，想知道那个门房的女儿到底写了什么东西。我听见了洗手间里的水声，我等着费拉罗老师的出现，我还是一个勤奋的小姑娘时，他是这里的图书管理员，长着一张消瘦、爬满皱纹的脸，头发雪白，一根根都立在脑门上，发际线很低。他会赞赏发生在我身上的事儿，他会理解我头脑里的风暴，还有太阳穴的跳动。但从厕所里出来了一个陌生人，一个胖乎乎的四十多岁的男人。

“您要借书吗？”他问我，“要快一点了，我要关门了。”

“我找费拉罗老师。”

“费拉罗退休了。”

要快点，他要关门了。

我走了。我现在要成为一个作家，整个城区里却没一个人能对我说这样的话：你做到了！真是了不起，真是太棒了！

- 121 -

我没想到我会赚到钱。当我接到合同草稿时，我发现出版社要给我预付二十万里拉，十万里拉是签字之后付，另外十万是交稿之后付，这当然少不了阿黛尔的支持。我母亲得知之后惊呆了，她根本无法相信这是真的。我父亲说："我要好几个月才能挣到那么多钱。"他们俩都开始在城区里炫耀说：我们的女儿现在是作家了，她发财了，她很快会和一位大学老师结婚。我整个人容光焕发，不再为幼师的职位做准备。我一收到钱就买了一条裙子，还有一些化妆品，我人生第一次去了发廊。我出发去了米兰，一个对于我来说完全陌生的城市。

在火车站，我很难搞清方向，最后我坐了地铁，很不安地来到了出版社大门前。我跟门房解释了很久，虽然他没有问我，在我说话的时候，他一直在看报纸。我坐电梯上去，敲门，然后进到了出版社的办公室里，眼前的洁净整齐让我目眩。我百感交集，我学过的所有东西都在我的心头涌动，我想展示出：尽管我是一个女孩子，尽管我出身贫贱，到现在我还保留着之前的习气，但在我二十三岁的时候，我争取到了出版一本书的权利，我的一切都无可厚非。

我受到了友好的接待，经过了一个又一个办公室。我和那个负责我书稿的编辑交谈了一下，那是一个年老的男人，秃顶，但脸长得很精致。我们一起讨论了大约两个小时，他对我赞誉有加，经常会带着敬意提到阿黛尔·艾罗塔，他给我展示了需要改进的地方，他给了我一份他做了注释的书稿。告别的时候，他用一种严肃的语气对我说："这个故事很精彩，写得细致入微，语言也打动人心，但重点不在这里。这是我第三次看您的书，每一页里都回荡着一种有力的东西，我不明白这种力量来自哪里。"我脸红了，对他表示感谢。啊！我做到了多少事儿！一切都来得那么快，大家都那么喜欢我，那么爱我！我多么擅长谈论自己的学业，我在哪里上的学，我的论文是关于《埃涅阿斯纪》的第四卷，我用一种非常得体的语气，回应别人得体的问题，用加利亚尼老师、她的孩子们，还有马丽娅罗莎的语气和交谈艺术在交谈。一个叫吉娜的年轻漂亮的女职员，问我要不要一间宾馆的房间，我表示需要，她给我在加里波第路上预定了一间，让我惊异的是，所有一切费用都是出版社报销，我吃饭花的钱，还有来回的火车票，都会报销。吉娜让我记下自己的费用，说我随后会收到那些钱，她让我跟阿黛尔问好。"她给我打电话了，"她说，"她很关心这本书。"

第二天我出发去了比萨，我想拥抱彼得罗。在火车上，我逐一地看着编辑在稿子上做的注释，感到心满意足，我看到我的书被一个欣赏它的人阅读，而且修订得更加完美。我到了目的地，我为自己感到高兴。我男朋友让我住在一个希腊文学助教的家里，那是一个我也认识的人。当晚彼得罗带我去吃饭，让我惊异的是，他给我看了一份我的书稿，原来他也有一份书稿，还在上面做了笔记。我们一起逐条看着这些注释，注释里都体现出他惯有的严格，他尤其关注词汇。

"我会斟酌一下。"我对他表示感谢。

吃完晚饭之后，我们来到了一处僻静的草坪上。因为我们都穿着厚毛衣，经过在寒冷中的让人很不尽兴的爱抚之后，他让我仔细地修订一下女主人公在海滩上失去处女之身的那几页。我有些不安地说：

“那是一个很重要的时刻。”

“你自己也说，这几页有点儿过火。”

“出版社也没有提出异议。”

“他们后面会提出来的。”

我觉得很焦虑，我对他说我会考虑一下这个建议，第二天我出发回那不勒斯时，心情很不好。作为一个读了很多书，而且写了一本关于酒神崇拜的著作的人，彼得罗尚且对那几页描写感到不适，我的父亲母亲，还有我的弟弟妹妹，以及整个城区，他们读了之后会说什么呢？在火车上，我一直在看那些文字，想着编辑的话，还有彼得罗的话，我把能删的都删除了。我希望这本书是一本好书，一本不会伤害到任何人的书。我觉得我再也不会写别的书了。

- 122 -

刚一回到家里，我就得到了一个坏消息。我母亲收到了一个从波坦察寄过来的包裹，她觉得她有权在我不在时看我的邮件。包裹里是几个我小学时用过的本子，还有奥利维耶罗老师的妹妹写的一张纸条。纸条上说，我的老师在二十几天前安静地去世了。她说，在生命的最后一段时间，奥利维耶罗老师还经常提到我，并嘱咐她把这些我小时候用过的笔记本还给我，那是她作为纪念品保留下来的。我很感动，我妹妹埃莉莎也一样，她一连哭了好几个小时。这件事情让我母亲很烦，她狠狠地吼了小女儿，然后让她的大女儿——也就是我——听见，她大声地评论说：“那个傻子一直觉得自己要比我更像一个母亲。”

整整一天，我都想着奥利维耶罗老师，我想着如果她知道我以满分大学毕业，我正要出版一本自己的书，她该有多自豪啊。所有人都上床睡觉了，我把自己关在寂静的厨房里，一页一页地翻阅着那些笔记。她教得多好啊！我的老师，她教给我的书法真是漂亮。遗憾的是，长大之后，我的字变小了，为了写得快一点，字母也简化了。我看着老师用愤怒的笔触标出那些有拼写错误的地方，还有“优秀”和“良好”的评语。有时候造句造得好，或者解开了一道很难的题，她在作业本边上做的标注，她给我打的高分，我就会会心地微笑起来。她真的要比我母亲更像一位母亲吗？我产生这样的疑虑已经有很长时间了。她为我设想了一条道路，而且她强迫我走下去，那是我母亲根本无法想象的。就这一点，我对她非常感激。

我正要把包裹放起来，打算去睡觉，这时候我发现，在这些本子中间有十几页纸，是对折的，被一个回形针固定起来。我觉得心头一震，我认出来，那是莉拉很多年前写的《蓝色仙女》。多少年前？十三四年吧。我当时是那么喜欢封面上蜡笔的颜色，还有标题的漂亮字体。那时候，我觉得这是一本真正的书，我很嫉妒。我从中间打开了那几页纸。回形针已经生锈了，在纸上留下了发黄的痕迹。我惊异地发现，老师在边上写了一句：“太棒了！”因此她是读了这个故事的？因此她很喜欢这个故事？我一页一页地翻阅着那些纸张，上面写满了“好”、“出色”、“极好”

这样的字眼。我很愤怒。我想，老巫婆，为什么你没有告诉我们，你很喜欢这个故事，为什么你不给莉拉一点儿赞赏？是什么促使你为我的教育进行抗争，而不是为了她的？鞋匠没有让他女儿参加升学考试，可以解释你的态度吗？你脑子里到底有多少不满，让你发泄到了她的身上。我从头看了一道《蓝色仙女》，上面的墨水已经发白，她的字体和我当时很像。我看到第一页我就开始觉得胃疼，很快出了一身冷汗。但是，到最后我才承认我看了几行就明白的事情——莉拉那时候写的这几页文字是我那本书的秘密核心。要想知道是什么赋予了我那本书热度，还有一道有力的但看不到的线索贯穿着所有的话，应该分析这个女孩写的故事：一个笔记本里的十几页纸，生锈的回形针，彩色的封面很鲜艳，故事有名字，但没有作者签名。

- 123 -

我一个晚上都没有睡着，我等着天亮。我对莉拉长久以来的敌意消失了，忽然间，我觉得我让她失去的东西，远远超过了她从我这儿夺走的。我决定马上去一趟圣约翰·特杜奇奥，我打算去找她。我想把《蓝色仙女》还给她，给她看看我的笔记本，和她一起翻阅老师保留的那些东西，一起看老师写的评语。但我觉得，我最需要的是坐在她身边，告诉她：你看看我们当时多么息息相通，两个人是一体的，一个人代表两个人。我会用我在比萨高等师范学到的严密的推理方法来证实这件事，用我从彼得罗那里学到的严谨的方法来考证，我会向她展示，她小时候的一本书，怎么样在我的脑子里根深蒂固，以至于在这些年里成为了一本书。虽然故事不一样，我的是一本成熟作品，但根源在她的那本书里，源头在于我们在院子里一起玩耍时产生的想象。我和她一起不停地制造一些形状，然后改变那些形状，又重新开始。我渴望拥抱她，亲吻她，告诉她：莉拉，从现在开始，无论发生什么事情，我们都不能失去彼此。

但那是一个非常难捱的早晨，我觉得整个城市都和我，还有她作对。我先是坐上了一辆非常拥挤的公共汽车，向马里纳沿海方向去，我周围全是穷人的身体，他们用一种让人无法忍受的方式不停地挤着我。后来，我上了另一辆公共汽车，更加拥挤，而且我坐错了方向。我沮丧地从那辆车上下来，头发蓬乱，等了很长时间之后，我愤怒地上了另一辆公共汽车，来弥补自己的错误。穿过那不勒斯城里的那段路已经让我很崩溃，在这个城市里上中学、高中，然后再上高等师范大学，有什么用呢？为了到达圣约翰，我当然要降下身段，就像莉拉不是搬到一条街上、一个广场上居住，而是居住在过去的时间的缝隙里，我们上学之前的时光，一段黑暗的时光，没有规则，也没有敬意。我用了整个城区最难听的话来骂人，被人骂，我威胁别人，被别人威胁，然后我反唇相讥，这是我受训练学会的邪恶的语言艺术。那不勒斯教给我的东西，在比萨可以用得上，但我在比萨学到的东西，在那不勒斯却用不上，而且那些东西对我来说是一种障碍。那些文明用语、修饰过的声音和外表，我从书上学到的语言，还有在拥挤的地方表现出的礼节，都会让我被绑住手脚，都是我没办法摆脱的事情。在去圣约翰的公共汽车上，我暂时把我的新身份带来的骄傲和温文尔雅放到了一边——我以满分毕业，我和艾罗塔教授一起吃饭，他儿子是我的男朋友，我在邮局有一点儿钱，在米兰我受到了重要人物的接待，这些狗屎一样的贱人怎么能这样对我？我重新拿出了以前的本领，我感觉自己充满力量，根本无法假装若无其事，通常这都是我在城区内外的生存之道。挤在拥挤的人群中，有好几次感觉有男人的手在摸我，我马上理直气壮地破口大骂，说出了那些不堪入耳的话，那是我母亲，尤其是莉拉最擅长说的。我骂得那么夸张，当我从车上下来时，我很确信有人会从车上跳下来，把我杀了。

什么也没有发生，但我还是带着一种愤怒和恐惧走开了。我收拾得整整齐齐、干干净净地从家里出来，现在我觉得我里外都被糟蹋了，被搅乱了。

我试着平静下来，我对自己说："放松，你快要到了。"我向路人打听了一下。我走在圣约翰·特杜奇奥的路上，寒风刮在我的脸上，我觉得自己是在一条污浊的河流上行驶，两边是断壁残垣，还有垃圾和黑洞洞的门。我在路上转悠，很迷糊，人们提供的信息很详细，他们很客气，但对我来说一点儿用也没有。最后我终于找到了那条路，还有那道大门。我沿着肮脏的台阶上去，楼道里充满了很强烈的大蒜味，传来孩子叫喊的声音。有一个非常肥胖，穿着绿毛衣的女人从门口探出头来了，看见我就叫道："您找谁？"我说："卡拉奇。"但我看到她一脸迷惑，就马上纠正说："斯坎诺。"那是恩佐的姓。她还是很迷惑，我接着说："赛鲁罗。"这时候那个女人重复了一遍"赛鲁罗"，她抬起一只粗壮的手臂说："在上面一层。"我对她表示感谢，然后上去了。这时候她从楼梯的栏杆那里探出头来，对着上面大喊了一句："狄迪娜，有个人找莉娜，她正在往上走呢。"

莉娜的名字竟然从这些陌生人的嘴里说出来，在这个地方，只有在这时候，我才想起了最后一次看到莉拉的情景，那是在新城区的房子里，她还处于那种状态之中：家具、冰箱、电视、非常精致的孩子，这些好像已经成为了她的常态和背景，还有她自己的外表，无论如何她都是一副年轻的阔太太的样子。这时候，我对于她怎么生活，正在做什么一无所知。关于她的那些流言，仅限于她离开了丈夫，离开了那所漂亮的房子还有富裕的生活，让人难以置信，她和恩佐·斯坎诺走了。我不知道她和索卡沃的会面。因此我离开城区时，我很确信会在一所新房子里看到她，她在看书，和孩子玩益智游戏，或者在外面买东西。出于慵懒，或者为了避免不适，我机械地把这些影像放置于圣约翰·特杜奇奥这个地名里。我上楼的时候，还是带着那种期待。我想：我终于到了，我到了目的地了。我出现在狄迪娜面前，她是一个很年轻的女人，怀里抱着一个女孩，孩子在小声地抽泣着，默默地哭着，她的鼻涕从上嘴唇流了下来，她的鼻孔冻得通红，还有两个小孩扯着她的裙子，一边一个。

狄迪娜看着对面的门，门关着。

她很不客气地说："莉娜不在。"

"恩佐也不在吗？"

"不在。"

"她带孩子出去了吗？"

"您是哪位？"

"我叫埃莱娜·格雷科，她的一个朋友。"

"您没有认出里诺吗？里诺，你从来没有见过这位小姐吗？"

她拍了拍身边其中一个小孩的头，只有在这时候，我才认出他来。那个小孩对我笑了一下，用意大利语对我说：

"您好，莱农阿姨。妈妈晚上八点才回来。"

我把他拉了过来，拥抱了一下，我夸他长得漂亮，话也说得好。

“他很棒，”狄迪娜也承认，“天生就是当教授的料。”

这时候，她不再对我有任何敌意，她想让我去家里坐。在黑暗的楼道里，我碰到了一个东西，肯定是孩子的什么东西。厨房很乱，每样东西都散发出一种黄色的光。在缝纫机那里，还有一块布在针下面，地上到处都是各色的布料。狄迪娜忽然觉得不好意思，赶紧开始收拾，后来她停了下来，去给我煮一杯咖啡，在整个过程中，她一直抱着女儿。我把小里诺放在膝盖上，我问了他一些很天真的问题，他很机灵地回答了我的问题。这时候，那个女人跟我说了莉拉和恩佐的事情。

“她现在在索卡沃那里做香肠。”那女人说。

我觉得很惊异，只有到这时候，我才想起了布鲁诺。

“索卡沃，就是做灌肠的那个索卡沃吗？”

“是的。”

“我认识他。”

“不是什么好东西。”

“我认识他们家儿子。”

“爷爷、父亲和儿子，都是烂人。他们有了钱，就忘了裤子上有补丁的时候了。”

我问起了恩佐，她说他在电力机车厂上班，她说话的语气让我很快明白，她觉得恩佐和莉拉是结婚了的，她带着敬意和喜爱提到了“赛鲁罗先生”。

“莉娜什么时候回来？”

“今天晚上。”

“孩子呢？”

“孩子我看着，他在这里吃，在这里玩。”

因此我的旅程还没有结束：我靠近莉拉，而她在远离我。我问：

“从这里走到工厂需要多久？”

“二十分钟。”

狄迪娜在一张纸上画了路线。这时候小里诺彬彬有礼地问我：“阿姨，我可以去玩了吗？”他等着我说“可以”，就跑到走廊里和另一个孩子玩了起来，我马上听到他用方言喊出了一些难听的骂人话。那个女人向我投来了尴尬的目光，从厨房里用意大利语喊道：

“里诺，不要说脏话！小心我过来打你的手心。”

我对着她微笑了，我想起了我坐公共汽车来时的情景。我想，她也要打我的手心了，我和小里诺的处境是一样的。这时候楼道里争吵的声音还没有停下来，我们不得不跑去看。两个孩子在丢东西互殴，发出刺耳的尖叫和咒骂。

- 124 -

我沿着一条土路走到了索卡沃的工厂，周围全是乱七八糟的垃圾，有一道黑烟直冲向寒冷的天空。在看到工厂围墙之前，我已经闻到了动物油脂混合着木头燃烧的味道，让我觉得有些反胃。看门的人用开玩笑的语气说，工作时间不能拜访朋友。我要求见布鲁诺·索卡沃。他的语气变了，他嘀咕说，布鲁诺几乎从来都不来工厂。“你打电话到他家里。”我回答说。他有些尴尬，说他不能随便打扰他，要么您打电话给他。我回答说：“我去找一部电话，我打给他。”他斜眼看着我，不知道该怎么办。有一个骑自行车的人经过，他刹住车子，用方言说了些什么下流话。看门的看到那个人，好像松了一口气，然后和那人聊了起来，就好像我根本不存在一样。

在院子的中间有一堆篝火，我经过那堆火，有那么几秒钟热气驱散了寒风。我来到了一栋黄色的低矮的建筑面前，推开了一道沉重的门进去了。猪肉的气味在外面闻起来已经很强烈，在里面更让人无法忍受。我遇到了一个明显很气愤的姑娘，她正在用手很激动地整理头发。我对她说：“请问。”她低着头走过了，走了三四步，然后停了下来。

“什么事儿？”她很不客气地问。

“我找一个叫赛鲁罗的人。”

“莉娜吗？”

“是的。”

“你去灌香肠的地方看看。”

我问她在哪儿，她没有回答我就走了。我推开了另一道门，有一阵更加恶心的肥油气息夹杂着热气迎面扑来。这个地方很宽阔，有很多装满水的大盆，水很油腻，盆里的水汽中间露出很多黑色的身影，他们弯着腰在进行操作，动作迟缓，水一直漫到了他们的腰部。

我没有看到莉拉，我问了一个人，他正趴在铺着瓷片的地方，那里有积水，他正在修理一根管子：

“您知道莉娜在哪里吗？”

“赛鲁罗？”

“赛鲁罗。”

“她在搅拌室。”

“但是刚才有人说她在灌肠的地方。”

“如果您知道的话，那您为什么要问我？”

“搅拌室在哪里？”

“向前一直走。”

“灌肠的地方呢？”

“在右面，假如您在那里没有找到她，那在剔骨的地方找找，或者在冷藏室，她的岗位一直在变化。”

“为什么？”

他笑了一下，有些欲言又止。

“她是您的朋友？”

“是的。”

“那算了，我就不说了。”

“告诉我吧。”

“您不会生气？”

“不会。”

“所有人都讨厌她！”

我按照他的指示向前走去，没人拦我。那些男女工人都是一副非常冷漠的样子，甚至在他们开玩笑，或者骂人的时候也是如此，他们的笑声、说话的声音，还有他们手上正干的活儿，难闻的气息，都好像距离他们自己很远。我来到了一群穿着蓝色大褂、头戴帽子的女工人中间，她们正在处理肉。机器发出钢铁铿锵的声音，还有绞肉时沉闷的噗嗤噗嗤的声音，但我没有看到莉拉。在灌肠的地方，工人把肉馅和方块肥肉塞到肠衣里，我也没有看到她，甚至在那些用小刀把肉剔出来的地方——工人手上的刀子很锋利，动作很快，让人觉得很危险，我也没有看到她。后来我在冷藏室看到她了。她嘴里哈着白气，从冷冻室里出来了。

她和一个个子不高的男人一起，用肩膀抬着一大块冰冻的红色肉块。他们把肉放在小车上，我看见她的一只手上绑着绷带，她正要进冷冻室。

“莉拉。”我喊道。

她很小心地转过身来，用很不确定的目光注视着我。“你在这儿干什么？”她的眼睛看起来像发烧了一样，脸颊比往常更加凹陷。尽管如此，她还是看起来比之前强壮高大。她身上也穿着一件蓝色大褂，大褂外面有一件长大衣，脚上穿着一双军用鞋子。我想拥抱她，但是我不敢：我害怕，不知道为什么我害怕她在我怀里化为齑粉，是她过来拥抱了我，很漫长的一刻。我感觉到她身上潮湿的衣服，散发着比这个环境更糟糕的气味。

“来吧，”她说，“我们别在这儿待着。”她对那个和她一起干活的人喊了一句：“就两分钟。”然后她把我拉到了一个角落。

“你是怎么找到我的？”

“我进来了。”

“他们让你进来？”

“我说我找你，我是布鲁诺的一个朋友。”

“真好呀，这样他们就会觉得我给老板的儿子口×，他们是不会让我安生了。”

“你说什么？”

“这里就是这样。”

“这里面？”

“到处都一样。你毕业了吗？”

“是的。发生了一件更好的事儿。莉拉，我写了一本书，要在四月出版。”

她脸色蜡黄，好像缺血，但她的脸还是一下子红了。我看到一丝红晕从她的脖子升起来，蔓延到脸上，最后到了眼睛边上，这时候，她眯着眼睛，好像担心火焰会烧到她的眼珠。她拉住了我的一只手，吻了吻我的手背，然后是手心。

“我为你感到高兴。”她低声说。

我当时没有太注意到她的动作，还有她的感情，我的注意力被她浮肿的手和手上的伤口吸引了，有旧伤也有新伤，有一个新伤在左手大拇指上，伤口边上有些感染，我想象在右手的绷带下面，有一道更加严重的伤口。

“你怎么搞的？”

她马上把手抽了回去，放在衣服口袋里。

“没什么。从骨头上剔肉会伤到手指。”

“你要剔肉？”

“他们想让我干什么，我就得干什么。”

“你和布鲁诺说说吧。”

“布鲁诺比所有人都禽兽。他出现在这里就是想看看，可以在仓库里上谁？”

“莉拉！”

“这是事实。”

“你还好吗？”

“我很好。在冷冻室这里，他们会多给我十里拉作为冷冻补贴。”

那个男人喊道：

“赛鲁！两分钟已经过去了。”

“我马上来。”她说。

我小声说：“奥利维耶罗老师死了。”

她耸了耸肩，然后说：

"她病得很严重，这是迟早的事儿。"

我看到那个推着小车的人开始变得不耐烦了，我马上说：

"她让人把《蓝色仙女》寄给我了。"

"《蓝色仙女》是什么？"

我看着她，想明白她是不是真的想不起来了，我觉得她是真诚的。

"是你十岁时写的一本书。"

"书？"

"我们当时是这么叫的。"

莉拉抿了抿嘴唇，她摇了摇头。她很紧张，担心工作出什么问题，我的出现真的是不合时宜。我想我该走了。她说：

"已经过去了很长时间了。"她颤抖了一下。

"你发烧了吗？"

"没有。"

我从包里拿出了那几页纸，递给了她。她接了过来，认出那是她写的，但没有表现出任何的激动。

"我以前是一个自负的小孩。"她嘀咕了一句。

我马上否认了她的话。

"这个故事，"我对她说，"现在看起来也很棒。我重新读了一下，我发现我一直都记着它，虽然我自己没有察觉，我的那本书就是从这里来的。"

"从这些蠢话里来的？"她笑得很大声，也很不安，"那选择印这本书的人一定是个疯子。"

那个男人喊道：

"我在等你呢，赛鲁！"

"你真他妈烦！"她回答说。

她把那几页纸放在口袋，挽着我的胳膊，我们向门口走去。我想，为了她，我多么精心地打扮，我费了那么大力气才到了这里。我以为我们会哭，会说一些知心话，会辩论，我们会度过一个非常美好的早晨，相互坦白和好。但结果就这样，我们挽着胳膊走在一起，她穿得很臃肿、肮脏，而且憔悴不堪，而我穿得像富人家的小姐。我跟她说小里诺很漂亮，也很聪明。我说了她邻居的好话，我问她恩佐怎么样。她很高兴我表扬了她的孩子，她也说了女邻居的好话，但她提到恩佐的时候，整个人都神采飞扬，变得很爱说话。

“他人很好，”她说，“脾气好，无所畏惧，非常聪明，晚上学习很努力，他懂很多东西。”

我从来都没听她这样说过任何人。我问：

“他在学什么？”

“数学。”

“恩佐？”

“是的。他读了一篇关于计算机的文章，或者是看了一个广告，我不记得了，然后就对计算机产生了狂热的兴趣。他说计算机不像我们在电影里看到的，上面有很多彩灯，开关时会发出哔哔的声音。他说计算机是一种语言。”

“语言？”

她的眼神看起来很敏锐，就好像她非常了解这种语言。

“不是我们写小说的语言。”她说。让我不安的是她藐视小说语言的那种语气，更让我不安的是，她说了那句话之后的笑声，“都是程序语言，晚上孩子睡了之后，恩佐会开始学习。”

她的嘴唇很干，因为寒冷的缘故，已经裂开了，她满脸疲惫和憔悴。尽管如此，她还是很自豪地说：“他开始学习了。”我明白，尽管她用的是第三人称单数，但我知道，并不是恩佐一个人对那个东西产生了兴趣。

“他学习，那你做什么？”

“我陪着他学习。他很累，一个人学习的话，很快就睡着了。我们一起学习会很愉快，一个人提出一个问题，另一个人接一句。你知道什么是图表吗？”

我摇了摇头。她的眼睛眯成了一道缝，她放开了我的手臂，要把我拖入她现在着迷的那个世界。在院子里，篝火的气味还有动物油脂、肉和筋混合的味道，还有莉拉的厚外套和蓝色大褂里的味道，裂口的双手，凌乱的头发，苍白的脸上一丝化妆的痕迹都没有，她又重恢复了活力，充满能量。她说任何事情都简化为真和假的交替，她提到了布尔代数还有其他东西，都是我一无所知的事情。尽管如此，她的语言还是让我着迷。当她说话时，我仿佛看到，晚上在那所破房子里，孩子在一个房间里睡觉，我看到恩佐坐在床上，在电力机车工厂忙碌了一天之后，满脸倦容。我看到她，在煮肉盆周围剔了一天肉，或者在零下二十度的冷藏室忙了一天之后，和他一起坐在被子上。我看到他们俩在一道强光之中，他们都牺牲了睡眠，我听见他们的声音，他们做图表练习，训练自己，把世界上所有多余的东西都去掉，把每天的行为都进行简化，通过两个真实的值——0 和 1——来表示。在那个简陋的房间里，他们说着深奥的话，很小声地交谈，就是为了避免吵醒小里诺。我意识到我满怀傲气地来到那里，我信心十足，而且充满感情，我走这一趟主要是想向她展示，她失去了什么，而我又赢得了什么。在我出现时，她就已经意识到了这一点，现在她是冒着和工友产生冲突，还有被处罚的风险，她采取的对策是向我解释，我并没有赢得什么，在这个世界上，没有什么可赢取的。她的生活中充满了各种或好或坏的事情，惊心动魄的事情，和我经历的一切相比，毫不逊色，时间只是毫无意义地过去，偶尔见见面很美好，只是为了听一下另一个人的脑子里疯狂的声音，还有这种声音在另一个人脑子里的回响。

“你喜欢和他生活在一起吗？”我问。

“是的。”

“你们会生孩子吗？”

她做了一个表情，装出一副愉快的样子。

“我们没有在一起。”

“没有？”

“我没有想法。”

“他呢？”

“他等着我。”

“也许，你觉得他像一个哥哥。”

“也不是，我喜欢他。”

“那是怎么回事儿呢？”

“我不知道。”

我们在篝火跟前停下，她指着那个门卫说。

“你要当心那个人，”她说，“你出去时，他会说你偷了香肠，找借口搜身，就是为了摸你。”

我们拥抱了一下，亲吻了脸蛋。我跟她说，我还会去找她，我不想失去她，我说得很真诚。她微笑了一下，低声说：“是的，我也不想失去你。”我听出她的声音也很真诚。

我非常激动地离开了，我内心觉得自己很难离开她，我还是像以前一样，觉得没有她，我生命中很难发生真正重要的事情，然而我觉得我还是要尽快逃离这里，就是为了避免再闻到她身上油腻的味道。快步走了几步之后，我还是忍不住回头和她挥手。我看到她停在了那堆篝火前面，穿着那身衣服，看不出她女性的特征，她翻了一下《蓝色仙女》，忽然间就把它丢进了火里。

- 125 -

我没有跟她说我的书里写的是什么，也没有告诉她这本书什么时候上架。我甚至没有告诉她关于我未婚夫彼得罗的情况，还有我们过两年就结婚的打算。她的生活对我的冲击太大了，我用了好几天时间才缓过神来，我清楚地感受到自己的现实，我彻底让我回归自己——到底是哪个自我？那本书稿有一百三十九页，加厚的纸张，我写在笔记本上的字现在被印成了铅字，这让我觉得新奇和陌生。

我一连几个小时都在重读和修订这本书。外面天气很冷，寒风从门缝、窗缝里钻了进来。我坐在厨房的桌子前，詹尼和埃莉莎也在那张桌子前学习。我母亲在我们周围忙碌，让我吃惊的是，她的动作小心翼翼，生怕搅扰了我们。

很快，我又去了米兰。这一次我去米兰，是我人生第一次坐出租车。那个秃顶编辑忙碌了一天，一直在做最后的修订。他最后对我说："我给您叫一辆出租车。"我没法拒绝。我坐火车从米兰到了比萨，在比萨火车站，我看了看四周想："为什么不呢，我要当一回阔太太。"我回到那不勒斯，到了加里波第广场时，我又动了这个念头。我觉得坐着出租车，舒服地坐在汽车后座上，到达我们的城区，到达我家的大门前，一个专用的司机，他会下来给我开车门，那真是很有面子。但后来我还是坐公共汽车回去的，我觉得我做不到。但是，我身上应该有某种东西让我与众不同，我跟艾达打招呼，她正推着女儿在外面散步，她漫不经心地看了我一眼，然后走了过去，但后来她停了下来，向后退了几步，对我说："你看起来真精神，我都没认出你来，你变成另一个人了。"

我当时很高兴，但我很快就觉得难过了。成为另一个人有什么好处？我要做之前的自己，受到莉拉、院子、失去的布娃娃、堂·阿奇勒还有一切的牵制，那是唯一可以让我真正感受到发生的事情的方式。从另一个角度来说，我很难抵御那种变化，在那段时间里我的变化要比在比萨上大学那些年的变化还要大。在春天的时候，那本书出版了，要比我的大学毕业更加重要，它赋予了我一个新身份。我把一本新书展示给我母亲、我父亲，还有我的弟弟妹妹看，他们默默地看了一下，但没人翻阅里面的内容。他们带着一种不敢相信的微笑，就像警察局的人面对着一张假文件。我父亲说："这是我的姓氏。"但他说这个时，并没带着很满意的语气，就好像忽然间他不是为我感到自豪，好像是发现我从他口袋里偷了钱。

过了几天时间，出现了最初的一些评论。我很不安地翻阅着这些评论，任何轻微的批评都让我很受伤。我大声地给我的家人读那些溢美之词，我父亲脸色明朗起来。埃莉莎开玩笑说："你应该签莱农这个名字，埃莱娜难听死了。"

那些天，我母亲急忙买了一本影集，并且开始在报纸上搜集那些关于我的文章。有一天早上，她问我：

"你的男朋友叫什么名字？"

她知道我男朋友的名字，但她一定是有什么话要对我说，要先从这里说起。

“彼得罗·艾罗塔。”

“所以，你将来也会姓艾罗塔。”

“是的。”

“假如你将来再写一本书，封面上会写着艾罗塔吗？”

“不会。”

“为什么？”

“因为我喜欢埃莱娜·格雷科这个名字。”

“我也喜欢。”她说。

但她从来都没看过我的书，我父亲也没读过，我的弟弟妹妹——佩佩、詹尼和埃莉莎都没有读过，刚开始，整个城区没有人看我写的书。有一天来了一个摄影师，他让我在小公园里待了两个小时，沿着大路，然后到了隧道口，他不停地给我拍照片。最后这些照片中的一张出现在《晨报》上，我想着可能会有人在路上拦着我，或出于好奇会读我写的东西，但是没有人看，包括阿方索、艾达、卡门、吉耀拉和米凯莱·索拉拉，米凯莱并不像他的哥哥马尔切洛那样什么书都不看。没人对我说“你的书很好”，或者说“你的书很烂”。他们只是很热情地跟我打个招呼就走过去了。

在米兰的一家书店，我第一次遇到我的读者。我很快发现，这次见面会是阿黛尔·艾罗塔坚持要组织的，她远程负责这本书的推广，还专门从热内亚去了米兰。她经过我住的宾馆，整个下午都在陪伴着我，尽量使我平静下来。我的手一直发抖，我很难控制自己，我觉得嘴里很苦。尤其是我很生彼得罗的气，因为他在比萨忙别的事情，没有来米兰。马丽娅罗莎住在米兰，在读者见面会之前，她赶过来见了我一面，非常热烈地祝贺了我，然后她有事不得不走了。

去书店时，我心里紧张极了。看到报告厅里全是人，我低着头进去了，我觉得自己要激动得昏过去了。阿黛尔和在场的很多人打招呼，那都是她的朋友和熟人。她坐在第一排，向我投来了鼓励的目光，她时不时地和一个坐在她身后，和她年龄相仿的太太说话。一直到那时候为止，我只在公共场所发过两次言，都是在弗朗科的强迫下，听众是他的六七个同学，他们都微笑着表示理解。这次的情况完全不同，我要面对四十几张陌生的面孔，他们都是很高雅、很有文化的人，他们默默地看着我，但目光并不是很友好，大部分人不得不在那里，是因为看在艾罗塔家人的面子上。我想站起身逃走。

但这时候，仪式开始了。有一个年老的批评家——当时一位很有声望的大学老师，说了很多关于那本书的好话。他说的话我一个字都没有听进去，只想着我要说的话。我肚子疼，我在位子上弓着身子，整个世界都消失在一片混乱之中，我无法在我的内部找到那种恢复秩序的权威。但我还是假装很自如，轮到我说话时，我都不知道自己在说什么，我只是为了打破沉默，我做了太多手势，我太过于炫耀自己的文学素养和古典文化知识，最后大厅里一片沉默。

我面对的这些人是怎么看待我的呢？坐在我身边的那个教授怎么评价我的发言？阿黛尔，在她柔弱的女性外表下面，是不是已经后悔支持我？当我看向她时，我马上发现我是用祈求的目光在注视着她，渴望她的认可，这一点让我觉得非常羞怯。这时候，坐在我旁边的那个教授用手抚摸了一下我的手臂，就好像让我平静下来，他让在场的人提问。很多人都很尴尬地盯着自己的膝盖、地板。第一个开始说话的人是一个戴着厚眼镜的男人，年纪比较大，在场的人都知道他是谁，除了我。只是听到他的声音，阿黛尔就做了一个很不耐烦的表情。那个男人说了很久出版行业的堕落，说现在出版的东西都是考虑赚钱，而不是文学性；批评家还有报纸副刊也随波逐流、唯利是图；最后他才谈到我的书，开始用比较嘲讽的语气，然后他提到了那些比较大胆的描写，他明显用了一种带着敌意的语气。我的脸一下子红了，我没有回答他的问题，只是泛泛而谈，离题万里。最后我不说话了，非常窘迫地盯着桌子。那个批评家用微笑和眼神鼓励着我，我觉得他想让我继续说。当他意识到我不愿意继续说时，干巴巴地问了一句：

"还有问题吗？"

在大厅的尽头有人举起了手。

"请讲。"

一个个子非常高的年轻人，头发很长，有些凌乱，胡子又黑又密，他用一种很鄙视的语气谈到了刚才发言的人，随口也讽刺了坐在我身边那位好心的教授。他说，我们生活在一个很褊狭、很封闭的国家里，人们在任何时候都只会抱怨，但没人能出头、能主持大局，重新建构这个国家，让一切运作起来。最后，他开始赞美我小说中的现代性。我从他的声音里认出来，那是尼诺·萨拉托雷！